弑梦者

赤蝶飞飞——著

天津出版传媒集团
百花文艺出版社

图书在版编目（CIP）数据

弑梦者 / 赤蝶飞飞著 . -- 天津 : 百花文艺出版社，2018.8

ISBN 978-7-5306-7498-7

Ⅰ . ①弑… Ⅱ . ①赤… Ⅲ . ①长篇小说 – 中国 – 当代 Ⅳ . ① I247.5

中国版本图书馆 CIP 数据核字 (2018) 第 078033 号

责任编辑：魏　青

出版人：张纪欣
出版发行：百花文艺出版社
地址：天津市和平区西康路 35 号　邮编：300051
电话传真：+86-22-23332651（发行部）
+86-22-23332656（总编部）
+86-22-23332478（邮购部）
主页：http://www.baihuawenyi.com
印刷：北京欣睿虹彩印刷有限公司
开本：710 × 1000 毫米　1/16
字数：300 千字
印张：21.5
版次：2018 年 8 月第 1 版
印次：2018 年 8 月第 1 次印刷
定价：35.00 元

如有印装质量问题，请与北京欣睿虹彩印刷有限公司联系调换
地址：河北省唐山市玉田县郭家屯乡代官屯村
电话：18610200585
邮编：064199

目 录

楔　子

狂风像头受伤的豹子，在通宁的街头歇斯底里地呼啸着。还不到晚上十点钟，外面的行人就被驱逐得干干净净。

城郊一写字楼底层的声控灯亮了亮，紧接着，一个身形微胖的中年男子提着包从里面走出。他大概刚刚加过班，看上去姿态疲倦神情慵懒。推开玻璃门，一阵风硬是把他吹得后退了两步。他定了定神，裹紧风衣侧着身子朝外面走去。

在街边站了许久，没看到一辆出租车。他拿出手机拨了个号，但对方迟迟无人接听。挂掉电话，他的神情开始显得有些焦灼。最后，男子只好迎着风步行前进。坑坑洼洼的马路上响着他寂寥的脚步声，身后的影子在稀疏的路灯下渐渐拉长。

不多时，斜后方的岔道驶来一辆轿车，炫目的灯光迅速吞没了地上的影子。男子回头看去，想仔细辨别是不是出租车，眼睛却被刺得根本睁不开。他一边往路边让，一边在心里咒骂那个乱开远光灯的家伙。

仅仅几秒钟的工夫，轿车便驶到跟前。然而，碰见路人的时候，那轿车非但没有减速的意思，反而清晰听到司机加了油门。

男子还未反应过来，身体就腾空飞起，先是重重砸上挡风玻璃，而后随着汽车的惯性往前翻滚了十几米，落到地面又高高弹了几下。

这不是意外，是谋杀！男子体无完肤地趴在地上，尚清醒的大脑做出如是判断。

正如他的猜测，已经开过去的轿车又迅速倒了回来，车轮照准那具仍在抽搐的肢体狠狠轧了过去……

轿车终于停下。车门打开，一双沉重的大脚落在地上。在死者惊恐万状且尚未发散的瞳孔中，一个黑影缓步走到跟前。浸着血液的眼睛已经看不清他的脸，但能感觉到对方阴冷的笑意。

黑影抬脚朝肢体踢了一下，后者纹丝不动。黑影弯下腰，摸出纸巾擦擦脚上的血，转身返回车内。轿车走远，剩下那具零落的肢体安静地侧躺在路边。

狂风愈加肆虐，男子的提包被刮走，风衣也被粗暴地扯开。就在最近的那盏路灯乍然熄灭的时候，一直朝向轿车的那张血肉模糊的脸猛地转了过来！

1 死亡预警

“已经是第三次了。”讲话的是个25岁左右的年轻女子，她的头发染成亮红色，蓬松炸起，上穿高领黑色线衣，下穿灰蓝色喇叭牛仔裤，看起来就像一只贝蒂纳火鸡，“我实在受不了了，才来到你们DreamMurder工作室，我知道只有你们才能帮我。”

“我们乐意为你服务。”对面沙发里端坐着一位与前者年龄相仿的女子，她穿一件水白色的职业套裙，瀑布般的乌发披在肩头，姿态谦恭，笑容亲和，“不过祁妙小姐，你能把情况介绍得更详细一些吗？”

被称作祁妙的女子斜窝在沙发里，一手撑着脑袋，一手抓着身侧的提包，似睁非睁的眼睛周围蒙着一层淡淡的青晕——那不是眼影，而是一夜未眠的缘故。

“我想抽支烟，可以吗？”祁妙动了动睫毛。

对面的女子下意识地看了看墙上“禁止吸烟”的标牌，还未答话，祁妙已经从提包里取出盒女士香烟，抽出一支填进嘴里，而后用打火机点燃。

“哦对了，我该怎么称呼你？”祁妙的话随着烟雾一起冒出来。

嗅到烟味，女子皱了皱眉毛，但仍旧保持优雅的微笑：“我叫尹昕，尹相杰的尹，吴昕的昕。”

很明显，祁妙并非真的关心对方的名氏，她这一问只是用来平定自己愈加焦躁的心绪。因为她在继续抽烟，直到把那支烟抽完，将烟屁股丢进不远处的垃圾桶，才抬起眼皮望向对方。

“第一次是在半年多以前，那个女人是被人从背后活活勒死的，舌头吐出老长老长，眼珠子都快要从眼眶里掉出来了。第二次是在大概三个月前，死的是个男的，被人绑上石头扔到湖里，等打捞上来的时候，尸体肿得像个沤烂的冬瓜。”说到这儿，祁妙稍稍挺了下身子，“第三次在一个星期前，是场车祸，死者是个男的，具体经过刚才都跟你讲了。”

尹昕一边执笔在纸上沙沙记录着，一边问道：“这三个人，你都认识吗？”

祁妙摇摇头：“不认识。”

“噩梦发生之前，有没有什么征兆？比如精神紧张，肢体感觉异常等？”

“没有。”

“梦是人类潜意识的产物。之所以出现噩梦，除了心理因素外，还跟人的饮食习惯、睡眠姿势、所患疾病和服用的药物等有关。”尹昕慢慢搁下笔，“你平时喜欢看恐怖片吗？”

“我身体没有任何毛病，我也知道噩梦是一种正常现象。”祁妙打断对方，“可问题是，那些噩梦全都在现实中发生了！”

尹昕略略吃了一惊。一般来说，噩梦主要有三种，第一种是梦见十分恐怖的场景，第二种是被人以及动物、鬼怪追赶或从很高的地方掉下来，第三种是看到未来将要发生的可怕事情。但无论哪一种，都属于潜意识在客观世界和心理因素下的双重映射。

从科学角度讲，有的梦的确存在一定“预示性”，但仔细分析就会发现，不管多么精准无误的预测，都不难发现其跟现实之间发生的紧密联系。之前，尹昕也曾遇到过类似的病例，但梦主所述的对象，基本上是自己关系密切的亲戚朋友，像这种“预测”到陌生人的还是头一遭。

“中国这么大，非正常死亡的案子那么多，比如你说的这次车祸……”尹昕仔细斟酌着用词，尽量避免刺激到对方，“也许只是凑巧，又或者是你看到了车祸现场，然后附加给自己的心理暗示……”

“如果仅仅只是一次，那还勉强说得上凑巧，”祁妙已经激动了，“可已经三次了，死的三个人也都在通宁，我连他们的尸体都亲眼见过，有这样凑巧的事吗？”

尹昕将冒着热气的杯子顺着茶几轻轻推过去："喝点水，慢慢说。"

祁妙接过杯子喝了两口："更痛苦的是，我随时随地都在遭受他们的纠缠，不管白天还是黑夜。"

尹昕身上渐渐升起一股寒意："你的意思是……"

"我能看到他们，那些死去的人。"说着，祁妙把杯子放下，抬起右手指着尹昕，"比如现在，车祸中死了的那男的，他就惨兮兮地站在那儿，肠子流了出来，脑袋也变形了。"

尹昕注意到，讲这些话的时候，祁妙脸上没有特别过分的恐惧，也许半年多来她已经被折磨到几近麻木和崩溃。虽然不信鬼神，但尹昕还是下意识地转身看了看，除了一株盆栽植物和一个书架外什么都没有。

2 噩兆

尹昕做了个"我没看到"的表情，刚要开口，祁妙再度拦住了她。

"我知道你想说什么。"祁妙苦笑了一下，"我做过各种检查，甚至进过精神病院，结果显示一切正常。我烧过香拜过佛，用过各种偏方，还尝试过气功、针灸和催眠疗法，可惜一点用都没有，该来的还是会来，该走的仍旧不走。"

尹昕提笔速记，完了接着问道："你刚才说，梦中的情景会在现实中发生，这个过程需要多长时间？"

"一个礼拜左右。"说着，祁妙又垂下眼皮，"就在昨天，我看到了出了车祸的那个男人，他的样子，跟梦里看到的一模一样。"

"出事的时间、地点和环境也跟梦里一样吗？"尹昕停下笔。

祁妙闭目顿首，算是默认。

尹昕的手心渐渐渗出汗水："那……你报过警吗？"

"报警？"祁妙倏地睁开眼睛。

尹昕解释道：“我的意思是，你可以把噩梦里的情景告诉警察，通过提前预防，或许可以避免一些灾祸的发生。”

“算了吧。”祁妙再度苦笑，“连我的至亲家人都怀疑我得了神经病，警察为什么相信我？再说，空口无凭，弄不好人家觉得我在诅咒别人，可要是等出了事之后再讲，我就更是自找麻烦。”

这倒也是，没有谁会傻到跟这种死于非命的事件主动扯上关系。

尹昕仔细想了想：“据你了解，噩梦的发生存在什么规律吗？”

祁妙转着眼珠：“第一次跟第二次间隔有三个月吧，第二次跟第三次差不多也是这么长时间，但是……”

尹昕：“怎么？”

祁妙：“我有种预感，第四场噩梦马上就要来了。”

尹昕：“不是说，事前没有征兆吗？”

祁妙认真强调：“这不是征兆，是直觉。”

尹昕不跟她争辩，收起面前填写好的资料单：“你希望我们怎么帮你？”

“盗梦啊。”祁妙眨着疑惑不解的眼睛，“你们工作室不是专门搞这个的吗？我就是冲着你们老板瞿洋‘新锐造梦大师’的名号来的。你们可以在梦里阻止那些杀人事件的发生，说不定还能连带将我大脑里的恐怖记忆一起清除掉。”

尹昕未置可否地笑了笑：“你的情况我已经了解了，我们会认真讨论一下，然后找合适的时间再约你过来。”

祁妙扫了一眼那页纸，口气听不出是担忧还是激将：“你们不会是不敢接这个活儿吧？”

尹昕顿了片刻。说实话，她并非没有这种顾虑，DreamMurder工作室自成立到现在仅仅三年时间，这三年之所以能够顺风顺水，从最初的无人知晓艰难起步到现在的闻名遐迩如日中天，一定程度上取决于对机会和状况的把握，所谓“小心驶得万年船”，如不对业务内容进行认真分析与甄选，弄不好就是砸牌子的事情。

不过这种顾虑不是问题的全部，所以，尹昕笑着解释说：“我们工作室是有分工的，我只是在按流程办事，况且还有很多顾客已经排好了队……”

祁妙用她鲜红如血的指甲轻刮着桌案：“没关系，我有的是时间，我可以在这儿慢慢等，你们什么时候忙完了，什么时候轮到我。”

尹昕望望墙上的钟表，竭力保持耐心和微笑：“已经快到下午下班的时间了，至少今天肯定不行……”

祁妙看样子要死缠烂打：“你们可以晚些走，我付加班费。”

尹昕的耐性也在逐渐丧失：“这不是加班费的问题……”

“那是什么问题？”祁妙忽然从沙发上站起来，“身为工作人员，你不知道因地制宜特事特办吗？我的情况这么特殊，你还让我等等等，都已经死了三个人了，我真的不知道接下来还会发生什么！”

尹昕欲分辩，祁妙再一次抢了她的话：“我不跟你讲了，我要见你们老板，他在哪儿？”

“谁要见我？”耳边传来一个磁性十足的男声。

循声望去，只见工作室内间走出一年轻男子，看上去约莫二十五六，身材高挑皮肤白皙，穿一身笔挺的蓝色小西装，戴一副黑色半框眼镜，刘海撇向一边遮蔽左侧眉毛，鼻梁高直，薄唇有型，帅得祸国殃民。

3 瞿洋的约定

祁妙就那么愣住了，不知是痴醉于那张英俊的脸，还是惊诧于所谓的大师原来只有这般年纪。

见祁妙不吭声，瞿洋很快把目光转向尹昕，后者赶忙把资料递上去：“这是祁妙小姐的材料，我还没顾上整理，你先看一下。”

瞿洋接过资料从上到下快速浏览一遍。祁妙盯着瞿洋，神情随他而发生变化，当后者最终蹙起眉毛的时候，她的心脏也被拧疼了。

“你好，祁妙小姐。”瞿洋把资料还给尹昕，快走几步到祁妙跟前，“你的情况我已经知道了，只是眼下还有几个客户都已经约过了，不好推脱。这样吧，今天是3月17号，我们把时间定在19号上午9点，也就是后天，怎么样？”

祁妙直呆呆看着他，一言不发。

“你不会是信不过我们吧？”尹昕把对方的惊诧自然而然理解成不信任。不过说这话的时候她依然带着笑，且丝毫听不出对抗或讽刺的意味。

“这是我的名片。”瞿洋从内兜取出一张名片递给祁妙，“虽说讲个先来后到，但中间万一有什么事情，你可以随时打我电话。”

祁妙接过那张风格另类的名片，红艳的指甲尖刚好抵着人名，“瞿洋”两个字如同其人，隽秀飘逸，光彩夺目。

“那好吧。”祁妙终于开口了，“后天我再来找你。”

瞿洋笑了一下，做了个请的动作。祁妙又盯着他看了一会儿，才提着包转身离去。

见祁妙走远，尹昕长长吐出一口气：“幸好你出来及时，不然的话，我真担心会耐不住性子跟她吵起来。”

瞿洋却耸了耸肩：“我倒觉得她没怎么难对付。”

“那是她瞧上你了！”尹昕的话三分打趣七分醋意，“你没看到，两只眼睛都瞪直了。”

瞿洋哼笑一声：“有那么夸张吗？”

“我有种预感。”尹昕认真道，“跟那个祁妙，我们早晚是冤家对头。”

“人家只是咱一个顾客，能扯上多大关系！”瞿洋轻轻拍了下尹昕的肩膀，“行了，忙你的去吧。”

尹昕欲转身，忽然想起什么事：“啊对了，里边情况怎么样？”

瞿洋看看左腕的手表，嘴角往上弯了弯："想必那孩子已经美梦成真了吧。"

话音未落，内间的门开了，一个十六七岁的少年走出来，看上去精神抖擞神气活现。

"瞿洋哥哥，真是太刺激、太过瘾了！"看到瞿洋，少年笑成了一朵花，"从临安城外杀到丞相府，从丽正门杀上勤政殿，终于体验了一把什么叫摧枯拉朽、所向披靡！秦桧老贼已经被我们给宰了，赵构那厮也已经禅位给我，岳飞、韩世忠正在收复昔日故土，下次盗梦，我将命令岳飞他们渡过黄河，直捣金国老巢，然后把他们的狗皇帝掳过来好好羞辱一番！"

瞿洋只是淡淡地对那少年笑了笑，一副"你开心就成"的表情。

"这么霸气啊。"尹昕则迎合道，"宋小佳和卡恩没拖你后腿吧？"

少年还未答话，一个留着鸡冠头的青年男子和一个金发碧眼的外国大汉一前一后从内间走出。

"我去！"鸡冠头听到尹昕的话，颇为不爽地喊了一声，"在你眼里，我宋小佳就是一任拍任扁的黄瓜条啊。告儿你，若没有我，他们两个早被乱兵砍成肉酱了！"

少年反呛道："还好意思说，我们用的都是实打实的真功夫，你却抱了挺机关枪，只差没上飞机导弹了！"

宋小佳满不在乎地伸了个懒腰："做梦嘛，要玩就玩大的，照你们那打法，还不得活活累死。"

"你呢卡恩？"尹昕转而调侃洋大汉，"穿越回一千年前的中国过了把武侠瘾，感觉怎么样？"

卡恩动作夸张表情丰富，用一口并不流利的中国话说："实在太棒了，你们中国功夫，我佩服得五马分尸！"

"我去！还五马分尸呢！"宋小佳使劲拍了下对方的肩膀，"佩服别人那叫'五体投地'，五马分尸是用来杀人的，中国成语你丫得好好学学！"

卡恩两手掩在胸前："对对，五体投地，五体投地！"

"该五马分尸的是那些吃里扒外的奸贼！"少年忽然间气愤起来，"如果没有五胡乱华，没有宋高宗的十二道金牌，没有吴三桂投降大清，中国历史将是另外一个局面！可惜历史没有假设，这些缺憾只能在梦里圆了。"

"好了，我们要下班了。"瞿洋对少年说，"下周二早上，你再按约定时间过来。"

"好的。"少年立马换了一副开心的表情，从沙发上拿起背包，"瞿洋哥哥、尹昕姐姐再见！"

"没其他事情，我们也撤了吧。"宋小佳拍拍肚子，"中午没吃饱，饿得都快散架了。"

瞿洋点点头："你俩先走吧。"

宋小佳打了个 OK 的手势，而后拽上卡恩："晚上海底捞，要不要作陪？"

卡恩用对方的口吻回道："你丫的就是个吃货。"

收拾完东西，尹昕见瞿洋还坐在内间的沙发上看书，就过去问他："还不回家吗？"

瞿洋抬头看了她一眼："你先走吧，我待会儿就走。"

尹昕欲言又止，站了片刻，带上门离开了。

瞿洋看了一会儿，把书放下，走到窗边，窗外的通宁已是万家灯火。说不清为什么，他内心忽然泛起一阵深深的孤独。

正在寻找这种感觉的来源，手机铃声响了。

4 人皮面具

祁妙摸出手机看了一眼，脸上现出一丝惊惶。她赶忙将手机关掉装进提包，不等公交车站好停稳，匆匆挤过人群下了车。

穿过一个十字路口，她在一家蛋糕店的橱窗前停下脚步，一边假装整理头发，一边通过玻璃的反光观察身后的环境。随后，她又穿过一条熙熙攘攘的小吃街，在路对面的医院前拦下一辆出租车坐了上去。

出租车七绕八拐，最终驶出喧嚣的市区，抵达郊外一座都市村庄，在一栋偏僻的5层建筑前停下。祁妙付费下车，面对空荡寂寥的胡同口长长舒了一口气。她上到5楼，从提包里摸出钥匙打开房门，正准备开灯，忽然发现客厅的阳台边站了个高大的黑影。

“我等你很久了。”黑影的声音听上去低沉而沙哑。

虽然只能借助天光看到黑影的轮廓，但祁妙还是轻而易举认出了对方的身份：“你，你怎么进来的？”

“雕虫小技何足挂齿。”对方淡淡回应了一句，继而反问道，“为什么不接我的电话？”

祁妙撒谎：“我在公交车上，里面太吵没听到。”

“别跟我玩花样。”黑影前行几步，“欺骗我的后果，你是知道的。”

祁妙连连退却：“你想干什么？”

“放心吧，在你最终完成任务之前，我会一直信守自己的承诺。只是，我需要提醒你。”黑影走到祁妙跟前，缓缓抬起右手，指尖轻轻滑过对方的下巴和脸颊，最后在耳根处停下，“任何时候，都不要忘了自己是谁。”

话音刚落，随着滋滋啦啦的声响，一张人皮面具被完整地扯了下来。

“我求求你。”祁妙扑通一声跪在地上，双手捂着自己的脸颊，仿佛被扒去的是自己真实的皮肤，“你怎么对我都行，答应给我的那些我也统统可以不要，只求你不要伤害我的家人，也不要伤害他。”

黑影的话依旧不紧不慢：“我说过，我只是想完成一项测试，这有助于选出我最佳的合作伙伴，整个过程不仅不会损害到任何人的利益，而且对他们包括你我都有好处。难道你不希望他越来越好吗？”

“可我已经在按你的要求做事了。”祁妙低声抽泣着，“我不知道，你还有什么不满足？”

黑影慢慢蹲下身来，目光穿透黑暗直射对方的瞳孔：“按照我的要求，你今天就该让他给你盗梦。我的时间很宝贵的，耽误一天就意味着巨大的损失。”

祁妙的瞳孔剧烈收缩：“我们已经约好了后天。”

“我知道。”黑影右手拿着面具，左手捻起对方脖子里的仿钻项链，“它全都告诉我了，否则我也不会这么快找到你。”

那是一条伪装成项链的微型窃听器，是黑影赠送给她的“礼物”，要她执行任务时务必戴在身上。

“既然如此，就暂且先这样吧。”黑影总算退了一步，“但你得记住，你只有两个月的时间，前面浪费掉的，后面务必得想办法补回来。下一步该做什么，不用我再重复教你了吧？”

祁妙先摇摇头，后又点点头。

“相信你是个聪明人，我喜欢聪明人。”黑影放下项链，把面具抛给祁妙，尔后缓缓站起，“手机给我 24 小时开着，我会随时打你电话。”

祁妙垂着脑袋，听着脚步声渐渐远去，最终在阳台尽头消失。

不知过了多久，内卧的门开了，一缕光线倏地射出，刚好把她笼罩在淡黄色的光影里。紧接着，耳边响起一个苍老的声音，“是妙妙吗？你咋跪在那儿，我的孩子？”

“妈，你怎么自己出来了？”祁妙一边站起，一边拭去腮边的眼泪。

“在床上躺得难受，起来走走。”母亲拄着拐杖步履蹒跚，“啊对了，我刚才好像听到有个男的说话，是不是你隔壁邹大爷来过了？”

祁妙下意识地瞅了眼阳台上打开的窗子，局促回道：“没，没有啊，你肯定听错了。”

“唉！”母亲叹了口气，“我这心脏和腿脚不行，耳朵也越来越不中用了，说起来才五十多岁，咋连人家七老八十的都不如呢？”

祁妙上前搀住母亲：“医生让多休息，我还是送你回房里吧。”

母亲似乎刚刚看到女儿的脸，不禁目露惊诧：“你这……”

祁妙刚要解释，忽然听到背后传来敲门声。她一边慌慌张张将面具往脸上贴，一边警觉地问道：“是谁？”

5 寿宴

“我。”一个中气十足的声音从远处传来。

瞿洋收起手机，走到外间把门打开，见防盗门外站着一个五十来岁、西装革履、身材壮实的中年男子。

“孙叔？”瞿洋皱起眉毛，“你怎么过来了？”

被称孙叔的男子面带责备之色：“洋洋，我的电话你不接也就算了，你爸爸的电话怎么你也不接？”

瞿洋暗暗攥了下手里的电话：“刚才有几个顾客在这儿，我忙着没听到。”

孙叔朝洞开的内室一瞧，毫不客气地指出：“你这儿明明没有人。”

“你有什么事吧孙叔？”瞿洋显得有些不耐烦了。

孙叔直截了当：“你爸爸请你过去吃饭。”

“你告诉他我没空，这边还有一大堆资料需要整理。”说完，瞿洋朝内间走去。

孙叔当然听得出来，这是下逐客令，但他并没有因此走开。他太了解瞿洋的脾气，这孩子是吃软不吃硬，因此他不得不改变策略，尽管苦口婆心的劝说对军人出身的他来讲并非强项。

“洋洋。”孙叔把身后的门关上，上前几步喊住瞿洋，“按说你们的家事轮不到我管，可既然你喊我一声叔，那么就允许我以长辈的身份多几句嘴。我知道你跟你爸爸合不来，但不管怎么说，你爸爸总归是你爸爸，别把关系搞太僵了。”

“我跟你爸爸是多年的战友，他的脾气我再了解不过。跟我一样，他也是个闷葫芦，心里有爱说不出来。其实，这个世界上没有人比他更疼你，他所做的一切也都是为了你好。毕竟你妈妈不在了，他是你唯一的亲人，你不要……”

提到母亲，瞿洋突然将话打断：“我妈妈的死，我记恨他一辈子！”

孙叔无法控制情绪，但努力压制了音量：“法医早就鉴定过了，你妈妈属于自杀，你咋还这么执拗呢？”

瞿洋走进里间，一屁股坐进沙发里：“那也是他和那个女人给逼的。”

孙叔长长叹了一口气，在对面的沙发上坐下来：“我跟你爸爸保证要把你带过去，既然带不过去，我也没脸回去见他了。我看，晚上就在你这儿过夜吧。”

瞿洋抓过茶几旁边的那本书，兀自在手里翻着，一副爱咋地咋地的表情。

“洋洋，今年 26 岁了吧？”孙叔瞄着瞿洋，不甘心地继续打亲情牌，“日子过得真快啊，小时候叔还抱过你，转眼都这么大了。瞧我这一头的白发，现在就是想抱你也未必抱得动了。”

瞿洋从书本上抬起眼，视线滑动在孙叔布满沧桑的脸上。

孙叔赶忙趁热打铁：“我记得，你爸爸 34 岁才有了你，算起来，今天他刚好满 60 岁。他多么希望过这个生日的时候，你能在他身边。”

瞿洋真的忘了，今天是父亲的生日。他的睫毛抖了一下，眼睛里的固执开始退却。

孙叔继续道："年轻时再怎么气宇轩昂壮志凌云，到老了都是一样的暮暮苍苍，而且人一老想得就多，毕竟这样的团聚是有一次少一次啊。"

30 分钟后，瞿洋乘坐的劳斯莱斯幻影抵达位于市中心繁华区域的旋宫大厦门前。

下车后，两人穿过富丽堂皇的大堂，在一双双毕恭毕敬的眼神里走到电梯跟前，然后直达顶层的旋转餐厅。

在孙叔的引领下，瞿洋来到一个名为"牡丹厅"的豪华包间，里面摆了一张可供 20 人用餐的大桌，桌边已基本坐满了人，恰好留出两个空位。

瞿洋留意了一下，除了父亲瞿振业、继母钟红艳外，其余那些比较脸生，大概都是父亲公司不同战线上的高层骨干。

"瞿总，洋洋过来了。"孙叔拉着瞿洋向瞿振业致意。

看到瞿洋，瞿振业一直拉着的脸舒展开了："几个月不见，又瘦了些。"

瞿洋挨着孙叔坐下。旁边的人们开始交头接耳，无非讲一些瞿家公子相貌堂堂一表人才之类的奉承话。瞿振业捻着两撇浓浓的胡须，脸上挂着谦虚的笑意。

见瞿振业心情不错，本来有些拘谨的钟红艳也调动起了热情，她亲自动手把蛋糕切开，然后小心翼翼取出一块，用盘子端着绕了大半圈桌子来到瞿洋跟前："洋洋，来尝尝，你最爱吃的水果夹心。"

瞿洋眼皮都没抬："谁告诉你我爱吃蛋糕了？"

钟红艳看了瞿振业一眼，尴尬地站在原地，走也不是留也不是。

瞿振业的脸黑了下来："怎么跟你妈妈说话的？"

钟红艳轻嗔了句"振业"，强挤出一丝笑容又给瞿洋夹菜："嫌蛋糕腻的话尝尝这个蜜汁莲藕，很爽口的。"

这次瞿洋没有拒绝。钟红艳如释重负地吐了口气，放下蛋糕坐回原位。瞿振业轻轻拍拍她的手，一副“难为你了”的表情。

孙叔不失时机地举起水杯，招呼众人道：“今天是瞿总60岁的生辰，来来来，大家一起先敬领导一杯，祝愿瞿总福如东海长流水，寿比南山不老松！同时也祝公司新一年度步步高升再展雄图！我今天开车，就以茶代酒，大家不要介意！”

众人举杯，先是整齐的恭贺之声，完了又次序分明地向瞿振业表起了忠心，表示“愿为公司事业贡献毕生力量”、“会像辅佐您一样辅佐好贵公子”。瞿振业听着这些或真或假的话，嘴里说着“来来来，动筷子”，眼睛则意味深长地瞥向瞿洋，后者只顾埋头吃喝。

孙叔拿起瞿洋跟前的酒杯，斟满一杯酒，然后用胳膊肘碰碰他：“别光顾着吃。”言外之意，是让他也表示一下。

瞿洋冷冷地：“我不会喝酒。”

孙叔低声强调：“今天不一样。”

瞿振业眯着眼睛端坐在椅子里，他很期待儿子能在这样的场合讲几句顺耳的话，哪怕只是表面上的服帖。于是，众人的目光顺着他的视线转向瞿洋——那个以冷傲和倔强著称的巨商之子。

迟疑片刻，瞿洋端起那杯酒站起来。瞿振业紧绷的嘴唇咧开了，当他欲举杯起身的时候，瞿洋却把杯子一歪，整杯酒全都浇在了地上。

瞿振业脸色黑得吓人，其余人也都目瞪口呆。

孙叔正想着怎么救场，瞿振业先于他开口了：“洋洋，今天是爸爸的生日，你这是在咒我早死吗？”

“今天也是我妈妈的忌日。”瞿洋回答得十分平静，“每次您过生日的时候，都是她第一个喝下这杯寿酒的。”

“对对对！”孙叔不失时机地说，“夫人向来是喝第一杯酒的。洋洋不提醒，我还真给忘了，都是我的疏忽。说话间，夫人已经去了4年了……”

“是啊，都4年了。”瞿振业跟着感叹了一句，而后站起身把酒浇在地上，“这杯酒，就当缅怀亡妻了。”

钟红艳也应景地洒了杯酒，其余人见状，都跟着把酒浇在地上。

孙叔紧接着帮瞿洋倒上一杯，给他使了个眼色。

瞿洋望着父亲，良久才开口："生日快乐。"说完，仰脖将酒一饮而尽。

简简单单，平平淡淡。虽然只有四个字，但对瞿振业来说已经足够了。他的嘴角微微弯起，手掌往下压了压，说声："坐吧。"

在孙叔和钟红艳的引导下，众人依旧觥筹交错，但气氛再也没有热闹起来。

窗外隐隐打起了雷，从瞿洋的角度看过去，正巧一道闪电撕裂夜空，从城市中心直划到远郊的村庄。

6 黑金

祁妙刚把门拉开一条缝，人高马大的女房东就猛力挤进来了。

"今天都 17 号了，你们的房租打算拖到什么时候呢？"女房东叉着腰大声嚷嚷，窗外的闪电将她的脸映得铁青，看上去就像一尊肉体凡胎版的女罗刹。

祁妙没好气地抱着胳膊："不是说过了手上没钱，等晚几天发工资了再给你，瞎嚷嚷什么？"

"没钱？"女房东啪地按亮客厅的灯，"没钱你染什么红毛，还戴条这么阔气的项链？当房东这么多年，什么样的人我没见过，少跟我玩花花肠子！"

祁妙伸脖子瞪眼："晚点又不是不给，你跟我横什么横？"

女房东拿饱满结实的胸脯撞她："我就横怎么了，欠钱你还有理啦？"

祁妙毫不示弱地跟她对撞："姑奶奶我还就不给你了，怎么着吧！"

"哎哟，小丫头片子还敢骂我！"女房东咬牙切齿地一巴掌抡过去，"看老娘我怎么收拾你这个少家缺教的！"

祁妙本就心烦意乱，女房东又不知趣地撞上枪口，两个女人很快厮打在一起。正打得难解难分的时候，男房东跑过来了，一边劝哄自己老婆，一边用语言恫吓祁妙。母亲担心祁妙吃亏，慌忙上前劝阻，不料被女房东推了一把，一时脚下不稳摔倒在地。

祁妙见母亲抽搐着口吐白沫，遂罢手将母亲扶起揽在怀里。

眼见此状，男房东色厉内荏地冲母女俩吼了几句，然后拽上仍在歇斯底里的老婆赶紧溜走。毕竟钱财事小，人命关天，万一老太太出了什么事，夫妻二人就甭想过消停日子了。

斥走只看热闹不帮忙的住客，祁妙把门关好，抱着母亲回到里屋放在床上，一边拿毛巾帮她清理呕吐物，一边呼唤看对方是否还有意识。

结果显示，母亲的大脑尚属清醒，只是呼吸急促干张嘴讲不出话。祁妙知道，母亲的心脏病又犯了。她倒上一杯温开水，从桌上的瓶子里取出药丸，小心翼翼喂母亲吃下。十来分钟后，母亲呼吸平定气色好转，一把揽过祁妙痛哭道："我可怜的孩子，都是当妈的拖累你了。"

"别再说这种话，咱娘俩相依为命，谁拖累谁呀。"祁妙将母亲放回床上，帮她掖好被子，"我打算好了，明儿就送你去住院。"

母亲红着眼睛："我这几十年的老毛病，能治早就治了，不值当花那个钱。再说，咱连房租都交不起，哪来的住院费用。"

祁妙把用过的毛巾在水盆里浆洗着："你就放心吧，我已经准备好了。"

"这种病住趟医院至少得万儿八千的。"母亲两臂撑床慢慢坐起来："你连个正经工作都没有，哪来那么多的钱？"

祁妙瞟了她一眼："你甭管，反正是正经路子。"

母亲清楚女儿的脾气，她不想让你知道的，就是拿钢刀都撬不开她的嘴，所以就此打住，转而问起别的事来："对了，你今天去治病，人家大夫怎么说的？"

祁妙把洗好的毛巾搭到外面阳台的铁丝上："没怎么说，只说叫我后天过去。"

母亲仍旧放心不下："你觉得那什么盗梦，靠谱吗？"

祁妙苦笑："现在这个样子，也只能死马当成活马医了。"

母亲还想问，祁妙把她给制止了："你睡会儿，我去买点菜回来做饭。"

"唉。"母亲叹了口气，躺回被窝里。

祁妙来到自己房间，爬上床，在床头打开一个暗红色的木箱，扒开上层的衣物，从底部取出一个 B5 纸大小的皮夹子。翻开后，里面现出一厚沓钱，看上去大概有 5 万左右——那是黑影先期付给她的酬金。

祁妙特别特别需要钱，她做梦都想赚得一大笔钱，一方面给母亲治病，另一方面买套房子彻底摆脱寄人篱下的生活。可惜她的性子太暴，在哪儿上班都待不了太长时间，没有稳定的工作，自然就没有稳定的收入。做生意吧，她又不是那块料，况且她连做生意的本钱都没有。

就在三天前的这个时候，她还在为没有下锅的米发愁。然而下一分钟，黑影便幽灵般出现在她的跟前。黑影连诱惑带恐吓地告诉她，他可以帮她实现美好的愿望。当然，这个好处是有条件的，那就是按照他的要求去找瞿洋，交给他一个新的单子。

为获取祁妙的信任，黑影先期付她 5 万块钱，剩余 25 万等事成之后再予交付。30 万啊！祁妙感觉像在做梦一般。对她来说，完成这样一个任务并不困难，只要足够配合就会轻松得像在捡钱一样。只是说不清为什么，一直所向披靡、犹如破竹的她，在面对瞿洋时突然失去抵抗力，转眼间目标混乱、阵地陷落。幸好瞿洋没有回绝，至少口头接下了那个单子，虽然从时间上算，比黑影交托的日期晚了两天。

按计划，祁妙拿到这 5 万块钱之后，决定先送母亲去医院治疗，剩余的钱，一部分用来还亲朋好友的债务，另一部分用于给自己盗梦，还有一部分，她打算缴够半年房租在这座城市稳定下来。然而，适才房东的表现使她迅速打消了这个念头。

祁妙抽出几张大钱放进随身的包包，剩余的还塞回皮夹子放到箱底，落好锁。出门前，她走到镜子前整理刚才打架被扯乱的头发，顺带纠正弄歪了的人皮面具。她仰着脸嘴巴半张，喷出的热气模糊着鼻尖前的玻璃。

不多时，玻璃中出现了一张褐黄色、布满鳞片的脸，看上去就像一只巨大的蜥蜴，那物张开同样布满鳞片的双臂从背后将她环抱，细长的舌头蛇一般舔向她微微颤抖的脖颈。

7 催眠与盗梦

吃完饭，孙叔开车把瞿洋送回家。

这里的家，指的是瞿洋在滨湖新城买的一套两居室的房子。自打父亲和钟艳红结婚起，他就搬出来一个人住。

本来瞿洋不想喝酒，可架不住父亲公司那帮人轮番来敬，经过一路颠簸，下车的时候他已经有些微醺。

孙叔走后，瞿洋脱衣上床，充满困意却又久久睡不着。他睁开眼，台灯下的桌台上放着张一家三口的合影，左侧是瞿洋的父亲瞿振业，右侧是他的母亲薛荷香，年仅 3 岁的他偎在父母中间嘟着张小嘴。暖暖的台灯下，照片里的情景很是温馨。

那时候的母亲年轻漂亮，父亲事业有成，一家人过得有滋有味其乐融融。然而，不久之后，那个名叫钟红艳的女人闯入了他们的生活，安静美好的日子渐渐终结，本来十分恩爱的父母开始为这个女人而争吵，两人一度闹到离婚的边缘。

由于长期的压抑和刺激，母亲得了严重的精神障碍，一向温顺豁达的她变得暴戾而偏激，动辄就要伤人或者自杀。父亲带她四处访医无果，只好请来有名的催眠师帮她诊治。曾有一段时间，母亲恢复到接近于正常的状态，后来不知发生了什么变故，母亲的病情急转直下，终于在 4 年前父亲生日那天，她从 18 层住宅楼上跳下自杀。

母亲的死对瞿洋影响极大。可以说，他放弃在国内读大学，到国外去学习催眠和筑梦（也可称作造梦）术的初衷，就是为了解除心理疾病患者的痛苦。

现在瞿洋已经知道，心理疾病之所以迁延难愈，是因为患者内心深处存在心结，这个心结就像顽固的病毒一样，牢牢控制着人体的每一条神经末梢和大脑细胞，肆意干扰着他们的思想和行为。

催眠之所以对心理治疗有效，是因为进入催眠状态后，患者脑内的乙酰胆碱、多巴胺、疲劳素等分泌都发生了改变，这种改变，使人的潜意识防卫显著下降，从而利于催眠师找到并打开对方的心结。

但催眠只是一种高度受暗示状态，并非让人真正处于睡眠。相比这种状态，梦境中人的潜意识表达会更加明显，很多在清醒状态永远无法开口的秘密，都会在梦里表达出来。从这个角度讲，对于心理治疗，采用盗梦的方式要比催眠更为直接有效。

而筑梦是盗梦的最高层级，如果说催眠是寻找、启发人的潜意识，那么盗梦便是窥探、影响人的潜意识，筑梦则是纠正甚至改变人的潜意识。

瞿洋没有继承父亲的产业，一方面因为他不想做庸碌无为的富二代，更愿意自己打拼出一片天地，另一方面，就是守护产业并非他的兴趣和梦想。当然，他们父子之间那点芥蒂，也算具体原因之一。

瞿洋翻了一下身，床头贴着另一张照片，那是初中时期他和一个同伴的亲密合影。那个皮肤白皙、长相秀气的男生名叫于良，比瞿洋小一岁，两人是最好的朋友。只可惜后来一场大火，使得于良和他的家人集体丧生，当时的惨景理所当然地成为他的终生梦魇。

瞿洋永远都忘不了，2010 至 2011 年，连续两年，他失去了母亲和朋友两个跟他最亲的人。

不知辗转了多久，瞿洋才迷迷糊糊睡去，直到被手机铃声吵醒。

睁开眼，天早已大亮，看看表已接近上午十点。

“怎么了小佳？”瞿洋揉着眼睛按下了接听键。

“我去，你不会刚睡醒吧？”听筒里传来宋小佳夸张的语气，“今儿周六，上午的例会你不会也忘了吧？大家都到齐了就差你了。”

瞿洋伸了个懒腰：“你们先开着，我半个钟头就到。”

瞿洋穿衣起床，洗漱完毕，他先开车买了一束花到位于慈宁公墓的母亲坟前祭奠，然后才去工作室。

会议已经开始了，大家正就上周从案例中获得的经验教训发表意见。这是瞿洋第一次以迟到者的身份检阅自己的队伍：宋小佳，男，26岁，环境艺术设计毕业，在工作室充当前哨的角色，主要负责前期信息搜集和梦境筑造；卡恩，男，29岁，德国人，是瞿洋在外国留学时认识的朋友，在工作室主要负责镇定剂的合成与开发；尹昕，女，27岁，心理学硕士，在工作室主要负责客户的接待，并对目标对象进行心理分析。

至于瞿洋，他是整个团队的领袖和核心，主要负责梦境层级的确定以及大体的行动方案。只是近一年多来，随着团队战斗力的快速提升，他亲自出马的机会越来越少了。

见瞿洋进来，宋小佳的发言停住，尹昕和卡恩也都朝他看过去。

8 费氏数列

“继续啊。”瞿洋在会议桌旁就座，摆出一副洗耳恭听的样子。

“那我接着说。”宋小佳清了清嗓子，“第二点，是关于梦境边界的问题，实践多次证明，悖论建筑的建造应尽量使用圆形或类圆形。第三点，告诉梦主尽量不要把悖论建筑的图纸展示给同伴，否则容易带入自己的潜意识投射，从而干扰梦境，甚至造成迷失。”

瞿洋点点头："还有吗？"

"我再附加两点。"卡恩一边说，一边辅以各种手势，"第一点，常规梦境稳定剂需要多形式开发，比如将传统的粉剂、滴剂改造成喷剂，这样的话，针对 object（目标对象）的行动就会事倍功半……呃，事半功倍。第二点，要加快三层以上梦境特殊稳定剂的研发。因为，从第二层梦境再次入梦的时候，仍使用原来的稳定剂，总是造成效力重复，弄不好就会跌入 Limbo（迷失域）。以上，是我要在近期完成的事情。"

"你呢？"瞿洋的视线扫向尹昕。后者放下记录用的笔，略作思考，答道："我简单说一下关于图腾的问题。由于每个梦中的世界都是真实而完整的世界，真实到必须借助一些辅助的工具才能对世界做出判断，这个工具便是图腾。但图腾只能证明自己在不在他人的梦境中，却无法证明自己在不在自己的梦境中。"

瞿洋点点头："大家的见解都很到位，分析也很透彻，但我还想再补充几点。第一点，是关于协同穿越，特别在意念植入的案例中，由于行动是通过在不同梦层对目标进行多重潜意识暗示，所以在意念植入成功后，必须通过协同穿越让目标尽量瞬间从最底层梦境醒到最上层梦境。否则在中间梦境停留过多，会让其对刚刚确信的想法起疑。

"另外，由于穿越不能跨层，所以必须各层同时穿越，才能保证把留在不同梦层中的队友都唤醒。如果不能实现协同穿越，就会错过机会而滞留在当前层。因此，团队必须通过某种信号提示，比如节拍或音乐来保障实施协同穿越。

"第二点，是费氏数列在梦境建造中的应用。费氏数列也称斐波那契数列，其特点是这个数列从第 2 项开始，每一项都等于前两项之和。比如，0, 1, 1, 2, 3, 5, 8, 13, 21, 34, 55, 89……费氏数列在自然界中普遍存在，比如松果、凤梨树叶的排列，某些花朵的花瓣数、蜂巢、蜻蜓的翅膀等。费氏数列在梦境中的主要作用，就是让建筑和周围的环境更加相得益彰、真实自然。

"还有一点，是关于联梦机，我们的设备需要升级换代，实现五个人以上的梦境共享，是我们刻不容缓的任务。一旦试验成功，将大大提高我们的工作效率和服务质量。”

尹昕提笔速记，完了问大家：“还有其他需要总结的吗？没有的话，我们开始下一个议题。”

宋小佳开始接着吃他的零食，卡恩摊手耸肩，瞿洋示意尹昕继续下去。

“这是我们接下来要应对的一个病例。”尹昕把整理好的电子版文件，通过幻灯机投射在银幕上，“目标对象祁妙，女，现年 26 岁，初中学历，许昌鄢陵人，现暂住通宁市民安区。父亲早亡，现跟母亲一起生活。主诉噩梦。不过，其噩梦比较特别，因为隔不了多久，噩梦里的杀人场景就会在现实中发生。从半年前至昨日来诊，已连续三次产生这样的噩梦。更令人不可思议的是，她能随时随地看到噩梦里死去的亡魂。”

讲到这儿，尹昕稍稍停顿了片刻，似在给大家消化吸收的时间，待听者带着疑窦将要发问时，她才继续讲了下去：“目标对象身体健康，无精神病史，除偶尔抽烟外，无其他不良嗜好。另外，她也没有看恐怖片的习惯，其最大的爱好是到酒吧玩，最大的弱点是受到情绪干扰容易沉不住气。她给出的价格是 5000 元，希望本工作室帮助她尽快摆脱噩梦的困扰。”

9 任务分配

“我去，这也太玄乎了！”宋小佳噎得打了个嗝，“洋子，你不会已经把单子接下来了吧？”

瞿洋眨了下眼睛，意思是：怎么了？

“这……这不明摆着来砸场子的嘛！”宋小佳擦着沾满零食残渣的嘴

唇，“我看她是找错人了，她该找那些巫婆神汉或茅山道士去，你说是吧尹昕？”

尹昕笑而不言，算是默认。

宋小佳把视线转向卡恩，后者捏着下巴道：“我喜欢有挑战性的案例。”

瞿洋弯了下嘴角，暗赞卡恩与他不谋而合。卡恩看出来了，一把揽过瞿洋的肩膀：“咱们两个算是一丘之貉、狼狈为奸啊。”

宋小佳乐得零食袋都掉在了地上：“哎呦我去，那叫英雄所见略同！”

“说正经的。”尹昕强忍住笑，“活儿已经接了，接下来该怎么办？”

宋小佳直接摇摇头：“我看这事儿啊，连下手的地儿都没有。”

“怎么没有？”瞿洋沉着脸开口了，“我觉得可以从两方面下手，第一方面，通过盗梦术进入祁妙的潜意识，查找病情根结，同时做好再次发生杀人事件的防范；另一方面，用包括盗梦在内的特殊手段对发生过的三个杀人事件进行再调查，获取有利于我们开展工作的资源线索。”

卡恩两手比划着：“为什么不直接向警方索要相关材料？”

宋小佳冷哼一声：“这里是中国，盗梦毕竟还是新兴行业，没有麦当劳肯德基那么普遍和被人接受，警察不把我们当巫婆神汉处理已经相当不错了，还敢朝他们要东西！”

“也不完全因为这个。”尹昕纠正说，“毕竟从潜意识里获取的东西，要比从现实中获取的更有效、更全面。”

瞿洋默默点了下头，开始分派任务：“稳定剂和联梦机的事情最为紧急，卡恩辛苦一下，这边的案子你暂时不必跟；明天针对祁妙的盗梦由尹昕主持，时间设置为 30 分钟，单层梦境，由我和祁妙一同入梦；至于案情资料的事，就只能劳烦小佳了。”

宋小佳懒洋洋地张着胳膊：“行，我明天出发。”

瞿洋毫不迟疑地命令道：“不，现在就去。”

第二天上午九点，祁妙如约而至。

她到的时候，瞿洋和尹昕正在工作间调试联梦机。各房间的门都开着，祁妙得以全景式观察这位“新锐盗梦大师”的神秘地盘。跟瞿洋的名气相比，他的工作室面积不算大，整体也就九十平方米左右，为两室一厅的结构。

如之前所见，外面的大厅用来接待客户，并用屏风隔离出一部分半封闭的区域提供心理咨询，里面两间屋子，一个是会议室兼办公室，里面摆着会议桌、办公桌椅、电脑、打印机、扫描仪等，另一个便是专用于盗梦治疗的工作间。

看到祁妙，尹昕微笑着迎了出去，两人寒暄了几句，一起来到最里面的工作间。

盗梦室面积三十平方米左右，通体灰蓝色调，装修得极为简洁素雅，墙上除了几幅看起来比较抽象的画作外再也没有别的东西，场地中央呈弧状摆放着三张可坐可躺的折叠式沙发，围在中间的是一个圆形的小茶几，茶几上放着个银灰色手提箱一样的东西，箱子半开着，露出一个碗口大的圆形转盘，转盘上三个肢端各伸出一根细长的白色分线。

“放松点，别紧张。”尹昕扶祁妙坐在其中一张沙发上。

祁妙浑身发颤，眼睛不时瞟向瞿洋，似乎触动她的不是那些无处不在的幽魂，而是瞿洋那张完美到无以复加的面孔。

瞿洋并排坐在隔壁的沙发上，从“手提箱”边拉过一条分线固定到自己的左手腕。

“看过诺兰的《盗梦空间》吗？”瞿洋把沙发扳平躺下。

“看过。”祁妙的声音有些抖。

“那就好。”瞿洋闪动着长长的睫毛，“既然看过，想必对那套程序是了解的了。其实，现实中潜梦的原理和方法跟电影里差不多的。”

“潜梦？”祁妙疑惑不解地问，“不是盗梦吗？”

瞿洋解释道：“盗梦是一个笼统的称谓。它可以分为三个层次，分别是潜梦、圆梦和造梦。也可以这么说，潜梦是盗梦的初级阶段。”

祁妙小心翼翼躺下，右手腕也被尹昕固定上一条分线。她转头看向瞿洋，后者望着灰蓝色的天花板，辨不出在寻找什么东西还是在思考问题。

过了一会儿，瞿洋又问：“昨晚上又做噩梦了吗？”

“没有。”祁妙老老实实回答，“不过，近几天肯定会做，我有预感。”

“你放心，有我呢。”瞿洋这是在给祁妙鼓气。他知道，一旦恐惧和紧张的情绪随着潜意识进入梦境，盗梦师的处境会相当麻烦。

随着手提箱里转盘运转时发出的轻微响动，瞿洋的眼慢慢合上，祁妙的眼皮子也开始沉下来。

一旁守梦的尹昕适时按下手提箱右侧的黄红按钮，倒计时牌上的数字开始快速跳动。

10 入梦

入夜的城市，霓虹闪烁，车来车往。

可能房间空调开得低的缘故，导致梦境中的风都有几分冷冽。瞿洋紧了紧身上的外套，伸手拦下一辆正朝这边行驶的空车。

出租车司机是个三十多岁的胖汉，留着两撇浓浓的胡子，见瞿洋招手，先摇下车窗问：“去哪儿？”

“凯旋路希腊女神。”瞿洋边说边拉开车门坐上去。

希腊女神听起来十分高贵，其实是通宁市一家消费大众化的休闲酒吧，去的都是些中低收入的人群。选择这地方，是因为祁妙在她的履历表中透露，她经常到那家酒吧去玩。那么她的潜意识里，十有八九就在那个地方。

司机一路上闪转腾挪，不到十分钟就把瞿洋送到了目的地。他付账下车，刚跨进希腊女神的大门，就被里面卷出的巨大气浪吹得头发直颤。震耳欲聋的音乐声，近百名年轻男女随着节奏拼命摇摆，更有衣着暴露的领舞者站在高台上歇斯底里。

瞿洋仔细看了一圈没有发现祁妙，准备离开的时候，忽然发现二楼西侧靠近柱子的桌边坐了一对男女，两人正在喝酒聊天。女的正是祁妙，男的被柱子挡着看不到脸，但背影看上去有些熟悉。

穿过拥挤的人群准备上楼，一金发碧眼的女子刚好端着高脚杯从眼前经过，不知有意还是无意，女子在他的脚上绊了一下，手一抖，红葡萄酒全洒在了她雪白的裙子上。瞿洋刚准备道歉，女子却先开了口，血红的嘴唇里嘟哝出一长串英文。

她以为瞿洋不懂，结果瞿洋听懂了，那是一串十分粗鄙的骂词。瞿洋没了道歉的兴致，绕开她往楼梯上走，结果被一光头黑人拦住了去路。瞿洋身高有一米八，那家伙比他还高出大半头，浑身肌肉一块一块的，壮得像只大猩猩。

瞿洋明白了，这二人就是来找茬的，他只是感到不解，既然是求助，为何祁妙的潜意识里还带有这么强烈的主动防御？

正想着，光头的一只拳头呼呼带风地横扫过来了。瞿洋脑袋一偏，拳头铁锤般砸在墙壁上，墙面的软质包材被砸出一个大坑，挂在上面的一幅画也被震得掉了下来。紧接着又是一拳，瞿洋将压在脚尖的那幅画往上一挑，正中对方拳头，木质画框顿时四分五裂。

金发女子丢掉高脚杯，飞起一脚踹向瞿洋，结果被后者抓住脚脖。瞿洋用力一扳，金发女子便翻滚着趴倒在地，一只高跟鞋恰巧甩在光头脸上。光头乘瞿洋不备，从背后拦腰将他的双臂连身子一起抱住，金发女子迅速起身，饿狼扑食般杀向瞿洋。

瞿洋的大长腿就那么一蹬，金发女子便飞到不远处正在跳舞的人群中。紧接着，瞿洋一个弓腰，将背后的光头凌空甩出。光头那壮硕的身躯重重落下，刚好砸在金发女子怀里，两人叠罗汉一般摞在一起。

金发女子恼羞成怒，从怀里掏出一把手枪冲瞿洋射击，子弹打在瞿洋身旁的不锈钢护栏上，擦出耀眼的火花。等她准备开第二枪的时候，瞿洋已经飞速奔上二楼。意料之外又情理之中，一个黑影拦在了面前。

这个时候酒吧里已经混乱起来，人们惊慌失措四散奔逃。见殴斗者就堵在楼梯口，不少人直接从二楼跳了下去。

瞿洋仔细打量眼前这个新对手，只见他上下未穿任何衣物，浑身呈黄褐色且布满椭圆形的鳞片，四肢张开撑在地上，脑袋高高昂起，穿有钢珠的舌头又细又尖，一双灰黄色的眼睛毒蛇般锐利而凶悍。总之，眼前这家伙就像一只巨大的人形蜥蜴。

见瞿洋发呆，“蜥蜴人”的嘴角往上弯了弯，随即后腿一蹬，身子闪电般腾空而起，锋利如钩的两爪直锁对方咽喉。瞿洋本能地挡了一下，只觉得左臂剧烈一痛。低头看时，发现衣袖被撕出条大口子，划裂的皮肤往外翻起，寸把长的伤口深可见骨。

“蜥蜴人”没能一招致命，旋了个身又扑过来。瞿洋迅捷出手锁住其两只前腕，近距离才得以发现，“蜥蜴人”本来是个人，他身上的鳞片全是纹上去的，除五官外，其他部位也都做了一定的整形和修饰。而固定在其十指前端的，是经过特别打造的钢铁钩刺，其尖端挂着瞿洋的皮肉，鲜血正啪嗒啪嗒往下滴。

正僵持着，忽然感到颈后一阵冷风，瞿洋转过身，只见光头和金发女子“扑通”跪倒在脚边，再定睛一瞧，发现尹昕不知何时跑了过来，手里举着把砸得快散了架的椅子。

“你怎么进来了？”瞿洋问。

尹昕回道：“见你表情痛苦，料想在梦里受了伤，所以就接上连线赶到这儿来了。放心吧，联梦机自动设定有时间，人不在也没关系。”

金发女子不甘心被偷袭，乘尹昕不备举枪射向瞿洋，瞿洋略略一转，子弹射入蜥蜴人胸口，后者闷吼一声，从瞿洋身上塌了下去。

11 另一个瞿洋

瞿洋抓住尹昕一只胳膊往前跑，金发女子顾不得蜥蜴人的伤势，只和光头在后面紧追不舍。

迎面又拥过来几个打手，不过相比适才三个，这几人纯粹是酒囊饭袋，瞿洋不费什么工夫就把他们料理掉，并从一人手里夺了把枪。

祁妙看到瞿洋，眼神变得复杂起来。紧接着，她对面的男子也慢慢转过身。

“天啊！”尹昕惊叫了一声，瞿洋则完全呆在那里。

假设你独自一人正在荒无人烟的火星上漫步，突然从黑暗里跑出一样东西，你觉得什么最让你感到恐惧？陌生的外星生命，凶悍的狼虫虎豹，还是一个熟人？当然是熟人，而且是熟到不能再熟的人！没错，瞿洋看到的就是另一个自己！

巨大的错愕使得瞿洋和尹昕忘记了身后的追兵，很快，二人被光头跟金发女子控制住。

“瞿洋”慢慢朝他们走过来，英气十足的眼睛迫视着另一个瞿洋。

“怎么会这样？”尹昕一边挣扎一边问道。

“我也不清楚。”瞿洋沮丧地说，“这个梦境有古怪，看来咱们得无功而返了。”

对面的“瞿洋”似乎读懂了二人的内心，他冷笑着端起了手枪。

“砰”的一声枪响，“瞿洋”的脑门穿出一个血洞，他前后晃了几下翻倒在地。尹昕转头看时，见瞿洋已挣脱光头的束缚，两手端着枪，枪口正冒出缕缕青烟。

紧接着又是一声枪响，祁妙中弹，捂着胸口跪在地上。刹那间，整个酒吧猛烈摇晃起来，所有物体开始扭曲变形，直至被无边无际的黑暗吞噬——随着梦主的死亡，梦境坍塌了。

瞿洋和尹昕同时醒来，出于联梦机的延迟效应，几分钟后，祁妙才睁开眼睛。

“你为什么要撒谎？”尹昕一副拷问的语气。

祁妙愣住了：“撒什么谎？我没有呀。”

“还狡辩！”尹昕揭下她胳膊上的连线，毫不客气地指出，“你梦里的光头男、金发女，还有那个人不人怪不怪的东西都什么来历？”

祁妙满脸无辜：“我不知道呀。”

尹昕柳眉轻蹙：“不知道？不知道的人会平白无故出现在你的梦里？”

祁妙大声回击：“这有什么奇怪的，你梦里的人也不见得都认识呀。”

尹昕气结：“你……”

瞿洋用手势止住尹昕，只问了祁妙一句话：“我们之前认识吗？”

祁妙眨着一双乌溜溜的大眼睛，过了一会儿才摇头。

“这个问题不难解答。”同为女人，尹昕不必拷问就能获知答案，“她喜欢你，而且是一见钟情，因此在潜意识里把你当成了她的男朋友。只不过她对你对她的感觉还不太清楚，故而产生了意识对立，所以才会出现两个瞿洋。”

尹昕的语气很平淡，而瞿洋却听出一股酸溜溜的味道。

虽然在梦中遭到阻击并受了伤，但瞿洋没像尹昕那样拷问祁妙，而是委婉地告诉她：“你的梦境的确有点问题，潜梦的方式可能真的行不通，所以我们要准备其他方案。这样，你先回去，到明天差不多这个时候再过来吧。”

祁妙呆呆地坐在沙发里，不知道在想什么。

“还有其他问题吗？”瞿洋望着对方的眼睛。

祁妙怔了怔：“哦，没有，那……那我先走了。”

尹昕把祁妙送到电梯口，回来的时候，见瞿洋一个人坐在那儿皱眉思考，于是到他身旁的沙发边坐下来。

“刚才的事情你怎么看？”尹昕指的是祁妙的梦境。

“很古怪。”瞿洋左右食指轻擦着鼻尖，“非常不合情理。”

“我怀疑这丫头经过专业的反盗梦训练，否则不会出现这么强烈的潜意识防御。只是……”尹昕似乎对这个猜测并不太笃定，“既然做了这方面的自我防护，为何又来主动要求盗梦，这点实在解释不通。”

“是植入。”瞿洋的揣测更为大胆，“她的潜意识被人修改了，但又保留了一些本能的记忆。要知道，在一个人大脑里暗示一个想法，并让他作为自己的意识，至少需要三层以上的梦境。而这种植入又不能完全破坏潜在的观念，难度是相当大的。所以说，实施植入的这个人肯定是盗梦届的绝顶高手。”

尹昕惊诧得一时说不出话来，半晌才小心翼翼地问：“你的意思是，那人在利用祁妙，在我们面前挖了个陷阱？”

瞿洋点点头：“这是最坏的可能，也是最大的可能。”

尹昕特别不能理解：“是谁要来整我们？我们好像没得罪过任何人啊。”

瞿洋苦笑一声：“世界上没有无缘无故的爱，也没有无缘无故的恨，是冤家就总会露头的。”

“那我们怎么办？”尹昕有些慌神了，“总不能明知道是个坑还往里边跳吧？”

瞿洋站起身来，缓缓走到窗边，凝视着城市远端的轮廓：“兵来将挡水来土掩，既然对方费尽心思找上门来，我倒想看看，他究竟要做什么。”

12 门派

相比往日，这天的顾客非常少，下午四五点钟的时候基本就没什么人了。再加上瞿洋的状态也不是很好，DreamMurder 工作室决定提前打烊。

就在尹昕收拾好东西准备离开的时候，门被敲响了。打开门，只见外面站着位二十五六岁的年轻女子，其上穿墨绿色皮夹克，下穿蓝色紧身牛仔裤，目光锐利，短发齐耳，胳膊下夹着个黑色的提包，看上去精神抖擞、英姿飒爽。

“您找哪位？”尹昕露出职业的微笑。

对方的视线快速掠过尹昕投向门内：“我找瞿洋，他在吗？”

“请问有预约吗？”尹昕仍旧堵在她的面前。

女子紧绷着嘴唇打量尹昕，见对方仍然没有放行的意思，遂从皮夹克里掏出证件：“我是通宁市公安局刑侦大队的，我叫李菲，请你配合下工作。”

“我就是瞿洋。”瞿洋端着一本书从会议室走出来，“找我什么事？”

尹昕后退两步，把李菲让进去。

“是胡翰林胡队长让我来找你的。”简单讲明来意之后，李菲瞟了尹昕一眼，对瞿洋说，“我们可否单独聊聊？”

尹昕识趣地冲二人略略欠了下身：“那你们聊，我先走了。”

瞿洋点点头，目送尹昕关门离开。

“请坐。”瞿洋做了个请的手势，然后合上书在李菲对面的沙发坐下。

李菲坐定之后，没有急着谈及公事，而是四下巡视周围的环境：“DreamMurder 工作室早就如雷贯耳，可终究是百闻不如一见啊。”

“请喝茶。”瞿洋斟好一杯茶递过去。

李菲接过抿了一口：“不错，很久没喝到这么纯正的君山银针了。”

瞿洋微微一笑：“我跟胡叔叔闲来爱论茶道，却不知，李警官也是同道中人啊。”

李菲摆摆手：“我只是凑个热闹，谈不上道不道的。说实话，我更喜欢咖啡，因为它能提神，可以让人时刻保持清醒，不至于昏昏欲睡。”

“是吗？”瞿洋环视四周，轻轻笑了一下，“楼下就有家咖啡厅，我们到那儿边喝边聊如何？”

李菲掩口打了个哈欠，并不客气：“那我就恭敬不如从命了。”

瞿洋起身，先把李菲让出去，而后再把工作室的门锁好。几分钟后，两人来到楼下的星巴克，选了个靠窗的角落坐下。还是白领们的上班时间，所以咖啡厅里的人并不多。加之室内的装潢设计和房间本身的结构，恰巧形成一个比较私密的环境。

“两位要些什么？”侍者立刻迎了过来。

瞿洋望向李菲，意在征求她的意见，后者弯了下嘴角：“随意。”

瞿洋对侍者说：“两中杯摩卡，谢谢。”

侍者走后，李菲问瞿洋：“瞿先生有名片吗，可否赐一张？”

“当然。”瞿洋从名片夹里取出一张，双手递过去。

李菲接过，眼睛快速浏览，口中跟着轻声念道：“中国筑梦师协会通宁市副会长，DreamMurder 工作室首席造梦师。瞿先生可算是意气风发、年轻有为啊。”

瞿洋谦虚地摆摆手。

李菲接着道：“我也认识一个盗梦师，她叫苏枚，在民安一带算是小有名气，可惜半年前被人用电线给活活勒死了。这个人，瞿先生应该听说过吧？”

瞿洋点点头：“她是筑梦师协会威权派的代表人物。哦，案子破了吗？”

李菲轻轻叹了口气：“还没有。虽说锁定了嫌疑人，可她怎么都不肯认罪，另一方面，我们也没拿到确凿的证据可以结案，所以现在还僵持着。”

瞿洋不知该说什么，于是保持沉默。

“你们这个协会还分派别？”李菲饶有兴致地问，“听你刚才说，苏枚是威权派的，那么你属于哪一派？”

瞿洋答道："任何学术都存在一定的意见分歧，由此造成派别林立，筑梦一行也是如此。这块儿主要分'无为'和'威权'两大派，前者源自'母式催眠'，主张'师法自然，无为而治'，强调对死节的'修复'和'纠正'；后者源自'父式催眠'，主张'先破后立，废旧树新'，强调对观念的'摧毁'和'植入'。从观点上讲，我倾向于无为派。"

侍者把咖啡端上来，分别摆在瞿洋和李菲面前："二位请慢用。"

侍者走后，李菲用左手捣捣自己的胸窝："盗梦真的可以治疗心理疾病？它依托的原理是什么？"

瞿洋拿勺子慢慢搅着咖啡："胡队长派你过来，不会只是跟我讨论学术问题的吧？"

"那当然。"李菲狡黠地转着眼珠，"不过我想让你这个盗梦大师猜一猜，我今天来这儿的目的？"

瞿洋停止搅动，眼睛直盯着李菲。

李菲把脑袋凑近几分："从我眼睛里看到了什么？"

"怀疑和不屑。"瞿洋实话实说，"如果李警官继续保持这种态度，接下来的合作就没必要开展了。"

"说实话，对于盗梦这个西方的舶来品，我的认识还停留在虚无缥缈的科学幻想阶段，这容易让人联想到一些江湖术士和职业骗子，要想使我改变对这个行业的偏见，恐怕你得亮出点真本事。"李菲决意挑衅到底，"比如，你可以尝试来盗我的梦。"

瞿洋品了一口咖啡，慢条斯理道："你真以为，此刻仍处于现实中吗？"

李菲脸上的笑渐渐凝固起来："你什么意思？"

13 六面铜佛

瞿洋抬起眼皮望向窗外。

李菲随着他的视线看出去，发现两侧的建筑呈 45 度侧翻过来，使整个巷子变成一个三棱体的甬道，就在这严重违背物理定律的甬道里，依旧人声鼎沸、车水马龙。

李菲两手抓住座椅，脚掌抠紧地板，生怕自己从倾斜的窗子里掉出去。

“现实中很多悖逆科学的东西，在梦境中却是合理而自然的。”见对方实在紧张，瞿洋连忙安慰道，“放心吧，你此刻仍坐在我们会客厅的沙发里。”

李菲狠狠拧了下大腿，痛感真真切切。她知道，相比现实梦境是不稳定的，而眼下事物却明明白白清清楚楚。更何况自入门到现在，也没见瞿洋操作什么设备啊！如果真的是梦境，又是从什么时候开始进入的呢?

瞿洋用行动证明了他所言不虚。他抬起右手，将杯子里的咖啡在周边挥洒开来。咖啡厅似乎变成了一个透明的玻璃罐子，四周的景象很快被蒸汽罩住。待视野重新清晰起来的时候，李菲才惊愕地发现，他们此刻仍旧坐在 DreamMurder 工作室外厅的办公桌边。她身体后仰双腿相抵，冒汗的两手紧抠着沙发两侧，而对方则一副神态自若的样子，那本书也正安安稳稳放在他的膝盖上。

“你是怎么做到的？”李菲长喘几口气，才使自己平静下来。

瞿洋微微一笑，从茶几上抄起一个巴掌大、古铜色的物件：“这尊六面铜佛，表面看像是实心，其实腹腔里装了三颗铜球。这三颗铜球由设计精巧的机关所控制，顺时针旋转，将会产生特殊频率的振动，十分有助于健脑安神。逆时针旋转，则会产生令人不易觉察的次声波，这种声波可刺激大脑神经，使人快速进入睡眠状态。”

李菲把铜佛接过去，拿在手里颠来覆去地看：“凭这个东西，就能进入别人梦里？电影里面演的不都是提个大箱子吗？”

对此，瞿洋解释说：“那是多人共享梦境的专用设备，一对一展开的盗梦，这尊六面铜佛就已经足够了。它的原理其实很简单。因为盗梦的第一步是催眠，而催眠分为自然催眠和人为催眠。自然催眠，指的是受客观自然条件影响而产生的自然催眠现象，比如人们熟知的公路催眠。驾驶员长途驾驶疲劳下，单调的汽车马达声就会很容易诱发催眠状态从而导致发生交通事故。

“除此之外，单调刻板的车轮转动声、时钟运行的滴答声、船体摇摆的吱呀声等都会成为催眠性刺激诱人进入睡眠状态。总之，凡是单调、重复、刻板的刺激，人部分都能诱发不同程度的催眠，而铜珠的旋转就是采用了这种原理。

“人为催眠，指的是利用语言、动作、文字、音乐、电流等作为暗示性刺激，从而达到催眠状态的一种方式。人为催眠分询问、诱导、深化、治疗和解除五个步骤。比如我刚才，对我自己就使用了人为催眠。因为我受过专业训练，所以，梦中的情景就由我来主导。”

“然后呢？”李菲端起茶杯喝了几口，精神慢慢放松下来，此时此刻，她对盗梦产生了浓厚的兴趣。

瞿洋接着道：“包括六面铜佛在内，所有盗梦设备的工作原理都是一样的，即自动捕捉目标对象的大脑频率，一旦目标对象接受催眠并进入快速眼动睡眠期，也就是潜意识处于完全开放状态的时候，就会启动潜入程序。总之，盗梦治疗心理疾病的基本原理，就是在目标对象自我意识最弱的时候，找到其心结并打开它。”

李菲似懂非懂地点了点头：“我大致明白了，不过还有几个问题，望你能仔细帮我解答。”

瞿洋提起茶壶给对方加水：“请问。”

李菲止住对方，将手里的杯子高高举起：“第一个问题。我刚才看了下表，时间是 18：11 分，而就座前我看表的时候是 18：05 分，也就是说前后大约只有五六分钟，就连这杯水都还是热的，可刚才我们谈了至少有一个小时吧？这是怎么回事？”

瞿洋微微笑道：“梦境和现实中的时间是不同的。一般来说，梦里的时间是现实时间的大约十二倍至十五倍，有时候这个约数可以达到二十倍左右。打个比方，如果我们给目标对象设定的盗梦时间是一个小时，那么我们就会在梦境中至少拥有十二小时的时间来完成我们的任务。这还只是单层梦境，如果是三层、四层以上的梦境，那就是几个礼拜、几个月甚至于几年。”

14 给死人盗梦

“哦，原来如此，怪不得有时候做了很久很久的梦，醒来发现，时间仅仅过了十来分钟。”李菲放下茶杯，开始她的第二个问题，“另外我还注意到，就算做了整整一晚上的梦，醒来的时候也只能记住一少部分，甚至完全不记得梦里的情形。这么一来，你们岂不是白忙活了？”

对此，瞿洋做了番比较详尽的解释：“你说的问题不是个例，而是普遍存在的现象。不过，这个问题我们的盗梦设备完全可以解决。众所周知，人的睡眠由快速眼动期和非快速眼动期两个时相组成，而梦境主要发生在快速眼动期。如果一个人从非快速眼动期缓慢进入清醒状态（自然苏醒），那么他会说自己没有做梦或者做的梦不记得了。相反，如果从快速眼动期直接进入清醒状态（比如被闹钟吵醒或被人晃醒），那么他肯定会记住梦境的内容。

“根据这个原理，我们在盗梦设备上做了相应的装置，它可以根据目标对象的脑电波频率来判断他处于什么样的睡眠时相，然后确保他在快速眼动期被唤醒。这样的话，他就能记住梦境里的大部分内容甚至于细节。除此之外，我们的设备还具有定时功能，它不仅能够根据目标对象的具体情况来设定盗梦时间的长短，而且还能促使目标对象提早由非快速眼动期进入快速眼动期。

“接下来，就是我们尽情施展盗梦术的时候了，我们必须要在所设定时间结束之前，尽快且尽可能合理地帮助目标对象了却心结。否则，等到设备上设置的时间一到，不管我们的任务成功与否，患者都会在预定时间苏醒，如果我们还没来得及解开心结，就证明这次盗梦治疗失败了。”

李菲的表情看上去有些费解，但基本上她还是懂了，于是接着第三个问题：“我看过电影《盗梦空间》，上面每次盗梦，都会打开一个大大的手提箱，然后扯出导线连在入梦者的手腕上，可刚才怎么没见你使用那种导线？”

瞿洋稍微往后仰了仰：“我刚才说过，六面铜佛只在一对一的时候用，多人共享梦境才需要专业的联梦设备。两者相比，前者的优点是灵巧轻便操作简单，近距离可不需要导线，缺点是只能一对一展开，而且只能潜梦不能筑梦；后者的优点是可以多人共享梦境，既能潜梦又能筑梦，缺点是体积庞大、操作复杂且无论远近都需要导线。”

“潜梦和筑梦的区别是什么？它们的工作原理一样吗？”李菲抛出最后一个问题。

“平常人们讲的盗梦其实是潜梦，从技术层面，潜梦跟筑梦的依据都是一样的，两者都是通过联梦机的运作，让盗梦者和目标对象产生频率共振，从而实现梦境共享。”瞿洋喝了口茶，接着讲道，“不同的是，潜梦是要进入目标对象的梦境中，对方担任梦主，所以潜梦者必须通过联梦机首先找到目标对象的梦境频率，然后再将这个频率作用在潜梦者身上。”

“而筑梦恰恰相反，它是要自己设计梦境，自己担任梦主，然后把目标对象牵引进来。所以，盗梦设备运作方式也是逆向的，即让盗梦设备将盗梦者的梦境频率来作用在目标对象身上，让目标对象被动地和盗梦者产生梦境频率共振，从而实现将目标对象牵引入盗梦者设计的梦境中的目的。”

李菲笑着拍了拍巴掌，此时此刻，她眼里的讥诮和不屑已经彻底转换为欣赏和叹服：“感谢瞿先生的精彩解答，我今天算是醍醐灌顶、耳目一新了。”

瞿洋摊开双手：“你想知道的我都已经说完了，接下来，李警官可以说明自己的来意了吧？”

李菲取过随身的提包，拉开，拿出一个牛皮纸做的档案袋，顺着茶几表面推过去，而后用眼睛示意瞿洋打开。

瞿洋小心谨慎地解开封口的线绳，发现里面有厚厚一沓文件，取出后快速浏览了一遍。李菲的声音响在耳边：“我相信，瞿先生有能力让他们重新开口说话。”

瞿洋皱起英挺的眉毛，眼睛直视对方：“你的意思是，让我给这些死人盗梦？”

（本章节部分观点参考自素食主义的《盗梦笔记》）

15 夜路遇劫

祁妙把母亲住院的事情安置好，又在医院里待了整整一天，直到晚上十点多才离开。

下了公交车，离家还有三四里地，为抄近道，她选择了某都市村庄后面的一条小路。那条路祁妙之前走过一次，穿过去可节省至少一半的路程。可走到跟前的时候，她才发现那条路正在做拓宽工程，尚未修整的路面坑坑洼洼，两侧的路灯也都拆除了，只剩下附近几家工厂里依稀摇曳着微弱的灯火。

祁妙犹豫了，她不是害怕一个人不安全，而是担心弄坏她的高跟鞋，那可是她花了九百多块钱买回来的。可毕竟走了一里多地，她实在不想再原路返回去了。想想这条破道也就二三百米的距离，祁妙最终咬咬牙，打开了手机的手电筒功能。

走到大约一半的时候，隐约发觉身后有人，祁妙猛一回头，果然看见后方四十多米处晃动着两个模糊的黑影。见祁妙转身，两个黑影立刻闪到附近一株大树后面，显得鬼鬼祟祟。

被人跟踪了。祁妙暗道一声不好，赶忙加快脚步。这一慌不要紧，鞋跟被石头绊了下，一个趔趄差点摔在地上。就在此刻，前边过来五名叼着烟的男子，一个个喝得醉醺醺的，走起路来一摇三晃。见祁妙一个人走在路上，五人不约而同朝她涌过来。

“嘿，妹子！”其中一名男子用手电照着祁妙，“深更半夜的去……去哪儿呀，要不要哥哥陪你啊？”

祁妙也是见过世面的，非但没被吓住，而且拿手机反照对方，发现打招呼那位是个光头，左耳带着个硕大的金环，年龄三十岁上下，正用猥琐的目光看着她。其余四人年纪与前者相仿，也都是一副吊儿郎当漫不经心的样子。

“好狗不挡道，快给我滚开！”祁妙一声暴喝。说一点都不怕那是假的，这一嗓子三分暴脾气，七分来壮胆。

五个年轻人先是一愣，后七嘴八舌挑衅起来。

“哟嗬，这妹子还挺厉害的，怎么着，想跟哥儿几个比划比划？”

“别生气哈，待会儿哥儿几个好好伺候伺候你。”

“瞧你这红毛绿皮的，指不定在哪家夜总会坐台呢，还他娘的装正经。”

“去你妈的！”祁妙一个大耳瓜子抽过去，把那个讲话最难听的光头抽愣了，其余人也都呆在那里。

祁妙搡开对方，从五人中间穿过去，直到跑出十来步那几个人才反应过来，也不顾什么以多欺少的江湖道义追上去就是打。

祁妙连抓带挠，手脚并用，可毕竟女弱男强且寡不敌众，她很快栽倒在地，被七手八脚地按住无法动弹，只剩下一张嘴在干号。

光头男骑到祁妙身上，左右开弓朝她扇耳光，边扇边骂："臭婊子，居然敢打我，今儿叫你尝尝老子的厉害！还骂？我叫你骂，叫你骂！"祁妙感到口中一股甜腥，料想是出血了，但依然骂不绝口。

"弟兄们搭把手，把这臭婊子的衣服给我扒了！"光头男高声招呼着。其余四人立刻从殴打肢体改为撕扯衣物。

此情此景，使祁妙无法自抑地想起数年前的那场噩梦般的遭遇，只觉得一团火焰在体内猛烈燃烧，所产生的能量顺着全身的筋脉蜿蜒奔腾，最终汇集胸膛冲破喉咙。"啊！"祁妙发出一声刺耳的狂啸，紧接着，感到身上猛地一轻，定睛一看，发现压在身上的光头被掀开了，其余四人也都躺倒在地呻吟不止。

刚才发生了什么？祁妙疑惑地坐起来，从地上摸起手机，重新开启手电筒功能，光亮霎时照亮一张年轻英俊的面孔。

"你没事吧？"蹲在身旁的年轻人冲她伸出一只手。

祁妙的第一反应是摸自己的脸，确定无虞之后，才孱孱把手递过去。很显然，刚才力挫群贼独挽狂澜的，靠的不是自己猛烈爆发的小宇宙，而是眼前这位留着鸡冠头的帅气男生。

"是你？"鸡冠头男生眼睛忽然一亮，"你叫祁妙对吧？"

祁妙愣住了："你认识我？"

对方乐呵呵的："我是 DreamMurder 工作室的，我叫宋小佳，今早开会的时候我见过你的资料照片，印象最深的就是你这发型。"

正说着，不甘受辱的光头带着四个同伴又围攻上来。宋小佳脱下风衣交给祁妙，毫无惧色地上前迎战。不出两分钟，五个毛贼便丢盔弃甲落荒而逃。

"我去！狗爪子挺厉害的，刮我一层皮。"宋小佳摸了摸自己脖子，然后拍拍巴掌，近前对祁妙说，"夜深路不平，我送你回去吧。"

祁妙把风衣递过去："不用了，过了前面路口，没多远就到家了。谢谢你救了我。"

"甭客气，这都是应该的。"宋小佳四下看了看，"要是觉得不方便我就不送了，你路上小心点。”

“嗯。”祁妙应了一声，持着手机往前走。宋小佳目送对方，直到她离开道路尽头。

终于到家了。祁妙长长吐出一口气，拿出钥匙开锁，门开了，借着楼道的光线，眼前毫无征兆地出现了一张布满鳞片的脸。

16 废矿区

祁妙浑身的毛孔乍然收缩，等认出对方之后又逐渐放开：“你怎么在这儿，不是跟你说过不要再随便到这儿来吗？”

“蜥蜴人”同样布满鳞片的嘴唇开启了，他的声音沉闷而低哑，就像从嗓子眼儿深处憋出来的，叫人听着无比难受：“你妈住院了，家里只剩你一个人，我不放心。”说完，张开结实的双臂把祁妙拥在怀里。

“砰”的一声，门关上了，黑暗中只留下对面窗户透进的天光。祁妙发觉有双大手从后颈慢慢滑向脊背，冰凉的触感拨弄着她紧绷欲断的心弦。

“你别这样。”祁妙使劲挣扎了一下。

“放心，我不会对你怎么样。”“蜥蜴人”锋利的指尖将她勾得更紧，“你知道，我是个废人，不可能有什么越轨的举动，就只是想抱一抱你。”

祁妙的挣扎渐渐停住了。

“今天情况怎么样？”见对方放松，“蜥蜴人”的指力也随之弛缓了些。

祁妙回答得含含糊糊：“我一切按要求做了，不过，他们好像发现了什么。”

“蜥蜴人”也不追索，按照自己的套路出牌：“主人没再打电话给你吧？”

祁妙抖了一下：“……目前还没有。”

“蜥蜴人”敏感地察觉到了对方的战栗：“你很怕他？”

过了几秒钟，祁妙才点头：“我担心这些事做完了，他会杀人灭口。”

“他不会的，他不是那种人。”“蜥蜴人”的语气十分肯定，“况且还有我呢，我绝不会让任何人伤害你。只要你愿意跟我在一起，我会时时刻刻保护你。”

祁妙沉默。

“你暂时不接受没关系，我有的是耐心等待。”“蜥蜴人”用舌头轻舔祁妙的前额。

祁妙下意识地往后仰了仰：“我知道你对我好，我在心里面也一直把你当成哥哥，你知道的，我们家就我一个……”

“蜥蜴人”打断她：“我不想做哥哥，我要做情人。”

“可是……”祁妙欲言又止。

“可是什么？莫非你有意中人了？”“蜥蜴人”尖锐的十指往下压了压，“老实告诉我，你是不是对瞿洋那小子动心了？”

祁妙矢口否认：“那是不可能的，你别瞎猜！”完了，她又敦促对方，“你快回去吧，别让主人起疑心，他要是知道我们俩勾结在一起，会杀了我们的！”

“好吧。”“蜥蜴人”并不纠扯，他从口袋里掏出一小瓶药剂样的东西递给祁妙，“时间不早，你喝了早点休息。”

祁妙接过：“我知道了，你快走吧。”

“蜥蜴人”嗯了一声，四脚着地爬向阳台，很快，诡秘的身影便在窗口消失了。祁妙跑过去，匆匆将窗子从里扣紧，然后把窗帘“呼”地拉上。

外面楼台下，早就潜伏在暗处的两个黑影立刻盯上“蜥蜴人”。

“跟上那个怪物，看看他什么来头。”其中一人弓起身子，决定出击。

另一人则有些犹豫："胡队只说让跟踪祁妙，没说也要盯着别人呀。"

"跟踪可疑线人也是任务，哪儿那么死板！"前者固执己见。

"要不要先请示下胡队？"后者仍觉不妥。

"来不及了，先跟上再说！"前者已从暗影中跳出去。后者见状，只好蹑手蹑脚跟上。

"蜥蜴人"的动作非常迅速，且根本不走寻常路，两名便衣不得不跟着他爬残垣、跃沟堑、翻桥梁、蹚溪流，大约跟了十来里地，"蜥蜴人"忽然在一片乱石滩中消失不见了。

两人打开随身携带的强光手电四下照射，其中一人还拔出了手枪。眼前是个废弃的矿区，到处都是巨大的岩石、生锈的脚手架和乌森森的洞穴。穿越乱石滩走到崖下，他们开始逐个洞口查巡。可一番检索后什么都没发现，正打算放弃的时候，忽而听到不远处传来窸窸窣窣的响声。

用手电照过去，只见一处山崖下有口半扇柜门大小、被石板虚掩着的洞穴，周围蒿草丛生碎石林立，所以看起来十分隐蔽，而声音正是从那个洞内传出的。两人小心翼翼走到跟前，拿手电朝里照射，结果光线迅速被黑暗吸收。

两人对视一眼，然后合力挪开洞口虚掩的石板，一股浓烈的腐烂酸臭的气息瞬间扑面而来，与此同时，窸窸窣窣的声音消失了。里面的空间远比想象中大得多也深得多，而且很明显，这口洞穴是由废弃的矿洞经过人工再度修葺而成，不像是动物类的天然巢穴。

两人端着枪并肩前行，一路上不时出现某种小型动物的骨骸，走了大约五十米，前方出现转弯，与此同时，窸窸窣窣的响动又从里面传来，而且比之前更加清晰明确。这种声音听起来很难受，就像有锋利的爪子挠在心窝上。

过了弯道，眼前霎时出现一副噩梦般的景象：数十条体格庞大的黑影彼此纠缠着在手电光中闪动，仔细看去，竟是一大群蜥蜴在撕咬一条色彩斑斓的大蛇。

发现有人闯入，蜥蜴群警觉地停下动作。其中最大那只蜥蜴缓缓直起身来，喉咙里发出短促而嘶哑的叫声。

就在二人进退失据之时，头顶上猛地探下一只布满鳞片的手臂，勾住其中一人的脖子把他凌空提起。那人一边死命挣扎一边大声呼救。另一人抬头看去，只见“蜥蜴人”两脚倒扣在一处岩窝里，一手抠紧岩缝一手提着他的同伴。

这名便衣赶忙开枪，“砰”的一声未中目标，子弹打在岩石上击起一股扬尘和碎屑，“蜥蜴人”嘶吼一声，将手上的便衣用力甩出，后者撞上五六米外的洞岩又重重弹落在地，当场脑浆迸裂。

另一人不敢恋战，匆匆往洞口撤退。“蜥蜴人”凌空扑下，将他后背的衣物直接扯成两半。这名便衣返身开射，连续三发子弹都未击中，等他将要射出最后一发子弹的时候，锋利的爪子撕烂了他的喉咙。

“啪嗒！”手电筒落在地上，紧接着，鲜血沥沥而下，迅速模糊了镜筒。“蜥蜴人”转过身，冲仍旧怔在原地的蜥蜴群吹了下口哨，后者得了信号似的立即开始行动，于是，乌泱泱一片分别朝两具尸体涌了过去……

17 塑魂手

DreamMurder 工作室的会议桌边。

瞿洋看看表，上午 7 点 36 分，离约定的会议开始时间已经过了 6 分钟，卡恩还没到。等宋小佳不耐烦地打出第七个哈欠的时候，那个外国佬终于到了，一边说着 sorry（抱歉）一边匆匆就座。

“人到齐了，我们开始吧。”尹昕望望瞿洋，后者点点头。

“各位，本周一的例会之所以比往常提早一个小时，主要有两个原因。第一呢，是因为我们手上的案例出现了一些新的状况，这个信息需要跟大家及时共享；第二呢，是因为上午九点，我们还需要展开对祁妙的后续治疗，这个也不能随便拖延。总之，影响到大家的休息了，我感到非常抱歉。”简单开场之后，作为主持人的尹昕开始了她的个人发言，“按照惯例，我先来介绍昨天的治疗情况吧。”

“应该说，我们的任务是失败的，因为我们刚一进入，便遭到梦主强烈的潜意识攻击，我们甚至险些丧命在里面，这一点，跟目标对象主动要求盗梦的行为动机是矛盾的。它至少暴露出两个问题，要么目标对象在咨询时撒了谎，要么就是她的潜意识被人修改，也就是植入。”

“怎么会这样？”卡恩摊着双手，“这不合情理嘛！”

“我去！看不出那女人还挺分裂的。”宋小佳又打了个哈欠，之后问瞿洋，“哎，你们遭到了什么样的攻击？”

瞿洋盯着手边的资料，目光却没有焦点，看样子在思考什么问题，所以尹昕替瞿洋做了回答：“一个光头黑人，一个金发女郎，都是一顶一的高手，除此之外还有一只人不人兽不兽的怪物……”

瞿洋插口道：“那是个人，他把自己纹成了一只蜥蜴，如果没猜错的话，他中了人家的塑魂手。”

“塑魂手？”宋小佳和卡恩同时瞪大眼睛，这对他们来说是个陌生的词汇。

瞿洋解释说：“也就是最深程度的催眠，其原理相当于盗梦术中的植入，它能够从根本上改变一个人的性格、观念和行为认知，甚至重塑一个人的灵魂。如果一个人被植入了‘你是蜥蜴’这个观念，他就会在潜意识里把自己当作一只蜥蜴，从而模仿其生活习性甚至跟它们生活在一起。”

卡恩的表情相当惊讶：“把人活活塑成一只动物，这也太残忍了吧？”

尹昕则见怪不怪：“说不定是自愿的呢。我就遇到过一个爱猫如命的病人，非要让我把她变成一只猫。”

宋小佳咧着嘴：“我去，真是天下之大无奇不有啊！”

“更奇怪的事还有呢，我们在祁妙的梦里见到了另一个瞿洋，他们二人在酒吧桌台边有说有笑，热乎得不得了。”说这话的时候，尹昕的语气依然带着酸酸的味道。

卡恩连说带比划：“你们……之前认识吗？”

瞿洋苦笑，继而摇头。

“这也不能算是稀奇。仅只有一面之缘的人，就能成为自己的潜意识投射，只有一种可能，那就是‘一见钟情’。洋子，那姑娘百分百看上你了。”说到这儿，宋小佳挤眉弄眼地轻唱起来，“你存在，我深深的脑海里……”

瞿洋伸手打住：“行了，尹昕接着说。”

尹昕清清嗓子，继续她的发言：“究竟是祁妙在撒谎，还是她被人做了植入，我们认为后者的可能性更大一些。也就是说，有人利用祁妙，在我们面前挖了个大大的陷阱，试图通过我们的手来实现其不可告人的目的。”

“我去！”宋小佳渐渐回过味来了，“这女人也太他娘的居心叵测了。早知道这样，昨儿晚上我就不那么卖力救她了，让那帮流氓仔轮了才好！”

卡恩就事论事：“即便真是那样，也怪不得祁妙，她也是受害者嘛。”

“这个问题回头再讨论。接下来，我跟大家介绍一下三起杀人凶案的详细情况。”瞿洋将早就准备好的电子版资料通过幻灯机投射在银幕上，“材料是公安局刑侦大队李菲警官昨天送过来的，我简单罗列整理了一下。”

“第一起案子发生在2015年10月22日，也就是大约半年前。受害者名叫苏枚，女，现年39岁，家住通宁市和平区外贸局家属院。受害者是被人用废电线活活勒死，地点在自家的卫生间内。根据死者亲属指控以及警方的现场勘察判断，认为嫌疑人为家里的保姆。原因是，苏枚发现丈夫与保姆有染，遂找后者理论，结果二人打了起来，在冲突的过程中保姆用电线勒死了苏枚。但无论如何，保姆都不愿认罪。目前，该案仍在审理中。”

18 周公散

“第二起案子发生在 2016 年 1 月 7 日，也就是大概三个月前。受害者田进一，男，现年 37 岁，家住通宁市玄武区金林花园，受害者是被人捆缚手脚丢进湖里淹死的，地点距死者家大约 1.5 公里。根据警方现场勘察和案情分析，认为受害者妻子和岳母为重要嫌疑人。原因是，田进一对妻子约束过严且习惯家庭暴力，妻子和岳母难以忍受，设计害死了丈夫。但二人均矢口否认，目前案子也正在审理中。

“第三起案子发生在 2016 年 3 月 10 日，也就是大约一周前。受害者方宇，男，现年 44 岁，家住通宁市涧南区解放东路 114 号院，受害者在伏虎路与卧龙路交叉口被一辆轿车撞死，司机至今逃逸。警方通过调查认为嫌疑人为受害者的一位朋友，是他策划了整个暗杀事件，原因是，那位朋友私下借了方宇一大笔钱，企图通过人死债空的方式逃避还钱。但那位朋友拒绝认罪。

“针对受害者亲属的指控，嫌疑人均有另一套说辞，且经测谎仪鉴定，他们并未说谎。不过从中我们可以发现，以上三个案子虽然发生在同一座城市的不同区域，嫌疑人的身份、动机也各不相同，这使得三个案子看起来没有太大关联，但有一点值得注意，那就是三名死者的身份却是相同的，他们跟我们一样，都是造梦师。除了苏枚外，另外两个我都听说过，甚至跟方宇还打过交道。”

宋小佳扳着笔记本：“据我了解，从去年十月到今年三月，六个月间通宁市共发生命案十四起，三起案子在这中间比例不算很大，至少从数据上说明不了什么问题……”

卡恩插口道：“但这三起案子都被祁妙梦到了，这就是最大的关联点。”

宋小佳还是不能理解：“那警方找到我们算什么意思？就因为死者的身份都是盗梦师，想要提醒我们也小心一点？”

“因为祁妙。”瞿洋回答了这个疑问，“第一起案子发生前后，祁妙曾到公安机关报案，只是没人愿意相信她那套所谓‘噩梦预言’的说辞，毕竟那听起来的确有点天方夜谭。另外，作为三起案子唯一的关联者，祁妙也难以摆脱恶人先告状的嫌疑。现在警方知道祁妙正在我们这儿接受治疗，于是提出两点意见：一、稳住祁妙，深入其潜意识搜索各种蛛丝马迹；二、监测梦境，未雨绸缪防止恐怖事件再度发生。”

卡恩哈哈一笑：“中国警察居然也相信盗梦？”

“不是信不信的问题，是案情需要这种手段。”瞿洋一脸正色道，“我跟刑侦大队的胡翰林队长有交情，他这个人我是了解的，只要有助于案情的破解，别说盗梦，就是跳大神的，他也不会排斥。”

“我去！”宋小佳抱怨道，“既然这样，他们就该早点把资料拿给我们，害得我折腾了一整天而且收获寥寥。”

卡恩再笑：“现在好了，有这些详尽的资料，我们可以对嫌疑人展开盗梦，不用严刑拷打，不用下饵诱供，只让他们睡上一觉就能水落石出。”

宋小佳却没那么乐观：“证据是要看得见摸得着的，就算我们得到了真相，梦里的发现也无法作为呈堂证供啊。所以，除了盗梦我们还得做别的打算。”

瞿洋的视线转向尹昕：“你怎么不说话？”

尹昕右手执笔，左手的五指轻扣着桌面：“我在想，三个案子背后的凶手，跟对祁妙做了植入的，会不会是同一个或者同一拨人。”

尹昕的话算是直接抓住了要害，于是集体陷入深思。

瞿洋想了一会儿，转对卡恩说："刚才的问题也回头再谈，先说说你的进展。"

"OK。"卡恩兴冲冲地从桌边拿起一个拇指大小的玻璃杯子，在众人面前摇来晃去，"恭喜我吧亲们，只一天多时间，三层以上梦境稳定剂的升级就获得了突破性进展。我给它取了个比较中国化的名字叫作'周公散'，其药力介于普通镇定剂和高效镇定剂中间，特别适用于两层以上梦境。"

"这么快？"宋小佳半信半疑，"能透露点玄机吗？"

"No problem（没问题）！"卡恩用手指轻弹了一下玻璃瓶子："其实很简单，我在原来的配方中减少了20%的苯二氮卓，增加了5%的阿立哌唑。"

"阿立哌唑？"尹昕提出质疑，"那不是治疗精神分裂的药吗？"

"没错。但少量的阿立哌唑不仅不会损伤到中枢神经，而且可以在保证大脑兴奋度和灵敏度的前提下，最大化降低本身的副作用，除此之外还可以增强联梦机的延迟效应。"卡恩得意地比划着，"这叫作一石三鸟、一毛不拔。"

"又来了。"宋小佳取笑道，"那叫一举多得。"

"OK。"卡恩耸耸肩，"虽然眼下的'周公散'已经具有初步的应用能力，但要完全取代现有的梦境稳定剂、直接投入临床，估计还得一段时间。我需要多方面反复地试验、改进，以期达到最完美的效果。"

"辛苦了。"瞿洋向卡恩竖了下大拇指，继而转向宋小佳，"你呢？"

宋小佳打出的半个哈欠被迫收了回去："我啊，刚才不都说了嘛，就一天多时间，哪像卡恩，坐在实验室里什么事儿都搞定了，我得来回跑啊，你瞅这两条腿都跑细了也没什么大的进展。"

瞿洋给了尹昕一个眼色，后者会意地将主题延伸下去："关于案子和工作进度的情况就先到这儿，接下来，我们讨论一下祁妙的下一步治疗方案。"

前期的盗梦宋小佳和卡恩都没有跟，因此，听到这个话题二人不约而同望向瞿洋。

“鉴于目标对象强烈的潜意识防御，我建议这次使用造梦术。”谈到本次将要实施的方案，瞿洋显得胸有成竹，“梦境布局由小佳来设计，卡恩负责留守，时间设定为一个半小时，双层梦境。这样一来，我们将有将近一个礼拜的时间来完成任务。”

尹昕猜测对方的意图：“你打算守株待兔？”

卡恩一时没明白过来：“什么狩猪逮兔？”

尹昕替瞿洋做了解答：“就是驻在祁妙的梦里守着，等待她下一个噩梦的发生。只要抓住最关键那根线，轻轻一扯，就像拆毛衣一样，或许四个案子的谜团就全部解开了。”

宋小佳眨着眼睛：“万一……扑个空呢？”

尹昕白了他一眼：“顶多浪费一个半小时。”

“不，一秒钟都不能浪费。”瞿洋斩钉截铁地说，“如果凶手藏着不动，我们就想办法把他引出来。所以说，我们的任务不是守株待兔而是引蛇出洞！”

19 引蛇出洞

由于新的形势变化，宋小佳和卡恩这天上午暂停了各自手头的工作，和瞿洋、尹昕一起帮助祁妙完成后续治疗。

九点半，祁妙如约而至。在DreamMurder工作室的内间，瞿洋、尹昕、宋小佳和祁妙分别半卧在四张折叠沙发里。卡恩打开联梦机，扯出传感导线，依次连接在四人的手腕上。由于是双层梦境，四人分别按最低量服下了梦境稳定剂。之后，卡恩设定好时间，待仪器运转至最佳状态，果断按下联梦机中央的启动按钮。

热，真热！

虽然还是阳春三月，而且已经到了黄昏时分，但空气燥热得却像炎炎夏日。

这可委屈坏了隐蔽在市心脑血管病医院后角门的尹昕和宋小佳，为防别人认出，两位特意化了妆换了发型，又一袭黑色皮衣，戴着大号墨镜，看起来就像两个黑社会分子。没错，这正是他们想要的效果，按照计划，他们需要把祁妙从医院骗出来，然后绑架到某处。

尹昕揭开领下的扣子，不停地用手扇风："嘿，你这梦主怎么搞的，错把春季当夏季了吧？热死我了都！"

一旁的宋小佳打了个饱嗝："早餐时虎皮辣椒吃多了。再坚持一会儿，我刚打过电话，目标马上就出来。"

不多时，祁妙漫不经心地从住院部走出，到后角门处四下看了看，然后拿出手机拨号。电话通了，对方声称是街边的商贩，打电话的人早就走了。祁妙恨恨地骂了句神经病，转过身准备回去，忽然发觉有根冰凉坚硬的东西抵住了后脑勺。

前方三米多处便是放射科的后门，通过门框的玻璃可以看到，身后一左一后站着两个穿黑衣戴墨镜的陌生人，其中一男的正用一把手枪顶着自己脑壳。于是祁妙战战兢兢地问："你们是什么人？想要干吗？"

尹昕没说话，拽过祁妙做了个跟我走的手势。祁妙不敢迟疑，亦步亦趋地跟着尹昕，边走边问："是不是黑子派你们来的？"

宋小佳捏着嗓音低声呵斥："少废话，去了你就知道了！"

就在不远处的路边，停着一辆黑色的商务别克。两人快速把祁妙架过去，尹昕拉开后门，先把祁妙推上车，然后自己再坐上去，关门。宋小佳则跑到前厢，敏捷地登上驾驶位。很快，商务别克从路边驶离。

街口等待红灯的过程中，车顶猛地一沉，像是有重物砸在上面，紧接着前窗玻璃倒扣下一张布满鳞片的脸。

"蜥蜴人！"坐在后座的尹昕惊叫道，"快把他甩开！"

宋小佳猛地向左打方向盘，车身一旋，差点同对面行驶过来的油罐车相撞，又快速右转，“嗵”地撞上人行道边的水果摊，霎时各类水果冲天而起，继而天女散花般弹落在地上。蜥蜴人随着车身左右飘摆，但最终还是没能成功甩脱。

趁车速放慢的工夫，蜥蜴人挥拳砸烂挡风玻璃试图闯进驾驶室。关键时刻，尹昕瞄准对方开了一枪，蜥蜴人肩部中弹从车顶坠下。

祁妙大叫着朝前探身，被尹昕抓回，接着又被宋小佳照颈侧抡了一拳。祁妙两眼一翻，昏倒在尹昕怀里。

本以为蜥蜴人会在车轮下挂掉，未成想，不到半分钟的工夫，那厮的身影便重新出现在前窗上。“咔嚓”一声，挡风玻璃被砸破一大块，蜥蜴人探进一只手臂同正在开车的宋小佳扭打起来。

宋小佳一手还击，一手握紧方向盘。商务别克醉汉一般东摇西晃左冲右突，连续撞翻五六个路边小摊，摧毁一理发店的灯箱之后，总算把蜥蜴人甩到一旁。他们还未松上一口气，只见前方路口出现了一光头黑人和一金发女子，两人每人端着把 AK47 照商务别克疯狂扫射。枪林弹雨下，前挡风玻璃全部碎掉，宋小佳左臂中弹，他忍痛继续开车冲二人直撞过去。

光头黑人和金发女子敏捷地逃到一边，然后劫下一辆私家车，把司机赶下，二人钻进去直追前方的商务别克。一场激烈的马路追逐开始了。光头黑人嚼着口香糖，把轿车开得如同遥控玩具一般，坐在副驾驶位的金发女子看得目不暇接惊叫连连。宋小佳的车技也发挥到了登峰造极的地步，在众多车辆中闪转腾挪游刃有余。

“嘿！”尹昕朝后窗看了看，问宋小佳，“你的城市建设不会照搬了实际地图吧？怎么那些投射人物甩都甩不掉？现在连警车都追过来了。”

宋小佳吃痛中为自己辩解：“这次的任务是引蛇出洞，所以只能对环境做小范围的改变，改得太多会引起更多潜意识投射的攻击。”

说话间，十字路口横向穿出一辆白色面包车，车上下来八个穿着黑西装戴着墨镜的汉子，他们各自一把手枪沿车身一字排开。

宋小佳本能地踩了刹车，车轮随着惯性又往前冲了几米，在距离三名黑衣人不到十公分的位置停住。对方的枪响了，直到枪声落定，尹昕和宋小佳才发现，他们和商务别克安然无恙，紧追在后面的光头黑人和金发女子乘坐的轿车则玻璃粉碎。

尹昕霎时愣住："这些人不会是瞿洋安排的吧？"

"我去！"宋小佳也傻眼了，"预先设定的剧本里可是没这一出啊！"

像是回应他们似的，六个黑衣人强行拽开左右车门，将宋小佳揪下车，然后又去拽尹昕和祁妙。宋小佳这才反应过来，赶忙上前保护尹昕和祁妙。无奈寡不敌众，眼看他们就要被生擒，突然斜后方"哒哒哒"射来一梭子弹，三个黑衣人应声翻倒在地。

20 坠桥

回头看去，只见一身小西装的瞿洋正潇洒地收起手枪。剩余五个黑衣人顾不得同伴，纷纷朝瞿洋围攻过去。瞿洋沉着应战，抓住前两人的手臂用力推送出去，两人屁股向后飞出，砸到紧随其后的两个人，四人叠罗汉般堆到一处。剩下一人怪啸着扑过来，结果被瞿洋直接一脚踹起，重重砸到面包车反弹到地面，当即昏死过去。

宋小佳瞧着爬起来狼狈逃窜的四名黑衣人，问一旁的瞿洋："我去，那帮家伙到底什么来路？"瞿洋看了车上的祁妙一眼："梦境中的潜意识投射都有其出现的道理，想要弄明白，就只能问她了……哎，她怎么睡过去了？"

宋小佳实话实说："我嫌她碍事儿，所以把她打昏了。"

瞿洋啧了一声："这下可是完全脱离剧本了。"

"他们追来了，快上车！"尹昕朝瞿洋和宋小佳喊。

二人转头看去，果然看到光头黑人和金发女子已经跑到跟前，而远处的警察也正气势汹汹朝这边赶过来。

“洋子你开车走，我来应付这俩鸟人！”宋小佳拉出一副准备决斗的架势。

瞿洋断然拒绝：“你有伤，不是他们的对手，还是让我来挡一会儿！”

宋小佳嚷嚷：“要走一起走。”

瞿洋揪住宋小佳往车上搡：“少废话，走！”

宋小佳咬咬下嘴唇，纵身跳上驾驶位，猛力往后倒车，错出足够空间后挂前挡猛打方向盘，抛开主道杀上一条背街的小路。

光头黑人和金发女子迅疾赶到，与瞿洋展开猛烈厮打。瞿洋发现，二人虽然体格彪悍武力过人，但招招都不抵要害，即便落败也没有动枪的意思，也就是说，他们身上的功夫顶多用了七成，其意图不是消灭而是活捉。

瞿洋则不同，他急于脱身，一招一式都是实打实的。很快他击退两人，返身追上别克商务，刚抓住门把手，就被光头黑人从后面拦腰抱住。紧接着瞿洋感到后颈一痛，抬头看时，见蜥蜴人伏在车顶，一手抠着天窗的边棱，一手冲自己张开，锋利的爪尖挂着衣服碎片和鲜血淋漓的皮肉。

瞿洋暴喝一声，撂翻身后的光头，踩着他的脑袋一下跃上车顶。蜥蜴人慢慢直起身，冲瞿洋做了个挑衅的动作，瞿洋整了整凌乱的衣服，用同样的手势回敬对方。之后，双方同时展开猛烈的攻击。

商务别克穿过两条街巷，拐上旁边一座立交桥。开着开着，宋小佳逐渐觉得不对，因为桥上没有任何车辆，甚至连路灯也没有。天色黑尽，前灯也被打坏，宋小佳只能借着淡淡的月光用肉眼来辨识前方的路况。

“糟糕！”车轮碾到钢筋和水泥渣的时候，宋小佳的心脏猛烈抽搐了一下，等他接着看清前方黄色警示牌上的内容时，刹车已经来不及了。于是，几秒钟后，商务别克“嗖”地从立交桥的断头处坠落了。坠落瞬间，车顶上的瞿洋和蜥蜴人以及扒在车窗处的光头黑人被一起带了下去。

“扑通”一声巨响，车头深深扎进桥下的河水中。幸好河面距断口的距离不是很高，也就四五米那样，别克商务没有遭受特别大的损伤。

尹昕不会游泳，连呛了好几口水，后在瞿洋帮助下逃出车厢，游到对岸的芦苇丛里。不多时，宋小佳托着昏迷的祁妙、顶着装有联梦机的手提箱也过来了。至于光头黑人和蜥蜴人，究竟被淹死在水下还是侥幸逃脱，也就不得而知了。

立交桥断头处，五辆警车呼啸而至，有人持着手电四处照射，还有人拿着喇叭喊话。瞿洋等人躲在芦苇丛里一动也不敢动。

十来分钟过去了，警车走了三辆，还剩两辆留在断口处，看样子根本没有要离开的意思。至于走的那三辆车，瞿洋猜测大概是回去拉取救援设备。

“不能在这儿等，我们得尽快离开。”瞿洋四下观察了一下，发现几十米外影影绰绰貌似停着艘小船，于是挥挥手，“跟我来！”

刚走开几步，尹昕便哎哟叫了一声，随即蹲下身子。瞿洋转过头，见一条细长的黑影从尹昕脚边蜿蜒而去，心里暗道：糟糕，估计是被蛇咬了。他下意识地摸摸口袋，手机不在，估计刚才坠车时落在水里了。

他正踌躇不定，眼前突然闪出一团小小的火苗，抬头看去，只见宋小佳手里举着只气体打火机。瞿洋的第一反应是朝断桥处警惕地观望，不过看上去那些警察好像并没有发觉，毕竟，这一点点火光很难引起远方的注意。

在火光照射下，可见尹昕的左脚背上有两个黑色的牙印，周围皮肤已经呈酱紫色，很明显是被毒蛇咬伤，而且其毒性还比较猛烈。毒蛇已经逃走，眼下又无医无药，时间像一只小小的沙漏，分分秒秒流逝的都是尹昕的生命。

21 假戏真做

“别动。”瞿洋蹲下身，捧起尹昕的左脚，同时递给对方安抚的神色，“我把毒吸出来。”

不知是疼痛还是羞涩，尹昕的脸上一片绯红：“不碍事，我能挺得住……”

宋小佳把祁妙和手提箱放到一边：“后面你还有很重要的任务，让我来吧。”

瞿洋厉色喝止：“你的嘴被玻璃划伤了你忘了？要找死吗？！”

宋小佳举着打火机，嘴里轻声嘟囔：“死就死呗，大不了从上层梦里醒过来。”

“胡说！”瞿洋的口气愈加生硬了，“这是双层梦境，我们服用过梦境稳定剂，一旦在梦里死亡，就只能进入迷失域。而且一人只能做一次梦主，没有你来留守，下层梦境我跟尹昕怎么办？”

宋小佳不作声了。

“忍耐一下。”瞿洋叮嘱尹昕。然后他用力挤压伤口周围的肌肉使得牙印处保持体液充盈，接着低下头，在伤口处猛力吸了几口，将吸出的毒液吐掉，最后从自己破烂的衣洞处扯下块布条把伤脚捆缚起来。

为防止创面感染，瞿洋把尹昕扶上脊梁将她背起来，宋小佳则托着依然昏迷的祁妙，两人溜着河堤走向不远处的小船。一路上有芦苇丛作掩护，断桥处的警察并未察觉。

木船很小且十分陈旧，不过基本还算完整，载他们四个渡河应该问题不大。

可能好几天没用的缘故，船舱里潮湿而肮脏。宋小佳放下祁妙和手提箱，找来芦苇铺在船舱里，然后跟瞿洋一起，把尹昕和祁妙抱上船去。

一切完毕，瞿洋解开系在木桩上的绳索，摇着橹桨朝与断头桥相反的方向划去。宋小佳打开手提箱，举起打火机检查设备损坏情况，发现里面果然湿漉漉的进了不少水。宋小佳刚叫了声“我去”，就被瞿洋重重抡了一拳。

宋小佳幽怨不解地抬起头，发现祁妙醒了过来，正瞪着一双眼睛幽幽地看着他。于是，宋小佳发挥堪比一线明星的演技，身子一歪倒在船舱里。其实，最早发现祁妙醒过来的是尹昕，等瞿洋假意打昏宋小佳之前，她已经趁黑脱去皮衣，丢掉墨镜，整好发型，恢复到DreamMurder 工作室咨询者的角色。

一切在最快时间内回到原来的剧本。

祁妙虽然苏醒，但仍觉得迷迷糊糊头痛欲裂：“这是哪儿，我怎么会在这儿？”

“你终于醒过来了。”瞿洋摇着橹，下巴指向宋小佳，“这个人你认识吗？”

祁妙的视线从瞿洋转向尹昕，费了好半天的力气她才辨出对方的身份：“你们怎么也在这儿？”

尹昕提醒道：“你忘了，现在你处于梦境中，我们是来保护你的，而那两个绑架你的黑衣人，女的坠车时淹死了，剩下这个男的，你仔细看看认不认识？”

当尹昕说到“女的坠车时淹死”的时候，宋小佳差点笑场，还好祁妙再度把视线转过来之前，他的嘴唇及时绷住。

“有点眼熟，好像在哪儿见过。”祁妙凑到跟前仔细打量，“但肯定不是黑子的人。”

瞿洋迅速捕捉到了那个关键词：“‘黑子’是谁？”

祁妙自知失言，于是支支吾吾道：“是我的一个……朋友。”

瞿洋追问：“什么样的朋友？”

祁妙沉默不言。

"你最好说实话，这样我们才能帮你。"作为心理学研究者，尹昕深知对付祁妙这样的人，不适合拐弯抹角，最好是单刀直入，"祁妙小姐，事已至此，我也不想再做隐瞒。你的病情很不乐观，用专业术语讲就是遭遇了意念植入，说通俗点，就相当于你的大脑程序被人为地篡改了。"

"可以这么讲，现在你的一些思想、观点甚至行为根本不是你自己的，而是别人通过盗梦的形式灌输给你的。不过，意念植入只能部分改变一个人的想法，不会完全替代他的思维。之所以会在梦里问你这些，是因为你还保留了自己一部分潜意识，只要你开口，这个人就无法遁形。"

果然，尹昕的方略起作用了。祁妙听了之后开始显得局促不安，浑身发颤："不，不是这样……"

尹昕身体前倾，给祁妙以泰山压顶的即视感："实话告诉我，给你意念植入的是不是那个什么黑子？"

祁妙拼命抓着自己头发："不，我不知道！"

"你知道！"尹昕掰开她两只手，"别以为你替人家保守了秘密，人家就会真的拿你当朋友，你不过是人家实施阴谋的一个工具罢了，说不定那两个人就是黑子怕你泄露秘密，所以派来杀你灭口的！"

"不会的。"祁妙使劲摇头，"他说不会就不会……"

"他是谁？"尹昕追逐着对方的目光。

"你别问我，我什么都不知道。"祁妙往瞿洋身旁不断退缩，"我就能肯定那两个人不是黑子身边的。"

"那光头黑人和金发女子，以及那个蜥蜴人，应该都是黑子的手下吧？"瞿洋暂停摇橹，两手握紧祁妙的肩膀，"不要怕，这是在梦里，没有别人会知道你所说的一切，也没人能够伤害到你。"

瞿洋的肢体仿佛给祁妙注入一股无形的能量，后者的情绪渐渐安定下来，先是点了点头，后又补充一句："他不是蜥蜴，身上那些鳞片都是他纹出来的，虽然丑了点，但他是个好人。"

瞿洋继续摇撸："你对黑子了解多少？"

22 二层梦境

祁妙苦笑了一下："他那个人很怪，总是披着一个黑斗篷，把脸遮得严严实实而且经常神出鬼没的，我从来没见过他长什么样子，也不知道他住在哪儿，甚至不清楚他的真名叫什么。"

"是他让你来找我们的，对吧？"尹昕插口。

祁妙用沉默替代回答。

"他为什么要帮你？"尹昕接着问。

祁妙的回答极其淡然："因为他的父亲跟我父亲有交情。"

尹昕叹了口气，似乎对这样的结果感到失望。

瞿洋则不气不馁，他冲昏睡的宋小佳挑挑下巴，对尹昕说："准备进入二层梦境，瞧瞧这个人到底什么来历，最好能顺藤摸瓜，找到三起杀人案跟噩梦之间的关联，从而挖出矛盾根源。"

祁妙抓住瞿洋的胳膊："我也要去。"

"好的。"瞿洋痛快地答应了。

尹昕开始拿袖子擦拭联梦机。经过测试，发现虽然浸水，但设备还能正常运转。

接着尹昕取出盗梦前卡恩交给她的周公散，自己先按定量服用，然后让瞿洋、祁妙、宋小佳也一起服下。服用完毕，她把联梦机上的传感线扯出来，分别连上每个人的手腕。待设备运转稳定后，果断按下了联梦机中央的按钮。

狂风呼啸电闪雷鸣，上层梦境火辣辣的干热天这时却变得寒飕飕湿漉漉的。

正值清晨时分，街上行人和车辆都十分稀少，等了半天也没打上一辆出租车。眼看雨下得越来越紧，没办法，瞿洋和尹昕只好到一家24小时便利店买了两把雨伞。

尹昕衣衫单薄，在风中连打几个寒噤，说话的声音都跟着发颤：“我没有多喝水呀，怎么会出现这样的鬼天气？”

“别忘了，我们刚从水里出来，此刻正坐在一条小船上，河面有风，船体颠簸，这种湿冷和不稳定的感觉会影响到二层梦境的氛围，而且还将成倍放大。”说着，瞿洋脱下自己的小西装披在尹昕身上。

虽然那件衣服并不厚实，但尹昕却分明感到一股浓浓的暖意。四目交接中，尹昕的脸一片绯红。

瞿洋一手打着雨伞，一手扣好衬衣的领子：“这种天气，这个点儿，祁妙应该还没动身去医院。你有她的详细住址吗？”

“有，每位客户都有明确的信息备案，除了办公电脑，我手机里也备了一份。”说完，尹昕拿出手机开始查找，“有了，通宁市民安区姜寨北街74号503室。”

由于距离不是很远，两人选择抄小路步行过去。走了大约三百来米，瞿洋突然停下了，仰脸冲着西北方的天空呆呆地出神。尹昕也停下，顺着瞿洋的目光看过去，只见四五十米外有一栋新起的建筑，那栋建筑的天台上背向站着一个女孩。女孩约莫二十出头，身材高挑形体完美，穿一身红色的连衣裙，裙摆很长很长迎风飘扬，赭红色的卷发耷于肩膀上。

那女孩视狂风和雷电于不见，兀自在风中跳舞，但她并不孤独，似乎有那么一个人无形地陪伴着她，两人相依相偎，一起振臂、旋转、扭腰、摆腿，每一个动作都那么用心、细致，令观者产生油然的热情和感动。

“梦雪。”瞿洋薄唇轻启，低声喃喃出两个字。

对尹昕来说，这是一个完全陌生的名字，但在瞿洋的嘴里，仿佛已经叫了几十年。那种特别的熟稔和亲切令尹昕不得不产生一连串疑问：“你认识她？她是你什么人？女朋友吗？”

“是的。”瞿洋没有留意尹昕的表情，也没有回避这个问题：“我们的老家就在那一片，我在那儿生活了十九年，直到七年前村子拆迁才搬出来。我们俩一起从小长大的，算是青梅竹马。十八岁那年她考上了舞蹈学院，那条红色的裙子是她为一次舞蹈大赛亲手制作的演出服。”

“她特别喜欢那条红裙子，每次从学校回来，都会穿上它站在那高高的天台上跳舞。她跳的那支舞叫作《芙蓉之恋》，是她亲自为那次大赛而创作的，可惜我没有舞蹈天分，每次陪练的时候总踩她的脚。我很后悔在她正式演出那天没有到场，早知那是她最后一次表演，我想我肯定会参加。”

“原来你有女朋友。”尹昕脸上挂着难以掩饰的失落，“可怎么从来没听你说起过，也没见过你们彼此联系？”

“她……”瞿洋顿了顿，接着说道，“她已经不在人世了。”

尹昕柳眉一皱，内心五味杂陈：“我明白了，天台上的梦雪不过是你的潜意识投射。只是，你的入梦经验已经非常丰富了，怎么还会出现这种情况？”

瞿洋苦笑一声：“可能是触景生情，一时难以自控。”

正说着，一阵狂风袭来。尹昕下意识地扯紧身上的小西装，结果手中的雨伞被风吹走了。她急追忙赶，跑了四五十米才在一座废弃的商场门口追上，正准备弯腰捡起，忽然发现伞下蹲了个穿白色连衣裙、看上去只有八九岁的小女孩。

小女孩光着一双脏兮兮的脚，裙子又污又皱，头埋在两个同样黢黑的膝盖中间，瘦小的身子一半缩在伞下，一半暴露在风雨中。在雨水的不断冲刷下，混杂着黑色碎屑的浊流不断从她的脚下涌出。

23 恶童

尹昕觉得这身影有些眼熟，却又一时想不起在哪儿见过。她上前拿过雨伞，同时搀扶起在雨里瑟瑟发抖的小女孩："小妹妹你叫什么名字，怎么一个人躲在这儿？"

小女孩仍旧垂着脑袋，焦枯的头发掩盖着大半张脸，能看到一小部分白皙清秀的面颊。尹昕动了恻隐之心，她蹲下去想把小女孩抱起来，就在此刻，小女孩的头转过来了。狂风吹起遮在脸上的头发，露出大半张已经烧成焦炭的面孔。

尹昕惊叫一声，跌坐在地上，手里的雨伞再次被风吹跑。

小女孩缓缓站直僵硬的身体，哇地吐出一口裹着黑炭的浓血，她冲尹昕抬起还在燃烧的右臂，嘶哑的嗓音里带着幽幽的呜咽："姐姐救我。"

"快走！"瞿洋上前拽住尹昕的胳膊，把她扶起来。与此同时，小女孩整个人燃烧起来，她一边扭曲地挣扎一边朝瞿洋和尹昕慢慢靠近，凄厉的哭号不断刺激着两人的耳膜。

瞿洋揽着尹昕本能地向后撤退，当他们上了台阶退至废弃的商场一层时，破破烂烂的大门咣地关上了！

"不！"尹昕忽然想起什么，返身冲过去试图扳开大门，"我们不能待在这里，不能……"大门紧闭，摇晃中坠下的玻璃残渣划破了尹昕的手指。

"冷静点，这不过是一场梦而已！"瞿洋拽过尹昕，把她抱在怀里，"有我在，别害怕。"瞿洋温热的呼吸轻柔地喷涌在耳边，使得尹昕的紧张情绪在抚慰里稍稍镇定。

就在此刻，大门咣地向内开启，紧接着，满身是火的小女孩砰地摔进来。刹那间，火花飞溅，四周残留的木框、地毯、海报招贴和展示柜等淋了油一般熊熊燃烧起来。瞿洋拽着尹昕通过步梯往上跑，一口气跑到四楼，通过顶层角落的垂直扶梯攀上楼顶的天台。

虽然电光闪烁、雷声如鼓，但细密的雨丝还是渐渐释缓了二人的恐慌，灼热的大脑也在凉风中归于冷静。

“怎么你的潜意识投射也被带进来了？”瞿洋一手撑着雨伞，一手紧箍着尹昕，避免她单薄的身体被雨水淋到。

“是这座被大火焚毁的商场。”尹昕仍有所忌惮地盯着通往天台的孔道，“本以为经过你的治疗，再也不会出现之前的噩梦，看来我还是未能最终放下心里的愧疚。真的瞿洋，如果当初我能再勇敢一些，或许就能把她从火海里救出来。”

“那不是你的错。”瞿洋轻轻拍着她的肩膀，“求生是人的本能，如果你选择了冒险，或许丢掉的就是两条性命。按照你的逻辑，当初烧死了那么多人，是不是每一个逃生者都该为死难者感到愧疚？”

“可当初那条狭窄的过道里只有我们两个，我仗着身高优势爬上了窗子，她却怎么都够不着。本来我是打算把她拽上来的，可一看见她浑身是火满地打滚的样子，我怯懦了。”说到这儿，尹昕忍不住哽咽，“这么多年来，我的耳边天天都在响着她凄惨的哭喊——‘姐姐救我！’以至于我从那以后害怕见到火，甚至害怕听到别人喊我姐姐。”

瞿洋安慰道：“事情过去那么久，别再想这些了。”

尹昕努力平定心绪，目光渐渐移向瞿洋：“你说，咱们两个的潜意识投射都被带进来，而且几乎同时出现，这到底是必然还是巧合？”

瞿洋冷冷一笑：“我早就说过，这是有人为我们布好的局。不然的话，每次接近目标对象就不会这么艰难。”

“你的意思是……”尹昕转动脑筋，随即她做出了一个大胆的猜测，“设局之人就在梦里等着我们？”

瞿洋意味深长地吐了口气：“我们的对手，恐怕要比想象中更为强大。”

话音未落，尹昕再次惊叫起来——之前在四五十米外那座天台上的红衣女子不知何时出现在瞿洋身后。她伸着左臂，右手持一把锋利的刀片。见瞿洋回过头，她的嘴角现出一抹冷冷的笑意。紧接着，刀片在她左臂的手腕上划了一下，顿时血浆飞洒，被狂风卷了瞿洋和尹昕一脸。

“哈哈哈……”女子仰天长笑，声音尖锐得像把刀子般剜着瞿洋的心，“洋子，我们终于可以永远不分开了！”

相比尹昕，瞿洋的神情相当淡定，似乎对眼下这一幕并不感到恐惧和惊讶：“梦雪，我说过，等我把该做的事情做完，我就会去陪你的，你又何必这样。”

“我就要这样！”梦雪歇斯底里地咆哮着，“我不想天天活在虚无缥缈的梦里，我需要你给我现实的陪伴！”

鲜血不断飞洒着，梦雪的脸因失血和愤怒而愈发狰狞。尹昕浑身发抖地紧抱着瞿洋，躲也不是，不躲也不是。

瞿洋暗自咬咬牙，拉着尹昕从梦雪面前离开，刚走几步，却看到浑身焦炭般的小女孩从不远处的垂直扶梯爬了上来。与此同时，大火从建筑四周蔓延而至，温热的水泥墙体在风雨中噼啪有声。

24 险滩

第一层梦境。

宋小佳一边摇着橹，一边注意着瞿洋、尹昕和祁妙的动静，发现前两人的身体不时地抽搐一下，这表示他们在二层梦里的处境并不安宁。

大约二十分钟前（按第一层梦境时间），他假装服下尹昕灌进他嘴里的周公散，待其他三人进入梦境之后又悄悄吐出来。他可没忘自己的任务——按一人只能担任一次梦主的原则，他需要在二层梦境里做好守梦人，也就是以唯一清醒者的角色来审时度势统揽大局。

宋小佳知道，由于第一层梦境只使用了极少量梦境稳定剂，而第二层梦境用的是周公散，这么一来，可以确保只要发生穿越（穿越是指把深层梦中的人唤醒到上一个梦境层面的方法。常用有三种：一种是在第N+1层中将人物杀死，该人物便能在第N层醒来；一种是通过使第N层的人物的身体发生“高处下坠”等惊吓效果，从而把第N+1层中的他的意识拉回来；最后一种是预定时间到或者梦境坍塌。不过这里有个前提，即进入第一层梦境和第N层梦境时都未服用梦境稳定剂。但这里第二层梦境用了周公散，那么可以成功造成穿越的就只剩下第二种和第三种。依此论推，如果第二层梦境也用了梦境稳定剂，则三种穿越方式都将失效），即便没到达预定时间，入梦者也可以随时醒来，而不至于坠入可怕的迷失域。

但这么一来，梦境的稳定性就会下降很多，这就要求宋小佳在任务中必须格外小心谨慎，保证船体运行的平稳与流畅。

所幸宋小佳从小在这条河里游泳，对这片水域还是比较熟悉的，要是换做别人，都不知道在险滩里翻了几次船了。

就在他准备靠岸歇息的时候，忽然发现后面闪来几道灯光，仔细看去，像是警察的皮艇。三个人还在昏睡，如果此时靠岸，只怕包括他自己在内一个也逃不了。可若继续往前划，两公里外便是一个四五十米高的大瀑布，这么高的距离极可能造成穿越，万一瞿洋他们还没完成任务怎么办？

想来想去，宋小佳决定冒险，他摇着橹回到河心继续顺流而下。后面警察的皮艇越追越近，宋小佳不由得慌张起来。一不小心，在路过一个险滩时船快速打了个旋，随即向河底扣去。眼看要控制不住了，宋小佳扑通跳进水里，用肩膀支撑着船体的平衡。

在宋小佳的咬牙坚持下，船体终于平稳了，但适才的回旋卷起一片大浪，水花越过船舷浇在瞿洋、尹昕的脸上。

于是，在第二层梦境里，地面摇晃了两下，倾盆大雨从天而降。

雨水瞬时模糊了梦雪和小女孩的身影，也浇淡了建筑四周蔓延而来的火焰。原路返回是不可能的了，等雨小了之后，瞿洋拽着尹昕跳上天台旁边的一架吊机，然后顺着它长长的手臂攀上对面一座在建楼房的阳台。

他们在风雨中一路艰难跋涉，等找到祁妙家的时候已经上午 9 点多了。

瞿洋抬手敲了敲 503 的门，门很快打开了。祁妙探出乱蓬蓬的脑袋，嘴角还留着泡沫，看样子是刚起床不久正在刷牙。

见到二人狼狈的样子，祁妙呆了片刻，然后赶忙把他们让进客厅，又匆匆从里屋端来热水和毛巾。

“你们这是……”祁妙瞪着一双因严重缺乏睡眠而乌青发肿的眼睛。

“路上遇到点状况，不过都料理妥当了。”瞿洋轻描淡写应付了一句，在旧沙发上坐下来，“你没碰上什么麻烦吧？”

祁妙愣了一下：“我……挺好的。”

尹昕拿毛巾擦了手和脸，而后递给瞿洋。瞿洋随便胡撸了两下，交还给祁妙，然后不动声色地告诉她：“我们是跟着那个黑衣人找到你这儿来的。”

“黑衣人？”祁妙似乎费了很大力气才想起上层梦境的情节，于是下意识地四下看了看，“那他人呢？”

“被宋小佳捉住给带回去了。”尹昕十分会意地接了话茬，“他已经承认参与了那三起杀人案，下一步我们将对其进行盗梦，找到幕后主使。我相信，离案件的最终告破已经不远了，你的痛苦也将很快得到解脱。”

“哦。”祁妙淡淡地应了一声，并没有露出欢喜的神色。看得出，她的潜意识已经被绝望和恐惧牢牢锁死。

尹昕与瞿洋对视一眼，后者身体向前倾了倾：“祁妙，你说你可以看到那三个死者的亡魂，是吗？”

25 审阴司

祁妙眨着眼睛："是啊，我都快被折腾死了，整夜整夜不敢睡，只能等到清晨天亮的时候眯上一小会儿，天天如此，你看，我这都成熊猫眼了。"说着，她弓下腰把整张脸蹭到瞿洋跟前。

瞿洋看着她的眼睛，但并未理会瞳孔深处包裹的另一层含义："那也就是说，此时此刻他们还在你身边，是吗？"

祁妙身子一震："对啊。"

尹昕用纤细的五指拨开祁妙的头发，让她看着自己："我怎么可以看到他们？"

祁妙立刻直起身来："你在怀疑我撒谎？"

尹昕摇摇头："不，我只是想问他们几句话。这样可以从侧面印证黑衣人所讲是否是事实，也有利于我们下步将要开展的盗梦工作。"

祁妙迟疑了一会儿："那好吧，你们抹上我的眼泪就可以看到他们了。"

生活中，祁妙是个历尽苦难、感情丰富的人，所以她的眼泪说来就来，轻而易举。

涂上泪水之后，尹昕还真给吓了一跳：适才还空空荡荡的门后，此刻竟真的多了三个半透明的人影，其中那个女的眼睛圆瞪舌头吐出老长，另外两个男的，一个肚子肿胀鼻孔上翻，一个浑身是血肢体不全。

"别怕。"瞿洋安慰尹昕说，"那都是目标对象从潜意识里幻化出来的，况且我们现在还在梦里，一切都处于可控状态。"

尹昕紧靠着瞿洋："为什么抹上眼泪真的可以看到？"

"因为在潜意识里，目标对象接受了'抹上牛的眼泪可以看到鬼'这种谣言。"瞿洋攥住她的手，轻轻晃了晃，"不要过于纠结其梦境的因果，很多时候它是颠覆逻辑和规则的。"

说完，瞿洋上前几步，向那三个人影开口道："我叫瞿洋，是

DreamMurder 工作室的首席造梦师，你们的情况我已经初步了解了，但为了能更好地帮助你们，下面有几个问题，希望你们能如实回答。可以吗？”

三人不约而同点了点头。

“第一个问题。”瞿洋举起一根手指，“你们平时在私底下有过联系和往来吗？”

三人再次点了点头。

“很好。”瞿洋继续问道，“第二个问题，你们近期有得罪过什么人吗？尤其是同行业里的高手？”

三人彼此对视一眼，先后摇了摇头。

瞿洋继续开始他的第三个问题：“你们受雇参与过窃密行动（指通过盗梦的方式获取对方机密）吗？”

三人全都愣怔地看着他。

瞿洋心里大致有数了，但他还是不动声色地走到苏枚跟前，向她问道：“按照警方提供的线索，杀害你的是你家的保姆，原因是你怀疑你丈夫与保姆有染，于是找他们理论，争执过程中保姆失手杀死了你，事实是这样的吗？”

苏枚舌头堵塞了嘴巴讲不出话，只能摇头。

瞿洋又问身侧的田进一：“根据警方现场勘察和案情分析，认为杀害你的是你的妻子和岳母，原因是你对妻子约束过严且习惯家庭暴力，妻子和岳母难以忍受，这才设计把你投到了湖里，事实是这样的吗？”

田进一貌似很激动的样子，讲话时水不断从嘴里流出，呼呼噜噜根本听不清楚。

瞿洋说：“你只点头或摇头就行。”

田进一使劲摇头。

瞿洋走到方宇跟前，向他问道：“警方通过调查认为杀害你的嫌疑人是你的一位朋友，原因是，那位朋友私下借了你一大笔钱，企图通过人死债空的方式逃避还钱。事实是这样的吗？”

方宇摇着血肉模糊的脑袋："不，不是这样的。"

瞿洋再问："那么，开车撞你的人你认识吗？"

出乎意料地，方宇点了点头："化成灰我都认得！"

"哦？"瞿洋眼前一亮，"他叫什么名字或者有什么样貌特征？"

方宇转着浸满血渍的眼珠："他穿一身黑衣，因为背着光线，看不清长什么样，也不知道他叫什么名字，但我记住了，他的左腿有点跛，讲话时喉咙里不停发出类似于打嗝的声音。"

此话似乎提醒了田进一，后者又开始呼噜呼噜地仿佛有话要说。

瞿洋凑过去："你说什么？"

田进一大张着嘴，如同一条窒息的鱼，7个字是一个一个蹦出来的："我——知——道——他——是——谁——了。"

瞿洋赶忙把耳朵贴近，等着他讲出那人的名字。

第一层梦境里。警方的皮艇越来越近，有人拿着喇叭不断喊话，说前方危险立即停下。宋小佳非但没停，反而加快速度向前划行，他试图绕过主河道进入山林间的侧流，结果因风大水急未能成功，最终连同小船一同跌下了瀑布。

于是，在第二层梦境中，随着剧烈的轰响，大水从四面八方破墙而入……

26 祁妙的请求

瞿洋直直坐起，捂着胸口喘了一大口气，他的头发和衣服湿淋淋的，仿佛刚从水里捞出来。宋小佳和尹昕依次醒来，看样子境况也好不到哪里去，出于联梦机的延迟效应，祁妙还在昏睡中。

"我去！风太大了，完全控制不住船的方向！"宋小佳坐起身，抱怨着在脸上抹了一把，"洋子，真不好意思，影响到你们的任务了。"

瞿洋沉默不语，眼定定地看着联梦机上还在一闪一闪的倒计时红灯。

“What happened？（发生了什么事）”卡恩关切地问。

“一言难尽。”尹昕除去胳膊上的传感导线，拿过小茶几上的水杯喝了口水，“我们千辛万苦好不容易接近目标对象的潜意识，甚至跟对方幻化出来的死者进行了对话，只可惜天不假时，关键一刻梦境坍塌了。”

“这事都怪我！”宋小佳恨恨地抽了自己一个嘴巴，“明知道有风险，还要心存侥幸继续往下游划！”

尹昕拦住他的手：“你也别太自责。要怪只能怪对手太狡猾，好像我们的每一个步骤、每一个得失都在其运筹之中。”

卡恩瞧瞧宋小佳，又看看尹昕，最后把视线停留在瞿洋的脸上：“嘿，你在想什么呢？”

“我在想，对方为阻止我们深入目标的潜意识，设置了那么多的障碍，但同时又似乎故意卖出了一些破绽。”瞿洋慢慢摘下胳膊上的传感导线，“总觉得怪怪的，可究竟怪在什么地方，具体又说不上来。”

宋小佳瞥了祁妙一眼：“既然到了最后一步，剩下的等她醒来一问不就成了？”

尹昕当即否定：“深层梦境中都难以拿到的东西，现实中更是不好攫取，对于这种潜意识防卫极其强烈的目标对象，逼问、诱供是没有结果的。”

“我去！”宋小佳双手挤着眉头。

“那怎么办？”卡恩摊着手，“难道还要等下次机会吗？”

正说着，祁妙醒了过来，她先是长长吐了口气，第二个反应就把众人惊呆了——她连传感导线都没来得及摘，直接张开胳膊扑上去将瞿洋死死抱住。若非尹昕反应迅速，联梦机早被她扯到地上去了。

“求你发发慈悲，把我留下吧。”祁妙尖着嗓子声泪俱下，“让我干什么都可以，做饭、洗衣、拖地、收拾屋子、接待客人、整理文件什么都成，我实在是害怕，怕极了，整夜整夜觉都不敢睡，这样的日子我真是受够了，一分钟都撑不下去，只有跟你们在一起，我才有安全感，才有勇气继续活着……”

“你……想留在这儿打工？”瞿洋皱着眉毛。祁妙这一手，他完完全全没有预料到。

祁妙使劲点着头：“只要肯把我留下来，我可以不要工钱，什么都不要。我知道你是个好人，不会就这么看着我饱受折磨而不管的。”

瞿洋真想说，可我这儿也不是慈善机构啊，不是任何人有了苦处都可以留在这儿的，否则，我生意还怎么做呢？当然，这话他说不出来，也没有那样说。他只是用手在祁妙肩头轻轻拍打了两下，然后将其推开一点距离，让对方别激动，有话慢慢讲。

宋小佳上前道：“祁妙小姐，什么时候加人什么时候减人都是根据公司方针策略走的，这么大个事，总得容我们研究讨论一下对不？另外，于你自己而言，一项职业的选择也是很重要的，得思前想后分析对比不能靠单手拍脑瓜子，你至少得考虑做这件事情到底妥不妥当，对吧？”

“我觉得挺妥当的。”卡恩插口说，“尹昕现在既做心理咨询又做客户接待，有时候还跟我们一块儿入梦，她以一顶三长期下去会累坏的，我觉得祁妙小姐过来帮忙很必要呀！这叫作‘见缝插针、亡羊补牢’。”

“哎呦我去！”宋小佳无语了。

尹昕也毫不委婉地表达了反对意见：“就算人手不足需要招聘，哪有把客户招进来做帮手的？”

卡恩耸耸肩：“你来之前不就是瞿洋的客户吗？”

尹昕也无语了。

于是，祁妙、宋小佳、尹昕和卡恩的目光一起聚集到瞿洋身上。

“这样吧。”瞿洋垂着眼皮思考了一会儿，“你就先留在这儿，这样也方便对你的观察和治疗。至于以后，等你病情好了再说吧。”

祁妙破涕为笑，宋小佳捻着下巴，卡恩抱起胳膊，尹昕别了脸走开了。

祁妙走后，独自待在外间的尹昕忍不住向瞿洋抱怨道：“就算缺人，干吗非要找她呢？瞧她看见你那副样子，饿狗见了肉包子似的，哈喇子都流出来了。”

卡恩嘿嘿笑道：“你们中国有句俗话，叫作‘舍不得孩子套不着狼’，四个字来形容就是‘以身试法’。”

“我去！”宋小佳纠正说，“这得叫作‘谁挖的粪坑该谁来跳’，四个字形容就是‘请君入瓮’。不懂了吧？”

卡恩没理会宋小佳，只顾着给外面的尹昕指点迷津：“女人哪，一吃醋智商就降低。既然对方处心积虑要进来，我们就敞开了门儿欢迎。风险往往与机遇并存，对我们来说，保不准还是个化被动为主动、实现翻盘的好机会呢。”

这个道理尹昕何尝不知，她只是不希望看到祁妙跟瞿洋走得太近罢了，于是别着脸娇嗔一句：“就你俩聪明！”

正说着，瞿洋的手机有电话打进来了，屏幕显示来电者为孙叔。

“有事吗孙叔？”瞿洋沉着嗓子按下接听键。

几秒钟后，瞿洋脸色一变，拿着手机大步就往外走：“好，我马上过去！”

27 罗布泊食肉蜥

法医室的工作台边，胡翰林背着手一边听取法医汇报一边来回踱步，其间，目光不时扫向解剖台上的两具几乎只剩下骨头的残骸。他的眉头紧皱着，花白的头发根根树立，脸面虽然瘦削，但每条皱纹里都散发着不怒自威的气场。

“我不要这些冗长的鉴定分析，你直接告诉我结果。”胡翰林停止踱步，改成叉腰的姿势。

一旁的法医咽了口唾沫，直接将汇报从中段切换到末尾："……总之，小唐和小邓两位同志在被啃噬前就已经死亡，一个因为胸部遭遇重创，一个喉咙被划断造成失血过多……"

胡翰林抬起一只手示意对方停止，而后转过身，盯向场地中央的一只大铁笼子。笼内拥挤了数十只体型庞大的蜥蜴，它们大多精神疲倦、伤痕累累，分明不久前刚刚经历过一场恶战。

法医介绍道："这二十九只蜥蜴是从小唐和小邓的死亡现场捉回来的，其学名叫罗布泊食肉蜥，又称狗皮黄，成年雄性体长可达三米，性情十分凶猛。这种蜥蜴喜欢藏在十厘米下浅层沙里，看不清楚的人一脚踩下去，拔出来慢些腿就废了。"

"沙漠蜥蜴怎么会出现在通宁？"说着，胡翰林抬起右手在铁笼上用力拍了下，跟预料中一样，里面产生了剧烈骚动。

身旁一名小警员回答说："是有人在废矿区偷偷豢养的，不过至今还没找到主人。"

胡翰林依旧盯着笼子里的蜥蜴："这次参加行动的有多少人，伤亡如何？"

这次，回答他的是李菲："一共二十人，仅四人轻伤。"

胡翰林硬是把离他最近那只蜥蜴逼视得侧过头去，这才意犹未尽地转回身，冲法医张开两手。法医会意，取过一副干净的胶皮手套递过去。胡翰林戴上手套，走到不远处的解剖台边，捏起其中一具尸骸断裂的胸骨，对着灯光仔细观察。

"有什么不对的吗？"李菲凑过去。

胡翰林眯着眼睛："你相信那些蜥蜴就是凶手吗？"

李菲转动着脑筋："您的意思是，有人杀了小唐和小邓，然后故意制造出动物袭击的假象？"

胡翰林未置否可："你说呢？"

李菲实事求是地讲："当初选择小唐和小邓，是因为他们综合业务能力强，身手也很不错，可以说，在我们队里，他们都是各方面的佼佼者。按理，一般的人或动物很难对他们造成伤害。至于这些蜥蜴，抓捕时我也在场。”

“它们虽然凶猛，但只要做好应对准备还是比较容易对付的。另外，现场有开枪痕迹，说明小唐和小邓并非遭到偷袭，既然如此，就绝不可能在几乎毫无反击之力下一招致命。但若对手是个人，那么其武力已经达到了令人匪夷所思的地步。”

胡翰林似有似无地点了下头：“现场还有什么发现？”

李菲补充道：“发现不少动物类的残骨，除小唐和小邓外，未见其他人类遗骸。”

胡翰林再度侧目扫向铁笼。

适才那名小警员上前请缨：“胡队，这些东西要怎么处置？”

胡翰林想了一会儿：“先送到野生动物研究所吧。”

“胡队。”小警员枪都已经拔出来了，“为什么不让我结果了它们，替小唐和小邓以及受伤的四位弟兄报仇呢？”

胡翰林摘下胶皮手套，在小警员肩膀上拍了两下，转而问李菲：“瞿洋那边有什么进展吗？”

李菲道：“目前还没有，不过听说祁妙加入了他们的工作室。另外，我还听说，瞿氏集团还未上市的一个新产品配方遭到泄露；与此同时，其竞争对手章氏集团抢先一步把产品研制成功，品质相差无几，而且价格比瞿氏还低出不少。因此，瞿氏集团遭遇了数千万元的订单损失。瞿振业已经向公安机关报案了。”

“嗯，我也听说了。”胡翰林从兜里抽出一支烟填进嘴里，刚准备打火，却瞅见了法医紧皱的眉毛，于是又匆匆塞回去，“小李，这事你怎么看？”

“瞿氏集团认为是章氏窃取了他们的机密，章氏方面坚决否认。目前，双方都没有对自己有利的证据。”顿了片刻，李菲又接着说，“但我总觉得，这并非一起简单的商业机密盗窃案，而是跟眼下三起恶性杀人案有着微妙的关联。”

“哦？”胡翰林停止踱步，“说说看？”

李菲不好意思地搓搓手：“不过是直觉罢了，暂时还没有切实的依据。”

“证据，证据！”胡翰林把这个词狠狠念叨了两遍，继而语气颓丧下来，“半年前只差一步结不了案，原因就是证据不足，半年后我们几乎还在原地徘徊，缺的仍是证据。我快六十岁了，职业生涯只剩下两个月不到的时间。如果这些日子还拿不到证据，只怕就要晚节不保了。”

小警员与法医对视一眼，不知道该说什么。

李菲适时打破沉默：“胡队，祁妙那边要不要继续派人监控？”

“要的。”胡翰林又精神抖擞起来，“继续挑两个精干的，让他们记住，没有我的命令，绝对不准私自行动。”

李菲和小警员一起敬礼：“是。”

胡翰林的视线再度四下逡巡，忽然注意到试验台边放着一小瓶橙黄色的液体：“那是什么东西？”

小警员回答说：“是在祁妙住所搜查时发现的。”

法医补充道：“具体成分暂时还不太明确，应该属于镇定剂的一种。”

“镇定剂？”胡翰林捻着嘴唇上短硬的胡茬，“她要这个做什么？”

法医摇摇头。李菲思考了片刻：“虽然我不清楚它的作用，但我知道这事该找谁了。”

28 假装情侣

祁妙把最后一勺稀粥喂到母亲嘴里，准备起身的时候，母亲叫住了她：“妙妙。”

祁妙侧过头看着母亲。

母亲颤巍巍地伸出右手，缓缓搭在女儿的左手腕上："别急着走，陪妈说会儿话吧。"祁妙迟疑了片刻："有什么事吗？"

母亲摇摇头："没事，妈就想跟你说说话。"

祁妙把空碗放于小桌板上，就势在床边坐下来。

"你又瘦了。"母亲打量着女儿，眼里满是心疼和惋惜，"妈福浅命薄，说不定哪阵儿就去了，剩下你一个人，可要好好照顾自个儿，不能像往常一样凑合着过日子。"

"都胡说些什么啊。"祁妙嗔怪道，"大夫都说了，手术很成功，顶多一个月就能出院了，我好不容易找到工作了，还指着您帮我做饭呢。"

"妈自个儿的身体自个儿清楚，你甭在这儿哄我了。只怕啊，这几万块钱手术费算是白搭了。"母亲叹了口气，一时间老泪纵横，"妈对不起你，让你从小到大受尽了委屈，临到老了还给你添负担。妈这辈子最大的遗憾，就是没能帮你找一个可心的人儿，不能亲手抱抱自个儿的外孙子……"

祁妙佯作生气地站起来："你要再说这些话，我可就走了。"

"行，妈不说了。"母亲拿袖子擦擦眼泪，示意女儿重新坐回床上，"刚听你讲找到了工作，是在哪儿上班，具体干啥的？"

提到工作，自然联想到瞿洋，于是祁妙灰白的脸颊上终于有了点色彩："就在我治病的地儿，具体工作等明儿上班了再安排。"

母亲仔细分辨着女儿脸上那一抹浅淡的红晕，究竟是夕阳的照射还是内心的炽热："妙妙，你是不是有喜欢的人了？"

祁妙大大方方地承认："嗯，他叫瞿洋，你认识他。"

母亲从她那古老的记忆存盘里搜索许久，方才"哦"了一声："那人家呢，对你有意思吗？"

祁妙脸上刚泛起的一抹色彩瞬息无踪，呆了片刻，她咬咬下嘴唇说："我不在乎，随他怎么想怎么看，只要能待在他身边，什么委屈我都能受。”

母亲长叹一声：“唉，为啥咱娘俩的命都一样的苦啊。”

正说着，祁妙的手机响了，她拿出看了一眼，迅速挂掉。

母亲发觉女儿脸色有变，遂问道：“谁的电话？”

“一个朋友。”祁妙随便敷衍了一句，“妈，我出去下，待会儿就回来。”

祁妙提着小包走到屋外的长廊里，找个僻静的地儿将电话回拨过去。那端不知说了些什么，她听完之后匆匆挂掉电话，抬脚往楼下走。

她出了医院，四下看看，确定无人跟踪后，乘上了 62 路公交车。在后车厢找位置坐下来，翻开化妆盒佯装照镜子，借此观察身后的景象。紧挨着坐在背后的是一个戴着墨镜的年轻女子和一个学生模样的女孩，前者正在翻一本杂志，后者在玩手机。再后面是一对年轻男女，正旁若无人地卿卿我我。

走了约十站地，祁妙从公交车上下来。不久，戴墨镜的女子跟着下车。两人保持着大约五米左右的距离，表面上看，似乎谁也没有注意到谁，实际上，墨镜女从祁妙上车开始，就一直不动声色地跟着她。

此地处于郊外，距站牌向南不足六十米处有座废弃的公墓，远远望去，只见残坊壁立，古柏参天，雾气笼罩，阴气森森。

这座名叫紫云山庄的公墓祁妙之前去过，离入口不远有家门脸不大的商店，以前主要经营鲜花、果品、香火、纸钱一类，现在转卖一些日用百货和饮料小吃，服务对象也从祭奠亲友的悼念者变成来往奔忙的市民。

从商店门前经过的时候，一个带着墨镜、留着鸡冠头的年轻人正拿着杯冰糖雪梨在喝。祁妙不经意扫了一眼，觉得背影有些眼熟，扭头看第二眼的时候，那个戴墨镜的女子突然过去，一把揽住年轻人的脖子，耳鬓厮磨地说着什么。不一会儿，年轻人将那杯冰糖雪梨喂到了女子嘴里。

祁妙被虐的视线急速收回，同时脚步继续向公墓的牌坊移动。尽管这种地方令她怯得要命，但为了拿到想要的东西，她还是不得不硬着头皮前去赴约。

没错，留鸡冠头的年轻人正是宋小佳。他在外办完事回来，恰巧看到祁妙从公交车上下来，见对方神神秘秘，料想去会什么人，于是打算上前看个究竟。为防止对方认出，他特意到商店买了杯饮料，脸朝里背朝外地喝起来。

戴墨镜的女子突然摽上去还真把宋小佳吓了一跳，不过扭头一看，对方长得还挺不错，虽然短发齐耳骨骼硬朗少了点女人味，但看上去倒也有几分干净利落英姿飒爽，因此就默默接受了对方的亲昵举动。

祁妙走出大约十步开外之后，女子把手从宋小佳脖子上收了回来，同时一个劲地表示歉意："对不起，认错人了。"宋小佳担心跟丢祁妙，也就没多搭讪，匆匆丢下杯子朝公墓内追去。

由于废弃日久人迹罕至，公墓内十分破败荒凉。宋小佳小心翼翼穿过一丛半人多高的蒿草，刚从一座残破的墓碑后探出头，便有一根冷硬的金属物抵住了脑袋。

29 碑林

"干什么？鬼鬼祟祟的。"一个女人刻意压低的声音。

"我去！"回头一看，原来是在商店门口碰到的那名女子，宋小佳不禁咧咧嘴，"刚才还勾肩搭背同饮一杯茶，这么点儿工夫就不识老情人了？"

女子把枪口使劲往下压了压："再臭贫就毙了你。"

宋小佳放下手提箱，举起两手，嘴里却仍是一副调侃的意味："别介，我可是个大好人，误杀了好人要负良心债的。"

女子撇撇嘴："什么好人，一看就知道是流氓一个。"

"嘿，你哪只眼睛看我像流氓了？你见过这么帅的流氓吗？"说着，宋小佳自我打量了一下。还别说，就他穿的这身衣服，留的这个发型，演的这个气质，还真像个二流子。不过也难怪，他的任务就是从"侧面"获取更多的线索资料，若是一本正经道貌岸然的，像他这么帅得掉渣的类型，那得引起多少双眼睛的注意啊。

女子不屑地侧过脸。就在她分神的一刹那，宋小佳挥拳击落她的手枪，又顺势拧住对方胳膊。女子挣扎过程中，内侧衣兜里的证件掉在了地上，伸手去捡的时候，却被宋小佳抢了先。

"哟嗬，警察啊。"宋小佳快速扫了一眼证件的照片和姓名，"原来你就是那个给我们送材料的李菲呀。"

"拿来！"李菲迅速抢过证件，"你认识我？"

宋小佳又开始贫了："当然，通宁警界的四朵金花之一，哪个男人不知道啊。"

李菲俯身拾起枪，不过这次没有指着宋小佳的脑袋，而是直接插在腰间："你哪个单位的，叫什么名字？"

"DreamMurder 工作室的，我叫宋小佳。"宋小佳朝祁妙的方向看了一眼，稍稍归于正形，"刚在公墓门口，你那又搂又抱的到底演的哪一出？"

李菲没好气地回道："我跟祁妙之前见过几次，我是一路跟着她过来的，为防止她认出来，才假装情侣让你占的便宜。"

宋小佳大喇喇地笑了笑，随即把食指放在唇前嘘了一声。李菲朝祁妙看去，见她突然停了下来。须臾，树林中走出两个人，一个身材瘦高，披着个巨大的黑斗篷，整张脸淹没在深色的阴影里，另一个全身布满黄褐色的鳞片，活像一只巨大的蜥蜴。

双方低声交谈了些什么，黑斗篷似乎对祁妙的表现十分满意，赞赏地竖了竖大拇指，而后给了她一个黑色的、塞得鼓鼓囊囊的提包，接着又让蜥蜴人递过一个装有橙黄色液体的小瓶子。

祁妙接到提包之后，打开看了看，然后把拉链拉上，小瓶子则直接装进衣兜。整个过程中，她什么也没说，也没表达出什么特别的情绪，拿到东西转身就离开了。

宋小佳的视线紧随着祁妙，李菲则盯着宋小佳："你不就冲她来的吗，怎么不跟过去？"

"现在有新的目标了。"说着，宋小佳将目光转向黑斗篷和蜥蜴人，"我要探探这两个家伙的来路。"

"你打算怎么探？"李菲饶有兴致地问。

宋小佳轻轻拍了拍手提箱："让他们美美地睡上一觉，等醒来的时候，咱们苦苦追寻的真相也许就水落石出了。"

若搁在几天前，李菲肯定会对这句话嗤之以鼻，认为盗梦不过是江湖术士坑人骗财的拙劣把戏，而自从从瞿洋那里获得亲身体验之后，她的偏见得以彻底改观，因此讲话的语气里也就包含了几分期待："你有把握吗？"

宋小佳稍稍弯了下嘴角："就瞧好吧你！"

"啪"的一声脆响，蜥蜴人捂起了左脸，紧接着黑斗篷冲他大声训斥："说过多少次不要招惹警方的人你就是不听，这次差点破坏了我的计划，你知道吗？！"

蜥蜴人低着头，一副任凭处置的姿态。

黑斗篷盯着他看了一会儿，闪身走进密林深处。蜥蜴人冲祁妙的方向望了片刻，跟着黑斗篷离开。

宋小佳冲李菲勾了下手，两人在后面不远不近跟着。荒草中走了大约一百多米，黑斗篷和蜥蜴人突然消失不见了，眼前只剩下繁茂的树林和东倒西歪、残缺不全的墓碑。

又往前走了几步，宋小佳蓦地停下，他发现两米开外的一座墓碑后蠕动着一个人，那人一袭黑衣，身形有点像刚才看到的黑斗篷。

宋小佳蹑手蹑脚走过去，照黑衣人脑袋上重重给了一拳，黑衣人趴那儿不动了。宋小佳掀起搭在那人头上的黑斗篷，准备捏起他的嘴巴喂下周公散，却发现捏起的竟是一张腐烂不堪的脸！

宋小佳赶忙撒手，他一边甩着指尖的烂肉和黏液，一边惊叫道：“我去，这是什么鬼东西！”

李菲也看到了，她的第一反应是又发生了命案。所以，短暂的错愕之后，一个箭步跃上前，准备进行细致的勘察。不料，那死尸猛地坐起身，两手牢牢卡住了她的脖子，鼻子几乎紧贴着她的嘴唇。

30 僵尸遍地

宋小佳飞起一脚将死尸踹开，死尸倒下的同时，连带把李菲揽进自己怀里。李菲好不容易才挣脱，恶心坏了的她照对方脑袋狠狠给了一枪。

噗！子弹穿透骨骼和皮肉发出快意的闷响。望着那具脑浆迸裂、浑身仍不停抽搐的死尸，宋小佳脑海里瞬时蹦出两个字：僵尸！可现实中怎么会有僵尸呢？他疑惑地看了看左腕的手表，随即叫了声：“我去，咱们被盗梦了！”

“什么？”李菲一边清理着脖颈上的脏污，一边不可思议地问道，“你怎么知道此刻是在梦中？”

宋小佳把手表展示给对方看：“为区分梦境还是现实，每位造梦师都有自己独特的判断工具，我们管这个工具叫图腾，我的图腾就是这块表。我可以用意念控制指针的方向，如果指针随意念发生逆时针旋转，便意味着此刻正处于梦境之中，相反则处于现实世界里。”

李菲半信半疑地看去，果然，此时秒针正逆向有节奏地旋转。她刚要开口，忽感脚下一沉，低头瞧去，见荒草败叶中有一双腐烂的大手抓着她的两只脚踝。李菲猝不及防，整个身子快速往地底陷去。

宋小佳赶忙抓住李菲的胳膊，一边使劲往外拔，一边狠命踩踏底下的两只手。终于，被攻击的那双手心有不甘地缩回去了。

“快离开这儿！”宋小佳拽住李菲的手往公墓门口的方向跑。跌跌撞撞中，李菲不慎被横卧在地上的墓碑绊了一跤，半天爬不起来。

“不行，我的胫骨好像裂了，你别管我，赶快走！”李菲抱着右腿疼得满头大汗。

宋小佳没有理睬，他蹲下身，把对方的裤腿捋起来，果然见小腿肚红肿一片。但真正令他忧心的还不是这个，而是脚踝处的几道暗紫色的抓痕，其中伤口中心的皮肤已经发黑。他怀着忐忑不安的心情看向对方脖颈，毫不意外，那里也有两道明显的抓伤。

从宋小佳的目光中，李菲意识到了自身处境的无比凶险，她把手枪拍到对方手里，眼睛里带着凛然和决绝：“别再浪费时间了，很快我也会变成一具僵尸的，到那个时候，你想走也来不及了。”

“已经来不及了。”宋小佳把手枪塞回对方手里，“至少你变成僵尸之前，我们还可以并肩作战。”

李菲不解地四下看去，只见碑林中影影绰绰全是僵尸。他们不知打哪儿冒出的，成群结队摇摇晃晃地从周围包抄过来，有一种《活死人之夜》的现场即视感。

李菲边开枪射击边问宋小佳：“咋会有这么多僵尸？”

“那都是我的潜意识投射。”宋小佳丢下手提箱，从地上捞起一根木棒准备应战，“我是个业余的 3D 动画设计师，平时多建造一些古怪精灵的东西，在这里受环境影响，潜意识里的模型便自动跑出来了。”

李菲假意恨恨地说了句：“原来是你造的孽。”

开枪射翻离自己最近的几个僵尸之后，李菲就没子弹了。她后退两步，碰碰宋小佳的胳膊：“既然是做梦，能否变些子弹出来？”

宋小佳摇摇头：“不行。”

李菲悲叹了一句：“还是功夫不到家，要是瞿洋在，就不会这么狼狈了。”

“这不能赖我。”宋小佳为自己辩解道，“要怪只能怪你的潜意识过于理性和逻辑化。不信看我的！”说着，变戏法似的，手里的长棍瞬间变成了一挺重机枪，哒哒哒，哒哒哒，子弹好像永远都射不完。不一会儿的工夫，那些僵尸便全部撂翻在地上。

不过，如同潜意识中对僵尸的理解一样，那些千疮百孔的东西很快又重新站起来，脚底下踉跄着、喉咙里嘶鸣着继续围攻上来。

这样的战斗是没有胜算的。因此，宋小佳又一梭子弹把僵尸干趴下，然后乘机背上李菲准备突围。

就在这个时候，眼前的僵尸像见了茅山道士似的，一副畏惧的模样战战兢兢地退到两旁，中间让出一条道来。宋小佳狐疑着转过头，只见适才跟祁妙会面的那个黑斗篷正从远处走过来，他的步伐很大，每一步都带得荒草和落叶漫天飞旋。

宋小佳刚端起机枪，就觉得一股狂风迎面袭过，身子一轻倒翻了个跟头，重重摔在草丛里。李菲则撞上大树又反弹到地面，直接昏死过去。黑斗篷拂了下袖子，立刻有几个僵尸近前把李菲架住，然后拖到附近的墓坑里集体啃食。

宋小佳的最后一眼留给了蜥蜴人，那家伙携着一股黑风从天而降，抓住前者的脑袋猛力扭断了他的喉咙。

蓦地醒来。宋小佳和李菲发现，他们正背靠背窝在山顶一间废弃的窑洞里，手脚都被绳索紧紧束缚着。

“到底怎么回事？我们怎么会在这儿？”李菲挣扎了几下，绳索捆得非常结实，根本挣不脱。

宋小佳转着眼珠思考半天，终于明白过来：“我想起来了，肯定是我们喝的饮料有问题！黑斗篷早就注意并怀疑我们，他买通了公墓门口那家店的店主，然后趁我们不备在饮料里下了镇定剂，所以我们才会被盗梦。”

对李菲来说，这也许是唯一的、合理的解释，但答案似乎已经不重要了。重要的是，眼下这荒山野岭又绳捆索绑的，该如何脱身呢？

31 委托

瞿氏集团办公大楼的广场上，孙叔严厉肃杀地站着，在他面前，两排同样西装革履的精壮小伙背手而立。

“现在是非常时期，你们都把眼睛给我擦亮了，只要发现可疑的，不管是谁一律抓起来照死里打，打出人命来由我担着！谁若敢溜小号放进一只苍蝇蚊子，别怪我孙某人不讲情面！”孙叔的训话一字一顿、掷地有声。

“听清楚没有！”孙叔一声大吼，办公楼一至三层的声控电灯全亮了起来。

“听清楚了！”四十多人的回应，整个六层办公楼的声控电灯都亮了。

孙叔满意地仰起脖子：“执行任务去吧！”

训完话之后，孙叔一个人待在广场上，眯着眼朝办公楼的方向仰望。

他在瞿氏集团干了快三十年，虽然遇到的危机不是第一次了，什么惊涛骇浪都经历过，都能够游刃有余从容面对，但这一次，弄不好就有全盘覆灭的危险。毕竟，公司为新项目投入的资金太多了，光账面的损失就有几千万，再加上其他隐性的损失，总计要达亿元以上。而且损失的不止钱财，还包括多年经营起来的品牌信誉和企业形象。

从事件发生到现在，他跟瞿振业已经一天两夜没合眼了，自己这体格倒还好，他担心身体素质较差的瞿振业会撑不住。

想到这儿，孙叔叹了口气，背着手走进办公楼，乘电梯到达位于顶层的董事长办公室。里面，瞿振业刚打完一个电话正在桌案前签署文件，面容看上去十分憔悴，白发一夜之间也似乎多了不少。

“瞿总。”孙叔颇为不忍却又无可奈何地递过手里的文件，“这些都是要求解约的通知函。还有，这是要求辞职的中高层名单。”

瞿振业接过资料随手翻了翻，丢在桌案上：“该解约的解约，该赔偿的赔偿，咱已经丢了配方，不能再丢了信誉。”

孙叔点头：“我明白。请放心，我和徐总等一批老骨干会继续坚守岗位，与企业共渡难关，想方设法争取把损失降低到最少。”

瞿振业定定地看着孙叔，眼睛里闪烁着复杂的情绪；最终，那份特别的情感化成一句简短的吩咐：“你去吧。”

孙叔离开时，特意瞧了瞿洋一眼，后者坐在一侧的沙发里，左手撑着脑袋，右手毫无节奏地在大腿上敲打着鼓点，显示出此刻心情的杂乱。

办公室的门被关上了，孙叔的脚步渐行渐远。瞿振业揉了会儿太阳穴，放下笔从桌后走出，到瞿洋身边的另一个沙发里缓缓坐下来。

“洋洋。”瞿振业摘下眼镜，仰起脸，用浑浊不清的双目望着高高的天花板，“这里没有别人，除了咱父子俩。说句真心话，事情到了这一步，我真担心祖宗的基业会葬送在我的手里。倘若在你这个年纪，我还可以说，我正年轻，大不了重新再来，但现在我老了，锐气没了，很多时候只想着怎么守成。可惜，现在这点果实恐怕也要守不住喽。”

其实，瞿振业此番用心完全能用一句话来概括，那就是“接班吧儿子，爸爸这时候特别需要你。”他没直说，就是希望儿子能用心揣摩出他的意思。可人家瞿洋根本没去这么理解，他脑子里想的却是另外一件事：“日防夜防，家贼难防，会不会你身边的人把配方泄露了出去？”

瞿振业有些失望地叹了口气，但这个话题也容不得他随意回避：“不可能，配方只保留在我的记忆里，除了你孙叔了解一些外，其他人包括公司高层全都不知道。你孙叔是我多年出生入死的兄弟，他绝对不会出卖我的。”

瞿洋直言不讳：“那就只有一种可能了——盗梦。”

“我也这么想。”一反常态地，瞿振业这次没有对“盗梦”二字表现出强烈的反感和敌对，“我以前总认为盗梦是个虚无缥缈的东西，可现在除了盗梦，实在想不到别的可能了。”

瞿洋提醒道："最近跟特别的人接触过吗？"

"特别的人……"瞿振业的大脑快速转了几圈，"一个多月前，在飞往新西兰的飞机上，有个人提出要跟坐在我身侧的老周调换座位，说他患有恐高症，不能挨着窗子坐。老周同意了，那人就座的时候，不小心碰翻了我的水杯。他向我道了歉，随后又帮我倒了一杯水。当时不觉得，现在想来有点怪怪的。"

瞿洋脱口而出："肯定在你的水杯里做了文章！那人叫什么名字你知道吗？"

瞿振业认真想了想："好像叫什么张海，当时他给我一张名片来着，可惜我给弄丢了。"

"叫张海的多去了，再说，名片是可以造假的。"想了想，瞿洋转而又问，"那人有什么比较明显的特征吗？"

瞿振业皱着眉毛仔细回忆："个子不高，大约一米六七的样子，身材微胖，年龄在五十岁上下，山西口音，眉心有颗花生米大小的肉瘤。"

"果然是他。"瞿洋冷哼一声。

瞿振业噌地坐起来，戴好眼镜望着儿子："怎么，你知道这个人？"

瞿洋点点头："他是中国筑梦师协会通宁分会的资深会员，我跟他打过几次交道，这人挺小性的，手脚好像也不太干净。"

瞿振业把身子往前倾了倾，伸出一根手指："你帮我查一下，最好能找到这个张海跟章氏集团互相勾结的证据。"

瞿洋翻起眼皮："你这么肯定是章氏干的？"

"非常肯定！"瞿振业将那根手指狠狠压了下去，"在中国甚至整个华人地区，跟我们产品结构近似、价格体系类同、资本实力相当的只有章氏和尤氏，特别是章氏，我们两家竞争多年，谁也压不倒谁，但谁也没有一刻不想着吞掉对方。所以，双方所出的每一步棋，都是要把对手置于死地而后快。

"走出产品同质化怪圈，结束驴象之争的秘方只有一个，那就是

'创新'。因此，这次新项目的成功与否将直接影响到今后的行业格局。可天下没有不透风的墙，我们在做准备的同时，章氏也没有闲着，毕竟谁夺得先机谁就赢取天下的道理大家都懂。于是，双方都在拼命挖人才、买设备、搞研发。

"咱们这边的团队，都是我跟你孙叔千挑万选，经过种种考验忠于瞿氏集团的。他们夜以继日地忘我奋斗着，最终破解难题开发成功。而章氏那边的情况我是知道的，在我们取得关键性突破的时候，他们正因种种难题陷于停顿状态。我不否认他们的团队也十分优秀，但要说一夜之间破解难题，甚至先于我们开发出来那是绝对不可能的！

"事情的真相只有一个，那就是偷窃，章氏偷窃了我的技术和配方！"说到这儿，瞿振业激动地捉住儿子的手，"洋洋，现在能帮爸爸的就只有你了，我要尽快找到相关证据，挽救我们的企业于危亡，同时让那些盗贼为自己的行为付出代价！"

这是瞿振业头一次以如此沮丧、不定和卑微的口气跟儿子讲话，握住自己手的时候，瞿洋明显感觉到他浑身都在发抖。那张因激动而扭曲的脸和两鬓汗湿的白发，使他心里油然而生一种感受，那就是：父亲真的老了。

一个多钟头后，瞿洋从楼上下来，脸上带着浓浓的疲惫和忧郁。

值班的前台小姐拦住他："瞿洋先生，这是有人留给你的。"

瞿洋抬眼一瞧，是张折成四方块的字条。

瞿洋接过字条："男的女的，叫什么名字？"

前台小姐："男的，但对方拒绝留下姓名。"

瞿洋不紧不慢地拆着字条："他长什么样子？"

前台小姐："穿着一身黑衣，戴着个黑斗篷，样子……没看清……"

瞿洋没再问，他已经知道是谁了。

纸条上写着两行字，笔法狰狞：值DreamMurder工作室成立四周年之际，特送你份大礼，请到狮子岭西的老鸦头领取。落款人是"黑子"。

32 爆炸

瞿洋有一种不祥的预感，他顾不上晚饭和休息，立即驱车赶往狮子岭。

狮子岭位于市北约八公里的地方，山不高，但地盘不小，满打满算得有一百多平方公里。老鸦头是狮子岭的最高峰，而宋小佳他们到的那座公墓就在狮子岭脚下。从山脚走小路到山顶顶多两个小时，倘若开车走盘山道，那至少得需要四个小时，夜间尤甚。

所以，当瞿洋赶到老鸦头并找到那孔窑洞的时候已是清晨六点多。宋小佳和李菲躺在地上睡着了，在他们周围有一大片泥土的刮擦，那是二人拼力挣扎的痕迹。

瞿洋动手去解绳索，这时，宋小佳和李菲醒了过来。

“你怎么来了？”宋小佳又惊又喜，“谁告诉你我们在这儿？”

瞿洋边解着绳索边瞄着二人：“能先告诉我，你们俩怎么在一起的吗？”

宋小佳涎着脸：“说来话长，反正不是谈恋爱。”

李菲拿胳膊肘顶了宋小佳一下，而后问瞿洋：“是那个黑斗篷通知你过来的吧？”

瞿洋疑惑地问：“你怎么知道？”

李菲冷笑：“猜的。”

解开绳索之后，宋小佳和李菲都在摩挲着发红麻木的手脚——被捆了一夜，那滋味相当不好受。

瞿洋环顾四周，发现洞穴整体呈拱形，上下两米来高，面积有个十来个平方，紧靠三侧洞壁修建有几个高低不等的台基，台基上还画有各种辅线，想必是用来安放石雕塑像一类的，但不知什么原因中途废弃了。

在最高的那座台基上放着宋小佳经常携带的手提箱，它孤零零地矗在那儿，显得有些扎眼和刻意。瞿洋的视线很快固定在手提箱上，就在他疑惑着迈出第一步的同时，丛林深处的某个地方，一个身穿黑斗篷的人双手举起了望远镜，并在第一时间锁定了他。

望远镜的镜筒里，瞿洋一步一步走到跟前，谨慎地弯下腰，当他伸出右手触摸手提箱的瞬间，“黑斗篷”的喉结猛地抖了一下，汗水随即顺着脸颊从下巴滑落。在“黑斗篷”的手里握着一个遥控器，过了好几秒钟，他才颤抖着按下了那个不断闪烁的红色按钮。

瞿洋似乎嗅到了一股极其危险的气息，他拿到手提箱之后没有忙着打开，而是用力把它抡向洞外。“快趴下！”瞿洋高喊一声，不明就里的宋小佳和李菲赶忙俯身。几乎同一时刻，他们清晰地听到“滴”的一声；紧接着，耳边传来巨大的轰响，整个窑洞窜起黄色的尘烟。

天崩地裂般的摇晃。等一切平静下来之后，瞿洋从地上站起来，抖一抖身上的尘土，宋小佳和李菲也依次爬起来。所幸手提箱丢出较远，大家都没有受伤，只是窑洞口损毁比较严重，看样子随时有坍塌的可能。

“我去！”宋小佳愤怒地掸着头发上的灰土，“老子他娘的得罪谁了，竟然想把我置于死地！”

“肯定是那个黑斗篷。”李菲也是一脸的震惊与愤怒。

“大家没事就好。”瞿洋看看洞口仍在不断扩大的裂缝，“我们赶快先离开这儿吧。”

宋小佳用脚踢了踢手提箱的碎片，颇为惋惜地叹了口气：“可惜了我这套盗梦装备了，上头存了不少客户的资料呢。”

瞿洋上前拍拍他的肩膀：“还有一台备用的，不会影响我们的工作，走吧。”

李菲第一个走出窑洞，持枪警戒了片刻，确定没有危险才冲瞿洋和宋小佳招手。见三人安然无恙从窑洞里出来，“黑斗篷”放下望远镜，紧绷的嘴唇长长吐出一口气。

这时，身旁靠过一张布满鳞片的脸，他的声音沉闷而低哑：“您的犹豫和胆怯放过了他们。”

“你懂什么，我根本就没想着要杀死他们。”黑斗篷嘴角抽搐了一下，露出意味深长的笑意，“他们能活着，说明我的天蚕计划是成功的。等着瞧，接下来的戏将会越来越精彩。”

33 将死之人

瞿洋一行没多逗留，一路开车返回市区，并顺道把李菲送至警局门口。

李菲刚要下车，忽见一中年男子从不远处的问询室走过来。那人年约五十，身材微胖，发顶略秃，眉间有颗花生米大小的肉瘤。

“张海？”瞿洋轻声嘀咕，“他来这儿做什么？”

“应该是为瞿氏集团机密被窃案接受问询。”说着，李菲苦笑了一下，“不过看他神气活现的样子，料想警方没抓到什么证据。”

很显然，张海老远就认出了瞿洋。他径直走到轿车跟前，一只胳膊撑在半开的车窗上，脸上挂着讥诮的笑容：“好久没见瞿大少爷了，您这是打哪儿回来了，咋搞这么狼狈？”

瞿洋冷冷地看着他，没有说话。

“别用这种眼神看着我，难不成你也认为我是盗窃机密的人？”见瞿洋仍不吭声，张海把视线转向李菲，“凡事都要讲个理字嘛，没有理由的指证就等于诬告，这位警官，我说的对吧？”

副驾驶位的宋小佳满腔怒火，恨不得一拳捣在那张倒霉催的脸上，后座的李菲止住了他：“放心吧，我们不会随便冤枉一个好人，也不会轻易放过一个坏人。”

“那样最好。你们这些做警察的，没什么要紧事最好不要总叨扰我，传来传去既影响我的工作，又败坏我的名声。”张海把视线重新移回瞿洋脸上，“哦对了，月底的全国筑梦师大会我是主持人，还望瞿大少爷赏脸参加啊。”

瞿洋淡淡应了句：“接到组委会的通知，我自然会去的。”

“哎哟！”张海猛地拍了下脑袋，一副恍然大悟的表情，“我怎么给忘了，您还是通宁分会的副会长呢。还以为您早接到通知了呢，没想着寄送名单时把您给漏了，在这儿，我郑重向您发出邀请，还望不要推辞。”

瞿洋扯了下嘴角：“谢了。”

张海又扫了一眼宋小佳和李菲：“那……你们忙着，我先走了。”

张海离开之后，宋小佳狠狠照窗外啐了口唾沫，低声骂道：“我去，一个会议主持就把自己当人物了，看丫那副小人得志的张狂样！”

“洋子你也真是。”宋小佳转而奚落瞿洋，“那货明明是来挤兑你，你却连屁都不敢放一个。若换做小爷我，非把他……”

瞿洋出口打断：“我干吗要跟一个将死之人计较呢。”

宋小佳愣了一下：“你说什么，谁是将死之人？”

瞿洋盯着张海远去的背影：“苏枚、田进一、方羽，下一个大概就是他了。”

宋小佳瞠目：“你别是气急发出的诅咒吧？”

李菲也被这个推测吓了一跳：“你有什么依据吗？”

瞿洋认真地道：“我看过卷宗，受害者遇害之前，凶手都要刻意制造一些事件，并尽可能地扩大事件的影响，让目标对象处于社会舆论的中心，无论苏枚、田进一还是方羽，三人遭遇的手法如出一辙。凶手这么做的目的，在于引起更多人的注意，为他后续的行动做足铺垫。”

听瞿洋这么一说，宋小佳抓起了脑袋：“对呀，我怎么没想到这层呢？”李菲也托着下巴，开始思考其中的联系。

“小佳。”瞿洋吩咐道，“从今天起，工作室的日常工作由你我两个负责，尹昕抽出来，对祁妙实行全天候监测，盗梦频率由每天上午一次增加为早晚各一次；除固定频率外，其余时段发现不对也立即入梦。”

“好嘞！”宋小佳爽快地应道，应完之后又忽然想起什么，“那针对案子外缘的调查……”

瞿洋果断地：“抽空继续进行。”

宋小佳失落地“哦”了一声。

“李警官……”瞿洋把视线投向后厢。

李菲匆忙打断：“还是叫我李菲吧，这样听着不外气。”

“好吧。”瞿洋改口道，“李菲，警方这边，麻烦你帮忙将情况向胡队汇报一下，让他安排人做好对张海的跟踪和防护。”

李菲点头：“明白。”

“我去！”宋小佳抱起胳膊，话是说给瞿洋听的，“刚才还说将死之人不屑计较，这会儿又要大张旗鼓去保护，依我说，像他这种人渣根本不值得浪费人力物力，一看就不是个好东西！”

李菲接过话茬：“每个人都有受保护的权利，法庭判决之前任何人都是无罪之身，不要总拿有色眼镜去看。”

“我去！”宋小佳抱怨开了，“我不过随口说说，就赶着给我上政治课了？”

李菲不理他，转对瞿洋说：“对了，我有样东西想请你帮忙看看，稍等一下。”说着，李菲拉开车门，从后厢跳了下去。

不一会儿，李菲拿来一小瓶橙黄色的液体通过前窗递给瞿洋。瞿洋接过先晃了晃，后拧开盖子嗅了嗅：“是梦境稳定剂。”

“梦境稳定剂？”李菲不解地问道，“那是什么东西？跟治疗失眠的安定剂一样吗？”

“有相近的成分，都是使大脑处于适合休眠的频率、营造稳定睡眠环境的一种药剂，区别在于，前者侧重于对抗焦虑改善睡眠，旨在降低非快速眼动期身体对外界的反应；后者侧重对梦境的控制，旨在降低快速眼动期大脑对外界的反应。”瞿洋把盖子合上，“这东西从哪儿弄来的？”

“在祁妙家里发现的。”李菲仍在思索，“她又不是盗梦师，要这么专业的东西做什么？”

瞿洋转着手里的小玻璃瓶：“如果一个人经过多次盗梦，将会留下失眠、无梦或梦境不稳的后遗症，这时候，服用一般的安定剂根本不起作用，必须应用特制的梦境稳定剂。长此以往便会形成依赖，以至于没有梦境稳定剂就无法入睡。”

宋小佳接过话茬：“这也就从侧面佐证了我们的猜测，祁妙遭遇的的确是植入，她的梦境都是被人提前设计好的。”

李菲倒吸一口凉气：“照你们的意思，祁妙没有撒谎，她梦到的就是现实中注定要发生的事情？！”

“可以这么说。”宋小佳点点头，“总之，对手是在利用祁妙的梦境实现一场策划已久的预演，他在用盗梦的方式嚣张地向我们宣战。”

李菲一记拳头捣在车窗的窗框上：“太猖狂了！”

瞿洋把小玻璃瓶递还给李菲：“所以我们要双方联合起来，组建一道牢不可破的防线，这次虽然轮到张海，但他不能死，我们需要通过他掘出背后的真相！”

“对！”宋小佳摩拳擦掌道，“只要他们敢出手，咱们就来个瓮中捉鳖，一网打尽！”

34 尹昕的推测

“噢，成功了！”少年从工作室里间出来，脸上挂着意犹未尽的激动和亢奋，“不仅收复了河南河北以及燕云十六州，还把大金的老巢给端了，两百多皇子王孙公主后妃一个未跑全部带回临安做奴隶，实在太过瘾了！”

尹昕笑着冲他竖起大拇指："小程真棒！"

少年煞有介事地"嗯"了一声，然后转向宋小佳："我有个哥们儿，是我们班学霸级的人物，虽然成绩比较好，但心理素质比较脆弱。最近一次模拟考试他没发挥好，从班里的第一名落到第九名，结果一蹶不振，经常担心发挥失常考不上理想的大学，最近都有自杀的倾向了。小佳哥哥，你有办法吗？"

"压力太大导致的抑郁，这个好办！"宋小佳打了个响指，"佳哥我说过，在梦里，一切皆有可能！"

少年的兴奋又提高了几个层级："那我想娶林心如做老婆，也可以吗？"

正在喝茶的尹昕一口水差点没吐出来："那也得问问人家霍建华同不同意啊？"

把少年送出去，宋小佳伸了个懒腰走进会议室，见瞿洋坐在会议桌边翻着一本书，但视线却没有焦点。

宋小佳一屁股坐在桌案上，伸出一只手在对方眼前晃了晃："洋子，在想什么？"

瞿洋合上书："我在想，对手完全有机会把我们杀死，为什么最后要放过我们？"

"你是说山窑里那颗炸弹吧？"见瞿洋点头，宋小佳又道，"说到这个，我还真想问问你，你怎么知道手提箱有问题？"

瞿洋简单总结了一下："首先，手提箱放的位置和角度过于刻意，好像生怕我们看不到似的，这与当时所处的环境和气氛并不协调；其次，那只手提箱我们天天用，对其结构和分量再熟悉不过，不夸张地说，就是少一颗或多一颗螺丝钉都能感觉得到，而拿起手提箱的时候，我明显感到分量与平日不同；然后，把手提箱提到耳边时，我清晰听到里面有指针走动的声音。"

宋小佳做了个抱拳的动作："幸亏你细致，换做旁人估计大家早就粉身碎骨了。"

瞿洋则笑着摇摇头："如果对手没打算放过我们，我们就没机会在这儿瞎掰掰了。"

宋小佳晕菜了："这话怎么说？"

"手提箱里的是颗遥控炸弹，也就是说，当时对手正在远处的某个地方盯着我们，如果他真想置我们于死地，完全可以等我刚进入山窑或者刚拿到手提箱的时候直接引爆，凭那颗炸弹的杀伤力，我们几个决不可能有生机。"瞿洋有条有理地分析着，"但对方显然没有这样做，非但如此，他还故意拖慢了一段时间，等我把手提箱扔出大约两秒钟后才按下了按钮。"

宋小佳更加糊涂了："那他放那个炸弹做什么？这不自相矛盾吗？"

瞿洋用右手的食指点点脑袋："这就是我在思考的问题。"

宋小佳抓耳挠腮想了一会儿，放弃了，他不是个特别爱钻牛角尖的人："算了，不想了，曝点实际有用的料吧。"

瞿洋扬起眉毛："怎么，你那边有什么收获了吗？"

宋小佳从桌子上跳下来，拉把椅子屁股一扎坐进去："昨天下午，我又伺机给田进一的老婆和岳母盗了梦，这次，我伪装成田进一的鬼魂，对她们采用了诈术，结果，跟我们之前在祁妙梦里审阴司一样，她们并不是凶手。另外我还发现个疑点，之前，田跟两个人分别叫阿忠和阿诚的关系紧密，自从田死后，就没再来往过。"

瞿洋皱眉："阿忠、阿诚？"

宋小佳在椅子里转着："这二人是章氏集团的保安部副部长兼章天泽的私人保镖，据说，曾在《武林风》擂台上打败过世界拳击冠军，很有两下子。章氏集团最初靠地产起家，十年前开始进军金融和制造业，虽说是后起之秀，但依靠其深厚的政府背景，和一帮称得上精良的人才设备发展非常迅速，很快跟瞿氏、尤氏形成三足鼎立的状态。"

"尤其近两年，章氏集团不断蚕食吞并同类中小企业，形成一连串的规模扩张，已经大有赶超尤氏之势。相比之下，尤氏也就市场份额的数据上好看些，他们没有更多应对手段，只能靠透支利润的方式勉强保住老大的位置。章家大少爷章启明倚权仗势，在通宁一带甚是嚣张跋扈，连政府官员都不得不让他们三分，而阿忠和阿诚正是他的两颗犬牙。”

章启明，此人瞿洋是知道的，他们初中时曾同窗过两年，那时候的他就是个不安分的家伙，经常顶撞老师、欺凌弱小，用他们班主任的话说就是“典型的监狱胚子”。可谁又能想到，这个初中都没上完的“混球”，如今已是名震大西南的巨商之子，而且依旧活得春风得意、潇洒自如。

瞿洋拽住宋小佳转动的椅子，他感到不明白的是：“田进一怎么会跟章氏的人缠到一起？”

宋小佳努了努嘴，尹昕从外面进来替他接过话茬：“筑梦师依附一些巨商富贾并为他们效力这不足为奇，毕竟大多数人工作都是为了钞票，像我们这样守摊赚辛苦钱的越来越少了。”

瞿洋拧着眉毛：“这么说，田进一的死跟章氏之间有关系……”

“也有可能是尤氏。”尹昕斜靠着桌子，浅浅品了一口杯中的茶，“聘用筑梦师互相窃取商业机密已经是公开的招数。这中间一旦扯上关系，而且最终造成筑梦师死亡的话，只有两种可能，一是任务失败被对方抓住暗杀，二是被东家雇佣后杀人灭口。”

瞿洋合上书本思考了片刻，而后问宋小佳：“卡恩那边怎么样？”

宋小佳耸耸肩：“还在闭关，想必该有突破性的进展了。”

正说着，有客户敲门，宋小佳起身走出去。尹昕将要转身，瞿洋叫住了她。尹昕转过头，看着瞿洋。

瞿洋缓缓站起身来：“张海的事，我会不会有点神经过敏了？”

“怎会这么说？”见瞿洋犹豫不答，尹昕又道，“过敏也好，不过敏也罢，不管怎么样，小心些总不会有错。”

瞿洋若有若无地点了下头。

35 张海之死

飞舞的裙摆，妖娆的身姿，火烈的红唇，修长的大腿。

张海独自一人坐在酒吧的角落里，蒙眬的醉眼紧盯着舞台上那个正在唱歌的年轻女孩。

他已经注意她很久了，具体多久他也说不上来，大概从他第一次走进这个名叫“西部风情”的酒吧开始吧。他已经打听到，那个女孩是本市一个尚未毕业的大学生，甚至知道她交了个男朋友，跟她一样也是个大学生，只不过不是一个系里的。

他喜欢在人声鼎沸的空气中，一个人坐在那个最里边的角落，让所有人都看不到他的表情和姿态，喜欢在一曲完毕、别人疯狂鼓掌完之后慢悠悠地拍两下巴掌，喜欢请侍者代他匿名送上一束大大的鲜花，然后去看女孩脸上惊喜、惶惑还略带紧张的表情。

今天，他依旧坐在那里，慢条斯理地品着一杯“蓝色妖姬”。一曲完毕，他召来侍者，把提早准备好的鲜花送过去。不过这一次，鲜花丛中多了张字条。女孩很快收到了鲜花，随即发现了那张字条，继而脸上泛起一片红晕。

女孩又回到了舞台中央，她抬手遮蔽炫目的灯光，极力朝观众席上张望。终于，她在那个不起眼的角落里发现了鲜花的馈赠者——一个上了年纪、身材微胖、带着遮沿帽的男人。男人的脸半沉在阴影里，抬起右手远远冲她做了个 OK 的手势。

女孩弯下腰，深深冲他鞠了一躬。她深情款款地说，唱了很久的歌，这还是第一次有客人为她自己点歌，这将是她最难忘的一个生日。然后，她开始拿起话筒唱歌。

《海棠吟》，这是一首流行于二十世纪四十年代初的老情歌，听起来略带风尘味，可正因为如此，才使女孩更添几分妩媚和性感。唱完之后，女孩走下台，抱着鲜花在众人艳羡的目光中走到张海身边。

张海站起身，先是彬彬有礼地询问了句什么，然后做了个邀请的手势。女孩起初有些犹豫，但在张海的坚持下只得在桌边坐下来。张海叫来侍者，增点了一杯酒，递到女孩跟前。女孩不好推脱，硬着头皮仰脖喝下。

随后，张海又问了几个问题，女孩一一作了回答。在接下来的十几分钟里，女孩几次提出告辞，都被张海劝住。为打消对方的紧张和戒备，张海从口袋里摸出几张纸牌，变戏法似的在女孩眼前晃了晃，渐渐地，女孩一直侧坐的身体坐正了，闪烁的目光也开始变得呆滞。

半个钟头后，女孩已经很热乎地跟张海玩起了骰子，两人你来我往觥筹交错。张海的酒越点越频繁，二人也越喝越多。就在双方打成平局准备喝交杯酒的时候，一年轻男子从人群中挤了过来，二话不说抓起女孩就往外走。

女孩挣脱男生的束缚，不知冲他嚷嚷了句什么。男生发怒了，挥手给了女孩一个耳光。女孩毫不犹豫地回了一巴掌，就在男生再次动手的时候，手腕被张海抓住了。男生随即把愤怒转移到张海身上，很快，二人在大庭广众之下殴斗起来。

男生虽说年轻，但身材毕竟瘦弱得多，因此吃了不少亏。挨了一顿拳脚之后，男生挣扎着从地上爬起来，指着女孩的鼻子一通大骂，然后踉踉跄跄离开了。

张海没兴致继续玩，便哄劝着女孩把她带出酒吧。或是担心遭到男生报复，又或是怀着其他什么目的，张海把女孩领到了自己的轿车前，晃晃悠悠开启车门，将女孩推进去，然后关上车门。车厢里的灯很快熄灭了，不多时，车身传来暧昧的震动。

从医院返回住处的祁妙刚巧从车旁经过，她注意到车里的动静，遂停下脚步，凑到前车门的窗户，试图看清里面到底发生了什么。结果，她看到玻璃上抵着一张苍白如纸的胖脸，脸上的五官在酒吧的霓虹下不断抽搐变形。

突然，车门打开了，张海翻滚着从驾驶座上跌出来。他光着脊梁，脸贴着地面，双手张在祁妙身侧，两脚倒挂在车厢里，后背上留着一个寸把长的破洞。与此同时，空气中弥漫着一股浓重的血腥味。

祁妙惊叫着退了好几步，直到确定张海已经死亡才渐渐平静下来。但她没有马上离开，而是在一股奇怪力量的怂恿下向车厢逐步靠近。终于，她把头探进了车门，就在她将要发现什么的时候，黑暗中寒光乍闪，紧接着眼前划出一道血红的弧线。

36 联合行动

尹昕唰地睁开眼睛，长长的睫毛在空气中不安地颤动着，不多时，祁妙满头大汗地醒来。

尹昕缓缓坐起身，正巧瞿洋从外间进来，两人的目光碰在一起。

“怎么？”瞿洋轻轻一皱眉。

尹昕摘掉手腕上的传感器：“张海被杀死了。”

四十分钟后，李菲身着便衣带着一名同样经过乔装的男警员抵达DreamMurder 工作室。在外间的心理咨询区，尹昕向在座的瞿洋、李菲及随同的警员详细讲述了梦里的情景。

在此过程中，祁妙被安排到前台去做客户接待，刚忙完从外面回来的宋小佳则担负起为客户圆梦或造梦的任务。由于祁妙尚未从噩梦里走出，工作中难免心不在焉，实际上都是宋小佳一个人里里外外在操持。

就在天色黑透，宋小佳打发走最后一名顾客的时候，心理咨询区的讨论也刚好有了结果。经向胡翰林队长请示，警方决定兵分三路展开行动：一拨人散布在张海住宅及工作场所附近，对其进行二十四小时监控，另一拨人对唱歌的女孩和她男朋友展开跟踪与调查，第三拨人蹲守酒吧，确保在最后一道关口不功亏一篑。

为配合警方的行动，瞿洋从工作室里专门抽调出一人，目标是盯紧章氏和尤氏集团，看这几天内是否有人跟张海接触，倘若有，则立刻设法靠近并伺机对其实施盗梦。一来，可以从中获取对方潜在的作案计划；二来，可以进一步从正面探查苏枚、田进一、方羽三人的死亡真相。

被抽调出来的这个人就是宋小佳，跟警方对接的不是别人正是李菲。任务一宣布，宋小佳随即冲李菲坏笑了一下，但遭遇了后者狠戾的目光。

警方那边，胡翰林亲自挂帅任行动总指挥，他对这次的情报格外重视，所以派出的都是比较有经验的警员。而张海早年做过一段时间刑警，对于警方的手段算是“门儿清”，因此有着极强的反侦察能力。

可以说，警方安插眼线的第一天就被他识破了，他只是不想把事态复杂化才没有戳穿，不料近几日警方变本加厉，盯梢都盯到他家门口来了，这让他实在忍无可忍。因此，他借着一个周六的清晨，在小区后街的巷子口把两个跟踪的便衣给反堵上了。

那两个便衣一个装扮成扫地的清洁工，一个装扮成卖报纸的，他们对自己的表演相当自信，面对张海的指证，起初还硬着脖子不肯承认，直到被对方揪出隐藏在衣领下的麦克风，才算耷拉下了脑袋。

“都说多少次了，瞿氏商业机密被窃一案跟我没有半毛钱关系，你们干吗还要纠缠不清？我跟你们警队有仇吗？为什么就是不肯放过我？”张海叉着腰，冲两个便衣怒不可遏地吼道。

卖报纸的便衣四下看看，压低声音道：“张海先生，我们是奉上级命令特来保护你的安全的，希望你能配合我们的工作。”

“奉命？奉谁的命？胡翰林吗？”张海只关注到对方话语的前半截，“如果他一口咬定我就是窃密者，就让他带着证据来抓我，别干这种偷偷摸摸的勾当！”

“瞎嚷嚷什么？！”打扫卫生的便衣可没前者那般有耐心，他揪起张海的领子使劲搡了一下，“实话告诉你，我们待在这儿是为了防止你步苏枚、田进一和方羽三人的后尘！不想死的话给我把嘴闭上，然后该干吗干吗去！”

张海愣了一下，他没料到眼前这个貌不出众的小警员居然敢这样跟他讲话，好半晌才从对方的话里回过味来。苏枚、田进一和方羽的死他是知道的，说从没担心过自己会有那么一天那是假的，因此，刚才一番话算是戳中了他的要害。

但张海不想表现出自己的怯懦和悔悟，他打开对方的手，色厉内荏地丢下句“什么乱七八糟的，吓唬小孩吧你们”，然后悻悻地走了。

相比之下，另外两拨包括宋小佳那边的情况相对顺利一些，至少未引起目标对象的警觉。

根据调查组获得的消息，在酒吧唱歌的女生名叫杨娜，在本市一家艺术学院读四年级，其男朋友名叫谢斌，在离前者不远的一所大学就读。二人的身世背景和交际网络都十分单纯，跟外界尤其社会上的人物没什么特别的联系。

女生为勤工俭学才到酒吧唱歌的，每周二到周六晚上 22:30 到 23:10 表演四十分钟左右，然后男生骑电动车来接她离开。

酒吧那边的情况也差不多，老板挂牌执业合法经营，这几日并没有特别的人物出现和事件发生，甚至连个滋事斗殴的都没有。

章氏和尤氏那边也都非常安分。但在胡翰林看来，越是平静的表面下越是云波诡谲、怒涛汹涌。

37 焦灼

噩梦后的第三天。

胡翰林站在位于二十一楼的办公室窗前，遥望着城市边缘起起伏伏的建筑轮廓。残阳如血，将他的身体映出一片艳丽的橘红；同时，那张布满皱纹的脸更加沟壑分明。

在他右手的窗台上放着一只白色的烟灰缸，缸子已经被烟头填满，待他取下嘴里的烟头习惯性地按入缸内的时候，烟灰缸颤了一下，一撮烟灰飘飘荡荡落在了他的皮鞋尖上。这是他当天的第二盒烟，而且是最后一支，以前则是每天抽一盒。

房门被敲响。胡翰林从鼻子里喷出一股烟雾，同时口中喊了声“进”。

脚步声由远及近。

“有什么情况吗？”胡翰林头也没回。

“没有。”背后传来李菲的声音。

“瞿洋那边呢？”胡翰林接着问。

李菲回答：“一切正常。”

胡翰林没听见一般，只管按自己的想法发布指令：“即日起，各组每十二小时报一次改为每六小时报一次。”

李菲敬礼：“是！”

“等等。”胡翰林思考了一会儿，继续吩咐道，“B组人员抽调回来，A组和C组各加派五名警员，从即日起，不允许张海离开家门半步。”

李菲稍感意外，不过还是敬了个礼：“是。”

从噩梦后的第五天起，胡翰林开始失眠。第七日李菲向他汇报工作的时候，老领导满脸花白的胡碴，双目布满血丝，嘴唇都是干瘪的。

“有动静吗？”胡翰林用嘶哑的嗓音问道。

“没有。”李菲的回答机械又无奈。

“瞿洋那边呢？”胡翰林把抽完的烟屁股丢进垃圾篓——早上新换的烟灰缸已经满得装不下了。

李菲颇不忍心，但还是摇了摇头。

此时此刻，下面的汇报已经频繁到了每两小时一次，而每次结果都是重复的：一切正常。但胡翰林相信，对方其实也跟他一样焦灼不安，之所以按兵不动，就是在等着从对方的行动空当中寻找契机。

所以现在就是比耐力，看谁坐得稳，谁坚持到最后谁那方就赢了。

果然，到了这天晚上，张海首先坐不住了。经过乔装打扮的他推开储藏室的窗户，确定楼下没有便衣，然后用几条床单结成绳索，一头拴紧燃气管道，一头垂到窗户外面，最后跳上窗台，小心抓着绳索从窗口溜下。

张海跑到地下车库，将车开出小区大门。门口附近虽然有两名便衣，但当时正值下班高峰，来来往往的车辆非常多，二人只顾盯可疑人物，并未注意到从他们身边驶过的那辆白色的奥迪。

张海自认为成功摆脱了警方的眼线，到不远的花店扎了一大束鲜花，而后颇为得意地赶往那家好几日没有光顾的西部风情酒吧。他当然不会知道，在他的背后有一双锐利而明亮的眼睛，那双眼睛一直隐藏在一辆黑蓝色的捷豹里，在他从窗口跃出的那一刻就已经盯上了他。

当李菲把消息报告给胡翰林的时候，后者掐灭烟头，脸上的皱纹微微颤动了一下。

“全部人员压至酒吧附近。”胡翰林命令道。

“是！”李菲知道，那个小小的酒吧已经成为双方兵戎相见的主战场，生死成败全在此一举。

发布完命令，胡翰林的右拳紧紧握起压在身侧的窗玻璃上，那只钢铁般的手里仿佛攥着一颗威力无比的炸弹，要随时投递出去看着目标在眼前开花。

“给我叫辆车。”在李菲转身将要离开之际，胡翰林喊住了她。

“您要上哪儿？”李菲扭过头。

“去找瞿洋。”胡翰林将盒子里的最后一支烟填进嘴里，脸上挂着神秘的微笑，“我要请他陪我看场好戏！”

38 统揽全局

把车停在门口的广场边，张海压了压头上的遮沿帽、紧了紧身上的风衣，跨进酒吧大门。由于乔装得十分专业，在附近游荡的便衣根本没认出他来，虽说吸引了几双眼睛，但对方瞩目更多的是他手里那束绚丽的鲜花。

张海照例在位于酒吧西北角的旮旯坐下来，这个位置比较偏僻，却刚好撇过鼓乐台将舞台上的情景一览无余。此时此刻，几个男歌手正抱着吉他在舞台上歇斯底里。而跟张海呈对角的另一个旮旯里，则坐着一对小情侣，二人正兴高采烈地喝酒玩骰子。

张海绝对不会想到，那对男女是经过乔装的李菲和宋小佳，更不会想到，二人浓情蜜意的外表下正在爆发着激烈的唇枪舌战。

“瞿洋让你盯章氏和尤氏的人，你不好好执行任务却跑到这儿来偷懒，我说说你怎么了？”

“我去！你来喝个酒玩个骰子算是执行任务，怎么到我这儿就变成偷懒了？”

“我的任务是盯张海，你干什么来了？”

“我也是在盯张海。只要盯住他，不管章氏还是尤氏，只要一靠近就会被我的眼睛锁住，这比两头跑着去盯人省时省力多了。以逸待劳、以静制动你懂不懂？”

“强词夺理！”

“是你蛮横霸道。”

“走走走，我不想跟无赖说话！”

“凭什么让我走啊，是我先到占了这张桌儿好不好？要走也是你走。”

李菲脸上挂着笑，眼睛却带着杀气，她摇骰子的力道大了些，往桌上扣的时候，一颗骰子从骰盅的沿下飞了出去，当当当溜着地面滚出老远，在酒吧入口停下之际，刚好一只大脚踩在了上面。

顺着大脚往上看，只见其主人是个又黑又壮的汉子，年龄四十岁上下，身高一米七左右，上穿棕色中式对襟褂子，下穿深蓝色肥腿裤和黑色功夫鞋，豹头环眼虎背熊腰，一脸的凶煞之气。在他身侧还有一个衣着年龄都十分相近的汉子，其个头略高，身材略瘦，但同样的精壮勇猛。此二人，一看就知道是对练家子。

“阿忠阿诚？！”宋小佳不禁叫出声来。

“先别过去。”李菲拽住意欲起身的宋小佳。宋小佳回头望了她一眼，重新在位置上坐下。很快，两个黑脸汉子身后又走出一个人。此人二十七八的年纪，身材高大，五官周正，脸上挂着一副黑超眼镜，脑袋梳着铮亮的油头，走起路来步步生风、气宇轩昂。

“此人就是章泽天的儿子章启明。”李菲小声提醒道。

三人走到前排中间一张预定好的桌子边，章启明在中央坐下，阿忠阿诚分坐两侧。此时，几个男歌手唱完了。名叫杨娜的女生在主持人介绍之下拿着话筒上台，她先朝观众深深地鞠了一躬，然后开始唱歌。

她的歌声婉转而悠扬，表情与动作也极其投入，头一次欣赏到的观众如痴如醉，熟悉的人们都跟着附和起来。很快，酒吧的气氛被推向了高潮，数百支荧光棒来回摇晃，敲击声、尖叫声、口哨声响成一片。

这个时候，胡翰林和瞿洋正坐在酒吧二楼一间隐蔽的屋子里，这间屋子二十平方米左右，除了摆有文件柜和开着门的那两面墙，其余均挂满了大小不等的显示器，与显示器连接的另一端，数十只“眼睛”从不同角度窥探着，将一楼大厅及酒吧门口的情景尽收眼底。

在他们身后站着肥墩墩的酒吧老板，那家伙弓着腰，谄媚地端着两杯好茶：“胡局，咱这儿多年来一直听从指挥遵纪守法，从不跟任何作奸犯科的事儿挂边，虽说也有演出，但节目内容都很积极健康，来的客人也都比较高素质……当然，万一有哪些您看不过眼的地方，只管批评指正，我们即刻整改绝不拖延……”

“你甭紧张，我今儿来只是顺道探访。”胡翰林接过茶杯，然后摆摆手，“没你的事儿了，该忙啥忙啥去吧。”

“瞿老板您请用。”酒吧老板将另一杯茶递给瞿洋。

瞿洋接过道了声谢谢。

“有照顾不周的地方，两位多担待。”见二人依次点点头，酒吧老板抹了把脸上的汗，如蒙大赦地退了出去。

屋子里只剩下瞿洋和胡翰林二人。

胡翰林靠在转椅里，望着满眼的监视屏：“瞿先生，此时此刻感觉如何？”

“说实话，我不太喜欢这种场合。”瞿洋品了一口茶，将杯盖轻轻合上，“胡队既然感兴趣，何不到大厅欣赏，那样更入情入境些。”

胡翰林哈哈一笑：“你没明白我的意思。我是问你面对这一大堆监视器什么感受。”

瞿洋也笑了：“于胡队而言，必是种纵观天下统揽全局的快意，对我来说，则有点诚惶诚恐。”

“哦？”胡翰林玩味地看着他，“为何这么说？”

瞿洋用下巴点点眼前的监视器，以问代答：“这些都是你们的劳动成果吧？”

“不不不。”胡翰林摆摆手，“这都是酒吧原有的装备，我不过借用一下罢了。今晚在这里，将会上演一场瓮中捉鳖的好戏，我特邀瞿先生聚此共赏。”

瞿洋又喝了口茶，将杯子搁在旁边的小茶几上：“看来，胡队是胜券在握呀。”

“正必胜邪，兹是天道。”说完，胡翰林稍稍直起身体，开始品他的第一口茶。

39 海棠吟

该来的都来了。作为这部戏的制片人兼总导演，胡翰林在喝完他的那杯茶之后，即开始利用监控室的麦克风调兵遣将，很快形成一个里应外合的坚固阵仗。章启明一行自不必说，张海的注意力也几乎全在舞台上，根本没有觉察到周围的异动。

一曲完毕，台下掌声雷动。章启明给身旁的高个儿汉子使个眼色，后者大手一挥，粉红色的百元大钞雪花般从天而降，同时伴之一个雷霆般的叫喊："章大少爷有赏！"

杨娜向后退了几步，显然被吓了一跳。她的那种惊诧、羞涩以及紧张的模样更激起对方的挑逗欲。章启明摘下墨镜交给矮个儿汉子，一下纵身上台，叫主持人递来一支话筒，然后揽过错愕不已的杨娜，非要跟她合唱一曲。

章启明何等人物，酒吧虽有一众保安但无人敢上前劝阻。老板更是不断给主持人使眼色，后者跑到杨娜身旁耳语几句。尽管杨娜有所抵触，却也只能默默屈从。一首情歌对唱，男声部分被章启明唱了个不伦不类，他边唱还边在杨娜背部上下其手。

宋小佳冷哼："瞧到没，这才是真正的无赖。"李菲切齿："何止无赖，简直猥琐、变态！"

终于，一首聒噪版的情歌唱完了。章启明意犹未尽地跳到台下，除了阿忠和阿诚热烈鼓掌外，其余几乎全是嘘声。

接下来，杨娜又唱了两首歌，可能受章启明适才滋扰的缘故，她一直有些不在状态。就在她唱完歌准备下台的时候，一名侍者小跑着过去，给她送上一大捧鲜花，并在她耳边低语了两句。

杨娜很快发现了花束里的字条，字条上用钢笔写着一句话："祝你生日快乐。"在那行字下面，送花者为她自己点了一首歌，名字叫作《海棠吟》。杨娜颇受感动，她举目四望，终于在观众席的西北角看到了戴着遮沿帽的张海，后者半沉在阴影里，远远冲她打了个手势。

杨娜回到舞台中央，先借话筒向送花者表达了谢意，然后开始唱歌。当歌声响起的那一刻，瞿洋和宋小佳不约而同打了个寒战——包括这首歌在内，几乎所有细节都跟祁妙梦中的情景一模一样（尹昕曾向瞿洋和宋小佳讲述过）。

瞿洋有一种不详的预感，他从椅子里缓缓站起身。胡翰林看了他一眼，捻着唇上的胡碴嘿嘿笑道：“瞿先生少安勿躁，好戏马上就要开演了。”瞿洋望望监视器，看到警方铜墙铁壁般的布置和安排，暗想自己可能多虑，便又重新坐回去。

跟梦里一样，杨娜唱完歌，捧着鲜花径直走到张海身旁。张海向侍者又叫了一杯酒，让对方在桌前就座。起初，杨娜还显得有些腼腆和矜持，后在张海的“循循诱导”下，逐渐变得热情开放起来。

不多时，名叫谢斌的男生过来了，正好看到二人大喝交杯酒的暧昧瞬间。毫无意外地，谢斌与杨娜爆发了争吵，吵到急处，前者出手打了后者一个嘴巴，准备第二次出手的时候被张海拦住了。随即，战争在两个男人之间爆发开来。

谢斌瘦弱，在体力上不是张海的对手，没几个回合便被踹翻到一张桌子边。恼羞成怒的谢斌顺手抓过桌上一瓶啤酒，照张海的脑壳奋力砸过去。张海脑袋稍稍一偏，啤酒瓶从他肩头飞过，带着风声的呼啸和众人惊诧的目光，炸弹般落到章启明一行的桌子上。

“嘭”的一声巨响，玻璃碴子和着白色的飞沫四散开来，啤酒液顺着桌子往下浇，淋了章启明一裤腿。酒吧的音乐停了，所有客人都愣怔地瞧着这边。老板从里间出来，一溜小跑跑到章启明跟前，先是一个劲儿地赔罪，后掏出一包好烟给他压惊。

章启明根本没有理会老板，他慢条斯理地摘下墨镜，一边拿纸巾擦拭着镜片上的液体，一边吩咐身旁的矮壮汉子：“阿忠，过去看看。”阿忠领命，一颠一颠地走过去，掀开几个看热闹的闲人，捉小鸡般揪住正跟保安发生冲突的谢斌，将他丢到章启明跟前。

“跪下！”阿忠一脚踹倒谢斌，将他的头按下去，“给……额……章少爷的裤子和皮鞋……额……舔干净！”谢斌很硬气地把脑袋往上挺，无奈对方的手跟钢叉一般，脑袋被牢牢箍着根本动弹不得。

这时候，杨娜从人群外挤进来，抓住谢斌的胳膊在他身旁蹲下，肯求章启明“高抬贵手”。酒吧老板也趁机插言，让谢斌起来敬杯酒道个歉，尽量大事化小小事化了。谢斌虽说不知道章启明的身份，但看也看得出对方是个不好惹的主。既然酒吧老板给出一个台阶，章启明一方也没有继续为难的意思，干脆借坡下驴算了。

可千不该万不该，章启明在谢斌倒酒的瞬间，伸手捏了捏杨娜的脸蛋。于是，谢斌倒好的一杯酒泼到了章启明脸上。

阿诚一拳将谢斌抡倒，然后协同阿忠搡开试图劝阻的老板，将谢斌从大厅拖到酒吧门口，然后远远地抛到对面的马路中央。

40 集体催眠

一辆正在通过的轿车及时刹住，才算避免了一场悲剧的发生。

酒吧的音乐重新响起来，人群从冷漠恢复躁动。瞿洋和胡翰林的视觉焦点也重新落回张海身上，可令他们诧异的是，张海和杨娜从眼前的监视器里消失不见了。再看其他监视器，又赫然发现，张海仍旧坐在一楼大厅的西北角，静静地喝着他的蓝色妖姬，就像什么事都没发生过一样。而四周的便衣仍旧保持着牢固的阵型，将他死死护在中间。

胡翰林感到不对，立刻通过麦克风联系李菲。李菲也发现了异常，得令之后，径直走到张海面前，噌地摘下他的帽子，一张完全陌生的脸暴露在眼前！通过监视器再看酒吧外面，驻守在停车场附近的几个便衣，正悄悄尾随另一个张海朝远端的街口走去。

而第三个张海则站在停车场边，正打开一辆黑色轿车的车门。与此同时，瞿洋也注意到，章启明一行三人和杨娜、谢斌二人不知何时从镜头里消失了。

监视器前的胡翰林大脑一片空白，过了好几秒钟，才站起身拿起麦克风发布指令："全部人员，包围停车场！"

发布完命令，胡翰林迟迟没有坐回去。他知道，一切都已经来不及了。

李菲拔枪快速冲到停车场，宋小佳也跟了过去。通过监控镜头，瞿洋和胡翰林看到，轿车的车门被打开了，紧接着张海的尸体从里面歪出来。他没戴帽子，上身光着，脸紧紧贴着地面，双手张在李菲身侧，两脚倒挂在车厢里，后背上留着一个寸把长的破洞，周围是气喘吁吁从四周赶到的便衣。

两日后。

李菲去找瞿洋的时候，后者正跟同事们进行每周一次的分享例会。李菲准备退出去，瞿洋却冲她招了招手。

李菲有些不好意思地走过去，在瞿洋和宋小佳之间的空位上就座："不会妨碍你们吧？"

瞿洋微微一笑："怎么会呢，你又不是外人。"

"你应该在电话里告诉我，我下午再过来。"李菲扭过头，责怪地扫了一眼宋小佳。

宋小佳眨眨眼睛："洋子不是说了嘛，你不是外客，是内人。"

李菲咬牙切齿地轻呸了一声。

会议继续。在李菲听来，会议主要进行了三个议题，第一个是卡恩的"周公散"研发获得巨大成功，经临床试验其性能可靠、效果良好。第二个是例行周工作总结。第三个是两日前行动失败的经验与教训，以及下一步的工作方向，而这个正是李菲此行的主要目的。

讨论到第三个议题的时候，尹昕对一旁的祁妙说："这里没你的事了，你出去忙吧，外头还需要人呢。"

“凭什么撵我出去？”祁妙不乐意了，“我现在也是工作室成员之一，你们许外人参与不许我旁听啊，再说了，现在还没到上班时间，让我出去忙啥？”

“你……”尹昕气结。

瞿洋伸手止住尹昕，尔后望向有些尴尬的李菲：“你别光坐着听不发言啊，这件事情，我正想听听你们警方的看法呢。”

李菲颇为苦恼地啧了一声：“我始终搞不明白，我们的防护不可谓不严密，监控不可谓不细致，但凶手还是在众目睽睽之下杀死了张海，他到底怎么做到的？”

“集体催眠。”瞿洋端起水杯喝了口茶，慢吞吞吐出这四个字。

李菲一时没反应过来，愣了好几秒钟才道：“你是说杀手是杨娜，她用催眠的手段控制了所有人的潜意识？”

瞿洋若有若无地点了点头：“就像《黑色星期五》容易使人患上精神分裂、抑郁症一样，张海点的那首歌《海棠吟》本身就具有催眠的特性。他的本意是想借那首歌将杨娜引入意识恍惚状态，以便实施下一步的催眠诱导。但怎么都没想到，杨娜竟然是个比他更加高明的催眠师。除此之外，在进一步的计划中，张海表面上通过玩扑克牌催眠杨娜，实际上是被杨娜所催眠。”

李菲听得瞠目结舌：“你怎么知道的？”

宋小佳拿胳膊撞了对方一下：“你忘了他是干什么的。”

瞿洋接着道：“之前听胡队说，杨娜只是个在校的大学生，可一个大学生怎么会有如此厉害的催眠手段？会不会你们查到的背景资料都是假的？”

“正要跟你说这个。”李菲身子向前探了探，“杨娜的确是一个在校大学生，只是此杨娜非彼杨娜。”

瞿洋拧起眉毛：“什么意思？”

李菲缓缓靠近，迎着对方疑惑的目光：“就在前一天晚上，我们在大学城龙子湖边的芦苇丛里发现了杨娜的尸体。”

41 真假杨娜

“什么，杨娜死了？”瞿洋杯子里的水抖了一下，这显然出乎他的意料。

李菲解释道：“应该说，死的是大学生杨娜。我们发现的时候尸体已经严重腐烂，据检验，死者脖颈上有明显掐痕，十指指尖向前，也就是说，她是让人从背后掐死的。另外，死者的双腿后端均有擦伤，其中一只鞋子也不知去向。我们断定，凶手是先掐死了杨娜，然后从案发现场移尸到龙子湖，故意制造了溺水的假象。”

尹昕很自然地联想到了死者的惨象，她下意识地松了松脖子上的丝带，插口道：“这么说，杨娜已经死亡相当长一段时间了。”

李菲点点头：“据法医推断，至少在两周前。”

“我去！”宋小佳由衷地感叹，“为了钓张海一条大鱼，这线放得也太长了吧，两周时间啊！另外，这个假杨娜也真够有本事的，不单要模仿对方的外形，还要模仿其肢体和声线，不然怎么骗过她男朋友的。最服气的是，除了这些，她还能在大庭广众之下实施集体催眠，然后在众目睽睽之下将目标对象刺伤在车里！”

言至此处，卡恩忍不住插嘴：“我刚学了两个成语，用来描述凶手的行为最为合适——这叫作‘金蝉脱壳、借尸还魂’。”

“我去！”照例是宋小佳替他纠正，“这该是瞒天过海、偷梁换柱！”

瞿洋止住他们两个，问身旁的李菲：“假冒杨娜，又是什么来路？”

李菲摇摇头：“案子正在调查，眼下还没有消息。”

瞿洋皱眉片刻，又问：“那另外三个张海的事，查清了吗？”

这次，李菲点了点头：“经过审讯，假冒张海的两人都承认是受人指使，但并不认为自己的行为有罪。这两人来自河北蔚县，半个月前到通宁找工作，暂时无业。据供述，他们于三日前在网络论坛里参加了一个名为‘勇敢者游戏’的真人秀活动，主办方声称，只要按照要求从指定场所取得指定服装、带上指定道具、按指定时间在指定地点、按指定动作进行活动，就可以获得主办方提供的3000元奖金。”

“二人觉得，这事不违反法律道德又不冒什么风险，奖金也还不少，所以就参与了。他们并不知道，所谓的主办方根本子虚乌有，联络人的名字也是假的。我们的人员根据论坛中留下的固定电话和发帖者的IP地址进行追查，最终确认，幕后的操作者正是张海本人。”

瞿洋搁下杯子：“为对付警方眼线、维护身家安全，张海倒是费了不少心思，可惜到头来还是没能躲过喋血酒吧门口的厄运。对了，他现在情况怎么样？”

李菲叹了口气：“还在重症监护室，看样子是难过这一关。”

“嘿，阿忠和阿诚呢？”宋小佳拿胳膊碰了碰李菲，“那俩家伙在之前几桩案子里本就存在嫌疑，现在又跟张海案扯上关系，而那个假的杨娜极有可能跟他们是一伙的，抓住两个家伙严刑拷问，说不定一系列案子全都破了！”

“你以为警察办案像你想的那么简单。”李菲白了宋小佳一眼，而后转向瞿洋，“我们眼下只能以寻衅滋事为名对他们进行传讯，如果没有切实有力的、关于杀人方面的证据，顶多关几天就得放出去。”

宋小佳狡黠一乐：“我明白了，你这次来，就是想请我们帮忙，用催眠和盗梦的手段从阿忠和阿诚身上撬出点东西，对吧？”

李菲嘴角扬了扬：“聪明。”

瞿洋还未表态，宋小佳就先自告奋勇：“我去。不过我还需要一个助手。”

李菲再次向瞿洋投去征询的目光。

“别看，就你了。”宋小佳拍拍她的胳膊，“工作室这边需要照应，洋子他脱不开身。”

李菲一副为难的神色："可我不懂催眠和盗梦啊，怎么帮你？"

"我懂呀。"宋小佳拍拍自己胸脯，"只要听我指挥，保准你吃不了亏！"

李菲耸耸肩，鉴于上次在公墓的遭遇，她总觉得宋小佳不太靠谱。瞿洋笑道："盗梦主要靠的是经验的积累，小佳跟了我几年，也算是老手了，平日执行任务都由他来设计梦境，毫不夸张地说，他的一些方面甚至我都比不上，比如想象力和逻辑性，所以你就把心放肚子里吧。"

李菲仍旧有点不甘心："那你呢，留下来继续念你的生意经？"

"岂敢。"瞿洋摇摇头，"案子再怎么说也要比我这个工作室重要，会议结束我就到医院一趟。"

李菲不解："到医院做什么？"

瞿洋把头往后仰了仰："我要见一见张海。"

"他现在不能说不能动的，也就比死人多口气而已，你见他做什么？"忽而，李菲悟出了什么来，"你不会是想给他盗梦吧？"

"是的。"瞿洋微微颔首，"作为当事人，只有他最清楚那晚发生了什么。说不定借此一角，可以揭开之前所有案子的真相。"

虽然见识过瞿洋的手段，但李菲还是觉得这事难度太大："可他分分钟就会咽气的呀！"

"分分钟的时间足够了。"瞿洋提醒对方，"你忘了我跟你讲过，梦里的时间是现实中的十几倍，即便只有一分钟时间，设置四层梦境，也差不多可以获得十天时间了。十天，还查不出个结果吗？"

李菲无话可说了。

尹昕诚恳地望着瞿洋，言辞是询问的，口气却不容置疑："目标对象情况特殊，任务必然十分凶险，我搭把手，跟你一起入梦吧。"

祁妙从椅子里腾地站起来："我也去！"

瞿洋看看尹昕，对祁妙说："不必了，你跟卡恩留守工作室。"

尹昕不露痕迹地笑了一下，祁妙则高高噘起嘴，满脸的不爽。

42 催眠阿忠

审讯室。

阿忠坐在椅子里，满不在乎地瞧着对面那位二十出头的小警员。

小警员剑眉倒立："老实交代你的问题，看着我干什么？"

"是你……额……老看着我……额……好不好？"阿忠半歪着脑袋，"该说的……额……我都说了，你还要……额……我说什么？"

"别跟我嘴硬！"小警员猛一拍桌子，"我再问你一次，一月七号和三月十号晚上，你都干什么去了？"

"怎么着……额……想动私刑啊？"阿忠用下巴指指安装在墙角的监控镜头，"那上面……额……可有摄像头呢，你动我一下……额……试试？"

小警员真想上前将他暴揍一顿，可又不能知法犯法，故而恼得直喘粗气。

"你呀……额……最好对我客气点。我这人……额……就这样，你越是大声嚷嚷……额……我就越不想配合。"说到这儿，阿忠挠了挠鬓角粗犷的髯毛，"一月七号，让我想想哈，……额……那天晚上我干什么来着？跟阿龙他们……额……打麻将？不对；跟仝总……额……去盛世嘉年华看……额……场地，也不对……"

小警员看不下去了："你蹭来蹭去的干什么，身上有跳蚤？"

阿忠像个孩子似的瘪瘪嘴："报告警官，我要上……额……大号。"

小警员果断拒绝："不行，十分钟前你刚去过！"

"那是小号，现在……额……我要上大的。"见对方丝毫没有让步的意思，阿忠从椅子上侧起了屁股，"那我就拉……额……在裤子里。"说完，阿忠果然十分恶趣味地放了个极响的屁。

就在此刻，门打开了，李菲和宋小佳从外面走进来。小警员如同大赦似的从椅子上站起来："菲姐，你终于来了！"

“怎么样，交代了没？”李菲在审讯桌边坐下。

小警员憎恶地瞥了阿忠一眼：“这货狡猾得很，一句都问不出来。”

“哎哟，……额……换上美人计了？没用，我阿忠……额……贪财但不好色，这招不好使！”说着，阿忠挪回屁股，把视线转向一旁的宋小佳，“他是谁？你们这儿……额……不是不允许……额……旁听吗？”

李菲丝毫没有开玩笑的口气：“这是位医生，来给你看病的。”

“给我看病？”阿忠哈哈大笑，“我看……额……该看病的应该是你们吧！一个个神经兮兮的，……额……非逼着别人……额……讲没做过的事情！”

“嘿！”宋小佳走到阿忠跟前，半蹲着从上衣口袋掏出一个气体打火机，砰地在他面前打出火苗，“能瞧出这是什么颜色吗？”

“你要干吗？”阿忠警觉地往后仰了仰。

“你不是认为自己没病吗，我来帮你诊断一下。”宋小佳晃着手里的打火机，“只要你一个答案，我就能断定你有病还是没病。”

“你……额……自己有病吧，还医生呢！”阿忠冷笑一声，“只要不是……额……瞎子，连三岁小孩都能……额……看出来——黄色！”

宋小佳摇摇头：“说你有病你还不信，现在看来病得还不轻啊。”说着，宋小佳把打火机移到李菲面前，后者惊诧地发现，适才黄色的火苗不知何时变成了蓝色。当然，惊诧归惊诧，她并没有把这种情绪表现出来。

“你敢跟老子……额……玩障眼法？”阿忠怒目圆睁，锁在两腕的手铐被挣得咔咔直响。

阿忠的身手宋小佳有所耳闻，双方真要斗起来他未必是对手，但他极力压制了内心的怯懦：“你若不信，我可以再给你一次机会。”

阿忠的视线从宋小佳面部慢慢移到火苗上，随即，新的答案从他参差不齐的牙缝里狠挤出来：“蓝色！”

“错！”宋小佳将打火机移得更近一些，好让对方看得更清楚，同时用比对方更加狠戾的语气强调，“是紫色！”李菲发现，就在宋小佳移动的那一瞬间，蓝色的火苗突然变成了粉紫色。

“你说呢？”宋小佳侧过脸冲李菲眨了眨眼睛。

李菲连忙点头：“没错，是紫色。”

阿忠的眼球几乎从眼眶里蹦出来了：“这怎么可能，其中……额……肯定有诈！”话虽如此，他还是揉了揉眼，这说明他内心里对自己的判断产生了怀疑。

“看来你不光眼睛有毛病，听力也有问题。”宋小佳趁热打铁地指出，“你难道没听见刚才有人跟你说话吗？”

“谁？”阿忠警觉地盯着宋小佳。

宋小佳煞有介事地说：“他说他叫田进一，有很重要的事情告诉你。”

阿忠猛一哆嗦：“他在哪儿？”

宋小佳把火苗往前送了送：“就在这里面，瞧，他正冲你笑呢。”

阿忠本能地投过视线，他看到火苗中央暗区的轮廓的确很像一张人脸。他越凑越近，人脸越来越大，最后与宋小佳的脸重叠在一起。

阿忠的眼神变得呆滞，反应也迟钝了许多：“我不认识他。”

宋小佳啪嗒一声熄灭了火苗，数秒钟后，又啪嗒一声亮起：“这个人，你应该认识吧？”

李菲及时补充了一句：“他说他叫张海，你们是老相识了。”

阿忠的眼睛撑开一条缝又慢慢合上，他感到自己整个人陷进了烈焰的包裹，剧烈的疼痛过后逐渐麻木到失去知觉。

噗，火苗又熄灭了，全世界彻底沦于黑暗。

43 日本兵

望着歪倒在椅子里的阿忠，李菲不可思议地问：“这么快就让他睡着了，你是怎么做到的？还有，刚才火苗的颜色怎么回事？”

“其实阿忠说得没错，我用的就是障眼法。”宋小佳大大咧咧承认道，“气体打火机里装的是丁烷，丁烷燃烧产生的颜色本来就是黄的，只不过，我在丁烷里放了少量酒精。酒精的密度比丁烷小，晃过后火苗就会变蓝，而酒精即将燃烧完毕颜色就会由蓝转黄，在这中间火苗就会呈现出淡紫色。”

“之所以会睡那么快，是因为我使用了瞬间催眠术。这种方法，对于过度戒备和意志力薄弱的人效果尤其好。刚才，我故意先激怒阿忠，使其大脑处于紧张和焦虑状态，后通过火苗的变换进一步分散其注意力，最后利用打火机的开关作为触发器，使其快速进入高度受暗示的环境。”

李菲在心底产生了几分佩服，嘴里却不以为然地损道：“还以为多么高深玄妙，原来尽是些江湖把戏。”

宋小佳也不争辩，自顾从手提箱里取出联梦机，扯出传感导线，一条系到自己手腕，一条系上李菲的胳膊。

李菲看着造型并不算复杂的机器和两根细狭的分线：“靠这个就能进入别人梦里？”

宋小佳乐呵：“你就瞧好吧。”

李菲忽然想起什么：“你把这台机器拿来，瞿洋那边怎么办？”

“放心吧，他在美国的朋友又帮忙从芝加哥购了一台。”宋小佳连好导线，抬眼发现小警员还在桌边坐着，于是冲那个位置挑挑下巴，“呶。”

李菲明白他的意思，遂对小警员说：“你在外面守着，别让任何人进来。”

小警员打了个OK的手势，从审讯室退出去。

“时间二十分钟，任务单层梦境。”宋小佳在联梦机上设置完参数，抬眼问李菲，“准备好了吗？”

李菲点点头。宋小佳深吸一口气，按下联梦机上的红色按钮。

夜风萧瑟，荒草幽深，一张巨大的铁丝网矗立在眼前。借助月光，可见铁丝网内是一片广阔的营地，营地四周全副武装的士兵在巡逻着。离铁丝网最近同时也是最大的营帐内，此刻正灯火通明歌舞喧嚣。

“这是哪儿？”宋小佳撅着屁股趴在铁丝网前四下打量，“莫非到了某集团军的战略要地？”

“不对。”李菲按住宋小佳欲撑起的肩膀。

“怎么不对？”宋小佳扭过头。

李菲抬手指着前方：“你看那些士兵的服装、枪械装备还有营地的军车以及杆上的旗帜。”

宋小佳快速扫视一番，只注意到了高高飘扬的太阳旗：“我去！中国还有日军基地，我怎么不知道？又或者咱们穿洋过海来到日本了？”

他俩正嘀咕着，一双大脚挡住了他们的视线。顺着大脚往上看，见其主人是一个穿着旧式日军军服的士兵，士兵托着三八大盖，目视前方面容冷峻。还好，对方的视线偏高，没有发现趴在地上的他们。

士兵在原地徘徊一阵，离开了。宋小佳倒抽一口凉气：“我去！哪个剧组这么铺张，一切搞得跟真的似的。”

话音未落，就感到脑袋被尖利的硬物抵住，随即耳边传来一阵叽里呱啦的怪叫。回头去看，赫然发现两个日本兵，跟刚才那位一样，二人也都穿着旧式日军军服，手里的刺刀寒光闪闪。

“嗨！”宋小佳冲二人打招呼，“两位是剧组请来的群演吧，还别说，弄得还真像那么回事！”

两个日本兵对视一眼，其中一个二话不说，直接拿刺刀戳向毫无防备的宋小佳。宋小佳只觉得右臂一震，疼得天旋地转。

“我去！”宋小佳大声叫唤道，“这不是他娘的拍戏，是咱们穿越了！”

还是李菲反应快，一个扫堂腿将身后的鬼子撂翻，站起身，卡住还未反应过来的另一个鬼子，胳膊用力一拧，那家伙的喉咙便被扭断了。吃痛中的宋小佳捡起地上的刺刀，不等翻倒的鬼子爬起，瞄准了狠狠插进对方的后心。

惨叫声惊动了其他巡逻的士兵，很快，宋小佳和李菲便被一帮端着枪械的小鬼子团团围住。

44 静观其变

“怎么办？人这么多，硬拼的话咱们可就死定了。”宋小佳端着滴血的刺刀。

李菲稍稍调整了下身体，与宋小佳背靠背，摆出副决死一战的姿态：“不硬拼，难道你还打算投降吗？”

宋小佳啧了一声：“别把我想得那么怂好不好。我是说，咱们不能刚入梦就挂掉，毕竟阿忠的影子还没见着呢。”

李菲低声敦促：“那你说怎么办？”

宋小佳把刺刀的尖端往下放了放：“暂时收手，静观其变。”

见二人放弃反抗，鬼子没有开枪射击，而是将他俩押送到离铁丝网最近的那顶大营帐。营帐内呈 C 字状坐了十来个军官模样的人，看领章职衔都不低，其中有一个留仁丹胡的家伙还是个中将。

那些军官正在一边喝酒一边欣赏歌舞伎表演，见士兵们押着两个中国人进来，留仁丹胡的中将抬起右手指着宋小佳和李菲，用并不熟练的中文喝道：“嘿，你们是什么人，到这儿来干什么？”

宋小佳瞧着他的模样，情不自禁想到国内抗日剧里那些滑稽的鬼子形象，于是忍不住笑了出来。不料，那中将噌地起身，径直走到宋小佳跟前，抬手就是一个嘴巴：“八嘎！我在问你话呢，快快回答！”

“我去！手劲儿还挺大的！”宋小佳脸上火辣辣的疼，恼怒之下回了对方一脚，正中那中将裤裆。

中将立刻怪叫着蹦了起来。其余的军官呆住了，可能没想到这个看上去有些单薄的中国人，在全副武装的日军军营里居然还敢这么横。过了好几秒钟，负责押送的士兵才愣过神来，拖住宋小佳一顿拳打脚踢。

被踢中要害的中将痛劲儿过去了，举起军刀走到宋小佳跟前，大叫一声正要砍下去，忽而听到一个女子凌厉地嘶喊：“住手！”

循着声音看去，见李菲正板着一张俏脸怒目而视，中将绕着李菲转了一圈将其细细打量：“哟西，这个花姑娘长得不错。”

“立刻放了他！”李菲命令道。

“放了他可以，但你得知道，从我佐藤手里拿走东西是需要付出代价的。”中将捻着唇上的仁丹胡，脸上绽出冷酷狡黠的笑。

李菲正猜测对方在打什么鬼主意，中将猛地将她从押送者手中拽出，继而推向坐在附近的几个军官：“花姑娘的，赏给你们啦！”

李菲踉跄几步，跌翻在桌案上，旁边的军官们霎时淫笑四起。李菲就地一个飞旋，扫开两个鬼子，但毕竟势单力薄，很快就被另一拨鬼子七手八脚地按住。

“放开她！”宋小佳挣扎着大喊，“要杀要剐冲我来，不要欺负一个女人！”

鬼子们本能地停下手，齐齐看着佐藤。佐藤转身走到宋小佳跟前，一手捏住他的下巴：“你真的愿意为了她接受千刀万剐？她是你什么人？”

宋小佳半闭着眼睛：“她是我老婆。”

就在此刻，外面传来一声惨叫。门口的鬼子刚掀开营帐的布帘，一个日军兵就从外面飞了进来，恰好砸到 C 字场地的中央，艺伎们尖叫着奔逃四散，李菲则趁机脱身。

在众人惊惶疑惑的目光中，阿忠迈着大步从营帐外走了进来。他照例穿着那身棕色的对襟褂子，打着绑腿，头上系一巴掌宽的白布条，两只胳膊下各挟着一个鬼子兵。

不等押解宋小佳的士兵围攻上来，阿忠就把胳膊下的鬼子往外一送，几个鬼子撞到一起，跌了个人仰马翻。

在场十几名军官全部站起，看样子是要一拥而上。佐藤摆摆手，示意他们少安勿躁，而后摆出一副单挑的架势。阿忠伸出右手拇指向下，同时照地上狠狠啐了一口唾沫。佐藤恼羞成怒，怪啸一声握着军刀朝对方猛劈过去。

阿忠不避也不闪，只抓住呆在身旁的小兵做挡箭牌，霎时血肉横飞，惨叫连连。小兵砍光之后，佐藤的力气用去大半，刀刃也卷了。就在他刚刚喘上一口气，准备再度发起进攻的时候，阿忠飞起一脚，把他撂了个四脚朝天。

军刀借助惯性高高飞起又从天而降，直插佐藤两腿之间，若非后者退缩及时，定废了他的胯下之物。

45 密道

李菲指着厮杀正酣的阿忠和佐藤，以及旁边虎视眈眈的十几个军官问宋小佳："你说，我们该帮谁？"

宋小佳已经拉开阵势："笨蛋，当然是帮咱中国人了。"

在三人的合力围攻下，佐藤很快落败并被杀死。这时，别的军官和其他营帐里闻讯而来的鬼子全都围上来。面对成百上千的敌人阿忠毫不畏惧，捡起地上一把指挥刀，迎着人海砍瓜切菜般挥舞着。

宋小佳夺了把机枪狂扫一阵，拽住李菲和仍旧意犹未尽的阿忠朝一个方向逃去。十余名军官狂甩两条腿穷追不舍，后面的鬼子纷纷登上摩托车、卡车，甚至还有人出动了坦克和火炮。

四下里光柱交错、子弹穿梭。宋小佳、李菲和阿忠跑到距离兵营七八百米的地方，躲在一处石头建造的障碍物后，刚蹲下，障碍物就被一发炮弹炸了个粉碎。

落石如雨灰糜纷扬中，宋小佳趴在地上抱着脑袋咳嗽："我去！坦克大炮都上了，这也太瞧得起我们三个了吧？”

李菲环顾茫茫四野：“眼下几乎一马平川，躲无可躲避无可避的，这可怎么办？”

阿忠接茬说：“跟我走，前边……额……有条河沟，沟边有条……额……密道可以直接通到我们……额……寨子上，我就是……额……从那儿过来的。”

李菲略显迟疑，似在担心对方的话该不该信，宋小佳则拽了她的手：“走！”

果如阿忠所说，前行半里地左右，便横向亘出条大约五十米宽的河沟。河沟两侧的堤坝上，断断续续铺着一平方米大小的四方形石板。阿忠跑过去，搬开其中一块石板，下面立即露出半人来高的洞穴。

阿忠第一个钻进去，待宋小佳和李菲进入，又重新用石板把洞口堵好，然后点燃了早就准备好的火把在前面开路。

“真是奇怪。”宋小佳边走边小声说道，“也不知怎么回事，安全区一直建不了。”

“安全区？”李菲不解地问，“什么意思？”

“筑梦术里的专业术语。”宋小佳瞥了一眼走在最前面的阿忠，将声音压得更低，“就是用意念和想象创建出的一个相对封闭的区域，在这个空间里，能够屏蔽来自外界的一切危险元素，与此同时，自己的各种能力也将获得大幅提升。”

正说着，阿忠突然停下脚步，一双豹子眼紧紧盯着他们。

“怎么了？”宋小佳下意识地拦在李菲面前。

阿忠半阴不阳地笑了一下：“两位出手相助，我还没来得……额……及表达谢意，不知两位……额……尊姓大名，家居何处？”

宋小佳虚与委蛇：“举手之劳何足挂齿，不谢，不谢！”

李菲也顺水推舟道：“就是，对付日本人，大家同仇敌忾嘛，何必客气。”

“真想不到，……额……天底下……额……还有人跟我一样，也喜欢……额……在梦里屠杀日寇。”说完，阿忠再次露出那种意味深长的笑。

宋小佳和李菲咣地愣住。

“说说吧。”阿忠抱起胳膊放在胸前，“你们是怎么进到……额……我梦里来的？到底有什么企图？”

宋小佳首先反应过来，他上前一步摸摸对方脑门儿：“不发烧啊，不发烧怎么会说胡话呢，还连现实跟梦境都分不清了。”

“不承认也罢。”阿忠拨开他的手，转过身继续往前走，“我可以明白地……额……告诉你们，想从我这儿……额……得到什么东西，没门儿！”

宋小佳与李菲面面相觑。

“他怎么会知道自己是在梦里？”李菲也抱起胳膊低声问道。

“或许这人耳朵好，听到了我那段关于安全区的话。”宋小佳摸着下巴悄悄回答，“又或许，这人做过防盗梦训练，有能力通过一些手段判断出自己是在现实中还是在梦里。”

“这倒可能，至少咱们这身衣服跟梦里的时代背景挺违和的，稍微用心的人都会觉得跳戏。”李菲赞同宋小佳的后半段话，“那接下来怎么办？”

“张海连影子还没见上呢，任务完不成岂不白来一趟？”宋小佳抬步往前走，“还是牢牢跟着吧，量他也不能把我们怎么着。”

46 意外发现

洞穴离地面很近，能清晰听到坦克经过时发出的轰隆隆的声音。小心翼翼走了五里多地，前方渐渐出现亮光，走到跟前发现是一口枯井。阿忠第一个爬上去，宋小佳弓下腰准备发扬风格，李菲却把他拨开了，只见她轻轻一纵，两腿蹬着井壁很快便攀在了井沿上面。

等宋小佳爬上去的时候，阿忠已经消失不见了。天色虽已大亮，但雾蒙蒙的没有太阳。极目望去，四周全是两米多高的高粱地，犹如红色的海洋一般无边无际。

这时，一个人影从身边闪过。诧异间，又一个人影过去。前面的人影消失很快，只依稀辨出是个穿白色短褂的年轻男子，后面的他看清了，那是个穿红色上衣青色裤子的女生，年约二十五六，身材高挑皮肤白皙，梳着一条长长的马尾辫，跑起来辫子一甩一甩的。

宋小佳看了一会儿，脸色开始发白，紧接着，他被勾了魂一般不由自主朝那女生跟了过去。李菲紧追几步："喂，你不去找阿忠和张海，跟着人家一个女生干吗？"李菲说这话的时候，语气里不经意地带出一股淡淡的醋酸。但宋小佳的视线始终盯在女生身上，脚步也未就此停下："那个女人我认识。"

"别瞎扯。"李菲拽了下他的胳膊，"一个七八十年前的女人你怎么可能认识？"宋小佳也不解释，掰开对方的手只管追着往前赶，生怕那女生从眼前消失。

没办法，李菲只好跟着跑。在高粱地穿行的滋味可不好受，那狭长锋利的叶子划在皮肤上又痒又痛，种过地的人都深有体会。跑了六七百米，胳膊和脸都划花了。这时候，宋小佳终于停下，越过他的肩膀，可见高粱地已到尽头，不远处坐落着一个不大也不小的村寨。

村寨前边有条小河，流水淙淙，野花繁盛。河滩边，男子席地而卧，女生则偎依在他的怀里，看那亲昵的样子，俨然一对热恋中的男女朋友。

从宋小佳的角度，刚好可以看到女生的正脸和男子的侧脸。即便用李菲这种挑剔的眼光，也不得不承认，那真是位光彩闪耀的绝代佳人，其五官和脸廓堪称完美，唯一的瑕疵，是右耳朵垂下有个梅花状的青色胎记。

"真的是她。"宋小佳呆呆地说，"这究竟怎么回事？"

“那女的到底是你什么人？”李菲从背后捅捅宋小佳。

“跟我没关系，跟洋子的关系倒很密切，只是那男的……”宋小佳摸着下巴似在做着什么判断。

就在此刻，男子的脸转了过来。“我去！”宋小佳惊叫一声，噔噔往后退了两步，刚好踩在李菲脚上。

李菲狠狠推了他一把：“怎么着，见鬼了？”

“比见鬼还可怕！”宋小佳紧紧盯着那男的，“怎么会是他？”

李菲揪住对方胳膊上的一小块肉猛地往上一提：“能不能把话说圆了！”

宋小佳疼得直吸溜嘴：“轻点啊你，我又不是你男朋友，能随便让你动手动脚的。”

李菲又要打，宋小佳赶忙止住：“好了好了，我说。那女的是洋子的妈妈。”

“什么？”李菲怀疑自己听错了，“瞿洋的妈妈？”

宋小佳点点头：“我见过她本人和年轻时的照片，这女生跟她年轻时几乎一模一样。”

“你不会认错了吧？”李菲还是觉得难以置信，“再说了，三四十年代都已经二十多岁，论年纪，该是瞿洋的奶奶还差不多。”

47 吸毒者

宋小佳伸出右手食指在对方脑门儿上点了一下：“笨啊你，这是在阿忠的梦里，没看到他的年纪跟现在也差不多嘛。出现这种情况，可以说明三个问题：一、阿忠认得这男的和洋子的妈妈；二、他在潜意识里认为两人是情侣关系；三、作为阿忠的潜意识投射，这两人是被他从客观世界带入梦境里来的。”

“你的意思是，那男的不是瞿洋的爸爸？”李菲渐渐回过味来。

“当然！”宋小佳再次把视线投向不远处的河滩，“我认识这家伙，他叫郭肖平，是市筑梦师协会副会长，威权派的代表人物。”

李菲脱口而出：“这么说，瞿洋的母亲曾跟别的男人偷情？”

宋小佳做出要拧脸的手势：“别瞎讲，人家才二十多岁，还没跟洋子他爸成婚呢。再说，谁年轻时没经历过几次恋爱，只不过有一段感情刚好被阿忠知道罢了。”

“是吗，你谈过几次？”李菲仰着脸。

宋小佳气结，半晌没说出话。就在这时，耳边传来一阵音乐声（联梦机的定时音乐），紧接着，眼前的画面开始扭曲变形，最终缩作一个白色的亮点。

宋小佳睁开眼睛，发现正对着审讯室顶上的灯，白光闪闪，霎是刺目。李菲跟着醒来，由于联梦机的延迟效应，阿忠还在昏睡中。

“任务失败。”宋小佳摘下传感线，两手抱头叹了口气。

“接下来你打算怎么办？”李菲伸了个懒腰，盗梦对她来说既刺激又美妙，还真有点意犹未尽的感觉。

宋小佳扫了一眼对面的阿忠：“这货已经起疑心了，我们得换一个对象下手。”

李菲也摘下胳膊上的传感线：“你是说阿诚？”

宋小佳点点头：“这次我决定采用造梦 + 伪装的联合战术，我伪装成张海，你伪装成杨娜，再把祁妙和卡恩拉过来，让祁妙伪装成谢斌，卡恩作为守梦人，地点就设置在西部风情。时间紧迫机会有限，所以这次我们只能成功，不能失败！”

“可是阿诚并不在我们这儿。”面对宋小佳疑惑的目光，李菲解释说，“你们有所不知，阿诚是个瘾君子，拘留的第一天晚上毒瘾就犯了，没办法只好派人把他送去强制戒毒所，现在正接受治疗呢。”

“吸毒？”宋小佳吓了一跳，从他的表情可以看出来，问题似乎一下子变得十分棘手。

李菲眨着眼睛："怎么，这会对盗梦产生影响吗？"

"影响大了去了！因为吸毒者的脑电波非常紊乱，其梦境更是异常的荒唐诡异。我们这行也讲究个'三不碰'，其中一个不能碰的就是吸毒者。"宋小佳来回搓着手，"两年前，我们就接待过一个吸毒的客户。"

"当时，对方刻意隐瞒了自己的吸毒史，我和洋子也未详细盘究。直到进入梦里才发现不对，可惜那时候已经晚了。现在想想都觉得后怕，若非洋子功力深厚，只怕我们俩至今还困在迷失域里。"

李菲皱着眉毛："迷失域？这又是什么东西？困在里面会是什么后果？"

"人在梦里腐烂成骨头了，现实中还没醒来。"宋小佳可没有瞿洋那般的耐心，只解释了一句便匆匆收尾，"说了你也不懂，总之非常可怕。"

李菲抽了一口凉气："那不相当于植物人吗？"

宋小佳点点头："差不多。"

"那……"李菲犹豫起来，"你还打算下手吗？"

宋小佳认真看着李菲的脸，似在辨认对方是询问还是激将，最后他回答说："当然，洋子能做到的事情我也能。……只是担心你和祁妙，毕竟这种梦境太凶险，弄不好就会永远困死在里面。"

"没关系。"李菲大大咧咧地摆了摆手，"你都不怕我还顾忌什么。"

"那好。"对方愿意舍命陪君子，宋小佳便也无话可说，"我回工作室找祁妙和卡恩，你帮忙联络强制戒毒所，让他们行个方便。"

李菲利落地做了个 OK 的手势。

48 大汉天子

把车停到酒吧门口的广场边，宋小佳看了看左腕的手表，22:16，离杨娜抵达酒吧开始表演的时间还有不到一刻钟。于是他打开车内的灯，对着后视镜再次检查自己的妆容。

不得不承认，祁妙除了神经兮兮、胡搅蛮缠外还是有点长处的，至少在伪装术这方面造诣颇深。本次盗梦，宋小佳、卡恩、李菲全仰仗了她的手艺，在外形塑造上，可谓达到了“以假乱真”的地步，即便近距离看上去，伪装者与本尊也堪称“别无二致”。

宋小佳对着后视镜模仿了张海几个标志性动作，而后打了个响指下车。走在霓虹闪烁的大街上，他突然感觉一阵阵幽冷。

“不对呀。”宋小佳自言自语道，“通宁虽说不是什么一线大城市，但经济发达观念开放，市民的夜生活还是非常丰富的，街上不少娱乐场所通宵达旦地营业，尤其像“西部风情”所在的酒吧一条街，通常这个点正是人流的高峰时刻，可今天怎么路上没有一个人呢？”

会不会看错时间，或者手表出问题了？宋小佳抬起左腕，借助路灯的光线仔细观察，见手表的指针正分秒不停地走着，一点也不像出问题的样子。然后他又掏出手机，手机上的时间跟手表上几乎分秒不差。

一阵幽冷从背后袭来，宋小佳不禁打了个寒战。他乍然想起，从家来酒吧的路上似乎就没有看到一个人，甚至没看到一辆车！

“奇怪，阿诚的潜意识投射哪儿去了？”宋小佳警惕地四下观望，“盗梦这么几年，还是头一次遇到这样的情况。”

不多时，远处传来轰隆轰隆的声音，像是战机飞过，又像是坦克碾压大地所发出的响声。

宋小佳暗自叫道：“我去，那些鬼子不会从阿忠的梦里追过来了吧？”

响声愈来愈近，终于，街巷尽头出现了一团移动的黑影。宋小佳嗅到一股危险的气息，他赶忙收起手机，躲到附近一棵大树后面。

待黑影移动到跟前，宋小佳才在路灯照射下错愕地发现，那竟是一队穿着黑色铠甲、披着红色斗篷的古代士兵！他们或持利剑或拿长戟，一个个身材高大、体格强壮、面目威严、神色冷峻。

步兵方阵过后是骑兵方阵，不单执缰的士兵装备相同衣着统一，就连胯下的马匹都清一色的皮毛和鞍鞯。士兵们高高打起三角形的旗子，同样的沉静刚毅、庄严肃穆。马蹄如雨，纷踏着城市硬化的地面，声若雷鸣。

骑兵方阵之后是并排六匹装饰奢华的大马，马后拴着一辆金光璀璨的马车，马车上撑着一顶巨大的华盖，华盖下坐着一男一女，男的年约二十多岁，身穿龙袍，头戴玉冠，女的肩批霞帔，足登绣履，生得倾国倾城。

根据人员衣饰、发髻和出行规制，宋小佳看得出，这二人是一对秦汉时期的帝后。再仔细一瞅，宋小佳的嘴都乐歪了：那皇帝不是别人，正是巨商章天泽的儿子章启明！那么阿诚上哪儿了呢？

正疑惑着，一身穿金色铠甲的大将骑马冲上前来，将一长戟架在宋小佳脖子上。宋小佳转头一瞧，眼前这位大将军正是阿诚。

“快跪下！”背后不知谁轻喊了一声，随即有人摁下宋小佳的脖子。

宋小佳不明所以，顺势一跪。阿诚这才慢慢收起长戟，掉转马头跟随在章启明的皇辇后边去了。

“我去！”宋小佳回头一瞧，见是李菲，不由得抱怨起来，“老子长这么大谁还没跪过呢，你倒让他收下了我尊贵的膝盖！”

李菲扫一眼皇辇后面虎视眈眈的士兵，压低嗓音道：“见皇帝不跪那是大不敬，弄不好要杀头的，再说了，你见过警察跪皇帝的吗？我不也跪了吗？咱就忍忍吧，反正只是做梦而已。”

宋小佳作势要站起来：“杀头就杀头呗，我宁死不屈。”

李菲再次把他按住：“那咱这次的任务岂不又要失败了？”

宋小佳愣了愣，垂头丧气地跪下。

49 伪装

李菲扑哧一声笑出来：“还说没跪过，瞧这姿势多熟练多专业，一看就知道是老手——平日没少被女朋友罚跪搓板吧？”

“我去，听谁说我有女朋友？”宋小佳屈身斜睨着对方，忽然间眼神暧昧下来，“要不，你来当我女朋友？”

李菲没好气地呸了一声：“那你就天天等着跪搓板吧。”

宋小佳嘿嘿一乐，不再言语。李菲瞧了他几眼，转而问道：“你说，阿诚怎么会做这么奇怪的梦？”

“这个嘛……”宋小佳摸着下巴，脑细胞快速地运转，“想必阿诚是什么名将之后，其最大的梦想就是能像先辈那样辅佐或保卫皇帝。而章启明平日作威作福惯了，在阿诚的印象里他就是一个生活在现代的皇帝老子，所以才会做出这样的梦。眼下看来，这个阿诚还算是忠诚厚道的，即便吸毒中，也没幻想着谋权篡位什么的。”

李菲则不无担心地说：“阿诚把身份设计到了古代，而我们则把场景设计在现代都市，这也太格格不入了。记得瞿洋说过，太过怪异的梦境，人会意识到自己是在梦里而非现实。我们会不会像盗阿忠梦那样被人识破了呢？”

“这跟阿忠的情况不一样。”宋小佳解释说，“针对阿忠的是盗梦，无论人物的设计还是场景的筑造，其主角都是阿忠，而针对阿诚的是造梦，主导整个梦境趋势和走向的是我们。阿忠之所以识破，很可能跟他接受过反盗梦训练有关。而阿诚这里，目前看来还没有产生任何怀疑。”

“另外，潜意识是个非常奇怪的东西，跟现实相比，梦境常常悖逆客观规律和物理常识，现实中很荒诞的事物，到了梦里就会合情合理，人们并不会觉得十分奇怪。所以，造梦师往往能够根据这一特点对梦境进行适当的改造，使其既达到治疗的目的，又不至招致梦主的怀疑。

“你说得对，我们的环境设计与阿诚的人物身份是格格不入，也就相当于，我们对其梦境做了比较大的改造，正常来说，阿诚极有可能会察觉——如果他也接受过反盗梦训练的话。但阿诚吸了毒，强烈的兴奋导致幻象，使其自认为可以上天入地穿越古今。所以直到现在，梦境都非常稳定没有出现崩溃的迹象。”

说话间，章启明乘坐的车辇已经驶到了酒吧门前。如同所料地，车辇渐渐停了下来，章启明和他的“皇后”在两名宦官的搀扶下下了车，又如同所料地，他们在阿忠和阿诚的护卫下走进霓虹闪烁的酒吧。

“咱们快进去吧。”宋小佳拍拍膝盖上的土站起来，“进入酒吧靠的是对方的自主意识，这说明平时章启明和阿诚他们经常到西部风情，而我们的场景设计起作用了。但下一步的情节走向还需我们来引导，所以，得想方设法重现当晚的场景。”

“咱俩不能一块儿出现，别忘了你我此刻的身份。”李菲拨开对方伸过来的手，“虽然阿诚处于毒瘾中脑袋不灵光，咱也不能太过大意，你先进我后进。”

宋小佳打了个响指，正了正自己的衣冠，学着张海的样子步入酒吧。

比现实更夸张的是，一楼几乎成为章启明那帮货的包场。还好大厅西北角留了个位置，宋小佳兀自在那儿坐下来，向侍者要了杯“蓝色妖姬”。台上几名摇滚乐手正在歇斯底里，台下或坐或站一大群古代装束的人，画风看上去十分诡异。

李菲上台的时候，宋小佳起初还有些担心，毕竟模仿人的外表容易，唱歌却要使出真功夫的，他怕被人认出来是赝品。结果，对方那么一亮嗓子，他什么担心都是多余的了。一曲完毕，全场掌声雷动、尖叫四起。

跟现实中一样，章启明很土豪地将大量的金银珠宝抛上舞台，还嫌不过瘾，又跳上台去，揽过李菲要跟她一起合唱。

50 梦幻之吻

一首聒噪版的情歌终于完毕。按照剧本，宋小佳写了字条夹入花束，然后托侍者交给李菲。李菲接过鲜花，做出感动的样子，继而全程模仿杨娜，声情并茂地演唱了那首经典的《海棠吟》。

真是瞧不出来，平日里冰冷似雪、硬若磐石的李菲穿上旗袍竟如此的摇曳多姿、风情万种。宋小佳都看呆了，以至于李菲唱完曲目走下台的时候，他连招呼都差点忘了打。

接下来，二人充分发挥演技，将初时结交的恭谨客气到后来的暧昧多情表现得淋漓尽致。又如同所料地，祁妙伪装的谢斌适时出现了。祁妙上前拽住李菲想要把她拉走，李菲不肯，拉扯中祁妙抽了李菲一个嘴巴。

啪！实打实的一巴掌，既快又狠。这让本来有些出戏的宋小佳听得心尖发颤，所以，祁妙再度出手的时候，他自然而然地挡住了。因此，战火转在宋小佳和祁妙之间燃开。宋小佳视祁妙为女流之辈，只使出二分功力，不料对方比预想中强悍得多，若非及时调整状态，戏恐怕又要被演砸了。

终于，渐渐处于下风的祁妙将一只啤酒瓶甩出，宋小佳偏头躲过，啤酒瓶穿过他的肩膀，精准地落到章启明的桌子上。

在宋小佳等人多次的情景暗示下，阿诚的潜意识完全被对方牵引和控制。因此，接下来的情节依旧按照那天晚上的进行：阿忠揪过祁妙让他跪在章启明跟前，就在祁妙即将服软道歉的当口，章启明的贱手在李菲的脸上捏了一把。于是，祁妙那杯酒全泼到了章启明脸上。阿诚一拳把祁妙抡倒，然后和阿忠一起把她拖到酒吧门外……

趁着混乱，宋小佳揽着李菲走出酒吧，来到外面的停车场。上车后，两人面面相觑地看着，谁也不知道接下来的情节该如何发展。光线昏暗，封闭的空间里游荡着一股浓烈的荷尔蒙的味道。

尴尬之余，李菲扭头看向酒吧门口，负了伤的祁妙正抱着膀子哀怨地离开。阿忠已经返身走回酒吧，阿诚则执着丈八长戟继续站在台阶边。

但宋小佳的眼睛挪不开了，他此刻的样子，就像一只饿极了的耗子看见香甜可口的奶酪，除了嘴巴骨是硬的，全身都软了。李菲感到左脸颊袭来一股炙热的气息，转头间，宋小佳的嘴唇已经封了上来。李菲本能地挣扎了几下，没有成功，她感到自己的肩膀被对方紧紧箍着，嘴唇被对方用舌头撬开，继而在暖湿的口腔里长驱直入。

李菲瞪大了眼睛，她惊诧于宋小佳的大胆直接，更惊诧于自己身体所产生的反应——非但没有恶心和抵触，反而有一种受虐的刺激和快感。天啊，怎么会出现这种感觉？难道我喜欢上他了吗？此时此地产生这样的行为，是“演戏需要”还是“真情流露”？李菲无暇去思考，宋小佳的脸上也没有现成的答案。

正在两人忘乎所以的时候，宋小佳的身子猛的一震，紧箍的双臂渐渐松弛了。几秒钟后，他瘫软的身躯从李菲身上滑了下去。李菲错愕地看到，车后厢的阴影里藏着一个人，那人举着一把锋利的匕首，刀尖上不断有液体滴落。而宋小佳以极其别扭的姿势歪在驾驶位，脊背上露出条寸把长的窟窿。

恰巧这时有车从路边开过，借助车灯的光线，李菲看到了那人无法遁形的面孔。

“是你？！”李菲惊叫道，但她未能叫出那人的名字，因为她的喉管刹那间就被对方的匕首割断了。

51 植入

宋小佳和李菲相继苏醒，他们满头大汗，几乎直直地从躺椅上坐起来，这把一旁的卡恩吓了一跳。

“我去！”宋小佳显得有点气急败坏，他一边摘下传感器一边抱怨，“好好的怎么说挂就挂了，明明车里没有人的。”

李菲愣愣地坐着，似乎仍然沉浸在适才的梦境中。

“嘿，你怎么也挂了？”宋小佳将对方发愣的原因归结为死亡导致梦醒的身心不适，他伸手帮对方摘掉胳膊上的传感器，“我挂是因为没有防备，难道你不是那人的对手吗？”

李菲的眼睛眨了一下，仍未回答。

宋小佳现出一脸坏笑，他往对方跟前凑了凑，压低声音道：“是不是还在回味车里那段梦幻之吻啊？”

李菲终于开口了，但并非回应对方的调戏，而是不可思议地发出自问：“怎么可能会是他呢？”

“你是说杀死我们的凶手吧？”宋小佳又声色俱厉起来，“他是谁，你看清了吗？”

李菲分散的视线渐渐聚焦到对方的鼻子尖上，嘴里缓缓吐出两个字：“瞿洋。”

宋小佳先是怔了一下，后拼命摇头：“绝对不可能，那天晚上，洋子一直跟你们胡队在一块儿呢，怎么可能会是他啊！难不成还会有两个瞿洋？”

“能有三个张海，怎么不可能有两个瞿洋？”李菲没好气地为自己辩解道，“你不也说了，梦境是可以违反客观规律和物理常识的。”

“那不一样！”宋小佳迅速撤回身子，一屁股坐回自己的躺椅上，“反正说瞿洋是凶手我就不相信！”

因梦境崩溃而醒来的祁妙听到两人的对话，也反驳说：“瞿洋不会杀人，一定是你看错了！”

“我看得真真切切不会有错。”见二人同时瞪大眼睛一副护短的样子，李菲觉得有些想笑，“我只是就事论事，没有刻意怀疑他的意思，看你们这般同仇敌忾，不会真想打我一顿吧？”

卡恩不明所以地摊着双手：“你们在说什么呀，瞿洋他怎么啦？”

这时，阿诚从梦里醒来，警惕地望着宋小佳等人。后者停止争论，依次走到房间外面。

“阿诚的情况只有一种可能。”宋小佳边走边低声说道，“有人在我们之前到过这里，并且对他做了植入。”

“可这里是强制戒毒所，不是你家门前的菜市场，谁都可以随便出入。”李菲当即反诘。

动辄打打嘴架是宋李二人之间习惯性的一种沟通方式，本身并不附带任何恶意，但在祁妙看来，却像是李菲在故意挤兑宋小佳，于是她忍不住插口道：“有没有，查一查监控不就知道了，凶什么凶？”

李菲想还口，宋小佳抓住了她的手，暗示她别往心里去。

在李菲的协调下，戒毒所的领导迅速通知监控处，让工作人员配合调取监控记录。经过一番复杂而冗长的检索，其结果真如宋小佳所说，有人给阿诚做了植入。那人于阿诚入所的第一天晚上悄悄潜入，由于穿着戒毒所工作人员的服装，戴着口罩，所以没有被认出来。

但再狡猾的老鼠也逃不过李菲鹰隼般的眼睛，她将可疑人员露面那一小段视频反复看了几遍，最终通过一双露在外面的眼睛判断出对方的身份：“杨娜？！”

当然，真的杨娜已经被人杀害，此处现身的乃是冒充其身份的假杨娜，那么这个身负命案且具备超高盗梦水平的神秘人物又是什么人呢？

52 地狱岛

另外一头，瞿洋正在对濒死的张海进行盗梦。

盗梦前，瞿洋在警方和医护人员协调下，先与张海进行了会面。当时，所有的抢救工作都已终止，张海奄奄一息地躺在病床上，眼睛半睁半闭。医生告诉瞿洋，张海虽然生命垂危，但据仪器监测，他的大脑基本还是清醒的，只不过不能动也不能说话。

瞿洋先尝试跟张海进行交流，让他尽量用眨眼睛的动作来回答是或否，如能成功，或可省略盗梦这一步。但结果正如他预料，张海此刻处于昏睡状态，他的眼睛虽然半睁着，但早已丧失对外界的反应。

于是，瞿洋让尹昕帮忙给张海服下梦境稳定剂（再稳定的自然睡眠也支持不了三层以上的梦境），然后打开手提箱取出联梦机，将传感导线连接在自己、尹昕、张海以及小钟和小陶（其他两位协助者）的手臂上，接着服下梦境稳定剂，时间设定为五分钟，四层梦境，待联梦机运行稳定后，熟练地按下中央的红色按钮。

此时此刻，瞿洋正艰难挣扎在一片混沌不清的区域，之所以说混沌，是因为没有时间，没有空间，没有光亮，甚至于没有空气。他就像一个难产中的婴儿，在母体的羊水里踢腾和翻滚着。

忽然，旁边出现一个裂口，他随着那些黏稠的液体迅速溢了出去，紧接着坠落在一片坚硬的空地上。如同呱呱坠地的婴儿，他警觉而好奇地感知着周围的世界：耳朵里是震耳欲聋的波涛，鼻腔里是一股浓重的咸腥，两手紧扣的是糟烂的木板，眼前则依旧是无穷无尽的黑暗。

"尹昕！"瞿洋大声喊道。他希望得到尹昕的回答，但回应他的却是更加强烈的轰鸣声。与此同时，地面剧烈颠簸起来，紧接着是木头断裂的咔嚓声，仿佛眼下的世界又被撕裂了。

口袋里的手机早就没了踪影，瞿洋在地上翻了个滚，慌乱中抓住一条粗大的铁链，待地面相对平稳之后，他战战兢兢立起来，这次他看到黑暗尽头有一小点淡淡的光。虽然那光线微弱得犹如天边的一颗辰星，但还是给他注入不少希望和勇气。

随着地面的不断颠簸，光线越来越近。终于，他看清了，那光线源自一支燃烧的火把，而火把握在一个人的手里。

借助火把的光线，瞿洋这才看到自身的处境：四周是茫茫大海，天空没有星辰也没有月色，他站在一艘巨大的、早已经废弃的帆船上，流血的手里紧抓着一条生锈的铁链，两根断裂的桅杆倒于甲板上，在风中不断发出吱呀吱呀的呻吟。

抵达火把跟前，瞿洋这才发现，持火把的是个巨大的石人，石人浑身漆黑高高矗在水中，仅露出水面的部分就足足二十余米。它没有穿任何衣物，但也看不出是男是女，由于没有文字，样貌特征又不明显，所以也看不出何年何月何人所建。

石人右手掩在胸前，左手高高举着。火把也为石质，顶端有个碗状物，火焰在碗里熊熊燃烧经久不息。

瞿洋仔细观察了一下，船舱里没有人，船上的设备经风吹雨淋显得十分破旧，看上去废弃了至少几十年的样子。失去动力的帆船随着海浪自主漂移，一路前行中，石人越来越多，且由于突出水面的部分不断增加而愈加显得高大。走了十来分钟，前方终于出现了一座岛的影子。

因为海雾的关系，看不清岛屿究竟有多大，只看到其整体发出一种淡淡的橘红色。走近了才看清，那橘红色乃是一口口熊熊燃烧的火坛。被火坛映出的建筑层层叠叠密密麻麻，虽说各式各样，但一样的残破腐朽，看上去比适才那条帆船还要古老几十倍。

帆船最终搁浅在海边。瞿洋从船上跳下，蹚着水走上孤岛。连接沙滩的是一组黑色的石头台阶，石阶尽头是一座城门样的建筑，它的两侧各矗着一根高大的石柱，石柱的造型粗犷简约，没有任何花样和文字，只有在底端，缠着一圈人体骷髅交叉组成的装饰。

而两根石柱的顶端，则横跨着一个体型巨大的“人”。只不过这“人”没有躯体，只剩下一件凌空敞开的袍子。袍子的下摆往上卷起，两袖左右张开，就像岛的主人在向外来者敞开怀抱，当然，这“人”也是石质的。

构成城墙的是左右两排烈焰喷薄的火坛，每个火坛高约两米，顶部安放着直径一米半左右的大碗，碗内燃烧着黑色的蜡状物。两组人体骨架背靠背坐在地上，共同撑起那只大碗。

瞿洋穿过“城门”，小心步入这座陌生而诡秘的城市。城市依山而建，表面覆盖着厚厚的植物藤蔓、苔藓与灰糜，建筑间留出的道路曲曲弯弯凹凸不平，两侧每隔不远便有一只体积稍小的火坛，道路上没有一个人、一只动物、一辆车马，甚至除了呼呼的火苗外没有一丝声响。

他走了大约两里路，在一处山脚边的大树下发现了尹昕、小陶和小钟他们。

53 镜子窟

那棵树有两抱多粗，顶冠展开直径达数十米，枝丫上悬挂着五颜六色的纸扎。在大树虬龙般盘曲的根部，深深镶嵌着一面两米多高的镜子，镜子左右各站一个持着火把的石人，而尹昕就站在那面镜子前发呆。

瞿洋走到跟前，轻轻拍了下尹昕的肩膀：“怎么跑到这儿来了，我找你们好半天。”

尹昕指着镜子，语气十分肯定地说：“张海就在里面，我亲眼看见他钻进去的。”

瞿洋凑上前去摸了摸，镜子是青铜做的，虽然年代久远有些锈迹，但仍然十分结实。令他感到奇怪的是，镜子只能映射出对面和旁边的物体，如石像、火把、山体、树干、纸扎等，唯独照不出人的形象。更不可思议的是，如此严丝合缝的铜镜，张海是怎么钻进去的?

瞿洋心中的疑窦也正是尹昕感到不解的地方，后者抱着胳膊，一脸万般无奈却又不忍放弃的样子。

“梦是可以颠覆物理常识的，尤其自然形成的梦境中，梦主往往可轻松拥有穿墙破壁的本领，这个很多人都体验过。只是对于我们这些‘非法’潜入者来说，则只能另谋他途了。”说着，瞿洋将手探到镜子的边沿。

“奶奶个熊，看我把它敲个窟窿。”小钟照准镜面准备开枪。

尹昕赶忙制止他：“镜面太硬，小心反弹！”

这时候，瞿洋摸到镜沿边有个约莫两厘米长的凹槽，他探进一根手指轻轻抠了抠，里面发出“啪嗒”一声响，似有什么珠子落在地上，紧接着，他又按着右侧的边角用力一推，镜子“吱吱嘎嘎”扬着灰尘朝里开启了大约 45 度。

持火把照照，里面空间很大，高两米左右，宽约九十公分，黑暗中云雾飘渺，散发出阵阵幽寒。瞿洋第一个进去，确定暂时不存在危险后朝身后招了下手。其余三人依次进入，小陶走在最后，进入后返身把镜子推回原位。

洞穴倾斜往下，越走越深。紧跟瞿洋后面的小钟喊了一声，半天才听到回音。起初，洞穴的顶、底和两侧都是空空荡荡的。走了大概六七十米，地面开始出现散碎的人骨，其间生长着带尖刺的藤状植物。

植物的叶子呈五指状，颜色灰白，每株顶端却开着一朵十分妖艳的花，其花状若狸目，红若人血，发出的则是一股奇怪的肉香。随着进一步深入，人骨越来越多，藤蔓也越来越茂盛，与此同时，洞穴两壁开始出现画作。

画的幅面很大，在洞穴中几乎“顶天立地”；画的材质也并非出自任何画笔和油彩，而是实打实的人体表现，说白了，就是封嵌在墙体里的实物展览；画的内容则更是触目惊心：它描绘的乃是十八层地狱里的种种可怕景象！

“海面及岛上的一切，均反映了张海对死亡的理解以及他的道德观与世界观……”尹昕的话音未落，身后的小陶便惊叫起来。

小陶壮大胆子伸手摸了一下，继而大惊失色道，“这是真人版的十八层地狱！”

小陶这一摸，画里原本侧脸的小鬼和受刑的犯人纷纷转过身来。小钟吓了一跳，匆忙躲避间撞到了前面的瞿洋。瞿洋手上有伤，经此一撞，伤口的鲜血再度流了出来，恰巧落进一株刺藤的花朵里。

令人惊讶的是，那株刺藤像被人牵着一样快速从地上弹起，连花带叶钻向瞿洋正在流血的手掌，吸吮鲜血后，灰白的叶子立即变成跟花朵一样妖艳的红色。瞿洋忍痛将刺藤从肉里扯出，他的力气很大，竟连带起地面上的一颗骷髅。

众人陆续发现，那些刺藤居然都是从一颗颗骷髅眼睛里长出来的！看得出，这东西以吸吮人血为生，且沾到血液后有着极快的生长速度。小钟从腰间摸出一把匕首，小心将那些刺藤连根挖出，借过瞿洋手里的火把正欲点燃，尹昕突然喊了一声：“谁？！”

小钟持火把照去，见前方拐角处晃着一个衣衫褴褛、血肉模糊的身影。小陶立刻举枪瞄准。

“等一等。”尹昕伸手阻止，她壮大胆子近前几步仔细查看，发现那身影不是别人，正是他们到处寻找的目标对象张海，后者体无完肤地窝在刺藤丛中，身体被钻了个千疮百孔，而那些藤条的叶子和花朵则红得能滴出血来。

四人上前扯断刺藤救出张海，可惜后者伤势太重已经昏迷不醒。忙乱中，谁也没有注意到，“十八层地狱”里舞刀弄斧的小鬼和带着铁镣的犯人们，在刺藤被铲除的那一刻就从画中缓缓走出。

瞿洋是在尹昕被小鬼卡住脖子拖入画中后才发现处境不妙的，不过还好，三个男人经过一番激烈的搏斗，总算将尹昕从几名小鬼手中夺回来。瞿洋拽着尹昕，小钟背起张海，小陶断后，四人以最快的速度往洞口撤退。

54 脱身

逃至洞外，危险并没有就此结束，因为一只由成千上万长着骷髅头的怪鸟汇集成的巨鹰正挥着翅膀从天而降。

“汽车，汽车！”尹昕闭上眼睛心里默念着，可越是着急，安全区越是建不成功。眼看巨鹰扑到跟前，众人鼻孔中已经嗅到了浓烈的腥臭，就在这时，一辆外表酷帅的越野车出现在了面前。

“赶快上车！”瞿洋安全区创建成功，然后冲惊呆在那里的小钟和小陶喊。两人这才如梦初醒，赶忙托起张海钻进车厢。

“会开越野车吗？”瞿洋问二人，小陶点了点头，随即从后厢翻到驾驶位。

车辆发动。小钟腾出一只手，把尹昕拽上去。瞿洋最后一个跳上车，关好车门。这时，巨鹰俯冲下来，轰地撞到车辆一侧，愣是把越野车撞了个趔趄。

小陶猛踩油门，同时死死把住方向盘，连续撞翻几个火坛后重新驶上道路。巨鹰低空盘旋一周再次俯冲下来，这回撞破了前面的挡风玻璃，将近千只骷髅鸟送入车厢。顿时，车厢内乱成一团。

好不容易将车里的骷髅鸟驱赶出境，车后面，成群结队的小鬼挥舞着刀斧追上来了。

瞿洋看看手表，吩咐驾车的小陶：“时间不多了，你做好防卫，其他人跟随我进入二层梦境！”

小陶应了声好，加大马力往前驰奔。瞿洋、尹昕和小钟三人分别服下周公散，然后又帮张海服下，接着互相连好传感导线，最后由尹昕按下联梦机中央的红色按钮。

跟第一层一样，第二层仍选择盗梦，因为盗梦可以给予目标对象更多的自主发挥空间，通过挖掘深层次的潜意识，发现除了特定目的（寻找杀害张海的凶手）之外，跟案子相关的更多线索。

一辆黑色的凯迪拉克在裕达国际酒店门前停下，侍者连忙过去，恭恭敬敬把车门打开。张海下车，正了正头上的遮沿帽，款步朝大厅内走去。跟在他身后的还有一男一女两个年轻人，看样子像是秘书或助理之类。

大厅里熙熙攘攘站了很多人，其中一些是早就等候在那里的媒体记者，另一些是刚刚接受完媒体采访的参会者，他们来自全国各地，但跟张海有着同样的身份——筑梦师。见张海过来，记者们争先恐后地扛着长枪短炮迎上去，其余同行也纷纷挤到跟前。

“张海先生，参加这次大会的嘉宾总共有多少人？除了威权和无为外还有哪些少数派别，可否详细介绍一下？”

“本次大会的主要议题之一就是筑梦协会的商业化运作，而章天泽先生将是背后最大的投资人，此消息是否属实？”

“作为无为派的主要领袖，您觉得自己有希望成为两派合并之后的首任掌门人吗？”

“对于筑梦术在心理医疗领域的大规模推广应用，社会上的观点褒贬不一，对此您持什么态度？”

……

针对记者和同行提出的问题，张海均从容应付对答如流。接受完部分采访之后，他在酒店保安的护送下上了酒店二楼　　首届全国筑梦师大会十几分钟后将在那里召开。

见张海上楼，其余参会者以及那些记者们也纷纷跟着上去。二楼的会场布置刚刚完成，已经有少数参会者在后台就座。

此时此刻，经过乔装的瞿洋、尹昕和小钟正坐在酒店斜对面的一辆劳斯莱斯幻影（瞿洋的座驾）里。他们错愕地发现，参会人群中居然还有田进一、方羽的身影。对此，尹昕认为，在张海的潜意识里，田进一、方羽还没有死，或者由于平日来往较少对他们的死关注度不够。

另外他们还发现，无论参会人员还是记者，每个人都持着一张红色的入场券。

“没有入场券怎么进去？”尹昕担忧地说，“咱也不能凭空变出来一个啊？”

“仿造一个不就得了。”小钟拍拍胸脯，“这个包在我身上，你们稍等。”说罢，小钟跳下车，朝不远处的数码打印店跑过去。

不一会儿，小钟便跑了回来，手里拿着三张崭新的入场券。

三人持着伪造的入场券顺利进入大厅，上到二楼的时候会议已经开始，偌大个空间早就没有一个空位，他们只好跟一帮记者混站在后场。

看得出，张海臆想中的会议规模非常大，也相当的隆重，故此，他请来了央视一名刚刚退休的、极为德高望重的主持人作为嘉宾主持。

那名主持人先上台做了开场白，场子暖热之后才不失时机地把张海请上去。

55 一呼百应

台上的张海精神抖擞气宇轩昂，他站在发言台前，把话筒正了正，将全场快速扫视一番，接着开始讲话：“承蒙各位抬举，现由张某来主持此届大会。作为一种舶来物，筑梦术于二十世纪九十年代引入中国，它不单在中华大地上成功生根发芽，而且还衍生出具有我们民族特色的各种学术流派，可谓百家争鸣百花齐放，这与在座者的努力是分不开的。

“筑梦术的成长和发展为我们培养出一批又一批优秀的筑梦师，也为无数心理疾病患者解除了痛苦和折磨。但是，正如硬币有两个面一样，在此长足发展中，也存在一些众所周知的问题。比如派别林立、各自为政，甚至存在彼此对垒、互相攻讦的现象，更有甚者还假借盗梦之名进行招摇撞骗，把社会弄得乌烟瘴气，严重败坏了行业的整体形象。

“在座者都是来自各派的代表人物，相信这样的现状也是你们不希望看到的。怎么办？视而不见、听之任之还是兴利除弊、大胆革新？想必每个人心里都有一杆秤。我思来想去，大概只有一条路，那就是各派合并、天下归一。当然，这肯定会损害到某些个人或者团体的利益，可倘若不合并，我们就只能眼睁睁看着这个行业在混乱中衰败下去，直至在中华大地上无法立足！”

言至此处，张海再度将全场扫视一遍，与会者有的愁眉苦脸，有的笑逐颜开，有的交头接耳，还有的无动于衷，但更多的是在频频点头，看得出，张海所说的现状还是比较客观的，问题也由来已久，对于他提出的建议多数人持赞同态度。

但在张海看来，这还远远未到“一呼百应”“群情激昂”的地步，要获得绝对胜利还需要继续增加筹码。因此，他没有急着要在座者表态，而是继续陈述他的理由：“当前我国的市场经济改革已经走向深入和成熟，借着这股春风，各行各业都完成了大规模的商业化运作，单打独斗、僵化自封已经不符合历史潮流；相反，集中资源、合作共赢才是社会发展的必然态势。

“二十年的时间，说长不长说短也不短，筑梦业经历了萌生、探索、发展、徘徊四个主要阶段，虽说筑造了今天的现状与规模，但离西方发达国家的成就还有很大距离，要想走出中国迈向世界，在全球筑梦业中占据一席之地，我们就必须摒弃门派之争，以壮士断腕的勇气完成资源整合以及彻底的商业化改革。

“值得庆幸的是，目前，已经有商业大佬对我们抛出橄榄枝，双方一旦合作成功，整个筑梦业走向繁荣鼎盛的日子将指日可待！以同样的努力，各位将会得到比往日多出数倍乃至数十倍的经济回报，名气也不可同日而语。当然，前途虽说美好，但毕竟事关重大，张某在此还是要征求各位的意见和想法。望大家勿念一人之利、一派之私，只为全体同仁的共同理想与目标而献力献策。以上便是筑梦业当前所面临之现状，也正是此次大会所召开的初衷。”

坐在前排的田进一第一个站起来：“虽然不属于一个派别，但我支持张海先生的意见。”

方羽也跟着站起来：“我也支持。”

“我支持！”

“我也支持……”

一时间，台下呼声、呐喊声响成一片。

尹昕笑道：“看样子，张海对于门派合并后的掌门人之位是志在必得、胸有成竹啊。”

小钟赞叹道：“而且是一呼百应、众望所归。”

瞿洋却摇摇头：“只怕言之尚早。”

尹昕扭头看着瞿洋：“为什么？”

瞿洋没有回答，只将下巴往前点了点。

他所指之处坐着一个人，那人在一片赞同声中无动于衷，显得很是形单影只，但那人在盗梦界的分量却极重，他便是威权派的泰斗、通宁市筑梦师协会副会长郭肖平。

张海的视线再度巡回全场，最终落在郭肖平身上——他是平日里最主要的竞争对手，自然也是横在掌门人之位前的最大障碍。

面对这块难啃的骨头，张海微微俯下了身子：“适才张某所言，不知郭老意下如何？”

郭肖平接过主持人递过的话筒，但仍旧坐在原地：“张海先生说的有些道理，只是学术问题不同于其他，并非任何事物都适合商业化的包装。既然是学术，就必然会存在分歧，有分歧就会有门派，有门派自然会有竞争。眼下虽说门派林立，但也百家争鸣各显其能，倘若硬性合并，只怕不利于业态的良性发展啊。”

56 釜底抽薪

“哦？”张海脸上的肉颤了颤，“依郭老的意见，该如何是好呢？”

郭肖平冷冷一笑：“维持现状。”

张海缓缓直起身来：“世界潮流浩浩荡荡，郭老这是逆世界之大势，置众人利益于不顾啊。”

郭肖平凌厉反击：“那也总好过某些人假公济己中饱私囊。”

张海脸色铁青：“这话听不大懂，还望郭老明示。”

郭肖平再次发笑：“张先生这是装傻还是真傻呢？莫非真要让我把你和财团大佬章天泽私相授受一事讲给各位听听？”

郭肖平的声音不大，但通过麦克风清晰传遍会场的每个角落，于是现场一片哗然。

张海的面子有些挂不住了：“讲话要有根据，你可不能含血喷人哪！”

郭肖平瞧出了对方的惊惶和怯懦，但他似乎并不想马上置对方于万劫不复之地，他站起身来向在座者抱了抱拳：“各位，作为筑梦界的一名资深成员，我也希望咱们的事业能够越来越好。虽然我对诸派合并以及商业化改革持有疑义，但也愿意尊重大家的选择。如果非要走合并与改革这条路，请允许我提出三个前提条件。”

“其一，诸派合并只限于管理和服务的统一，对内仍保持学术层面的独立自由；其二，公开招商，不得私相授受，且投资人不能干预委员会的内部事务；其三，无论派别大小、职务高低，大家就掌门人职务展开竞选，以少数服从多数的方式推举出一位有才能、够贤德的领导者出来。”

话音落地，台下纷纷大声叫好，势头明显高过对张海的支持。

对于这样的结果，张海仿佛早有预料，躲过正面冲击的他已经渐渐恢复元气：“只要有利于合并与改革，这三个条件我也支持，只是由谁头一个出来竞选呢？”

台下沉默了片刻，随即爆发出响亮的呼声：“张海，张海！”很显然，张海在会前事先做了不少功课，毕竟他并非无为派公开推举的候选人，也没有郭肖平在威权派那么高的影响力和地位。

“感谢诸位的看重与支持。”张海朝台下浅浅鞠了一躬，“既然如此，就由张某毛遂自荐抛砖引玉吧。无为派作为筑梦界规模最大、人数最多、历史最久的学派，我们所秉承的理念与主张大家都已经清晰了然，在此我就不再赘述。我只想说，事实胜于雄辩。二十年来，我们通过筑梦术治疗各类心理疾病不下数百万例，成功率达到100%，其安全性与有效性已经得到市场验证和广泛接受……”

“等一等。”刚刚坐下的郭肖平又站起来，跟之前的虚与委蛇不同，这次他的话充满了冲撞与挑衅的意味，“成功率100%，可真够大言不惭的啊！你敢保证，你们的技术真就美妙绝伦、无懈可击，从没有失手的时候吗？”

张海迎着对方冷硬的目光：“还请郭老指教。倘若证出一例，张某自愿退出此次竞选。”

郭肖平微微一笑：“张先生还记得那个名叫郑东梅的女人吧？”

张海的身子猛然一震：“你到底想要说什么？”

郭肖平清了清嗓子，声音随即提高八度：“四年前，郑东梅因抑郁症找你求医，你为她实施了所谓的清脉疗法，结果非但没有把病治好，反而导致症状加重最终跳楼自杀，这么快你就忘了？”

“不！”张海厉声打断，“我们无为派的清脉疗法绝不可能出问题，之所以造成郑东梅死亡，是有人在背后施了手段！”

郭肖平步步紧逼：“如果有人栽赃陷害，那就更说明你们的疗法存在破绽，这般漏洞百出的技术如何取信于患者，还堂而皇之100%的成功率，这不是自欺欺人吗？”

“瞿洋，你怎么了？”尹昕发觉一旁的瞿洋脸色发白身体微颤，遂关切地问道。

“没事。”瞿洋摆摆手，眼睛直盯着前台，“且看他们怎么说吧。”

张海一手掩着胸口，一手扶着发言台半晌讲不出话。央视那位主持人见势不妙，赶忙出来解围：“张海先生身体有点不适，会议暂停，大家先稍事休息。”

秘书和助理扶张海下台，并试图驱散围上来的参会人员和记者：“各位让一下，让一下。”与会者纷纷投去关切的目光，记者们则紧紧追着张海的屁股。

“张海先生，适才郭会长所言是真实的吗？”

“张海先生，那位郑东梅跟瞿振业死去的妻子是同一个人吧？”

“张海先生，当时的情况，可否详细介绍一下？”

……

尹昕听明白了，郭肖平口中的郑东梅就是瞿洋已过世的母亲，而她的死跟眼下这位要竞争掌门人的张海有关。可此时此刻，她也不知道该怎么安慰瞿洋，只是拉着他的一只手：“别着急，事情一定会搞清楚的。”

挤过重重包围到了后场，张海在秘书帮助下服用了治疗心脏病的药物。服完之后，张海的气色略好一些，坐进沙发里闭目养神。

秘书和助理面面相觑，他们对适才发生的一幕毫无防备，慌乱之余也在揪心前场该怎么办。过了一会儿，张海慢慢睁开眼睛。在他依旧惶惑不安的瞳孔中，一双黑色的皮鞋正有力地从远走近。

57 谜团

顺着皮鞋往上看，张海的眼睛渐渐撑圆了，嘴唇哆嗦半天才吐出两个字：“……是你？”

瞿洋上前，一把将张海揪起来：“我母亲是不是被你害死的？”

“不是，不是！”张海头摇得跟拨浪鼓一样，“是有人在背后使了手段！是他害死你母亲的！”

瞿洋手上的力道更大了些：“他是谁？”

这个时候，张海的助理和秘书才从错愕中反应过来，前者上前试图拉开瞿洋，后者呼喊保安赶来支援。

瞿洋一巴掌将助理扇到一边，又三拳两脚打翻挥着警棒的保安。

“他是谁？！”瞿洋将张海凌空提了起来。

张海呼吸不畅面若重枣：“是……是郭肖平，肯定是他搞的鬼……”

“你以为我是三岁小孩？”瞿洋紧紧逼视着对方，“他刚刚拆了你的台，所以一转脸你就栽赃他！”

“不不不，你听我说……”张海的脸色已经灰白如纸。

尹昕轻轻碰了下瞿洋的胳膊：“放下他，让他说。”

瞿洋这才把张海放下，但仍揪着他的领子。

张海一边喘气，一边示意助理、秘书和保安全都出去。喘息稍稍平定之后，张海开始了他的自我辩白，结果头一句话就把瞿洋惊呆了：“你可能还不知道，郭肖平跟你母亲郑东梅是认识的，不单认识，他们两人还是青梅竹马的情侣关系……”

见瞿洋再次将自己提紧，张海慌忙喊道：“我没有撒谎，这都是你母亲亲口告诉我的！”

瞿洋五指咔吧直响：“她为什么要告诉你这个？”

张海的汗水如雨般垂落：“因为她是我的病人，要治好她的病，就必须打开她所有的心结……”

瞿洋松手，而后将对方用力搡了一下，意思是接着说。

张海擦拭了一下额边的汗水，手扶着墙壁慢慢在沙发上坐定：“你母亲跟郭肖平是一个村子的，两人从小到大感情都十分要好。当时郭家的条件还算比较殷实，而你母亲家则非常贫穷。所以，郭肖平对你母亲极为照顾，不单生活上、工作中施以援手，就连后来报的那个自考补习班，学费都是郭肖平替她掏的，也就是在那个补习班里，她认识了你的父亲瞿振业，并为他的风流倜傥、雄心壮志所折服。

“几年后，郑东梅如愿以偿地嫁到了瞿家。随着你父亲的事业越做越大，她内心的担忧也越来越多——她怕有一天，你父亲会像她抛弃郭肖平一样把她甩了。毕竟，男人越优秀，喜欢他的女人就越多。由于忧思过度，你母亲得了严重的抑郁症，几度走到自杀边缘。为求痊愈，你父亲带她四处求医但收效寥寥。最后，你父亲通过别人介绍找到了我。

“不管怎么说，你母亲还算是积极配合的，在我劝说下袒露了心中的一切。我根据她的实际情况选择了植入，通过一些美好的生活片段，让她确信你父亲会永远爱她，不离不弃。我想说，我的治疗是成功的，因为你母亲一天天开朗起来、自信起来。为表感谢，她特意邀请我参加她跟你父亲结婚二十周年的庆典。可不知怎的，在随后的两个月中间，她的病情突然急转直下且根本无法控制，终于，在你爸爸生日那天，她从楼上跳了下去。”

瞿洋仍然不懂：“可这跟郭肖平有什么关系？”

张海恨恨地道：“郭肖平我太清楚了，他这个人小肚鸡肠、睚眦必报，自己得不到的东西也不愿意让别人得到。他恨你的母亲背叛他，所以找准机会做了反向的植入，他这是借刀杀人哪！”

瞿洋思考了片刻，依他对郭肖平的了解，这并非完全没有可能。

此时，尹昕上前插话：“这都是你的猜测和臆断，我们凭什么相信？”

“只要……”张海的视线转到瞿洋身上，接着说，“只要你不为难我，我一定会帮你找到证据的！”

瞿洋看看表，眼下这事情只能暂时搁置。他还想问张海一些别的问题，突然地面发出强烈震动，一股气流从外而入，击碎窗玻璃，将一旁粘有宣传画的桁架掀翻，桁架吱吱嘎嘎倒下，正好砸到张海的右腿。

张海立刻抱着腿惨叫起来。

震动仍在继续，房间里的东西晃的晃、掉的掉、翻的翻、滚的滚，各种声音聒噪成一团。

“肯定是第一层梦境出问题了。”说着，瞿洋推开附近洗手间的门，冲尹昕和小钟喊，“快，到这里边来！”

小钟背起疼晕过去的张海，在尹昕的帮助下躲进洗手间。

瞿洋把门从里扣上，对小钟说：“这里暂时安全，你负责守护，我跟尹昕还有张海进入第三层梦境。”

小钟应了声好。

瞿洋似乎不太放心：“交代你的要领都记住了吗？”

小钟又点点头。

瞿洋这才打开联梦机，扯出传感导线，自己和尹昕连接好之后，再帮张海连接上，然后三人服下周公散，待睡意来临前按下联梦机中央的红色按钮。

58 英子

在第一层梦境中，瞿洋他们成功将张海从死亡线上拉了回来，第二层梦境虽然没能收获到与案情有关的线索，但意外挖掘到了母亲的死因，为获取更直接有效的答案，瞿洋将第三层梦境由潜梦改成了造梦。

适才发生的震动，是因为第一层梦境中，小陶为躲避骷髅鸟的攻击不慎撞到了山边的巨石导致车辆剧烈颠簸，而此时此刻，他已经成功甩开那些骷髅鸟的纠缠，把车开到一片平整宽阔的荒滩，相应地，第二层梦境中的震动渐渐消失了。

第三层梦境。

张海从洗手间出来的时候，杨娜的表演刚刚结束。他安静地坐回大厅的角落，看着侍者将一大束鲜花送过去，然后一如往常地欣赏杨娜脸上那复杂的表情。杨娜走后，张海又小坐了片刻，直到把那杯蓝色妖姬喝完才懒洋洋地走出酒吧。

他打开轿车的车门，坐到驾驶位，准备发动汽车时，忽然，从前窗的反光中发现后厢坐着个人。

“你好，张海先生。”见张海转过头来，那人主动冲他开腔了。

“你是谁？怎么进到我车里的？”张海抖着声音嚷道，“快给我下去！”

那人整个身子淹没在黑暗中，声音听上去陌生而冷冽：“你就这么对待你的救命恩人吗？”

“你到底是谁？”张海去开灯，却发现车内的线路被破坏了。而就在此刻，一辆车从旁边经过，车灯刚好映出那人的侧脸。

“杨娜？”张海的紧张与愤怒顿时飞到九天之外，“你……你怎么跑到我车里的？”

那人冷笑一声，不紧不慢地摸了摸自己的脸颊：“看来，我伪装得还算不错。”

“你不是杨娜？”张海从九天之外急急坠地。

“当然。”对方的态度倒也坦诚，“你可以称呼我英子。”这时，后面有人鸣笛敦促，没办法张海只好把车开走。

“你刚才说救命恩人，是什么意思？”张海边开车边问。

“章启明的人想要杀你，警察想要抓你，现在你已经走投无路了。要想不做案板上的鱼肉，就必须得乖乖听我的话。”英子悠然地抚着自己乌黑的长发。

张海转着眼珠：“是黑子派你来的？”

英子间接回应了他的疑问：“虽然你针对章家的任务失败了，但双方毕竟合作一场，他是念着这份情谊的。”

张海心里仍旧疑惑：“你怎么知道章家的人想要杀我？”

英子以问代答：“知道那个杨娜是做什么的吗？”

张海打着方向盘：“早就摸过底了，是艺术学院的一名学生。”

“除了学生，她还有另外一重身份——章家的卧底。”英子不紧不慢地道，“早在几个月前，章家就把她收买了。她的任务就是吸引你、接近你，然后伺机干掉你。过不了几天，通宁的大小报刊就会登出文章来，说大名鼎鼎的造梦师张海死于桃色事件。”

“这不可能！”张海摇摇头，“我刚刚帮他们窃取了瞿氏集团的机密，我是有功的，他们没有理由这么对我！”

“别忘了你是怎么落到章家手里的。”英子冷冷笑道，“没错，你是成功窃取了瞿氏的机密，但你也很快暴露了自己，现在警方已经跟瞿振业的儿子瞿洋联手，誓要把你捉拿归案呢。你觉得，章家会希望你把他们咬出来吗？”

张海思考了一会儿：“你打算怎么帮我？”

英子吸了口气，缓缓吐出八个字：“偷梁换柱、将计就计。”

张海皱眉：“我不大明白。”

英子索性把话说开了：“章家用杨娜对付你，我干脆就窃用她的身份去做章家的兼职用人。这样神不知鬼不觉的，既保护了你，又能反向获取章家的秘密，可谓一举两得。”

张海感到隐隐的不安：“杨娜呢，你准备怎么办？”

英子云淡风轻地应了句：“杀了她。”

见张海的车戛然停住，英子把身子往前探了探：“怎么，你舍不得？”

张海试探性地说：“能不能把她囚禁起来，只要留下她的性命……”

英子果决打断他：“别天真了，她活着，你就得死。”

张海陷入沉默。

英子伸出左手拍拍对方的肩膀：“我不得不提醒你，大约二十分钟后他们将各自回到学校。现在追赶还来得及，迟了，说不定明天他们就会对你出手。”

张海的肩膀随之抖了一下。车子再度启动时，他已经拿定主意。轿车速度很快，约莫十来分钟的时间便追赶上了目标，通过车灯可远远看到，谢斌正骑着电动车载着杨娜行驶在马路边。

59 监听

张海和英子根本没有留意到，此时此刻，他们身后悄悄跟着另一辆车。在那辆没有开灯的黑色轿车里，瞿洋和尹昕分别坐在驾驶和副驾驶位上，他们各自戴着一只耳机，窗台的笔记本电脑上则显示着前边那辆车车厢里的画面。

没错，张海的车内被安装了特制的监控镜头和监听器——这是瞿洋在造梦时最为重要的设计与装置。只是他没有想到，狡猾的英子破坏了车厢里的线路，这使得电脑屏幕上的画面几乎一直都黑漆漆的。还好监听器发挥了较大的功用，张海与英子的对话实时清晰地被收入耳中。

这层梦境一开始便有重大收获，先是窃取瞿氏集团商业机密的罪魁祸首（张海）得到了证实，此外，又验证了尹昕当初的猜测，即张海的死可能跟两方面的人有关，一是章家（目标对象），二是黑子（雇佣者）。至于是不是他们杀死了杨娜，则需进一步观察验证。

在距谢斌跟杨娜还有差不多二十米的时候，张海突然加足马力照他们撞过去，电动车腾空而起，重重摔到五六米外的地方。谢斌的头磕着地面，当场晕死过去。坐在后座的杨娜伤势相对轻一些，她顾不得追究肇事者的责任，先把谢斌扶起来查看伤势，继而喊着他的名字痛哭起来。

张海握着方向盘的手瑟瑟发抖，似动了恻隐之心。英子则拍了拍他的脊背："开弓没有回头箭，去吧。"

张海打开车门，走到杨娜身后，伸开双手，在对方即将转头但还未转过来的时候用力掐住她的脖子。杨娜挣扎了几分钟便不动了。张海一屁股蹲在那儿，良久才起身把杨娜的尸体抱起拖到车里。

他发动汽车，一路行驶到大学城附近的龙子湖，下车，将杨娜的尸体抛入芦苇丛深处。然后，脱下染血的外套，拿出打火机找地方烧掉。

火光渐渐亮起。隔着窗玻璃，尹昕忽然发现火光后面有一张人脸，仔细看是个八九岁的小女孩，身穿白色连衣裙，光着双脚，浑身上下脏兮兮的。小女孩似乎发现尹昕看到了她，于是半成焦炭的脸上露出诡秘的笑容。

“怎么了尹昕？”瞿洋发觉不对劲。

“我又看到她了。”尹昕抬起一只胳膊指着斜前方。

顺着尹昕手指的方向，瞿洋也看到了那个小女孩。就在此刻，小女孩举起一把尖刀，朝毫无防备的张海猛力刺过去。张海腹部中刀惨叫一声窝在地上，小女孩扑上去照其后背又是一刀。

两刀过后，小女孩再次冲尹昕露出诡秘的笑容，张海则趴在那里一动不动。但小女孩并没有停手的意思，她朝着张海扬起的脖颈再次举起了尖刀。很明显，小女孩刺杀张海并非跟他有什么深仇大恨，而是故意做给瞿洋尤其是尹昕看的。

小女孩的第三刀还差一公分落在张海喉结上的时候，跳下车的尹昕抓住了她的手腕。

“姐姐，你抓得我好疼啊。”小女孩往后抽手，同时脸上写满了委屈。

尹昕本能地松开。不料，小女孩阴冷一笑，挥刀刺向尹昕的胸口。尹昕不及防护，中了一刀，歪着身子躺倒在地。

瞿洋也跳下车，将试图再次挥刀的小女孩推开，把尹昕托起查看伤势。尹昕的衬衣被血水浸透，脸色苍白气喘吁吁，看来伤到了要害。

“别害怕，有我在你会没事的。”瞿洋紧紧抱着尹昕，“走，我带你去医院。”

“不……”尹昕挣扎着抬起头，鲜血顺着她的嘴角汩汩流出，“我不行了，别在我身上浪费时间，救……救张海要紧。他不能死，不然……我们又要瞎搭工夫了……”

瞿洋看了张海一眼，后者四仰八叉躺在那儿，瞧不出是死是活。

“我帮……帮不上你的忙了。”尹昕抓着瞿洋的胳膊，“真的很……很抱歉……”

瞿洋帮对方拭去嘴角的鲜血，随即做了个噤声的动作：“别讲话，你会没事的。”言毕，他抱起尹昕往车边走。

就在此刻，小女孩闪身拦住了去路：“放下姐姐，我要让她留下来陪我。”

瞿洋不由分说飞起一脚，正中小女孩腰侧，后者翻滚着跌入不远处的湖中。

“求你，不要伤害她。”尹昕努力探起脑袋，“她在另一个世界太孤独……也太可怜了。她要杀我……我不恨她。”

瞿洋遵其所言，未做追击，但他觉得有必要提醒一下对方：“不过是场梦境，你要小心不能过度迷失了。”

尹昕惨淡笑了一下：“我倒希望……这不是一场梦境，毕竟……能死在喜欢的人怀里……也是一种幸福。”话音落定，尹昕的手从瞿洋的胳膊上垂了下去。

60 事件还原

瞿洋的脚步停下了，定定地望着远处，看不出是在失神还是在用心咀嚼尹昕刚才那句话。这时，耳边传来汽车发动的声音，转头去看，英子已经把张海弄上车，正发动汽车准备逃走。

瞿洋打开车门，将尹昕的尸体抱进后厢，然后登上驾驶座奋力直追张海那辆车，硬是把对方挤到路边的芦苇丛中。

车辆一侧陷入泥坑，挣扎半天最终还是侧翻在地。英子刚从车窗爬出，便被瞿洋一把揪在手里。

“你到底是什么人？跟黑子什么关系？他现在在哪儿？”瞿洋连发三个疑问。

英子阴鸷一笑，从腰间摸出把匕首：“让它来告诉你吧。”说着，一道寒光划来。瞿洋一个后仰，匕首溜着脸面划过。

趁瞿洋躲避的空隙，英子快速挣脱束缚。她自知不是瞿洋的对手，所以不敢恋战，虚晃一招弃车朝芦苇丛深处跑去。

瞿洋没有追赶，而是打开车门查看张海的伤势。幸运的是，张海没有丢掉性命，只是因为剧痛和失血暂时昏迷过去了。

虽说离梦境结束还有相当长时间，但第一层和第二层梦里的处境都十分凶险，尤其张海的情况更是耽误不得，如果不能在最快的时间里完成任务，那就只能眼睁睁看着梦境崩塌而错失良机。

所以，瞿洋顾不得太多，迅速取来联梦机，给自己和张海服下周公散、连接好传感导线，进入第四层梦境。

有了第三层梦境作为指引，第四层便更加有的放矢。一般来说，随着梦境层数的增加，场景会变得越来越简单，同时，越接近人的潜意识深处就越容易获得目标对象的真实想法。所以，这层梦的环境设置在西部风情酒吧，时间就在张海出事的那天晚上。

为掌握更全面、更精准的信息，瞿洋吸取了上次的教训，他在酒吧门口至停车场的那段监控盲区增设多处装置，并再次借用上次的监控室进行全程监控，这些都得到了酒吧老板的配合。

此时此刻，一支乐队刚完成他们的表演，准备上台的"杨娜"（实际是英子）正跟主持人在台边交流着什么。台下，张海则一个人品着他的蓝色妖姬，边喝边向台边张望。看起来一切如同往常，但实际上一切又都不一样。

"杨娜"即将登台表演的时候，章启明在阿忠和阿诚的陪同下现身了。看到大厅角落的张海，阿忠和阿诚先后朝他打个招呼，章启明则只是淡淡地扫了他一眼，脸上没有任何表情。

接下来的情节跟当晚所发生的一模一样，直到阿忠和阿诚把谢斌从酒吧拖出去，监控里的画面才呈现异象。

谢斌被丢到酒吧门口的街道中央，若非轿车司机刹车及时，车轮肯定从他身上轧过去。"杨娜"虽亲眼目睹这一幕，却没有关切地过去查看。她似乎发现了什么，紧走几步至张海身边，在他耳旁低语几句。

张海露出警觉的表情，他看了看装在门口的监控镜头，然后揽着“杨娜”离开酒吧，径直走向外面的停车场。对于酒吧的监控，他似乎早有察觉，整条线路都刻意选择了之前监控镜头照不到的区域，但这次，他没能逃过瞿洋的法眼。

不得不承认，张海是个非常聪明的家伙，他既不相信警察，又比较忌惮章家，对于黑子的保护，他也不是特别的信任。所以，他故意激怒谢斌来制造现场焦点，再用两个张海成功引开盯梢者的视线，最后通过监控盲区顺利进入轿车。只可惜他遇到了更加精明的对手，因为随后发生的事情，证明英子并非在拯救他，而是亲手把他送入地狱。

打开车门，两人钻入车内。张海回过头看了看酒吧门口，刚要说点什么，忽然觉得身后有点异样。他转身看去，见后面坐了个人，因为没有开灯，所显示的只是个黑影，身形看上去像是个男子。

张海没有喝问，也没有驱赶对方，只是愣愣地看着，很显然他认识那个人。看了一会儿，他转过头，握着方向盘却不发动汽车，似在等待什么东西的降临。很快，黑影出手了，一束寒光猛地刺入张海的脊背。

张海本能地往前一扑，撞上方向盘。整个过程英子没有说一句话，更没有出手相救，甚至没有回头去看背后的黑影，仿佛早已知晓那人的身份，料定此次事件的必然发生。张海慢慢歪倒在左侧的车窗上，瞪大的眼睛似乎明白了什么，但一切都来不及了……

车门打开，黑影悠然自得地走出车厢，不多时，英子也下了车。路灯下，瞿洋毫不困难地识出了凶手的身份，他正是章启明的手下——阿诚！

61 迷失域

冰凉的水浪不断拍打着脸颊，促使瞿洋从昏睡中醒来。他艰难地坐起身，发现自己浑身上下湿漉漉的，正半卧在红褐色的沙滩边，眼前是一望无际的黑水和昏黄如土的天空。转过头，另一侧则是鳞次栉比的高楼大厦，只是那些建筑不知废弃了多少年，正在冷风中不断瓦解崩塌。

这是哪儿？瞿洋站直身体，使劲晃了晃脑袋。哦，他渐渐想起来了。这个地方叫作迷失域，是独立于任何梦层和现实之外的潜意识边缘。

顾名思义，迷失域，是一个特别容易导致人们迷失的区域。来到这里的人，往往会忘记自己仍然处于梦中，更会迷失自己所肩负的任务和逃脱的办法，如果没人施救，就只能永远困在其中，直到生命的最后一刻。

进入迷失域的方式有很多种，可以确定的是使用镇静剂后在梦中死亡，以及梦层坍塌（即梦主人醒来）时没被上一层唤醒，都会导致坠入迷失域。

在第三层梦境中，尹昕便是因为被小女孩刺死才坠入迷失域，而自己是通过自杀的方式进入迷失域来寻找她。作为功力深厚的潜入者，瞿洋还依稀残留部分“前世”的记忆。

瞿洋知道，这些废弃的建筑都是之前那些可怜的坠入者留下的，而尹昕自第三层梦境进入时间间隔不算久，肯定不会待在这片区域。所以，他拧干自己的衣服，蹒跚走向远离黑水的另一端。他相信，尹昕就在某个地方等着他。

都市的建筑千奇百怪，但无一例外的破败荒凉。布满灰尘的大街上没有一个人、一辆车、一只动物，除了楼体坍塌的轰鸣也没有任何声音，整体透着死一般的绝望。

穿越荒无人烟的建筑群，天空慢慢清亮起来，大地也渐渐出现绿色。走了大约一个钟头，河水已经变得清澈，脚边也已经有鲜花盛开了。又走了一个钟头，瞿洋居然看到了彩虹，它比现实中的更加巨大、更加美丽。彩虹一端起于不远处的花田，一端落在远处的一间红房子顶上，看起来就像一座连接于天地之间的五彩斑斓的桥。

花田里栽种的是芙蓉花，一簇簇一朵朵芬芳娇艳，犹如彩色的锦缎延伸向四面八方，而红房子就在这无比宽阔的锦缎中央。

瞿洋正犹豫着该如何下脚，花丛间飞来一群彩蝶，它们在瞿洋头顶盘旋了片刻，开始翩翩飞舞着往前走，似在为他引路。

在蝴蝶的引领下，瞿洋来到红房子跟前。那是一座规模不大的两层小木屋，造型简单古朴，风格婉约别致。木屋旁边有个大湖，清澈见底的碧水上游动着成群的鸳鸯和天鹅。

应该是到达了目的地，蝶群在瞿洋身旁盘旋一周后通过一楼敞开的窗子钻入木屋。瞿洋不可能通过窗子爬进去，他只有踩着台阶走进木屋。屋门是虚掩的，透过珠帘可影影绰绰看到一个女子的背影。

那女子头顶黑褐色卷发，身穿玫瑰红长裙，皮肤白皙，身材婀娜，正随着音乐翩翩起舞。她的姿态轻盈柔美，动作行云流水，舞步与音乐相生相融合二为一，瞿洋看得是心潮起伏如痴如醉。

是她！瞿洋仿佛隔着珠帘都嗅到了对方身上熟悉的味道。终于，他颤抖着喊出了她的名字：“梦雪！”女子的舞步蓦然停止，进而徐徐转身望着瞿洋。

62 龙眼儿香

瞿洋走进木屋与梦雪紧紧相拥，群蝶组成两颗心形萦绕在二人周围。

“我就知道你会来找我。”梦雪伏在瞿洋肩头，一只手抠着对方的脊背，“答应我，不要再离开我，好不好？”

瞿洋不知道该如何告诉对方自己的来意：“梦雪，其实我……”

梦雪也不想听“其实”后面的说辞：“你不用说，我都知道，就算这是梦境，我也情愿一辈子待在梦境中，只要能和你在一起，我不需要再去分辨梦境和现实。”

瞿洋听得心痛难忍，他抓着对方的双臂将她稍稍推开一段距离：“对不起，梦雪，我还有别的任务，等我做完了那些事情，再来陪你好吗？”

“不，我不要你走！”梦雪死死抱住瞿洋，仿佛一松手对方就会化作一股烟跑掉，“不要再丢下我一个人在这里，我实在是孤独极了、害怕极了，你就忍心让我一个人在这里承受煎熬？”

“听话。”瞿洋哄孩子一般抚摸着她的长发，“只要把任务完成我就来陪你，说到做到。”

“算了，你执意要走，我强留也无意义。”梦雪抽泣了一会儿，缓缓直起身来，她放开瞿洋，走到木屋角落的一个柜子旁，拉开抽屉，取出一个木质的梳妆盒，打开，里面是一颗蚕豆大小、外表粗糙、整体呈棕黄色的丸状物。

“这是我最新配置的一种香料，可以提气凝神、益心醒脑。你拿去吧，困了累了就嗅上一嗅，对身体很有好处的。”梦雪用右手的拇指和食指将香丸捏起，慢慢递到瞿洋跟前，“睹物思人，别忘了我依然在这儿等你。”

瞿洋接过，露出欣慰的笑容。

“你闻闻，很香的。”说着，梦雪也弯了弯嘴角，只是那笑容里隐藏了一种说不上来的古怪。

还没等瞿洋弄懂那里面所隐藏的深意，梦雪就已经把香丸捏碎了，只听“啪”的一声，眼前升起一股黄烟。

“有毒，不要闻！”随着一个女子的声音，瞿洋感到自己被猛力撞开了。

香丸落地，梦雪也被撞了个趔趄，若非及时抓住一旁的珠帘，肯定会摔倒在地。霎时，周围的两颗“心”也迅速分离。

瞿洋倒退了几步，定睛一瞧，闯入者竟是尹昕。

“你是谁，为什么坏我的好事？！”梦雪转头瞪着那个半路杀出的程咬金。

尹昕拦在瞿洋前面，上下打量着对方：“你就是梦雪吧？看你清雅纯净的样子，本以为是个体贴温暖的好姑娘，想不到心计这么歹毒。”

“我怎么歹毒了？”梦雪后退两步，靠着附近的桌台，顺手抓起一把剪刀握在背后。

尹昕待黄烟完全散去，才弯腰捡起那颗破碎的香丸：“这叫龙眼儿香，是用芙蓉花的汁液混合蟾酥、雷公藤、蛇毒与松末制作而成，点燃之后其气味可在短时间内侵入人和动物的神经中枢，轻则浑身抽搐意识模糊，重则瘫痪不起甚至丧命。所以苗家人也叫它半条命，常用来毒杀獾狗、野猪等农作物的天敌，可你却设计用到最爱你的人身上。”

“我只是想把他留在这儿罢了，没你说的那么夸张。就算他瘫痪不起，我也愿意照顾他一辈子，因为我爱他。”梦雪继续用审视的目光盯着尹昕，“你又是他什么人，什么时候轮到你来教训我？”

尹昕笑得绵里藏针：“教训不敢当，我只是想提醒一下，爱一个人，不能只想着怎么绑架他占有他，而是要懂得他、关心他，看他在想什么、需要什么。男人不能仅仅只有儿女私情花前月下，他宽阔的肩膀注定了要有很多事情去做，很多责任去扛。如果你真的爱他，就该好好理解他支持他，而不是在关键的时刻干扰添乱。”

63 同步穿越

梦雪的视线转向瞿洋：“你也这么看吗？”

瞿洋张张口，欲言又止。

梦雪含泪苦笑："我本以为自己多受重视和宠爱，却原来在人眼里只是个负担和累赘，而且还那么自私与渺小。既然你也这么看我，那我还活着干什么？"说着，梦雪拔出剪刀朝自己心窝插去。

尹昕眼疾手快，赶忙上前去夺，争抢中，手臂不慎被戳了一下，顿时血流如注。梦雪惊叫一声，吓得剪刀落在地上。

就在此刻，耳边传来一阵音乐声，尹昕恍然忆起，第一层梦境中，小陶按照瞿洋的嘱咐，在时间快到或者遇到危险需要协同穿越的时候播放提示音乐。于是，她拽起瞿洋就往门外跑："快点，再不走就来不及了！"

"洋子，洋子你不要走！"梦雪托着长裙追出门外，跑了没几步便栽倒在芙蓉花丛中。

瞿洋停下脚步，回头冲她喊："等我梦雪，我一定会来陪你的！"

瞿洋和尹昕跑出芙蓉花丛，跑到一座大楼的顶端。站在天台边缘，瞿洋禁不住朝红色小屋所在的方向回头张望。

"为什么要撒谎？"尹昕背对着瞿洋。

"什么？"瞿洋有些不大明白。

尹昕："梦雪她没有死，为什么要说她死了？"

瞿洋沉默片刻，轻叹道："只有这样，我才能不日日夜夜地想她，才能时刻提醒自己，学习筑梦术的目的究竟是为了什么，才有希望和她徜徉在同一片蓝天下永不分离。"

尹昕的脸上浮现出难以掩饰的酸意："那她现在在哪儿？"

瞿洋望着远处虚无飘渺的城际："在一个安静、无人打扰的地方。"

"她生病了，还是……"

"是我害了她。五年前，我跟卡恩研发升级版的梦境稳定剂，其间遭遇了难以突破的瓶颈，由于没招募到合适的体验者，工作一直无法开展。后来，梦雪出面自愿作为体验者。我告诉她实验有风险，可她一再坚持。没办法，我跟卡恩只好在她身上做梦境稳定剂升级版的临床试验。”

“起初几次，都因NAS-5羟的剂量太小未能达到预期效果，为谋求更高的成功概率，我冒险用咪哆麻喹替代了相对保守的NAS-5羟。可结果，实验失败了，导致她分不清现实和梦境。终于有一天，她为回到所谓的美好现实而选择了割腕自杀，虽然抢救回来了，但从此成为植物人。”

尹昕缓缓转过身来，眼睛凝视着瞿洋：“你一定忙于工作，在现实中没有给予她贴心的陪伴，以至于她把美好的梦境当成了现实。所以，你拼命地研究筑梦术，挖掘更深层次的梦境，就是为了将来好到梦中去陪伴她，在那里做一辈子神仙眷侣，对吗？”

瞿洋有些失神地“嗯”了一声：“这的确是我研究筑梦术的主要目的之一。”

“说实话，我真挺羡慕她的，毕竟有个男人愿意为了她而付出一切。”说着，尹昕苦涩地笑了，“如果能够换取生死不渝的爱情，又何必在乎是梦境还是现实呢。换作是我，我也宁愿永远困在这片迷失域，至少这里有我所爱的人，可以长久和他在一起。我知道我无法跟她相提并论，但你知道，我也是爱你的，尽管我的爱对你来说没经过那么多风雨，可能不算什么。”

“你说什么？”瞿洋似乎刚刚回过神来。

尹昕愣怔了一下，看不出是庆幸还是遗憾：“没什么，我是说，我们需要抓紧时间，如果不能同步穿越，还是会回到这片迷失域。”

瞿洋点点头，抓住尹昕的一只手，慢慢走到天台边，两人闭上眼睛一起纵身跳下。

与此同时。

第一层梦境中，小陶按瞿洋的嘱咐，在被骷髅鸟和小鬼重重围困的情况下，把油门踩到底冲出一条血路，然后开车从山崖坠下，载着众人落入海中。

第二层梦境中，小钟按瞿洋的嘱咐，在房屋坍塌前引爆了炸弹。第三层和四层梦境之间因没有留守者而直接崩溃……

64 内奸

瞿洋、尹昕、小陶和小钟从梦中醒来的同时，张海咽了气。在警方的协助下，医院和张海的家属对尸体做了善后处理。

一个钟头后，瞿洋、尹昕、宋小佳、卡恩、祁妙、李菲一干人等汇集在DreamMurder会议室，大家就各自盗梦所得展开信息交流与分析。

跟上次一样，关键话题开始前，尹昕便忙着把祁妙支出去："外面不能没有人，你去盯着吧。"

"凭什么撵我？"祁妙当然不肯，"用得着的时候知道我是人，用完了把我当作令人嫌弃的废物，你这是过河拆桥知道吗你！"最后还是由瞿洋出面发了话："现在是上班时间，前台的工作很重要，辛苦你照看一下。"祁妙听罢，冲尹昕哼了一声，拂袖而去。

见气氛有些尴尬，宋小佳干咳两声，开始汇报他那边的收获："我先说说这边的情况哈。总体上呢，盗梦还是比较成功的，对方没怎么触动和警觉，但收获呢意义却不是很大。有意思的是，给阿忠盗梦的时候，竟随着他穿越到了抗战时期。在梦里，阿忠化身成一个力战群雄、所向披靡的大英雄，因为是杀日本人，我跟李菲就没为难他，而是跟他联手一起杀了个痛快。"

"值得回味的是，他在地道里冲我们讲了一番话，说不清是真的有所发现，还是在故意讹诈，他问我们怎么进到他梦里来的，到底有什么企图，还说从他那里得不到什么东西。幸亏我反应快，弄不好可就他娘的穿帮了。不过，跟着阿忠也没完全白走一趟，我们也获得了意外收获，嗯，是跟洋子你妈妈有关的……"

瞿洋似乎想到了他要讲什么："这个会后再说吧。"

“好吧。”宋小佳有些失落地瘪瘪嘴，接着讲他的盗梦，“随后我又给阿诚实施了造梦，这货的梦境更加夸张，他居然化身成古代的一个大将，前呼后拥的好不排场。你们猜一猜，造梦最后杀死张海的凶手是谁？”

瞿洋悠然地转着手中的水笔，卡恩两手合十夹着鼻尖，尹昕抱着胳膊洗耳恭听，李菲则不耐烦地敲敲桌子：“别卖关子了，快说！”

宋小佳瞪了李菲一眼，对瞿洋说道：“是你！”

瞿洋转着的笔停了几秒钟，又接着转起来：“说明两个问题，一、这两人在我们动手之前先遭遇了植入；二、我们的队伍里有内奸。”

“瞿洋当然不会是凶手。”卡恩摊着双手，“但内奸怎么可能，在座的可都是自己人啊。”

李菲拍拍胸脯表示自己绝对没问题。宋小佳朝外面努了努嘴，意指祁妙。

卡恩还是不愿相信：“你有证据吗？”

宋小佳耸耸肩。

卡恩毫不客气地批道：“你这是含沙射影、指桑骂槐、声东击西、狐假虎威……”

“我去。”宋小佳做了个求饶的动作，“我瞎猜、我臆断成了吧，你别再使成语了！”

“我赞同瞿洋的意见。”一直默不作声的尹昕开口了，“我们的队伍真的有问题，你们想一想，无论是防护张海失利还是这次盗梦行动，如果没有内奸，对手怎么会对我们的行动了如指掌，而我们，为什么总是会慢人一步？”

作为外人，李菲不便插话，只能在尹听讲完之后使劲点头。

瞿洋认为这个时候讨论内奸不是时机也不是场合，于是轻轻拍了下巴掌：“先不讨论这个问题，还是说说植入的事情吧。”

“这个已经有结果了。”宋小佳呷了口茶，接着说，“我们已经调过强制戒毒所的监控录像，至少给阿诚做植入的就是那个假杨娜！”

“那阿忠呢？”尹昕盯着宋小佳，“看守所的防卫更加严密，岂是一般人所能进去的？”

对此，李菲深表赞同：“看守所跟强制戒毒所还不一样，外人混进去的可能几乎为零。”

宋小佳摸着下巴：“那就是抓进去之前就已经被做过了。”

瞿洋将水笔倒杵在桌案上：“没猜错的话，这两起植入都是那个英子所为。”

“什么英子？”宋小佳挠着耳朵。

尹昕解释说：“就那个假杨娜。”

“说说我们这边的情况吧。”瞿洋摊开一张 A4 纸，边说边在纸上画着，“我们一共设置了四层梦境，在第一层里，我们将张海从死亡边缘拉了回来，然后在第二层对其进行了跟踪和监控，第三层梦境中，英子的身份遭到暴露，不单如此，她和张海联手杀死杨娜的过程也被我们捕捉到了。”

“最关键的第四层梦境中，我们成功还原了当天晚上在西部风情酒吧所发生的一切。真相显示，谋杀张海的直接凶手乃是阿诚，其幕后主使极有可能就是章天泽的儿子章启明。值得一提的是，张海与黑子之间存在被雇佣与雇佣者的关系，而章氏集团则是他们实施盗梦的目标对象。”

65 宋小佳的疑问

虽然有些纷繁复杂，但李菲还是听明白了：“也就是说，黑子曾雇佣张海窃取章氏的商业机密，但最终失败了，于是张海遭到了章启明的报复。”

瞿洋点点头：“是这个逻辑。”

李菲右手的五指轻弹着桌面："既然张海行动失败曾经落到章启明手里，为何当时不把他解决掉，非要等到现在才动手？"

"大概是想为我所用吧。"尹昕替瞿洋做了回答，"因为后来张海受章家所托窃取了瞿氏集团的商业机密，只可惜很快就漏出了马脚。"

李菲拿笔速记："从将功折罪到杀人灭口。"

尹昕点头："对。"

李菲继续问："张海一案仅是个案，还是跟苏枚、田进一、方羽有着相同或相似的遭遇？"

还是尹昕替瞿洋做了回答："肯定有联系，只是目前还没有确凿的证据。"

李菲的目光扫向瞿洋："嘿，你在想什么？"

瞿洋转过头，但依然保持着思考的神态："我在想，黑子的盗梦水平不比张海差，他为什么不亲自出马盗取章家的机密，非要派遣一个能力不如自己的人？还有，英子曾亲口承诺保护张海，而且她也具备这样的条件和实力，可为何最终会眼睁睁看着对方死于阿诚手下？"

尹昕赞同道："这中间确实有问题，尤其张海的死亡，整个过程看上去，就像英子故意把他送到行凶者的手里。"

李菲皱眉思索，宋小佳则提出另外一个问题："洋子，如果事实真如你们所说，那么瞿氏集团遭窃和张海遇刺两个案子差不多都可以结了，但你怎么能确定张海不是跟阿诚一样被人做了植入？"

"这个问题提得好。"李菲竖了下大拇指。宋小佳抿嘴一乐，拍拍卡恩的肩膀："这叫作明察秋毫、滴水不漏。"

卡恩看看李菲，再看看宋小佳："你俩什么时候同流合污、沆瀣一气了？"

宋小佳做了个扇耳光的动作："我去。"

对于宋小佳的问题，瞿洋早就考虑过，他根据自己的专业经验判断，应该不存在这种可能："和阿诚相比，张海本身就是个筑梦师，其潜意识防御极其强烈，被植入的可能性要小得多。另外，层级越高的梦境越接近人的潜意识中心，一般来说，到了第四层的时候，已经属于潜意识的核心地带了，要在这里做植入，任凭本事再强也绝非一人之力可以完成。”

李菲思考了片刻，问向瞿洋：“依你之见，我们现在该怎么办？”

瞿洋沉声道：“立即拘捕章启明，展开突击审讯。”

李菲则摇摇头：“没有足够证据怎能随便拿人？再说，章家的势力四通八达盘根错节，要扳倒谈何容易？只怕人没拿着反而打草惊蛇，甚至引起一些不必要的麻烦。”

宋小佳趴在桌案上，眼睛滴溜溜的：“梦里所得算不上证据吗？那也是洋子他们亲眼所见啊。”

“你懂不懂法？”李菲瞪他，“有拿梦话当证据的吗？”

宋小佳一恼之下，抓过桌边的零食袋独自嗑去了。

尹昕叹道：“是啊，在梦里再好的证据也是口说无凭，顶多当作线索指引罢了。”

“如果目击者是你呢？”瞿洋望着李菲。

“在梦里吗？”李菲想了一会儿，“可能会比你们出面做证效果好一些吧，但最好还是利用梦境作为指引，从现实中拿到看得见摸得着的证据，要拔掉章家这棵大树，这个才算真的管用。”

瞿洋点头：“我明白该怎么做了。”

66 诱导自杀

散会之后，宋小佳和卡恩一起到外面吃饭，李菲则马不停蹄地回到警局向胡翰林汇报工作。

会议室里只剩下尹昕和瞿洋。

“把我留下来，有什么特别的安排吗？”尹昕问。

“三件事。”瞿洋认真地盯着对方，“第一件事，你怎么知道梦雪还活着？”

尹昕还以为他把自己留下来要一起吃饭什么的，但失望并未从她脸上立刻显露出来：“直觉，女人的直觉一向很准的，不是吗？”

瞿洋耸肩一笑。

尹昕正色道：“其实，真正让我起疑的是梦雪在迷失域里的形象。迷失域独立于任何梦层和现实之外，除了困在里面的人物，一般来说不会存在潜意识投射。如果梦雪真的已经死了，她就绝不会出现在迷失域，即便出现，也只能是一副老态龙钟的形象，毕竟现实中已经过去这么久了。”

“可我们看到的她，依然是二十出头的样子。这说明她只是你的心影，所谓心影，从心理学层面上讲，是紧紧依附于潜意识的一种精神能量，而这种能量的源泉只能来自于现实。就跟物质决定意识一样，心影只能是现实在环境中的映射。正因为我看到了这些，才意识到自己处于迷失域，从而避免了继续迷失。”

“谢谢你的坦诚。”瞿洋轻轻顿首，“第二件事情是关于我母亲的死。我总觉得，这里面还有许多不为人知的隐情。”

尹昕端起水杯喝了口水：“张海不是说，郭肖平针对伯母做了反向的植入，从而诱导了病人的自杀？”

瞿洋摇头：“只怕事情没那么简单。”

尹昕放下杯子：“那你认为呢？”

瞿洋道：“说郭肖平是凶手，毕竟是张海的一面之词。另外，诱导自杀有时候不一定要靠植入。”

尹昕点了点头，的确，诱导自杀的方法和手段有很多，但不管哪一种，其最终目的只有一个，那就是摧垮人的意志、瓦解人的信念、毁灭人的希望。

“可郭肖平也无法摆脱嫌疑，他有这个动机和能力。”尹昕说。

“所以我才需要你的帮忙。”瞿洋坦率地告诉对方，“我要通过郭肖平找到那个比他更有动机和能力的人。”

尹昕歪着脑袋：“凭什么这么自信？”

瞿洋抿嘴一笑：“直觉。”

“好吧，男人的直觉。”尹昕拢了一下耷在右肩头的长发，“分派任务吧，需要我做什么？”

瞿洋扬扬眉毛：“这就是我要跟你说的第三个事情……”

“嘘！”尹昕做了个噤声的手势，“你别说，让我猜猜。”过了一会儿，尹昕拉近椅子，把嘴凑到瞿洋耳边，“是关于内奸的事情吧？”

瞿洋转过头，伸手在她鼻尖轻轻刮了一下，意思是对了。

此时此刻，两人的嘴唇只差不足 2 公分的距离，但谁也没觉得难堪或尴尬。

“谢谢你对我的无比信任。”尹昕闪动着长长的睫毛，“你已经知道他是谁了，对吗？”

瞿洋眨了下眼睛，拉过对方的左手，用右手食指在其掌心划了几下。

“想着就是他。”尹昕会心一笑，“我知道接下来该怎么做了。”

果然是心有灵犀。瞿洋在对方的掌面轻拍了一下：“郭肖平那边，我这两天借助造梦师大会的事情找机会去会会他。”

“不行。”尹昕捉住瞿洋的手，“你亲自出马风险太大，万一失败我们将非常被动，弄不好还会落入对方的陷阱，还是让我去吧。”

瞿洋把手慢慢抽回来：“我自己的事情，还是我自己来解决比较好，再说，换做别人我也不放心。”

“瞿洋……”

“我已经决定了。”

说完，瞿洋从桌边站起来，尹昕呆了片刻，也跟着起身。打开会议室的门走到大厅，两人发现，一直在外负责接待的祁妙不见了。

67 色诱

四季阳光酒店的大厅里，灯火璀璨，高朋满座。

印有“首届全国筑梦师大会签到仪式暨招待晚宴”的红色背景板前站着位年约六旬的男子，其身材不高，穿一身白色西服，戴一副金边眼镜，花白的头发梳得一丝不苟，上唇及下巴留着浓密的短须，看上去睿智精干、优雅持重。

待最后一名嘉宾入场并就座后，男子手握话筒开始发言：“各位，由于张海先生不幸身故，会议的联络及主持工作临时改由本人担任，事发突然，时间仓促，筹备和招待若有不周之处，还望大家多多包涵。”

话音落定，全场响起礼貌性的掌声。

男子接着道：“本次受邀到场的嘉宾，除了内地的知名筑梦师之外，还有来自中国香港、澳门、台湾甚至海外地区的同道中人。在这里，请允许我代表本次大会的组委会向远道而来的朋友表示热烈的欢迎和由衷的感谢！”

掌声再次响起。男子也鼓掌，同时颇为满足地扫视全场。其间，他的目光停顿了两下，第一下是在标有瞿洋名字和职务的桌牌上——那个位置是空着的，当时瞿洋正在到处搜寻祁妙的下落。

第二下是一个身穿粉色长裙、年龄三十出头看上去风姿绰约的女人。她叫朱丽娜，是来自上海的一位较为知名的筑梦师，除此之外，她还有着另一重身份——全国十佳名模之一。男子朝她微笑致意，对方则远远抛回个飞吻。

收到这个吻，男子的心尖颤了颤，嘴巴一下子变得不利索了，他匆匆结束了自己的发言，招呼大家开席尽兴。

在互相敬酒的过程中，男子不慎踩到了一样东西，回头一看，原来是朱丽娜的长裙。他慌忙后退，同时向对方表示歉意：“哎呀，真是不好意思，弄脏了你的衣裙。”后者撩起裙摆莞尔一笑：“郭会长客气了，能在衣服上留下您的印记是我的荣幸呢。”

男子受宠若惊：“你知道我？”

“当然。”朱丽娜晃着纤细柔软的腰肢，“大名鼎鼎的威权派领袖、通宁市筑梦师协会副会长郭肖平谁不认识呀，我对您的崇拜可是由来已久了。”

“哪里，哪里。”郭肖平客气地回道，“久闻朱小姐芳名，这才叫‘百闻不如一见’‘美艳不可方物’啊。”

“郭会长取笑了。”话虽如此，朱丽娜的表情却是相当受用，她举起酒杯在眼前晃了晃，“既然这么投缘，郭会长介意喝一杯吗？”

“怎么会呢。”郭肖平拿来酒瓶斟上满满一杯，跟对方碰了一下，仰起脖子一饮而尽。待前者饮完，朱丽娜才将杯中的残酒喝下，而后魅惑地舔了舔嘴唇。

郭肖平咽了口唾沫，身子骨都软了。这时，有人过来劝酒。郭肖平朝那边指指：“我去照顾一下。”

朱丽娜微微欠身，暴出丰满的乳沟：“郭会长遵便。”

之后的酒宴中，二人虽不在同一桌，但彼此关注着对方，频频眉目递情、遥相呼应。

打发走所有的嘉宾已近晚上十点，郭肖平有些微醺地开着车往家走。行至半道，他发现路边有个熟悉的身影，仔细一瞅竟是朱丽娜小姐，后者正扶着电线杆呕吐。

郭肖平赶忙停车，下去扶着对方：“朱小姐你没事吧？”

“没，没事。”朱丽娜直起身子，魅惑地看了郭肖平一眼，舌头发硬地回了句，“一点小酒而已，能有什么事？”

郭肖平四下看了看：“时间很晚了，你在哪儿住，我送你回去。”

“不远，就在前面的花都宾馆。”朱丽娜妖娆一笑，伸手勾住对方脖子，“既然郭会长有此美意，那就有劳了。”

郭肖平呵呵一笑，扶着佳人上车。

“你这可是醉酒驾驶，警察逮住了就要……”见郭肖平也晕晕乎乎的，坐在副驾驶位上的朱丽娜摇摇晃晃做了个枪毙的手势。

“不妨事，公安、交警大队都有我的熟人。”郭肖平替对方关好车门，返身坐到驾驶位上，“再说了，就算像你说的那么严重我也心甘情愿，能为朱小姐去死，那是郭某的荣幸。”

朱丽娜大喇喇地在郭肖平脸上拧了一把：“贫嘴。”

郭肖平左手握着方向盘，右手在空中停留片刻，缓缓落到朱丽娜的大腿上，并向上慢慢游动。

68 逼供

朱丽娜猛地抓住那只手：“郭会长这是要吃本小姐的豆腐吗？”

郭肖平急不可耐地挣扎着：“你说对了，我现在就想吃了你。”

朱丽娜越抓越紧：“也不看看什么地方，再不停手我就要喊人了啊。”

虽说是女性，但朱丽娜身高一米七以上，力气也很大，再加上一时猜不透对方的心思，郭肖平只好作罢。

车子抵达花都宾馆，郭肖平把朱丽娜送上楼。刚跨进房间的门，朱丽娜便噌地褪掉长裙，只留下胸罩和内裤。郭肖平猝不及防，本能地转身离开，对方却叫住了他：“你不是说要吃了我吗？”

郭肖平转过头，见后者挺胸翘臀，正摆出一副娇媚之态。

见郭肖平愣着不动，朱丽娜故意撇了撇嘴：“原来郭会长也是个有贼心没贼胆儿的主。”她哪里知道，此时此刻，眼前这个男人除了某个部位是硬的外全身都软了。因此话音一落，郭肖平便反锁房门，饿狼一般扑了过去。

“等等。”被压倒在床上的朱丽娜将对方从胸前推开。

郭肖平不情愿地抬起脸：“你后悔了？”

朱丽娜抽身而起，然后神秘兮兮地在他脸上摸了一下："我们来点刺激好玩的。"

郭肖平半带疑惑半带好奇地盯着她："什么刺激好玩的？"

朱丽娜也不答话，只管调暗房间灯光，钻进一旁的洗手间。大约两分钟后，朱丽娜从洗手间出来，这时，郭肖平已经脱了个精光，四仰八叉躺在床上。

"没想到，朱小姐居然喜欢这口。"看到朱丽娜手里的绳索和皮鞭，郭肖平慢慢直起身子，"嗯，的确是个不错的主意。"

朱丽娜妖媚一笑，上前将郭肖平呈"大"字状捆绑在床上，然后手执皮鞭张开双腿骑坐在对方腰间。

还没等郭肖平的嘴咧开，朱丽娜便一鞭子狠狠抽了下去。"啪！"随着清脆的鞭响，前者脸上出现了一道深深的血痕。

"啊！"郭肖平直着嗓子喊叫起来，"疼死我了！你能不能轻点，这样玩会出人命的……"

朱丽娜抓过床边的男士内裤塞进郭肖平嘴里，紧接着又是一鞭子。这下抽在对方胸口，整个皮开肉绽血肉模糊。郭肖平像只虾米一样弓起身子，他喊也喊不出，挣也挣不脱，只能从喉咙里发出呜呜的哼声。

就在哼声将止而未止的时候，第三鞭下来了，正中大腿跟下体，疼得郭肖平眼珠子都凸了出来。

见对方露出讨饶的表情，朱丽娜暂时收了皮鞭，将内裤从他嘴里拔出。

"怎么样，够刺激吧？"朱丽娜摸着郭肖平不断抽搐的脸，后者冷汗涔涔气喘不止。

"我跟你无冤无仇，为什么要设计害我？"郭肖平战战兢兢问道。

朱丽娜的手从脸颊滑至对方胸膛："咱们两个是无冤无仇，可你害了一个对我来说非常重要的人。"

"胡说！"郭肖平当即否认，"上天可以做证，我郭肖平从没害过任何人！"

“看来你的脑袋还不够灵光啊，我再帮你醒醒酒。”说着，朱丽娜再度举起手里的皮鞭。

“等等！”郭肖平急忙制止。

朱丽娜晃着皮鞭：“怎么，你想起来了？”

郭肖平眯着眼睛：“你不是朱丽娜，你到底是谁？”

“我是谁不要紧，要紧的是，你得老老实实告诉我你害的那人是谁，否则，别怪本姑娘我心狠手辣。”说着，朱丽娜起身下床，将皮鞭搁在酒店的吧台上，换了一把水果刀重新坐回郭肖平腰间。

“说吧。”朱丽娜用刀尖轻触着对方的一颗乳头，“要是敢有半句谎言，我就先从这儿开始，把你身上零零碎碎的地方全给割了。”

“好，我说，我说。”郭肖平咽了口唾沫，开始交代自己的罪行，“我这辈子只害过一个人，而这个人原本是我最爱的一个女人，她叫郑东梅。说起来你可能不认识，但她的丈夫你指定知道，他就是大名鼎鼎的瞿氏集团总裁瞿振业。她的儿子想必你也知道，那就是筑梦师协会副会长瞿洋。”

69 反向植入

“你最爱的女人怎会成为瞿振业的妻子？”朱丽娜问。

“唉。”郭肖平长长叹了口气，“我跟郑东梅是同乡，也是从小长到大的朋友。我比她大六岁，平日里对她很是照顾，就像哥哥对待自己亲妹妹一样。那时候，我的家境比她要好一些，除了在生活上给予各种照拂之外，她报自考补习班的学费也是我替她交的。可万万没想到的是，她在那个补习班认识了瞿振业，并迷恋上了他。”

“她跟瞿振业的事情当时你知道吗？”

“一开始，我并不知道，只是觉得她的来信越来越少，渐渐的跟我也不怎么见面了。我觉得不对劲，就到学校找她，刚好看到她跟瞿振业在一起，两人十分亲密的样子。我这才知道，她在学校已经另有所爱。我太了解东梅了，一旦她决定的事情，十头牛都拉不回来。所以，我不想去竞争，也没有跟她争吵，只由了她去。几年后，她如愿以偿地嫁到了瞿家。”

“因为她背叛你，所以你才害了她？”

“算是一部分原因吧。”

“这话怎么说？”

“东梅跟瞿振业结婚之后，起初生活还算美满，但随着瞿氏集团的快速成长和瞿振业个人方面的不断成功，丈夫的忠诚与否渐渐成为她的一块心病。为治疗由此引起的抑郁症，瞿振业带着她到处求医问药都不见好转，后来请来张海为她施了筑梦术。张海的手段固然不错，但他们无为派的功夫存在一个不小的漏洞，我抓住这个漏洞，伺机实施了反向植入。”

“反向植入？”

“就是通过梦境植入消极、悲观的生活素材，最终把目标对象引向绝望的深渊。”

“你被抛弃又不是郑东梅一个人的错，有本事你冲着瞿振业来啊！再怎么着，郑东梅也是你曾经爱过的女人，为了这点私愤就取人性命，真够行的啊你！”

“我刚才说了，发泄私愤只是一方面，另一方面……是受人所托。”

“受谁所托？”

……

朱丽娜二话不说，只将刀尖一旋，郭肖平左胸一颗乳头便被割了下来，疼得他嗷嗷直叫。

“我说，我说！”郭肖平吸着凉气继续坦白，“是阿忠找了我，让我务必帮章启明这个忙，事成之后，他们愿意帮我拿下全国筑梦师协会通宁市副会长的职位。”

“章启明跟郑东梅有仇吗？”

“没有，但章启明的父亲章天泽领导的章氏集团，跟瞿振业领导的瞿氏集团是竞争对手。而东梅是个非常能干的女人，自嫁入瞿家之后，她一直在协助瞿振业打拼，可以说瞿氏能有今天，一半是东梅的功劳。章家嫉妒瞿家又忌惮东梅，所以对我进行威逼利诱，无奈之下，我才做了那样的事。”

“章家怎么知道你跟郑东梅的事？”

“是阿忠告诉他们的，我跟阿忠有交情，曾私下里讲过过去那些事情。”

“瞿氏集团戒备森严，郑冬梅平日里又深居简出，你是怎么对她下手的？”

“我弄到了她的手机号，把她从家里约了出来，多年的老朋友了，约她吃顿饭她总得给我这个面子吧。”

“所以，你借吃饭的时机对她实施盗梦，最终诱导了她的自杀？”

“不！我从没打算要杀害她，毕竟她跟我一起长大，也是我此生唯一爱过的女人。况且，我所做的反植入只是消除希望、摧毁意志，使她重新陷入抑郁状态罢了，也就相当于破了张海施下的术道。”

“你的意思是凶手另有其人？”

郭肖平又不吭声了。

朱丽娜阴冷一笑，旋即割掉了对方另一颗乳头。郭肖平直着嗓子喊：“是英子！是她设计杀了郑东梅！”

“设的什么计？”

“她找人用电脑合成了许多瞿振业跟其他女人在一起的照片，以匿名的方式寄到东梅手里。东梅质问瞿振业，瞿振业当然不承认，两人发生了激烈争吵。没过多久，东梅又接到一个匿名电话，通过电话的指引，她在一家宾馆看到了瞿振业和一名女子正在床上亲热。其实，那只是一个外表很像瞿振业的男人与一个女人的摆拍而已，但没几天东梅就跳楼自杀了。”

“英子是谁？她为什么要杀郑东梅？”

郭肖平又卡壳了。

朱丽娜背过身去，左手伸到对方裆间，捉住那物就要实施宫刑。就在此刻，门被撞开了，闯进四个人高马大的汉子，二话不说便将朱丽娜从郭肖平身上揪了下来。

得到解救的郭肖平穿好衣服，蹲下身冲被按趴在地的朱丽娜扇了两个耳光，然后由下巴揭起，将一张人皮面具被完整地撕了下来。

70 脱身

没错，伪装成朱丽娜的正是突然从 DreamMurder 工作室消失的祁妙。几个小时前，她在往会议室送水的时候无意间听到了瞿洋与尹昕的对话，所以决定只身犯险帮瞿洋解开母亲被害的疑案。而郭肖平是出了名的好色之徒，要接近他就必须伪装成一只具有超凡魅力的万花筒。

祁妙恰巧在花都宾馆门口邂逅了前来参会的朱丽娜，便悄悄跟着她溜进房间，又趁其不备将之击昏，拿被单裹了塞住口藏在衣柜里，然后穿了她的衣服拿了证件混入宴会厅。只可惜功败垂成，关键时刻被一帮闯入的汉子破坏了。

这四个汉子都是郭肖平身边的工作人员，宴会之后有急事汇报却找不到郭肖平，打手机提示关机。他们觉得有点不对，进而想到在宴会上与之频频互动的朱丽娜。于是通过在会务组备案的参会者登记资料找到花都宾馆，幸亏到得及时，再晚一步他们的主子就成废人了。

“郭会长，要不要报警？”其中一个汉子问。

“还是先去医院吧，郭会长还流着血呢。”另一个汉子说。

郭肖平摆了摆手，缓缓起身坐到床边：“这个臭娘们割了我两刀，现在我要让她以牙还牙，报警岂不太便宜了她？既然她这么风骚，你们就替我好好招呼她，一定要把她伺候舒坦了，有什么事情我担着！”

四个汉子见祁妙穿成那样，又听郭肖平如此一说，互相对视片刻异口同声道：“明白！”

祁妙自知情形不妙，顾不上拿衣服夺门而逃。四个汉子赶忙将其捉住，抬起来狠狠抛到床上。其中一个汉子解开皮带扑了上去，不想祁妙乖戾得很，不顾伤痛照其裤裆狠狠蹬了两脚。汉子后退几步跌翻在床边，后背砸破衣柜的门，里面藏着的朱丽娜登时滚了出来。

另外三个汉子抓住祁妙一边殴打，一边撕扯她身上剩余的衣物。这时，酒店的保安闻声赶过来，见房间里男女混杂乱作一团，床单上还带着血，其中一名保安立即拿出手机报警。

郭肖平不肯就此罢手，连忙去夺手机，双方为此展开冲突。祁妙拽起长裙提上鞋子撒腿就跑，四个汉子见状撞开阻拦的保安紧追不舍。

祁妙顺着长廊跑到电梯前，可两部电梯一部停在十二楼，一部停在十七楼，这里则是五楼，等电梯是来不及了。眼看四个汉子已经追过来，没有犹豫的时间，祁妙直接奔向不远处的步梯。

四个汉子从五楼追到二楼，终于赶上祁妙并把她逼到楼梯口的拐角。就在此刻，昏黄的灯光下出现了一只巨大的人形蜥蜴，后者张开双臂凶神恶煞地横在面前。更令他们错愕的是，祁妙居然主动扑进了那怪物的怀里。

紧张的对峙中，声控电灯熄灭了。等几个保安匆忙赶过来，再次震亮光线的时候，祁妙和那怪物已经消失不见了。

酒店背后是个偏僻的小巷，小巷深处的角落里，祁妙和蜥蜴人面对面站立着。

“跟我走吧。”蜥蜴人用锋利的指尖轻触着祁妙的脸颊，“我绝不会让任何人再伤害你。”

“不。”祁妙摇摇头，“我的任务还没完成。”

蜥蜴人勾住她的脑袋：“可你已经暴露了，瞿洋他们已经认定了你就是内奸。”

祁妙拨开对方的手："他们从来就没有信任过我，我也不是什么内奸。除了主人交托的，我没做过任何对不起他们的事。"

"祁妙，跟我走吧。"蜥蜴人再次揽住对方，"我不能眼睁睁看着你居于炭火之上！"

祁妙冷笑："你以为你是谁？跟你走主人就会放过我吗？"

蜥蜴人正色道："我说过，有我在，没人能够伤害你。"

祁妙渐渐收住笑，同时提起胸前的仿钻项链："你愿意为了我而背叛他？"

"你没有开启录制功能，我相信。"蜥蜴人顿时呼吸急促，"因为你知道，我对你的爱又不是打今天开始的……"

"够了！"祁妙推开对方，"我也说过，咱们之间没有任何可能。"

蜥蜴人哑着嗓子咆哮起来："那瞿洋呢？你跟他之间难道有可能吗？别忘了你是谁，休在这儿异想天开！"

祁妙冲他大叫："那又怎么样？我就是爱他，你也知道，我对他的爱也不是从今天开始的！"

蜥蜴人的身子明显晃动了一下。

良久良久，祁妙才重新开口："是主人让你来找我的？"

"是我自己。"蜥蜴人苦笑一声，"可惜我这是自作多情了。"

祁妙很想说声抱歉，可迟疑半晌最终又咽了回去。

"拿着它，愿你有个美梦。"蜥蜴人把一只细小的玻璃瓶子塞到对方手里，"我走了，你好自珍重。"

祁妙握着那只瓶子，感受着它携带的身体余温。蜥蜴人叹了口气，迎着远处街道口的亮光蹒跚离去，背影孤单而寂寥。

71 车祸

不知何时起，雨渐渐下起来了。

祁妙想到街头找辆出租车，却恍然发现没有带钱包——几个小时前，她在胁迫朱丽娜、换上对方长裙的时候，将脱掉的衣服抛在了花都宾馆。自然，落在那里的还有她的手机、钥匙与钱包。

工作室的电话和瞿洋的手机号都存在她的手机里，即便街头有公用电话也一时难以联系上。所幸此地距离工作室不是很远，可以直接跑回去。于是，祁妙拎着长裙顶风冒雨往回赶。

雨越下越大，很快地上便有了积水。祁妙的长裙被浇透了，拿在手里沉甸甸的，黏在身上也极其难受，更让她不堪的是那双高跟皮鞋，跑一两百米就能崴好几次脚。在过一个小十字路口的时候她又一次崴了脚，这次比之前崴得都要厉害，疼得她在地上蹲了半天。

就在她脱掉鞋子准备赤脚奔走的时候，一辆出租车从远处开了过来。不知那司机眼神不好还是急着送客，愣是没看对面的红灯直接闯了过去，在离祁妙不到五米的地方才慌忙刹车，但已经来不及了，车身撞上祁妙将她推出老远。

可恶的是，肇事司机连车都没下，看看四周无人注意，竟踩着油门跑了。

祁妙醒来时，发现自己正躺在医院的病床上，下肢和双臂疼得厉害。

“你醒了。”坐在床边的尹听俯下身子，“不要乱动，医生刚给你换完药。”

祁妙抬眼看看窗外，天已大亮，想必是第二天的清晨了。此刻对她而言，身体受点伤痛无关紧要，重要的是大脑还是清醒的，这让她感到万幸。

“瞿洋呢？”祁妙问向身旁的尹昕。

尹昕替她掖好被角：“昨天晚上找了你整整一夜，又在这儿守了几个小时，我见他实在太困，而且早上还要上班，就让他回去休息一会儿。”

“不行，我有重要的事情要找他。”说着祁妙咬着牙就要下床。

尹昕赶忙阻止：“你怎么不听话，医生特别叮嘱……”

祁妙打断对方：“你起开，不要拦着我！”

知道自己的建议没用，尹昕只好拿瞿洋来压她：“瞿洋委托我来照顾你，万一出了什么差池，我怎么向他交代？”

祁妙俯下身去够鞋子：“不需要你交代！”

这时，护士从外面进来，见祁妙挣扎着在穿鞋子，赶忙上前拦住：“哎哎哎，你怎么可以随便乱动呢，快躺下！”

“起开！”祁妙用力推了一下护士，同时自己也呲牙咧嘴叫唤起来。

护士不满地嚷嚷开了：“你说你这位病人，不让你乱动你偏要动，要出了什么麻烦，怎么向你家属交代呢？”

祁妙疼得上下牙直打架：“我没有家属。”

护士好生奇怪：“抱你来医院那个戴眼镜的帅帅的小伙儿不是你男朋友吗？”很明显的，这里指的是瞿洋。

尹昕与祁妙听了面面相觑，前者吸了口气，好像在说“那是我男朋友还差不多”。后者虽也没吭声，心里却在窃喜：护士的话在暗示她跟瞿洋是天造地设的一对儿，至少在样貌上两人还是比较匹配的。

正说着，瞿洋推门进来了。

“嘿，真是说曹操曹操到。”护士见了救星一般忙拽住瞿洋，“你可要看好她，别让她乱动，不然我们刚才可就白费功夫了。”

瞿洋望了尹昕一眼，意思是“不是有你在这儿吗”，尹昕则无奈地摊了摊手，眼睛瞥向祁妙。

见瞿洋进来，祁妙丢下鞋子乖乖躺回床上，很配合地让护士给她打了针。

“好好看着她，中午该换药的时候我再过来，有紧急情况按床头的电铃。”护士交代完之后就离开了，顺便把门带上了。

“你怎么又来了？”尹昕问瞿洋。

瞿洋盯着祁妙：“我不放心，过来看看。”说着，在床边坐下来。

“那你在这儿看着，我去打点饭。”见瞿洋点点头，尹昕拿起饭盒和暖水瓶离开房间。

“昨儿晚上上哪儿了？喝了那么多酒，还打扮成那个样子！若非我发现及时，后果真不堪设想。”瞿洋的语气里三分疼惜七分责怪。

祁妙听出了对方批评的意味，她勾起头，两手揽住瞿洋的脖子：“我受了这么大委屈，你就不能先安慰安慰我？”

瞿洋感到对方将自己揽得很紧很紧，指甲似乎要透过衣服嵌到肉里。

“我在问你话呢。”瞿洋不大乐意地挣扎了一下。

祁妙这才慢慢放开瞿洋：“你妈妈的死因，我找到了。”

72 天蚕计划

“什么？”瞿洋眯起眼睛。

祁妙一五一十地将从郭肖平口中套出的话全部讲了出来。听完之后，瞿洋沉默良久，张开胳膊主动拥抱了祁妙：“谢谢你，只是以后别再干这种傻事了。”

祁妙被箍得浑身疼，心里却十分快乐。她感觉就像做梦一般，于是心中之言权当梦呓：“只要能在你身边，受再大委屈都值得。”

“别瞎说。”瞿洋抚慰对方，“好好养伤，伤好了还指着你回去工作呢。”

“没那么严重，就是点皮外伤而已。”讲到这儿，祁妙换了副恳求的语气，“我不想待在这儿，你让我出院吧，我妈在医院还需要照顾呢。”

瞿洋替她整理着额前弄乱的刘海：“等你好些了再说，你妈妈那边，我可以先让尹昕过去帮忙。”

尹昕打饭回来，推开门，正好看到里面的一幕。瞿洋下意识地松开祁妙，后者却死不放手。尴尬中，瞿洋的手机响了，祁妙这才不大情愿地放手。

“成，我马上过去。”放下电话，瞿洋对尹昕和祁妙二人说，“肇事司机找到了，我去处理一下。”尹昕默默点了下头，把打回来的饭和暖水瓶搁在小桌板上，祁妙则露齿一笑，两臂撑着床慢慢躺回去。

狭窄悠长的走廊里，一位六十出头、老板模样的男子阔步前行，后面紧跟着一个光头黑人和一个金发女子，三人皆脸色阴郁、脚步匆匆。

过往的员工们碰见，纷纷向其躬身致敬：“尤总早。”男子视而不见充耳不闻，径直走到长廊尽头，推开一扇紧闭的房门，然后“咣”地摔上。

房间里没有开灯，仅窗帘拉开一米有余。阳光从外而入，正好照着嗡嗡乱颤的房门。被称作尤总的男人站在光亮中心，他皮肤白皙，五官立体，有着典型的欧亚混血特征，其上穿一件笔挺的白色衬衣，打着深蓝色、带企业徽章暗纹的领带，下穿乌蓝色西裤，梳一银白色的大背头，看上去魄力出众、气度不凡。

在他对面是一张棕色的木桌，木桌后坐着一个人，那人背对着窗子，除了翘在桌案上的两只脚外，整个身体淹没在黑色的阴影里。

“都火烧屁股了，你居然还能这么悠闲自在！”尤总气愤地把一摞文件摔在桌子上。

黑暗中传来一个男人放荡不羁的声音：“哟，谁惹您老人家生这么大的气？”

“你干的好事！”尤总两手插在腰间，毫不客气地指责道，“自己好好看看吧！”

黑暗中的男子没有动手，甚至翘在桌案上的那双脚也没有停止它旁若无人的抖动：“不就是章氏占了点便宜嘛，且让他得意几天吧。”

只听言辞，尤总的职务要比那男子高出不少，可若看动作，那男子却并不唯唯诺诺，至少气势上不输于人。显而易见，他们彼此已经习惯了眼下这种不高不低不恭不敬的沟通方式。

“什么叫占了点便宜？几千万算个小数目啊？”尤总继续发飙，“依我看，瞿氏一垮，下一个就轮到我们尤氏了！”

“放心吧，瞿氏没那么容易垮掉。”黑暗中的男子依旧慢条斯理，“再说，暂时便宜章家本来就是我天蚕计划的一部分。”

尤总喘了两口粗气，对身后的光头黑人和金发女子挥下手：“克雷斯、安妮，你们先出去。”光头黑人和金发女郎对视一眼，默默地从房间离开了。

“说吧黑子，”尤总两手撑着桌案，眼睛利剑般直刺向对方，“把你的计划详详细细一点不漏地告诉我，我心脏不好，别让我再受这种无谓的刺激。”

“不行。”黑子回绝得很干脆，“我们之间是合作关系，不是雇佣关系，我没有义务向你透露计划的详细步骤。况且计划赶不上变化，我还需要因地制宜随机调整。”

“好吧。”尤总噎了好一会儿，转而问道，“那你告诉我，现在张海也已经死了，你的天蚕计划该怎么执行下去？这可是协议里的内容，我有权知道。”

黑子回答：“如你所愿，计划马上就会成功，只需要再耐心等待一段时间。”

尤总提醒道：“我要一支绝对忠诚、无坚不摧的团队。”

黑子点头：“是的，它将非常完美。”

尤总迟疑：“你确定他们甘愿为你驱使？”

黑子肯定：“他们别无选择。”

73 事变

“那我就……再等等看。”言毕，尤总直起腰转身朝门口走了两步，停住，慢慢转过头来，“我有个问题一直想问你——你这么煞费苦心寻求他人，为什么不亲自打造一支属于自己的团队？你完全具备这样的能力和条件。”

闻听此言，那双脚渐渐停止了晃动，良久才传出黑子的声音：“这个不是协议里的内容吧？”

尤总冷笑一声，也不多问，背着手离开了。

房门重新关上，翘在桌案上的那双脚缓缓缩了下去。不多时，黑暗中伸出一只手，那只手只有三根手指，却十分灵巧地捞起桌边的一个烟盒，从里面抽出一根雪茄填到嘴里，然后，另一只手从口袋里摸出打火机，点燃雪茄。

噗！两片薄唇中喷出一股浓浓的烟雾。这时，房门又被推开了，从外面走入一个年轻女子，其身材苗条体态风骚，只可惜脸被烟雾模糊了。女子扭着曼妙的腰肢走到黑子身边，在他大腿上坐下来。

“情况怎么样？”黑子讲话的时候，嘴里依旧带出淡淡的烟雾。

“都妥当了，只差最后一步，但要完成这步还需你亲自出面。”女子沉声应道。

“那是自然。”黑子一把将对方揽入怀里，“就知道我的英子不会让人失望。”

“一切为了天蚕计划的成功。”说完，英子在黑子的薄唇上主动亲吻起来。

祁妙只在医院待了三天就急着出院了。她在给母亲办理出院手续的时候，脸上的伤肿还未完全褪去。

“出院？”大夫从眼镜里不可思议地看着祁妙，“你母亲刚做完手术，现在还处于疗养期，这个时候怎么能出院呢？”

祁妙将签完字的表单递过去：“我在老家联系了一家医院，我妈可以在那儿疗养。”

医生看了看表单：“你是说鄢陵啊，一个县城的医疗条件哪能跟这里比嘛。再说，你母亲在这儿住了半个多月，环境、人员什么的都已经熟悉了，专家团队也给她制定了一整套系统性的治疗方案，你要这么一走，后期某些环节跟不上，病情有可能反复的呀。”

祁妙一点都听不进去，她来这儿之前就已经做好决断了：“你不用说这么多，只管签字就行了。”

医生还尝试着最后的努力：“我觉得咱们这些做儿女的不能太自私，父母把我们养大不容易，现在他们老了、病了，到了需要我们帮助的时候，我们怎能放手不管呢。不管什么原因，老人家的身体健康是第一位的，如果是经济上的问题，我可以跟院长说一下……”

“我再强调一遍，不是钱的问题！”祁妙用手指戳戳表单，“快签字，哪儿那么多废话。”

医生叹了口气，只得拿过笔在出院单上签字，完了又叮嘱说：“剩下的药坚持服完，有条件的话，理疗也要坚持做下去，另外该忌口的一定要忌口，有什么需要可以打我电话……”

祁妙不等她说完，抄起表单便离开了。

进入病房，母亲正在跟一个护士聊天，祁妙二话不说便开始收拾东西。

“哎，妙妙，你这几天去哪儿了？脸上的伤咋回事，跟人打架了？你收拾东西干吗，咱不是还不该出院吗？”母亲从床上坐起来连发一串疑问。

“我跟我二姨说好了，咱今天就出院，然后到老家那边养病。”祁妙边拾掇东西边说。

“是不是出什么事了？”母亲隐隐感到不安。

祁妙停下手里的活儿，看了护士一眼，后者知趣地从房间退了出去。

“妈，我跟您说，”祁妙俯下身子，压低声音道，“回去之后，尽量不要在别人面前提起我，更不要说咱们是母女关系，别人问起来，您就说您是我二姨的表嫂子，记住了吗？”

母亲担心得眼泪都快出来了：“妙妙，到底出了啥事情？”

74 噩耗

“能出啥事呀！”祁妙笑着安慰母亲说，“您就放心回去养着吧，我这边事情一处理完马上就回去看您，啊。”

“真的没出事啊？”见祁妙又开始拾掇东西，母亲也不再追问，自顾下床找鞋子，“那要走也得回家收拾一下东西。”

“甭回家了，我二姨夫在火车站等着呢。”祁妙制止母亲，手里继续收拾行李，“再说车票我都买好了，下午三点，耽误可就来不及了。”

母亲找到鞋子，一点一点往脚上套：“那怎么成，好歹我也得多捎几件换洗的衣物。”

啪！祁妙将厚厚一沓钞票拍在床边：“这些拿去买衣服和日常生活用品，够不够？”

母亲愣了许久，才双手将那沓钞票捧起来：“哎呀，哪来的这么多钱呀？”

“我上月的工资。”祁妙撒了个谎，她没敢说那是出租车司机给予的赔偿金。

母亲表示怀疑：“你才上了几天班，就发这么多工资？”

“要不我怎么说我们这是新兴行业，科技含量高的活儿赚钱自然就多，算了，说了你也不懂。”祁妙将收拾好的三兜行李往床边一摆，“得嘞，就带一些重要的东西就成了。走，我这就送您到火车站。”

“不是，咋这么着急呀，咱在医院吃过饭再走不成吗？”母亲疑惑重重地望着女儿。

“不成。”祁妙帮母亲提起行李，“到火车站啊，我请您和二姨夫吃顿好的。”

出了病房来到大街上，祁妙招手打了一辆出租车，然后一路把母亲送到火车站，并与在那里等候多时的二姨夫会合。接着，他们在附近一家牛肉面馆里要了三份四十块钱一份的牛肉面套餐，吃完之后，祁妙把母亲和二姨夫送进站台。

返回的时候，祁妙坐的是公交车。走到半路，手机响了，她看了一眼屏幕，显示为陌生来电。她犹豫了一下还是按了接听键，那端传来一个陌生男子的声音：“你是祁妙吧？”

“对啊，是我。”祁妙反问对方，“你是谁？怎么有我的手机号？”

对方没有回答她的疑问，而是直截了当地抛出一个令人胆战心惊的消息：“你老妈在我手里。想要活的，就在一个小时内到西三环与科学大道交叉口的甲萘胺厂来找我。反之，你可以选择报警。”

祁妙没有吭声，她被这突如其来的噩耗弄懵了。

对方见祁妙没反应，以为她不相信，于是将手机放到了母亲的嘴边。

“妙妙，你千万不要听他们的，他们就是一帮畜生！”听筒里传来母亲嘶哑的喊叫，“你要是过来，他们会害死你的……”接下来是唔唔的声音，大概母亲的嘴被堵住了。

对方冷笑道：“怎么样，我没有诈你吧？”

“诈你妈 XX！”这边，祁妙立刻炸毛了，她丝毫没有顾忌周围诧异的眼神，“是黑子指使你干的吗？你告诉他，有什么事尽管冲我来，要是敢动我妈一根汗毛，我跟他没完！”

对方似乎没料到祁妙会有这么大的反应，停了片刻才说：“别管什么黑子白子，一个小时之后，就等着给你妈收尸吧。”说完，电话挂了。

祁妙恨恨地下了公交车，对方所说的地址距她目前所处的位置相当远，即便打出租车，路上不堵的情况下至少也得需要四十分钟。也就是说，对方根本没有给她预留报警和求援的时间。

还好，下午两点左右不是客流高峰，祁妙很快打上一辆出租车。一路上，她不停地猜测绑架者的身份，起初她以为是黑子安排的人。因为她经过反复思考，最终决定向瞿洋坦白自己的身份，同时揭露黑子的阴谋，之所以着急慌忙把母亲送走，就是为了免遭黑子一伙的打击报复。

但仔细想想，即便黑子知道这个消息，凭他的能力和手段根本没必要通过这种方式来威胁自己。那么，幕后主使就很可能是另外一个人——被她凌辱至深并且割了两刀、伤痕累累、颜面丢尽的郭肖平。

绑架者所说的那家甲萘胺厂，是通宁市建成最早、规模最大的一家化工原料厂，从二十世纪九十年代发生火灾事故以来，一直废弃到今日。

祁妙下车，从破烂流丢的门廊下小心步入，眼前矗立着一座座高大的厂房，虽说只剩下些残垣断壁，但仍然可以看出其昔日的成就与辉煌。由于事故发生后大部分设备都没有拆走，时隔二十多年，空气中依然能嗅到甲萘胺那特殊的味道。

穿越森森残垣，跨过道道沟墟，祁妙忍不住在心里骂道：这帮孙子可真他娘会挑地方！

走着走着，忽然听到一阵吱吱嘎嘎的响声，循声望去，见三四十米外立着一座巨大的铁架，母亲正被绳索束着双手吊在架子上方，而郭肖平就站在铁架下，手里抓着拴系母亲手臂的绳索。果然是他！

75 恶战

“妈！”祁妙大喊一声，不顾脚下坎坷朝铁架狂奔过去。母亲被塞着口，只能发出呜呜的回应。

“快把我妈放下来，你这个婊子养的！”祁妙扑上前试图夺下郭肖平手里的绳索。这时，六个壮汉从一废弃的锅炉后闪出，捉住祁妙先是一顿拳打脚踢，之后把她按跪在郭肖平面前的地上。

“挺有胆量的嘛，还真的是一个人来了。”郭肖平把绳索交给其中一名汉子，自己弯下腰，拿一把匕首挑着祁妙的下巴，“我挨了你两刀，今天你也挨我两刀，咱们就算扯平了，怎么样？”

“先把我妈放下来！”祁妙瞪大的眼睛几乎要渗出血来。

“你已经是板上鱼肉了，没有资格跟我讨价还价。”说着，郭肖平拿刀割开祁妙紧挨喉咙的一颗纽扣，然后慢慢向下划去。

“郭肖平，有本事你把我放开，咱俩单挑！一帮老爷们儿欺负我一个弱女子，算什么英雄好汉！”祁妙死命挣扎骂不绝口，“你个臭流氓、王八蛋、没脸没皮的畜生！”

郭肖平已经割开了第二颗扣子：“我郭肖平本就不是什么英雄好汉，只知道以眼还眼血债血偿。”

祁妙咬咬牙：“既然这样，你就把我妈放了，得罪你的人是我，跟她没有半点关系。”

“等出了这口气，我自然会放了她。”郭肖平已经割开了第三颗纽扣，“上回是你运气好，这回我看还有谁来救你。”说完，狞笑着伸出左手探进祁妙洞开的衣物，准备扯下暴露在外的胸罩。

“放了她。”耳边传来一个沉闷而低哑的声音。

郭肖平回头看去，见身后不知何时站了只巨大的人形蜥蜴。他本能地后退几步，躲在六名汉子身后：“都愣着干什么，还不快解决掉这只怪物！”

听到命令，其中四人同时向蜥蜴人发起攻击，剩下两名汉子则依旧控制着祁妙。四人个个都是练家子，拳头抡起来呼呼生风，可那些拳头虽然力若千钧，却根本招呼不到他身上，等到折腾到精疲力竭的时候，轮到蜥蜴人反击了。

只见他瞅准空档一挥手，其中一名汉子半张脸几乎被撕下来，痛得那家伙满地翻滚惨叫不止，另外三人还没看清招式，就被陆续掀翻在地上。

“放了她！”蜥蜴人再次进逼到郭肖平跟前。后者一边假意把祁妙慢慢往前推送，一边朝左右使眼色，二人立刻拔出尖刀朝蜥蜴人刺去。

蜥蜴人一个连环腿，将二人撂趴在地，而后以利爪直取郭肖平咽喉。郭肖平拔出手枪迅速射击，子弹击中蜥蜴人的肩窝，强大的冲击迫使他旋身退了好几步。

“来呀，看你一身皮硬还是我的子弹硬。”郭肖平仗着手枪有恃无恐。

蜥蜴人两手攥得咔吧直响，就在他准备再次发起进攻的时候，五名汉子一同朝他包抄了过去。

郭肖平一手拽着绳索，一手持着手枪同时卡着祁妙的脖子。徐徐后退中，祁妙突然咬了他一口，趁其松手之际逃脱束缚。郭肖平恼羞成怒，照祁妙脚下开了一枪以示震慑，而后者毫不畏惧地上前争夺绳索。

郭肖平虽说是个男人，可毕竟上了年纪，再加上手里牵着绳索施展不开，两人扭打了不一会儿，就被祁妙搡倒在地。

“把绳子给我！”祁妙骑在郭肖平身上，见对方死死不撒手，就照其脸面和脖子一个劲儿地挠抓。这时，少去半张脸的汉子从背后揪住祁妙，把她从郭肖平身上扯下来，然后朝其胸口一脚猛踹。

这一脚又凶又狠，致使祁妙凌空飞出，越过一道残垣刚好落到一个人的怀里。祁妙抬眼一瞧，施援者乃是瞿洋，其身旁跟着气喘吁吁满头大汗的尹昕。

“你怎么来了？”祁妙又惊又喜。

瞿洋紧盯着不远处的郭肖平，尹昕替他做了回答：“我们去医院看你母亲，结果被告知已经出院。返回途中，刚巧看到你神色十分慌乱地打出租车，我们料想有事发生，所以就跟了过来。”

瞿洋放下祁妙，对她和尹昕说：“你们先走，我随后就到。”

“好，你自己小心。”言毕，尹昕拉上祁妙就往厂区外围撤。

“不行，我得去救我妈！”祁妙断然甩开尹昕。

瞿洋伸出一只胳膊挡住祁妙：“放心吧，这里有我呢。”

被蜥蜴人打倒的几个汉子见有救兵，立刻朝瞿洋扑过来，不料来者也不是善茬儿，不出几个回合同样被揍了个满地找牙。

瞿洋和蜥蜴人一起逼向“独善其身”的郭肖平，后者见势不妙猛地丢开绳索，被吊在铁架高处的祁妙母亲立刻向下坠落。在祁妙的惊呼声中，蜥蜴人飞身把祁妙母亲接住。郭肖平随后又朝瞿洋连射两枪，瞿洋旋身躲开，再定睛看时，前者已逃得无影无踪。

蜥蜴人救下祁妙母亲，开始解掉她身上的绳索。祁妙欲过去帮忙，却被瞿洋拦住——他似乎发觉了哪里不对。

“小心炸弹！”瞿洋突然喊道。

话音刚落，不远处腾起一团橘红色的火焰，同时耳边爆发出震耳欲聋的轰鸣。几秒钟后，大大小小的石块、瓦砾纷纷扬扬从空中降落。

76 筑梦师大会

祁妙慢慢爬起来，望着满地喷溅的鲜血和七零八落的碎肢，先是呆了半晌，后发疯般扑到地上试图将散碎的残肢收拢。

“妈，妈！”祁妙哑着嗓子号啕大哭，“你不能撇下我，你走了，我就再也没有亲人了！妈……”

“祁妙，你冷静点。”尹昕蹲下身轻声劝慰。

“你滚开！”祁妙一把推开对方，“我妈都没了，你让我怎么冷静？”

尹昕不由得提高了嗓门：“哭要是能起死回生，我就陪你一块儿哭。”

“别在这儿假惺惺的，死的又不是你妈！”祁妙失态地大喊大叫。

尹昕无奈地看看瞿洋，后者顾不上追赶仓皇逃离的几名汉子，正从不远处跑过来。

“你没事吧？”瞿洋搀起祁妙，关切地问道。祁妙睁着泪汪汪的一双大眼睛，两只手臂沾满鲜血，看不出是受伤流出来的还是撮捡尸块时从地上沾的。

“我妈没了，我唯一一个亲人也离开我了。”祁妙趴在对方肩头任由泪水奔涌。

瞿洋紧皱眉头，一时不知该如何安慰。尹昕说的没错，死人是哭不活的。但它却是释放悲伤唯一有效的途径。

哭了好一阵子，祁妙才擦去抹泪，哽咽着对瞿洋说：“我要报警，让警察把郭肖平那吃枪子挨大炮的王八蛋抓住枪毙了！”

“没错，他是绑架了你的母亲并杀害了她，但是你呢？”尹昕善意提醒对方，“你的所作所为法律就可以原谅了？”——尹昕指的是祁妙假冒朱丽娜私审郭肖平一事。

祁妙依旧紧抱着瞿洋：“一人做事一人当，我宁愿自首，也不能放过那个杀千刀的畜生！”

瞿洋望着不远处被炸断的绳索：“只怕警察愿意放过，也有人不会放过他。”

“什么？”祁妙从瞿洋肩头抬起头，红着眼睛看着对方。

尹昕第一时间反应过来：“你的意思是，他会步苏枚、方羽、田进一和张海的后尘？”

瞿洋点了点头：“我之前说过，受害者遇害之前，凶手都要刻意制造一些事件，并尽可能地扩大事件的影响，让目标对象处于社会舆论的中心，无论苏枚、田进一、方羽还是张海，四人遭遇的手法如出一辙。”

正说着，远处传来阵阵警笛声，大概是有人听到爆炸报了警，或者路边的警车直接赶了过来。

“怎么办？”尹昕问道。

“该面对的迟早得面对。但郭肖平一案，也许是我们揭开真相的最后一次机会。”瞿洋扶着祁妙站起身，“我们先回去再说吧。”

上午十点，裕达国际酒店二楼，首届全国筑梦师大会正在召开。

作为会议主持人，郭肖平意气风发地站在讲坛中央，拿出了跟张海颇为相近的一番说辞：“各位远道而来的同仁们，非常感谢大家百忙之中前来参加这次盛会。筑梦术，作为一类新兴事物，自二十世纪九十年代传入我国以来，在科技、医疗、心理等领域获得了长足发展，逐步形成今天的行业化、规模化和市场化。同时，也衍生出了不同主张的学术流派，大家各显其能，以不同的方式为社会进步、人民健康、经济发展做出了不可磨灭的贡献。

“但由于缺乏足够的规范化和制度化，导致行业内呈现出丰瘦各异、良莠不齐的景象，各派之间互相对垒展开恶意竞争，严重的地方，还出现结帮拉派欺行霸市的行为，更可恶的是，还有人假借催眠筑梦之名，干巧取豪夺、坑蒙拐骗的勾当，这些都严重败坏了行业的整体形象。

“为此，张海先生生前曾提出‘诸派合并、天下归一’的想法，极力推崇‘集中资源、合作共赢’。说实话，对于张海先生提出的设想，郭某之前一向颇有微词，认为过度的统一会破坏行业发展的差异化和多样化。但经过深思熟虑，‘合并与统一’何尝不是解决问题的唯一的出路？所谓‘两害相权取其轻，两利相权取其重’，郭某不禁对张海先生的顾全大局、高瞻远瞩深为感佩。

“此外，有关筑梦业的商业化改革，我也想在此表个态：只要有利于各派间的交流进步和业态的良性发展，我决定收回之前拟出的三项条件，不设前提。”

台下与会者闻之，交头接耳议论纷纷。虽说目前很多地方都有协会，但都是比较松散的民间机构，缺乏一个规范性的、全国性的组织。所以，他们对诸派合并以及商业化改革并不感到意外，意外的是郭肖平转变得也太快了，要知道，他之前可是张海一派最有力的反对者。不单他们，就连瞿洋也不知道郭肖平葫芦里卖的什么药。

瞿洋本来是不打算参加这次大会的，他没有时间也没有这个心情，之所以最后决定参加，一方面是受了组委会的邀请，碍于筑梦师协会通宁市副会长的公职，不参加面子上过意不去，另一方面，直觉告诉他，这次大会中一定会发生些什么。

77 枪击

郭肖平发言快要结束的时候，瞿洋上了趟洗手间。在洗手间门口，他碰到了之前在梦里交过手的光头黑人，于是留意多看了两眼，后者也看到了瞿洋，两人驳身而过没有任何交流。

瞿洋回来的时候，尤氏集团的总裁正在发言，他当着数百造梦师代表的面，表达了对筑梦业未来发展的憧憬和注入资金进行商业化包装的信心。看到这一幕，瞿洋心里的疑惑也就有了答案——郭肖平拉拢尤氏成功，摇身变成了第二个张海。

瞿洋就座时，讲坛边的郭肖平特意看了他一眼，笑得意味深长。瞿洋注意到，从他离席到入席，短短十来分钟时间，现场的风向悄悄变了。不知是受尤总发言的鼓动，还是这中间发生了什么插曲，与会者不再面带疑惑、窃窃私语，而是一个个信心十足、豪情万丈。

集体催眠！瞿洋脑海里忽然闪现出这四个字。可催眠跟盗梦是两个完全不同的概念，侧重筑梦的郭肖平并不具备这样的实力，作为商人的尤总更不可能有如此大的本事。于是瞿洋很自然地想到了英子，他举目四望，最终在后台记者们的长枪短炮中间发现了一年轻女子，她穿一件蓝白交织的运动衣，戴着棒球帽，五官在帽檐的投影下看不太清楚。

发现瞿洋在看她，那女子向后撤了撤，紧接着从人群中快速消失了。瞿洋仔细想了想，刚才他上洗手间那会儿正是中场休息时间，隐约听得会场有人唱歌，当时瞿洋以为放的CD，现在看来，极有可能是刚才那年轻女子“现场助兴”，而这一切都是郭肖平提前安排好的。

尤总发言完毕，轮到各派代表发言。不出意外地，大家基本上都赞成“天下归一”。那么，接下来便是投票选举全国筑梦师协会委员会以及主席、副主席的时间。

先选委员会成员，结果很快就出来了，郭肖平、瞿洋、张元强、黎红和杜文伟五人当选。接下来，主席和副主席将从这五人当中产生。选举采取一人一票制，组委会设有专门的监督机构。大约一小时后，关于委员会主席的选举结果也出来了，由一位德高望重的前辈负责唱票。

“郭肖平211票，瞿洋109票，杜文伟83票……”郭肖平以绝对优势胜出。

午宴过后，与会代表陆续离开。郭肖平则与尤总进入酒店预定好的一个房间继续商谈事务，光头黑人和金发女子一左一右守在门外。

谈了大约一个半钟头，两人才从房间里出来，互相客套着走到楼下，握手告别。尤总坐车先走，郭肖平随后起行。就在司机发动汽车的时候，忽然有人朝这边开了一枪。郭肖平一只脚在车厢里边，一只脚还在车厢外面，听到枪响赶紧把身子一缩，结果提包掉在了地上。

他本想回头去捡，结果又是一枪，就射在离提包不远的地方，水泥搅着火花喷涌而起。这时，一个壮汉从后备厢处跑过来（适才他在放置行李），挡在郭肖平身前，同时举着枪四下寻找偷袭者。

未发现可疑人物，枪声也未再响起。但郭肖平早成惊弓之鸟，死死关着车门，伏在后面的座椅上一动也不敢动。壮汉拉开前车门坐进去，同时命令司机开车。司机猛踩油门，汽车怒吼一声疾速向前奔走。

走出二十来米，司机发现后面有人追赶，仔细看好像是酒店的门童，后者手里拿着一个黑色的提包，正嚷嚷着“停一停、停一停”。司机下意识地放慢了速度，门童赶了上来，准备把提包递到后厢，郭肖平却吓得不敢开门，于是，壮汉开启前窗把提包接了过去。

轿车重新加速，在门童似笑非笑的瞳孔中开上一座高架桥，就在它即将在视野里消失之际，车身突然发生抖动，紧接着是一声刺耳的爆响，随着爆响轿车腾空飞起，翻了个跟头重重摔在地上，继而喷薄出红黄交织的火焰。

78 门童

尹昕睁开眼睛，不多时，祁妙也从梦中醒过来。

又出事了。正如瞿洋所预料的，这次出事的是郭肖平。尹昕摘下传感导线正准备给瞿洋打电话，后者和李菲从外面回来了。

“郭肖平出事了！”瞿洋和尹昕异口同声。

“你怎么知道？”两人诧异片刻，再次异口同声。

尹昕转头看看刚从体验室走出来、精神还有些恍惚的祁妙：“我刚刚从她梦里获知的。”瞿洋则说：“我刚从筑梦师大会的现场回来。”

祁妙睡眼蒙眬，反应速度倒极快：“郭肖平是不是被炸死了？”

瞿洋示意李菲在接待处的茶几边坐下来，同时回答祁妙的疑问：“司机和随行的工作人员当场死亡，郭肖平还在医院抢救。”

“太好了！”祁妙拍了下巴掌，“没想到这次这么快就应验了！”

李菲不屑地瞟了祁妙一眼：“人家出事你高兴什么？”

祁妙撇撇嘴：“我爱高兴就高兴，关你什么事？”

“你……”李菲摇摇头，一副“不可理喻”的表情。

尹昕给瞿洋和李菲各倒上一杯水，挨着瞿洋坐下来：“以前梦中的情景从出现到发生一般需要一个星期左右，这次却几乎发生在同一时间，实在太不可思议了！”

“这就叫恶有恶报，老天爷都看不过去了。”说着，祁妙在瞿洋另一侧坐下，端过他的水杯喝了一口。

“上帝欲使其灭亡，必先使其疯狂。一再打破作案习惯，说明对手已经到了山穷水尽的地步，不惜狗急跳墙、背水一战了。”李菲拿起眼前的六面铜佛，一边端详一边分析道，“另一方面，也说明我们的行动方针是正确的，应该多次碰触到了他们的痛点甚至于要害。”

“没错，对手越是着急，就越说明他们在忌惮什么。哦，对了。”瞿洋问向对面的李菲，“你们在现场有什么发现？”

李菲闭着一只眼睛，另一只眼睛从铜佛的柄孔中窥视着瞿洋：“我们在酒店做了地毯式的搜索，也询问了不少人，结果没什么大的收获，后来，又调取了酒店的监控录像，发现门童有嫌疑。”

“门童？”瞿洋的脸在柄孔中显得略略有些变形，他转着眼珠，似在仔细回想经过酒店大门时，那个门童的形象与外貌特征，但怎么都想不起来，于是再次问向李菲，“他有什么嫌疑？”

李菲的视线从瞿洋缓缓移向祁妙：“监控显示，14 点 53 分郭肖平遭遇枪击，仓皇躲避中不慎将手中的黑色提包掉落在地上，随后，酒店门童把包捡了起来。14 点 55 分，酒店门童一路追赶把包还给了郭肖平随行的工作人员。14 点 56 分，郭肖平乘坐的汽车发生爆炸。”

“也就是说，门童拿到提包后没有立即还给郭肖平，而是在他手里停留了两分钟时间？”瞿洋品出了其中的意味，“他用事先准备好的另一只提包跟郭肖平那只做了交换？”

“不。”李菲摇摇头，“他把一个盒状的物品塞进了提包里。”

“定时炸弹？”瞿洋和尹昕异口同声。

“那个门童为什么要杀郭肖平，他跟郭肖平有仇吗？”祁妙眨巴着眼睛问。

“确切说，那个门童并不是酒店的员工。”李菲放下手中的六面铜佛，迎着众人诧异的目光解释道，“裕达国际酒店是通宁市一家比较老资格的四星级酒店，一共有三个门童在酒店门前提供服务。这三人二十四小时采用三班倒，下午十五点正是轮换班的时间。而嫌疑人正是卡着那个时间点前去接班的，因为离正式交班的时间很近，又穿着酒店的制服，再加上化了妆，对方根本没有怀疑。”

“会议、换班、枪击、爆炸……”尹昕低眉思索，“这一系列动作倒像是提前安排好的，毕竟从时间对接上实在也太巧了，每个环节只要差一步都不可能顺利完成。”

瞿洋替她做了总结性的表述：“具备天时、地利、人和的似乎只有尤氏，也许他们想杀掉郭肖平，然后寻找新的代理人。”

“起初我也这么怀疑，但后来想想又觉得不对。”前者的猜测很快就被李菲给颠覆了，“因为我们忽略了一条线索。”

瞿洋皱着眉毛：“什么线索？”

李菲两手合并，做了个瞄准的姿势：“射击者。”

见瞿洋和尹昕一头雾水，李菲从专业的角度做出了解答：“从现场留下的痕迹来看，射击者采用的是 97 式突击步枪，射击点距离目标对象五十米左右，角度是 13 点方向。由此判断，射击者的藏身之所位于十字路口斜对面的一家足浴店的二楼，而这家足浴店背后的大老板是章启明。”

又是他！尹昕与瞿洋对视一眼：“只是，足浴店每天来来往往客人那么多，且不像住宿的宾馆实行实名登记，光凭一个藏身之所也证明不了什么。”

李菲却不这么认为：“从接到报警到搜查足浴店，我们只用了不到十分钟，然而现场连半点痕迹都没有留下，就连负责人、员工和顾客的说法也都出奇的一致。没有人在引导和庇护，这可能吗？”

“章启明。”瞿洋一字一顿地咬出这三个字，“看来我们必须得会会这个人了。”

李菲不无担忧地说："这位章大少爷可不是等闲之辈，警方想约见他一次都要费尽周折，你打算怎么会他？"

尹昕也感到为难："是啊，章家的势力实在大得惊人。要碰他们，无异于虎口拔牙。"

瞿洋仰躺在椅子上闭目片刻，忽然睁开眼睛："我有个主意，成功了可将章家一举扳倒，失败了又不会导致他们反咬一口。"

其余三人全都看着瞿洋，后者伸出一根手指点了点李菲："但需要你的协助。"

79 幻梦

次日傍晚。

李菲从外面办完事归来，刚脱下警服换上便装，宋小佳的电话便来了，说瞿洋邀请她过去一趟，有要事相商。

从警局到 DreamMurder 工作室距离不近，又遇上下班高峰，抵达目的地的时候，已经是晚上七点多。李菲抬手敲了敲门，无人回应，于是用力推了一下，门开了。

接待室里黑漆漆的没有开灯，就连窗帘也拉得严严实实的。李菲喊了瞿洋和宋小佳的名字，没人应答。

"奇怪，怎么没有一个人？"李菲一边去摸电源开关，一边自言自语地说，"难道都下班了，可下班了怎么不锁门？窗帘也拉得这么严实做什么？"

正说着，身后的门咣当一声关上了，从楼道里传来的仅有的那丝光线也被黑暗吞没。

李菲警觉地转过身，同时拔出手枪。就在此刻，耳边传来"呲"的一声，似有雾状的液体喷在脸上，湿漉漉凉冰冰的，随即鼻孔中嗅到一股特异的香味。

“哈哈哈哈……”是宋小佳忍俊不禁的笑声。

“宋小佳？”李菲紧绷的神经放松下来，她慢慢收起枪，“你在搞什么鬼，快把灯打开。”

宋小佳止住笑：“好的，你等着。”

不多时，黑暗中亮起一根发光的手指，绿莹莹的像根荧光棒。只见那手指在黑暗中划动了几下，随即勾勒出几根曲状的线条，线条凌空游走渐渐组成一朵盛开的玫瑰。就在李菲发愣的当口，“啪”的一下，玫瑰被点亮了，暖红色的光映出宋小佳笑容可掬的脸。

“我知道，你向往蓝天，向往那一望无际的苍穹，现在我要带你一起翱翔宇宙。”说着，宋小佳抬手在玫瑰上添了几笔，于是一只嵌有玫瑰花的大方盒子成形了。接着，他又在方盒上方画了一只色彩斑斓的大气球。最后，在方盒子顶端点了两笔，随即橘红色的火焰从那里面喷薄而出。

热气球在李菲惊诧不已的目光中迅速膨大，转眼方盒子便扩张到了自己脚边，而四周的墙壁早已化作透明的空气，视线所及之处乃是车水马龙、万家灯火。抬起头，顶面的天花板也不见了，流动在眸子里的则是银光闪烁的漫天星辰。

宋小佳伸出一只手牵住李菲，把她带进方盒子里，然后自己也跨进去。李菲伸手摸了摸方盒子的边缘以及连系热气球的绳索，那漫画般简洁生动的外形和实实在在的触感，让人觉得一切梦幻很真实。

开大控制火焰的阀门，热气球随即开始向上飘移，地面的城市渐渐远离视野。李菲站在方形盒子的边缘向上仰望，只见月光皎洁星海浩瀚，流动的云朵轻盈婀娜丝丝缕缕，伸手触摸时，秋水般从指间涌过，白白的凉凉的，如雾如烟。

热气球越升越高，灯火璀璨的垂直地面最终变成一颗蔚蓝色的星球。此刻的月亮，就像一面巨大的、闪闪发光的银盘，散布在四周的漫天星辰则似晶莹剔透的钻石，漂浮在无边无际的海洋里。

“我这是在做梦吧？”李菲终于反应了过来。

“当然了，傻瓜。”宋小佳用宠溺的眼神看着她，“你以为热气球能冲出地球进入宇宙啊。”

“你喊谁傻瓜呢！”李菲一记粉拳捣过去。

宋小佳十分精准地把对方的拳头抓在手里：“哎，你可是人民警察啊，怎么能欺负我这小老百姓呢。”

“欺负的就是你。”说着，李菲把另一只拳头也捣了过去，“老实交代，什么时候被你盗梦的？”

“这是造梦好不好。”宋小佳猝不及防，鼻子上重重挨了一下，于是幽怨地叫道，“我又没借机吃你豆腐，不用下手这么狠吧！”

李菲不依不饶地拧住对方耳朵：“说，什么时候被你盗梦的？”

宋小佳哎哟哟叫唤着：“就你进来不久门被关上的瞬间，我拿刚研发成功的入梦喷剂喷了你一下，你就睡过去了。”

李菲拧得更狠：“敢情你把我当成用来试验的小白鼠了。”

“绝对没有那个意思。”宋小佳赶忙讨饶，“我就是听你说过，你最大的梦想是征服蓝天翱翔宇宙，所以才变个法儿带你转转。”

闻听此言，李菲这才松开对方，重新回到方盒子边缘，张开双臂贪婪地呼吸着清新而冷冽的空气，感觉通透又舒适。

80 佳菲星

“哎，你看那颗红色的星星，是火星吗？”李菲指着西北角的天空。

“我去！不懂了吧？”宋小佳得意地说，“那是仙女座中最大的一颗行星，上面满地都是红宝石，所以才会反射出红色的亮光，使它看起来就像恒星一样。”

“是吗？”李菲摩拳擦掌道，“我们去那里看看好不好？”

宋小佳有些窘了：“它可离这儿几百万光年呢。”

李菲傲娇地撇起嘴：“你不是说在梦里无所不能吗？”

宋小佳猛拍了下脑瓜子：“说的也是，要搁在现实中，眼下连空气都呼吸不到呢。”说着，把控制火焰的阀门调到最大，热气球以超越光线的速度向前奔行。

终于，一阵激烈的冲刺后，热气球在这颗红色的星球表面降落了。如同宋小佳说的一样，这里的每一寸岩石都由红宝石构成，就连土壤里也都是红色的碎末儿，到处荧光闪烁、绚丽异常，因此天空也被映射成妖冶的红紫色。

除了地表是红色的之外，其他跟地球上还算比较相近，这里也有红花绿草和清澈见底的河流。海洋则是深紫色的，当流星雨从天空划过时，海面上就会浮过条条美丽的光斑。

行走在海滩边，前方走来一只可爱的小生灵，高三十厘米左右，通体粉红色，跟人一样拥有四肢和五官且体表光滑。

李菲蹲下去，伸出一只手用充满善意的眼睛看着它，小生灵先是愣了一下，后尝试着碰触李菲的手指，见对方毫无恶意，于是跳到李菲手中，摸摸她垂下的刘海。

宋小佳也蹲下身：“我去，这是个什么东西？”

李菲没好气地白了他一眼：“你才是东西呢，人家是这个星球的主人，是吧，小七喜？”

宋小佳很奇怪：“干吗叫它七喜？”

李菲认真地说：“你不觉得很像饮料瓶上的七喜小子吗？”

“我去。”宋小佳笑着摇摇头。女人啊终归是女人，即便做了警察，也难泯一颗容易泛滥的童心。

“哎。”李菲用胳膊碰碰宋小佳，“这个星球叫什么名字？”

“不清楚。”宋小佳实话实说，“科学家还没给它编号，也许……我们还是第一个发现的呢。”

李菲将七喜抱在怀里，就像抱着一个安静的婴儿：“那你怎么知道有这么一颗满地红宝石的星球？”

“我奶奶说的。”见李菲瞪着疑惑的眼睛，宋小佳继续胡诌，“我奶奶听我太奶奶说的。”

“祖传啊？！”李菲自己都乐了。

“哎，咱给这个星球起个名字吧？”宋小佳碰碰李菲。

“什么名字？”李菲瞧着宋小佳，知道他又要开始贫了。

果然，宋小佳捻着下巴开始思考：“既然是咱们两个发现的，那就叫作‘佳菲星’吧。”

李菲给了个白眼：“还‘加菲猫’呢，真是个傻子。”

宋小佳继续贫道：“我可以造个几十年的梦境，就我们两个生活在这里，抛开尘世间的纷纷扰扰，过着放牛牧马的自在生活。我们还可以生养一大群孩子，把这里好好经营经营，建一个专属于我们的独立王国，多好！”

李菲顿时红了脸，抱着七喜大步离开：“咱们走，不理那个傻子。”

宋小佳快步追上去：“嘿，想不想看看‘佳菲星’上的海底世界？”

李菲循着涛声走到崖边，小心攀上一块高大的礁石，放眼望去，深紫色的海水充满着神秘和诱惑：“连个潜水衣都没有，怎么下去？”

“只要你想，这有何难？”说着，宋小佳吹了个口哨。只见海面上掀起巨大的波涛，随之，一只体型庞大的、魔鬼鱼样的生物浮出水面，宽阔的两翼上下扇动着，似在朝二人发出诚挚的邀请。

81 海底城市

“能行吗这？”李菲脚底有些发软。

宋小佳安慰她：“放心吧，在梦里一切皆有可能。”

说完，宋小佳牵起李菲的手，从崖边小心下到海滩，然后登上魔鬼鱼的脊背。待二人坐稳扶好，魔鬼鱼张开翅膀打了个旋，载着他们快速俯冲入水。

李菲紧抱着七喜，落水前她深吸了一口气，之后努力屏住呼吸。起初，海水是深紫色的，往下渐渐变成天蓝色，接近海底的时候居然变成了金黄色。此外，深海之中并非想象的那般昏昏一片，而是无比的清晰透彻，可见成群的鱼儿游来游去，它们大多是在地球上没有见过的，但一样的五彩斑斓，通体散发出奇异的光芒。

入水五六分钟，李菲渐渐憋不住了，呛了几口水后发现其实能够自主呼吸，只不过比在陆地上稍微费力一些。解决了呼吸问题，她才开始专注海底世界的美妙。魔鬼鱼载着他们飞越色彩缤纷的海葵和珊瑚丛，掠过硕大无比的龟类和水母群，冲向海沟之中那片金光闪耀的神秘领地。

抵近了才发现，发出金光的是一座座造型华美的建筑，它们错落有致地沿着海底起伏不定的表面铺展开来，形态各异但规划整齐，有点像地球上的城市群。不过规模可要比地球上的气派多了，这里每个独立的城市都要绵延数千公里以上，而且宽度也大得惊人。除了普通建筑之外，还有许多三角形的高塔和纺锤状的飞行器。

最引人瞩目的，是建筑、塔楼以及飞行器所用皆为自发光材料，正因为如此，黑暗的海底世界才会亮如白昼，但具体是哪种材料就不得而知了。城市的主人也有着硕大的脑袋和灵活的四肢，长相跟七喜大同小异，很明显那些游来游去的都是它的同类。这些海洋甚至星球的主宰彼此拥簇着，争相观望两个不请自来的天外访客。

宋小佳和李菲并不感到紧张和恐惧，因为那些其貌不扬但智慧不输于人的小生命似乎可以通过意念交流，时刻让人感受到它们满满的善意。

连续逛了几个小时，李菲感到累了。魔鬼鱼有感应似的立即将他们带离水面。海岸边，热气球正飘飘摇摇地在那里等待着。

返回地球的过程比来时更加迅速，还没什么感觉便已落到了地面。

火光熄灭，四周一下子黑乎乎的。宋小佳和七喜都从身边消失不见了，喊也无人回应。李菲能感觉到是在 DreamMurder 工作室的外间，于是再度伸手去摸开关。

就在此刻，一支红色的蜡烛亮了起来，紧接着，又有二十五支颜色各异的蜡烛相继燃亮。七彩的光影中，一个巨大的心形蛋糕缓缓现出轮廓。蛋糕后面呈弧状站了四个人，依次是瞿洋、尹昕、卡恩和祁妙。四人皆面带微笑，口中轻轻吟唱着："祝你生日快乐，祝你生日快乐……"

李菲恍然记起，今天是自己的生日！可之前只跟宋小佳提过，瞿洋他们怎么会知道的呢？正在疑惑，一个足足一米九来高、超大号的七喜从侧后方摇摇摆摆走过来，将一大束玫瑰花送到李菲跟前。

李菲激动不已，眼角含泪接过鲜花。这时，七喜摘下毛茸茸的头套，露出宋小佳热情洋溢的笑脸。

"祝你生日快乐。"宋小佳孩子般咧着嘴。

"你个傻子！"李菲在他右肩头捣了一拳，继而张开双臂拥抱了他。

生日歌停了，耳边传来口哨声和尖叫声。正在这激情难忘的一刻，李菲的电话不合时宜地响起。她放开宋小佳拿起手机"喂"了一声，良久又说了个"是"。

见李菲脸色略微有变，瞿洋不无关切地问了句："出了什么事？"

"郭肖平醒了。"李菲放下手机，对瞿洋说，"胡队要我们过去，说他（郭肖平）要当众指认凶手。"

82 指证

郭肖平仰躺在医院的病床上，他浑身上下缠满了纱布，看起来就像个白色的肉粽子。两名护士在他周围忙忙碌碌，一个医生模样的男人正在向胡翰林做着汇报，后者一边听一边背着手在房间里踱来踱去。

从进医院大门到郭肖平所在的病房楼，一路上遇到了很多来来往往的人，虽然那些人行色匆匆神态自若，但瞿洋还是一眼就看出来了，他们不是所谓的病人和家属，而是警方特意布置的便衣。到底是什么样的嫌疑人，让警方如此顾忌，以至于排出这么大的阵势？

瞿洋心有所思地走到病房门口，抬手敲了敲门。门开了，里面除了郭肖平外，只有胡翰林、两名护士及一名男医生，并没有想象中那么多人——按李菲所言，郭肖平是要“当众”指认凶手，那么按理说，就该有几个甚至十几个嫌疑人供其指认。结果他一进门，胡翰林便摆了摆手，示意医生和护士全都出去。

于是，房间里便只剩下瞿洋、胡翰林、尹昕和李菲四人。本来，李菲只让瞿洋一个人随行的，是尹昕再三坚持，李菲才勉强答应她跟着一起过来。

“你可要看清楚了。”没有客气，没有寒暄，胡翰林走到瞿洋跟前，指着他冲郭肖平发问，“当日给你递提包的那个人，是不是他？”

瞿洋咣地愣住了。

郭肖平两肘撑床，头努力向上抬起，眼睛死鱼一般牢牢盯着瞿洋，喘息良久才从牙缝里恨恨挤出两个字：“是他！”

“我……”瞿洋欲行辩解，胡翰林则示意他不要讲话。

“你认识这个人吗？”胡翰林继续问。

“当然。”郭肖平两片受伤的嘴唇因愤怒而扭曲着，“他叫瞿洋，跟我一样，是通宁市筑梦师协会的副会长。”

“当日，凶手可是化了妆的，你确定不会弄错？”胡翰林用一副警告的语气再次向对方确认，“指证不实或者恶意诬陷他人也是要负法律责任的。”

“不会弄错！”郭肖平信誓旦旦地说，“企图杀害我的人，化成灰我都认得！”

胡翰林这才把视线移到瞿洋身上：“对于受害者的指控，你有什么要说的吗？”

旁边的李菲低声提醒："只要你能提供不在场的证明，比如当时谁跟你在一起，让他给你做证就可以了。"

瞿洋摇了摇头："那天午宴结束后，我去了趟附近的新华书店，当时就我一个人。"

尹昕担忧地望着瞿洋，她当然不会相信瞿洋就是杀害郭肖平的凶手，但谁也无法否认，眼下的处境对他来说极其不利。

面对郭肖平激动愤怒的目光，瞿洋则显得平心静气、不慌不忙："我们无怨无仇，我为什么要杀你？"

郭肖平的嘴角往上扯了扯，阴恻恻地抛出一句："你杀的又何止我一个？"

李菲和胡翰林的目光刷地投过去。

"你什么意思？"瞿洋更加懵圈了。

"唉！"郭肖平长长叹了一口气，直撑着的身子慢慢垮塌下去，"本以为你是条敢作敢当的汉子，没想到却是一只缩头缩脑的惮事乌龟。事到如今，我将不得不坦白我所知道的一切。两位警官啊，我有罪，我不该因为私心隐瞒那一系列案子的事实真相。"

"一系列案子？"李菲轻蹙眉毛。

胡翰林则扬扬下巴："我们的政策你也知道，所以，把你知道的都讲出来吧。"

"我说，我说。"郭肖平喘了几口气，开始他新一番的指证，"其实，我跟之前被害的苏枚、田进一、方羽和张海都互相认识，我们有一个共同的身份，那就是盗梦师。做我们这行的，可以在他人的梦境中来去自由，不费吹灰之力就能窃取一切不为人知的秘密。所以，我们经常受雇于不同的名流大亨，为他们做商业间谍，这是我们获取外快的一种重要方式。"

"虽说目前还没有相关的条例，但毫无疑问，这种行为是法律所不容许的。也正因为如此，貌似洁身自好的瞿洋起了贪念，他先后设计谋杀了苏枚、田进一和方羽，故意造成被受害者保姆、妻子和朋友杀害的假象。紧接着，他又策划杀害了跟他同属无为派的张海，因为他怨恨张海盗梦治疗失败间接害死了他的母亲，除此之外，张海还窃取了瞿氏的商业机密。”

瞿洋插在裤兜里的手在涔涔出汗，他真低估了躺在病床上的这位只剩下半条命的老头儿。

83 身陷囹圄

“既然你知道这些，为什么现在才说？”胡翰林问。

“水，水。”郭肖平讲了很长一段话煞是费力，故而朝搁在桌台上的水杯努努嘴。尹昕将脸别在一旁假装没听见，李菲走过去拿起水杯喂了他几口。

郭肖平喘了几口气，接着道：“之所以到现在才说，主要有三个原因。第一个，盗取他人商业机密毕竟是不被法律允许的事情，我不希望在揭露别人的同时，令自己的行为也暴露。第二个，苏枚、田进一、方羽虽说都属于威权派，但这三个人历来见风使舵、阳奉阴违，他们的死对我来说非但不是一种损失，从某种意义上，还算帮我解决掉了不小的麻烦。”

“第三个，我虽然对凶手制造一系列杀人事件早有预料，但没想到终有一天厄运会轮到自己身上。毕竟，瞿洋杀死苏枚、田进一、方羽尤其张海，除了存在业务竞争外，还或多或少夹杂着一些私人恩怨，而我却跟他往日无怨近日无仇。唉，都怪我心存侥幸，对恶人提防不足才导致今日结果。”

瞿洋听到这儿，禁不住一声冷笑：“若说私怨，恐怕没有人比你郭肖平跟我再深的了。我母亲是怎么死的，难道跟你没有半点干系吗？”

郭肖平当然死不认账：“说我杀害你母亲，有什么证据吗？”

瞿洋一时语塞，他总不能说，是通过给张海盗梦才获得的事实真相，关键是，即便说了，胡翰林也不会信啊。

一旁的尹昕实在看不下去了，上前一步反驳道："说苏枚、田进一、方羽和张海都是瞿洋杀害的，你有什么证据吗？"

郭肖平挺起脖子咆哮道："就算那几个人的死跟他无关，单凭汽车炸弹这一条足以治他死罪！"

见前者因喉干气急而不断咳嗽，李菲又给他喂了几口水："如果照你所说，瞿洋杀掉张海是因为怀疑他害死了自己母亲，以及窃取瞿氏商业机密，那他杀害苏枚、田进一、方羽和你又是为了什么？"

郭肖平喘着气说："我刚才说了，他所代表的无为派跟威权派除了学术和业务竞争外，其本人还跟苏枚、田进一、方羽三人存在一些私人恩怨。另外，你们刚才也听到了，他在怀疑我参与杀害了他的母亲。他是个睚眦必报的人，而且喜欢猜忌和幻想，他单纯无辜的外表下面隐藏的是令人恐怖的阴险和狡诈！"

"当然，这还不是最重要的，最重要的是，这次全国筑梦师大会选举中，他的票挨着我排在第二位，只要我死了，他就是全国筑梦师协会的主席。总之，他之所以制造这一系列的血案，目的就是发泄私愤、打击异己，消灭不同派别之间的竞争，好自个儿独步江湖一统天下！"

"那祁妙的噩梦又算怎么回事？"尹昕继续提出反驳，"如果瞿洋是凶手，他为什么还要帮助祁妙？难道你认识的瞿洋是个傻瓜，就那么甘愿脸上抹黑、自揭老底吗？"

"那是他贼喊捉贼，掩人耳目！"提到祁妙，郭肖平的情绪更加激动，他挣扎着用右手先后指向尹昕、李菲和胡翰林，"你们为什么总在盘问我？我才是受害者，凶手就在眼前，你们干吗不抓他！难道你们跟他是一伙儿的吗？"

由于动作幅度过大，郭肖平身上的绷带都被扯开了，鲜血从伤口处汩汩流出。护士听到情况不对，慌忙从门外进来，见郭肖平疼得昏厥过去，赶紧上前替他处理伤口，同时朝外面轰人："病人伤情这么严重，你们就不能体谅一下，有什么话等他病情稍微好些的时候再问行不行？”

胡翰林朝外面摆了摆手，示意大家暂且退出房间。

在住院部和门诊楼之间的小花园里，胡翰林找了个相对僻静的地方，继续就郭肖平一案展开问询。

“对于郭肖平的指证，你有什么意见？”胡翰林掏出一支烟填在嘴里，拿打火机点燃。

瞿洋望着对方，只淡淡回了一句：“我没杀过人。”

“你的意思是郭肖平在说谎？”胡翰林猛抽了一口，将烟雾从鼻孔里长长喷出来。

瞿洋摇摇头：“不，他说的是事实，至少他感触到的真相的确是这样。”

胡翰林眯着眼睛歪着脑袋，样子十分滑稽。

“跟阿忠、阿诚和祁妙的情况一样，是植入。”尹昕替瞿洋做了解释，“也就是说，有人通过深层造梦的手段，将虚假的情节植入到郭肖平的大脑中，最终使他当作自己的真实经历，从这个意义上来讲，他的确没有撒谎。”

胡翰林依旧眯着眼睛，看上去似懂非懂。他狠狠地抽着烟，直到把那支烟差不多抽完才再次问向瞿洋：“如果不是你，你认为真正的凶手是谁？”

瞿洋回答：“之前我给张海造过梦，结果显示杀害他的乃是阿诚，原因跟张海曾窃取过章家的商业机密有关。另外，除了张海之外，阿诚跟苏枚、田进一、方羽以及郭肖平的关系也非常密切，我怀疑包括郭肖平在内，这一系列案子都跟章家有关。”

胡翰林抽完最后一口烟，把烟屁股丢进垃圾桶里，上前两步拍拍瞿洋的肩膀：“我愿意相信你的为人，但凡事要讲证据。这样吧，我给你三天时间，你务必要在这三天内找出凶手，否则，我只能对你采取非常措施了。”

瞿洋沉默片刻，点点头："明白。"

84 昆山会所

"三天时间？"宋小佳吃惊地看着瞿洋，"你答应他了吗？"

瞿洋苦笑一声："警方在医院做了严密的布置，能放我回来已经是法外施恩，作为系列杀人案的嫌疑人，我没有为自己开脱的证据，拿什么跟他们周旋？"

宋小佳气得直拍会议室的桌子："那你怎么办？总不能坐以待毙啊？"

"就是啊。"卡恩也一副义愤填膺的样子，"三天时间能做什么，这不是逼良为娼吗？"

宋小佳没好气地捣了他一拳："我去，你甭在这儿添乱好不好？"

卡恩很无辜地摊着双手："这怎么叫添乱呢，我不是也替洋子着急嘛。"

"行了。"瞿洋止住他们，而后问宋小佳，"让你打听的事情怎么样了？"

"哦哦，光顾着生气差点给忘了！"宋小佳从皮包里取出一张卡片，顺着桌面推到瞿洋跟前，"这是昆山会所的 VIP 卡，前儿个我去享受了一把顺便办了这张卡，而且还跟那儿的按摩师搭上了关系。她告诉我，章启明经常带客户或朋友到那儿去消费，尤其是月初和月末的时候。"

"昆山会所。"瞿洋接过那张卡片，翻来覆去看了看。

见瞿洋有些陌生，宋小佳忙向他解释说："这是通宁三家最高端的会所之一，负责人叫周文，实际控股者却是章启明，说到底还是章家的产业。这家会所表面上对社会公开经营，实际采用 VIP 制，而且资质审查相当严格，普通人根本进不了，我也是费了好大一番工夫才托人办了这张卡。”

“由于在那儿消费的多是一些有身份有脸面的商政界大佬，所以防卫极其严密，光或明或暗的保安就有上百人。而这样的市场定位也就决定了他们不可能完全靠合法经营来获利，其中势必暗藏着权钱交易、色情服务等违法行为，很多见不得人的勾当都是在那儿背地里完成的。”

尹昕最恨这种挂羊头卖狗肉的行为，因此紧皱眉头：“有这样的肮脏之所，辖区警察都不管管吗？”

宋小佳冷笑：“正因为有辖区警察打保护伞，他们才敢这么嚣张跋扈。”

卡恩不明白：“那什么李菲不是市公安局的吗，市局大于分局，让她带人来个‘鸡飞蛋打、海枯石烂’不就完了？”

“这不是谁大谁小的问题。”宋小佳白了他一眼。

“那就是‘蛇鼠一窝’？”卡恩继续猜。

“也不是官官相护……”宋小佳也不知道该怎么跟他解释，“算了，说了你也不懂。总之，能这么容易被摧毁，他们就不是章家了。”

“月初。”瞿洋略微沉吟了一下，“你打听到具体时间了吗？”

宋小佳打了个响指：“给我提供服务的那位，是章启明御用按摩师的助理，她告诉我，章启明约好了本周三带一个香港的客户过去。”

“周三，不就是后天吗？”瞿洋眼前一亮。

“是的。”宋小佳又从皮包里取出一张名牌和一张照片，“我已经悄悄复制了那位按摩师助理的身份名牌，另外，我跟她的五官轮廓挺相似的，到时候可以伪装成她的样子，只是这位御用按摩师……”

尹昕拿过那张照片看了看，而后自告奋勇：“就由我来伪装吧，我学过一些推拿按摩的手艺，应该派得上用场。”

瞿洋夺过照片看了一眼：“不行，既然是御用按摩师，双方之间必然已经相当熟悉，而你跟她外貌、身形差距太大，弄不好容易暴露，那样就危险了。”

卡恩也凑过去看照片："有一个人来伪装她比较合适。"

宋小佳和尹昕一同翻起眼皮："谁？"

卡恩朝会议室门外指了指，意指祁妙："就是每次会议被我们排除在外的那个人。"

"还别说，真有几分相似哎。"宋小佳拿回照片仔细咂摸着，"你看这眼睛和嘴，尤其颧骨和下巴，洋子，真是天助我们啊！"

"不行！"尹昕立即表示否决，"内奸身份尚未排除，怎么能用她？之前几次我们吃的亏还小吗？"

"用人不疑，疑人不用，不相信当初把人家留下来干吗？"卡恩嘴里轻声嘀咕着，"再说，也没看出哪里吃亏了呀。"

宋小佳没理会卡恩，只对尹昕的意见表示赞同："我们只有三大期限，这是最后的机会了，此次任务只能成功不能失败，所以用人方面我们宁可当小人不可为君子，事前事后还要小心为妙。"

见瞿洋两臂撑着桌面，手扶额头，似在做一番艰难困苦的挣扎，尹昕替他拍板做了决定："就这么定了，卡恩和瞿洋只要负责处置好真正的按摩师和她的助理就行了。等一切安排就绪，我和小佳再通知你们一起给章启明实施盗梦。"

85 坦白

祁妙疲惫不堪地伏在接待台的桌案上，两眼黑得像烟熏过一样——因为没有梦境稳定剂，好几天没怎么睡觉了。

头疼得厉害，她不顾墙壁上禁止吸烟的警示，从提包里取出盒女士香烟，抽出一支点燃。吞云吐雾中，她想到了蜥蜴人。已经好几天没见到他了，难道那天他跟母亲一起被炸弹炸死了吗？如果真是这样，为何现场没有发现他的尸块？如果没被炸到，为何不见他来送梦境稳定剂呢？

正想着，尹昕、宋小佳和卡恩从会议室走出，赴自己工作岗位上忙活开来。祁妙眉心皱了皱，突然掐灭烟头，朝会议室走去。

祁妙推门进去的时候，瞿洋正准备出门。见到祁妙，瞿洋问了一句：“有事吗？”

祁妙点点头。

瞿洋把门关上，在会议室的椅子边坐下，同时用眼神示意祁妙也坐下来谈。

祁妙看了看瞿洋对面那把椅子，却依然在原地站着。

“我就是你们所说的那个内奸。”祁妙直截了当地说。

瞿洋定定地看着她，脸上没有丝毫意外。

“但我没做过任何对不起工作室的事情。”祁妙又强调了一句。

对于这两句听起来相互矛盾的告白，瞿洋只是笑了一下，而后继续示意她坐下来谈。

祁妙仍然站着：“我承认我一直在帮别人做事，我来这里找你们，目的就是想方设法把你们引诱到这一系列的连环杀人案里。但我所说的一切都是真实的，没有任何编造和杜撰，我对天发誓。”

瞿洋点点头：“我相信你，否则就不会把你留在身边。”

祁妙深吸一口气，继续坦白道：“想必你们已经猜测到，指使我做这件事的那个人，就是我多次向你提到的黑子。是他给我做了梦境的植入，然后拿家人的性命胁迫我。”

瞿洋嘴角往上弯着，尽量避免用审问的语气：“我还是那句话，你对他了解多少？”

祁妙眨巴着乌溜溜的眼睛：“他姓什么叫什么名字我都不知道，甚至长什么样子也没看清过。只知道他的外号叫黑子，在多个国际和国内巨商之间充当盗梦者‘经纪人’的角色。苏枚、田进一、方羽、张海还有郭肖平都曾被他雇来盗取章家的机密，但无一例外都失败了。”

瞿洋的笑渐渐淡下来了：“照这么说，五个人的死都跟黑子有关？

为掩盖罪行，他选择了杀人灭口？”

祁妙摇摇头：“我不知道。”

这不对呀！瞿洋有点不明白了：如果凶手果真是黑子，他让祁妙来接受盗梦岂不是自找麻烦？如果按盗梦最终指向凶手乃是章家，那黑子这招又打的什么算盘？

祁妙似乎看出瞿洋在想什么：“黑子告诉我，他只是想完成一项能力测试，这有助于选出他最佳的合作伙伴。刚开始我没觉得他骗我，心想着只要不伤害你、能保护我的家人，同时得到我最需要的那笔钱，这就行了。可事到如今我才发现没那么简单，洋子，求求你不要再查下去了，章家是惹不起的，黑子完全有可能挖了个陷阱在害你们！”

瞿洋何尝想不到这一层，只是到了这个时候，他还有退路吗？

“这是黑子为我设计的监听器。”祁妙摘下挂在胸前的仿钻项链，递给思考中的瞿洋，“表面上看，它跟正常的项链无异，其实最大的珠子里隐藏着微型窃听器，只要打开侧边的按钮，它就会工作运转。”

瞿洋将项链拿在手里，眼睛却在祁妙身上：“你出卖黑子，就不怕他报复你吗？”

祁妙苦笑一声，泪水溢在眼角：“我妈已经被害死了，在这个世界上我再也没有任何牵挂了，他报复我什么？想要我的命尽管来拿呀，只怕他瞧都未必瞧得上。他想怎么对付我都可以，但想要利用我伤害我最爱的人，我做不到，他也甭想！”

“感谢你的坦诚相告。”瞿洋站起身，替她把项链戴回脖子上，“出于你和大家的安全考虑，你还是继续隐藏身份比较好，等我们……”瞿洋的话停住了，因为祁妙张开双臂把他牢牢抱在了怀里。

86 于良

“洋子，你听我说。”祁妙将瞿洋揽得很紧很紧，喉咙里发出低微的啜泣，“本来有些事是打算瞒你一辈子的，可我实在控制不住我自己。我知道有些话讲出来就再也无法收回去，我也知道揉皱了的一张纸再也无法铺平整，可我实在没有办法，因为我不希望你有事，不希望别人拿着这个继续胁迫我引诱你，不希望我死了之后没完没了地去自责、去惋惜、去忏悔。”

瞿洋轻轻拍拍她的肩膀：“你的心意我知道，只是……”

“你根本不知道我在说什么！”祁妙猛地推开对方，让他看着自己满是泪痕的脸，“你好好看看我这张脸，像不像你曾经熟悉的某个人？”

瞿洋不明白祁妙究竟想要干什么，于是仔细从她脸上寻找答案。看着看着，他开始缓缓往后退，嘴里轻声嘀咕着：“不可能，不可能……”

“为什么不可能？为什么不可能！”祁妙上前几步抓住瞿洋的肩膀，“你猜对了，我就是那个人，那个曾经喜欢你到不可自拔，以至于后来身败名裂的那个人！”

“你骗我！”瞿洋红着眼睛驳开对方，“于良早已经死了，况且他跟我一样是个男的，而你是个如假包换的女人，你有什么资格来冒充他？”

“你不相信是吧？”祁妙冷笑两声，“呲”地撕开裙子左侧的背带，高高伸长手臂，让他看腋窝边那块鹅卵石大小、海棠叶状的青色胎记，“还记得吗？高二那年，你曾用生石灰想帮我把它去掉，结果胎记没去掉，却留下了这么大一块疤痕。”

瞿洋颓然跌坐在椅子上：“你，你，你……你真的是于良？你没有死？”这下他终于明白，为什么首次给祁妙盗梦的时候，会在她的梦境中见到另一个瞿洋了。

祁妙低垂着眼皮：“上学的时候，他们都取笑我是猫托生来的，而猫有九条命，所以我才没那么容易挂掉，只可惜，我的爸爸、弟弟、爷爷、奶奶无辜惨死，所有家财全部化成了灰烬。”

瞿洋长喘几口气，稍稍恢复了安定：“当年到底发生了什么事？怎么会起那么大的火？”

祁妙的泪水顺着下巴不断滴落：“如果我告诉你，不是意外失火，而是有人专门放火想要烧死我，你相信吗？”

“有人放火？”瞿洋露出诧异的神色，“是谁，后来查清楚了吗？”

“还没有找到直接的证据。”祁妙无奈地摇摇头，但同时又强调，“不过我能肯定就是章启明，是他放火害得我们家破人亡！”

“章启明？”瞿洋脑子里快速转了几圈，“他为什么要害你，你们两家之间有仇吗？”

“两家之间倒没什么，但我们两人却不共戴天。”提起章启明，祁妙牙齿咬得咯咯直响，“高三那会儿，就是他在背后不断造我的谣，说我跟你以及别的男生有不正当关系，让我在同学们面前抬不起头。有一次在厕所里，他还当着好几个人的面侮辱我，我早就对他忍无可忍，于是就跟他动起了手。结果，他撕破了我的耳朵，我踢伤他一颗睾丸。”

瞿洋点点头：“这事我知道，为此你们都遭到了班主任的处分，从那之后你就没来上课。”

祁妙从桌案的纸巾盒里抽出两张纸巾，一边在花了的脸上擦拭，一边接着说：“当时快要高考了，我们家也都盼着能出一个大学生，我本来不想放弃的，可章启明多次派人给我捎话，说如果不能当面阉了我，他就要杀了我全家。你说我能不害怕吗？所以我天天躲在家里课也不上了，原以为时间久了可以避过去，却没想到他竟然真的敢对我的家人下手。”

瞿洋表示不解：“家里出了这么大事，当初怎没听说有人报警？”

“报警？空口无凭怎么报警？再说了，谁不知道他们章家权大势大在通宁一手遮天，难道还要让他们知道有两条漏网之鱼？”讲到这儿，祁妙长长叹了口气，“怕遭到章家进一步报复，我和我妈只得背井离乡隐姓埋名。这几年，我无时无刻不想着报仇雪恨，可惜章家势力更加强大，对于我来说，希望是越来越渺茫了。”

“你是什么时候……那个……”瞿洋打着手势，意指祁妙何时做的变性手术。

87 变性

祁妙上下打量了自个儿一下：“那场大火使我的身体尤其生殖机能遭受了很大损伤，后来，我妈带我到医院去整容修复，顺便做了变性手术。用我妈的话说就是，我还年轻，不能没有将来。更重要的是，我要复仇，而变性是最好的身份掩护。因此，我们欠下了很多外债。为了还钱，我和我妈四处奔波，受尽了颠沛流离之苦，直到差不多一年前才在通宁安顿下来。”

瞿洋恍然地点点头，而后又问：“你和黑子是怎么认识的？他怎么会想到利用你？”

祁妙把用过的纸巾丢进墙角的垃圾桶：“第一次见到他，是在半年多以前的样子吧，是他主动找到我的。我根本就不认识他，之前也从未见过面，而他对我的个人情况、家庭情况以及生活经历却了如指掌。他说愿意给我一笔钱用来偿还别人的债务，还说，愿意帮我重新回到并驻留在你身边，但前提是要我帮他做一件事。”

“找我盗梦。”

“是的，如果我不答应，他就杀了我母亲，然后戳穿我的身份，让我们之间变得永无可能。”

“苏枚、田进一、方羽、张海包括郭肖平，都是他预先给你做的植入？”

“是的，第一次是半年前，最后一次是在前天晚上。”

“给你做植入的一共几个人，你都认识吗？”

“只有他一个。”

“一个人？”

“是的。可能是觉得当面进行，我又心甘情愿，所以没必要兴师动众吧。”

这倒也是，当一个人的潜意识主动向你打开的时候，植入就可以起到事半功倍的效果。那么，多人之功完全可凭一人之力就能完成。于是瞿洋转向其他话题：“记得你说过，你的父亲跟黑子的父亲有交情。”

祁妙翻翻眼珠：“他是这么说过，可他连自己是谁都不让我知道，谁知道他说的是真是假。”

“你还可以看到已经死去的人？”瞿洋微敛双目。

“当然不能，这是他为了增加成功的筹码，故意要我撒的谎。”祁妙果断否定。

瞿洋深呼出一口气：这么一来，所有事情就都能顺理成章了。他从椅子上站起身，走到祁妙跟前将她抱住，手握拳头在其脊背上狠击了两下：“良子，真高兴你还活着！此时此刻，我都感觉自己是在做梦一样！”

“洋子，是我对不起你。”祁妙的眼泪又掉下来了，“我不该为了私人感情和蝇头小利成为黑子利用的工具。”

“你没有对不起我。”瞿洋腾出一只手，拭去对方脸上的泪水，“你帮我弄清楚我母亲的死因，我还没感谢你呢。”

“你不会因为我的身份暴露而远离我吧？”这才是祁妙最担忧的。

瞿洋再次将对方抱住：“傻话，我们永远都是最好的朋友。”

“对了洋子。”祁妙将瞿洋撑开一些距离，用恳切的目光看着他，“后天针对章启明的行动我也要参与！”

瞿洋脸色一沉：“你怎么知道我们后天有行动？”

祁妙显得有些不好意思：“我偷听的。”

事已至此，瞿洋也就没说什么责怪的话，只是奉劝对方不要参与冒险："不行，这次任务非比寻常，弄不好会蹲监坐牢甚至丢掉性命。"

"我已经什么都没有了，还在乎一条贱命吗？"祁妙捉住对方的手贴在胸口，"求求你，让我去吧，我不会拖累你们的，至少我可以帮忙易容化妆啊。另外，我之前在昆山会所打过一段工，对环境也熟悉一些。我于家跟他们章家不共戴天，这也许是我唯一的也是最后的机会了。"

见对方言辞恳切，态度坚决，而当下也确实在用人之际，瞿洋沉吟片刻终于点点头："那好吧。"

"太好了！"祁妙破涕为笑，抱住瞿洋在他脸上亲了一口。

两人只顾嬉闹，谁也没有注意到，尹昕正端着一杯热茶自外而入，刚好看到他们衣衫不整（尤其祁妙）地抱在一起。尹昕在原地怔了一会儿，把门带上悄悄离开了。

88 齐头并进

一辆黑色的兰博基尼穿越斑马线，霸道地驶入昆山会所停车场唯一的贵宾停车位。一穿着制服打着领带、经理模样的男子正正自己的领带，待车停稳后，点头哈腰地打开后车门。随即，一双油光锃亮的黑皮鞋踩到了尊贵豪华的红色地毯上。

"章大少爷，里面都安排好了。"经理依旧弓着腰，态度毕恭毕敬的。

章启明戴着超大墨镜，梳着大背头，口中嚼着口香糖，什么都没听见一样站在车边。不一会儿，车上又下来一位戴着礼帽、拄着手杖的男子，看上去五六十岁的年纪，须发花白但目露精锐之色。

"两位请。"经理弓着腰前边带路。

章启明两手插兜，只是侧了一下身子："桂先生先请。"

戴礼帽的男子撇着一口港台腔："哎呀，都是老熟人，别客气的啦。"说着，拽着章启明一同前行。

"桂先生还是头一次来通宁吧？"章启明边走边问。

"内地来过很多次，通宁还是头一回的啦，这真是一座美丽的城市！"桂先生由衷感叹道，"记得上次来内地是你父亲陪同，这一闪就是四年啊，真是岁月不饶人哪。"

章启明继续客套着："家父有事在身，特叮嘱启明前来陪您，有招待不周之处，还请桂先生多多包涵。"

桂先生受宠若惊："哎呀，可不能这么说，桂某已经荣幸不尽啦。"

两人边交谈边走进会所的大门。

这时，又一辆黑色轿车驶进停车场，停在兰博基尼旁边。车门打开，阿忠和阿诚分别从左右车门下来。

走到门口，阿诚向恭候在那儿的经理低语几句，后者频频点头。完了经理开始吆喝门外的保安，让他们擦亮眼睛打起精神。交代完毕，阿忠和阿诚四下看了看，一前一后走进会所。

约三十米外的一家咖啡店前停着一辆银灰色的雪佛兰，适才的情景被车内的尹昕、宋小佳和祁妙尽收眼底。

"阿忠和阿诚这俩货不是在警察局吗，咋会出现在这里？"坐在后厢的宋小佳诧异地问。

"没有确凿证据的情况下，看守所顶多只能暂拘30天，况且章家势力庞大，通过活动关系提前把人弄出来也很正常。"坐在驾驶位的尹昕瞄着宋小佳，"甭再扯你的假发了，扯坏了我看你待会儿怎么办？"

"别说，小佳扮女人还真像那么回事！"同坐在后厢的祁妙忍俊不禁地掩着口，"就是胸部人得不太自然。"

宋小佳没好气地捧着胸前的两块假肉晃了晃："花钱买这玩意儿还不如装两个馒头，沉甸甸的不说，还硌得慌。"

"别动别动，弄歪了都。"见祁妙要来帮自己整理，宋小佳把她的手拨了过去："别碰，我自己来。"

刚把胸部的事情处理好，宋小佳的电话就响了。一看来电者名字，宋小佳就知道那边已经得手。

果然，听筒里传来瞿洋喜悦的声音：“按摩师和她的助理已经搞定，工具箱我让卡恩给你们送过去。”

“行动顺利吗？”宋小佳捻着耳边的一撮假发。

“非常顺利，此刻两人正在宾馆乖乖地睡觉呢。”瞿洋在那边低声说，“不过，我们只有半个钟头的时间，你和祁妙一定要把握好，我、李菲还有卡恩等你的信号。”

“明白。”宋小佳冲话筒来个飞吻，而后挂了电话。

不多时，卡恩提着一只轻型手提箱从出租车上下来，径直走到咖啡店门口，拉开雪佛兰的后车门钻进去。两分钟后，宋小佳和祁妙一左一右开启车门，各自拎着一只女士背包向斜对面的昆山会所走去。

两人显然是会所的熟客，门口的保安连问都没问直接放行，经理甚至还近前寒暄了几句。按照之前得到的讯息，宋小佳和祁妙在更衣间换好衣服乘电梯上到6楼，一出门就看到阿忠和阿诚两人守在606的门口。

89 挑衅

祁妙和宋小佳深呼一口气走过去，亮出各自的身份名牌。阿忠和阿诚又查验了他们的手提包，确定没有危险这才放他们进去。

房间里空间很大，但光线十分幽暗，亮光所及之处只能看清并排摆放的两张床，章启明和桂先生仅裹着一条浴巾躺在各自床上闲聊。见祁妙和宋小佳进来，章启明冲宋小佳勾了勾手，后者不明所以，懵懂地近前两步。

“这位桂先生是我的朋友，你要使出浑身解数，一定把他伺候舒坦了，小费少不了你的。”章启明指着隔壁床上的老男人说。

宋小佳微笑着点头，心里却在嘀咕：助理不是打下手的吗，之前也没说要我独自上阵呀？他给祁妙使个眼色，希望她能出面救场，后者却已经开始工作了。

没办法，宋小佳只好硬着头皮上。桂先生改仰卧为俯卧，摆出一副准备享受的架势。宋小佳站在床侧，翻开手提包俩眼发直：虽说来之前尹昕曾教了他和祁妙几招，但他总是不得要领，这会儿他甚至忘记了按摩推拿的先后次序和各种器具的功能用途。更令他感到不堪的是，手提包里竟然还放着两个令人脸热心跳的东西——避孕套！

“不要磨磨蹭蹭，我的时间很宝贵的啦。”桂先生等得有些不耐烦了。

宋小佳抛出一个歉意的微笑，伸出双手开始从肩部按压。

“哎呀，麻烦你用点力好不好，又不是让你搔痒痒的啦。”桂先生不满地抱怨着。

宋小佳只好加大手上的劲儿，不料桂先生又叫唤起来：“让你用点力，又不是让你杀人的啦，你说你这小妞怎么这个样子！”

宋小佳恨不得一拳砸在那张倒霉催的脸上。这时，一旁的章启明对祁妙发话了：“去，你俩换一换。”

祁妙看了宋小佳一眼，后者一副无奈的神色。趁着两人交换的当口，宋小佳把提前编辑好的短信给翟洋和李非发了出去。

虽然手法依旧不得要领，但章启明却不像桂先生那样嗷嗷乱叫。宋小佳不禁暗自庆幸：这个章启明要比那什么桂先生好伺候得多。

岂料，老实不到十分钟，章启明便现出了流氓本性。他趴在床上，右手探进宋小佳宽大的袍子，顺着大腿往上摸去。宋小佳吓坏了，赶紧按住他的手。章启明邪肆地看着他，一脸猥琐的笑。

两人的手僵持了几秒钟，章启明先松开了。宋小佳刚吐出一口气，就发觉某人的大手又扣在了自己的屁股上。

“又不是头一次了，还在这儿装什么装？”章启明狠狠地在屁股上捏了一把。

宋小佳吃痛，却又不敢声张，怕声音一出露出马脚。他只能强忍屈辱，同时心里默默祈祷：我亲爱的洋子和李菲啊，你们快点来吧，再不出现你们冰清玉洁的宋小佳可就要被玷污啦！

就在此刻，门外传来了卡恩的声音：“你们俩是干吗的？没看到我们瞿大少爷要进门吗，还不赶紧让开？！”

紧接着是阿忠的声音：“是你们搞……额……搞错了吧，这个房间早被我……额……我们少爷给包了！”

“哪家的狗屁少爷敢跟我们瞿少争地方，是不是活得不耐烦了？”卡恩的嗓门很高，半条楼道都能听得到。

大概是怕坏了老大的兴致，阿诚刻意压低着嗓音：“给你们，赶紧滚开！”

“1000 块钱就想收买我们瞿少，当我们是叫花子啊？”卡恩明摆着是来找茬的，“这样吧，我给你 5000，你们换个地方！”

作为章启明的跟班打手，平日随着主子飞扬跋扈惯了，哪受过这种侮辱，因此阿诚彻底被激怒了，牙缝里狠狠挤出两个字：“找死！”

章启明被吵得心烦意乱，听到外面拳脚相加的声音更是冒火，于是拨开宋小佳，把门打开一条缝，想看看谁有这么大胆子，敢在太岁头上动土？

透过门缝，宋小佳看到外面两个身穿黑色衣服的年轻人正跟阿忠和阿诚混打在一起，其中一个是黄头发高鼻子、留着络腮胡须的洋人，另一个是戴着金链子和墨镜、颇具土豪范儿的亚洲人，尽管对方为改变样貌费尽了心思，但宋小佳还是一眼就认出，前一个马仔打扮的是卡恩，后一个少爷打扮的是瞿洋。

90 进行中的剧本

当然，这一切都是按照提前设计好的剧本在演，而且进行得相当顺利。

见闹事的是两个无名小辈，章启明恶狠狠地冲阿忠阿诚发令："给你们一分钟时间，让外面清净下来！"

砰的一声，门又被关上了。章启明躺回床上，冲怔在一旁的宋小佳挑挑下巴："继续。"宋小佳一边按摩，一边留意着外面的动静。跟预设的剧情一模一样，一分钟过后，外面非但没有安静下来，反而脚步声更多，人声更加嘈杂。

章启明第二次开了门，发现会所经理站在外面，其身后还站了一二十个小伙子，个个龙精虎猛气势逼人。宋小佳听说过，昆山会所那些西装革履的家伙表面上是各部门工作人员，其实都是会所豢养的打手，因为被章家罩着，再加上都是临时工，打死人都不带偿命的。

"不是早跟你们说过606被人包了吗，还在这儿闹什么？"经理两手搭在两髀间，目光凝视着瞿洋，"如果同意换房，今天的消费可以给你们免单。"

瞿洋微微笑了一下："我也早就说过，除了606我不要别的房间，如果你把屋里的人请出去，我可以双倍付款。"

经理脸色变了变，下意识地看向章启明，后者冲他怒吼："看我干什么？不把这两个混蛋给我摆平，你这个经理就别干了！"

经理诚惶诚恐地弓了下身。被揍得鼻青脸肿的阿诚替他发号施令："都别站着了，快废了这两个不知天高地厚的家伙！"

此令一下，一二十个小伙子蜂拥而上，将瞿洋和卡恩团团围住。

"怎么办？"面对虎视眈眈的一大群人，卡恩的阵脚有些慌乱。

瞿洋背靠着卡恩："你拖住阿忠和阿诚，剩下的我来解决。"

卡恩摸了一下肿胀起来的腮帮子，老老实实地说："这俩人我一个都打不过，更别提两个了……”

瞿洋已经拉开决斗的架势：“撑五分钟，五分钟后我来帮你。”

卡恩咬咬牙，冲阿忠和阿诚做了个竖中指的动作：“来吧，乖孙子们，爷今儿个陪你们好好耍耍！”

阿忠和阿诚根本没把这个外国佬放在眼里，他们摩拳擦掌来了几个空袭的动作，卡恩以为两人同时发起攻击，便先抱住了头。在发现自己被戏耍之后，红了脸的卡恩主动扑了上去。

瞿洋拳脚并用，将拥上前来的小伙子一个个撂翻，无奈对方人多势众，他只能疲于应付，根本无力兼顾卡恩，可怜后者在阿忠阿诚跟前几乎只有被动挨打的份儿。

宋小佳看得心里着急：李菲怎么还不过来？别是路上出了什么状况？又或者，发出的信息她根本没有收到？要是五分钟内赶不到的话，这两个人估计要被打废了！

不行，我不能眼睁睁看着情节偏离剧本！就算无法完成任务，至少也不能让瞿洋和卡恩吃亏太多！这么想着，宋小佳运足力气，用穿着高跟鞋的右脚照章启明撅起的屁股猛蹬了一下，后者猝不及防，张着双臂扑倒在走廊里。

宋小佳跳出门外，同继续围殴卡恩的阿忠和阿诚厮打开来。桂先生被眼前的景象惊懵了，刚从床上坐起来，就被祁妙拿台灯砸晕了。祁妙拖把椅子奔出门去，用力抡向章启明刚刚站起的双腿，后者惨叫一声双膝跪地。

祁妙再抡，这下砸在章启明头部。原以为这家伙会翻翻白眼倒下去，不料章大少爷只是摸了摸脑袋，然后转过身子站起来一把掐住她的脖子。

祁妙丢掉椅子，也掐住对方脖颈，两人就那么开始角力。

“你们到底是什么人？”章启明血红着眼睛。

祁妙更是双目冒火：“阎王爷派来索命的小鬼！”

这个时候，一众打手被瞿洋解决得差不多了，后者开始和宋小佳共同对抗阿忠和阿诚。经理见势不妙，仓皇往走廊尽头退去，不想刚好撞上一帮全副武装威风凛凛的警察，带头者正是李菲。

“全都不许动！”“蹲下！”“把手举起来！”警察们端着枪厉声暴喝。

于是，所有人停了手，蹲下身把手举过头顶，除了章启明。

91 乍死

“愣什么，说你呢？”其中一名警察拿枪指着章启明的脑袋。

章启明倒还算镇定，他仔细分辨着眼前每一张陌生的面孔：“你们是哪个分局的？你们头儿呢？”

“我们是市局的。”李菲昂起下巴走到章启明跟前，掏出证件亮了亮，“有群众举报这里存在卖淫嫖娼和聚众斗殴行为，所以过来看看，不想抓个正着。”

经理近前两步提醒道：“这位可是章氏集团的章启明章大少爷。”

李菲瞟了他一眼：“法律面前人人平等，你是在劝我徇私枉法吗？”

“不敢不敢。”经理谄媚地笑了笑，递上自己的名片，“我是本会所的经理，刚才的情况我是非常清楚的，一切都跟章大少爷无关，都是他们故意来捣乱。”说罢，指了指瞿洋和卡恩。

“我没长眼睛吗？是非曲直我会弄清楚的！”李菲弹开经理手中的名片，同时吩咐手下的警员，“给我搜！”

警员们立即展开行动。很快，从宋小佳和祁妙的提包里搜出避孕套、润滑剂、印度神油等性交易物品，除此之外还从阿诚身上搜出6包K粉。

大获全胜的李菲微微扬了下嘴角：“全部带走！”

于是，会所外行走的市民看到了令他们叹为观止的一幕：十几名荷枪实弹的警察在门外警戒，二十多个带着黑头套的人陆陆续续从会所走出来，分别被带到停在路边的五辆大型运警车上，而后，警察们跳上去把车门关好，警车鸣着警笛浩浩荡荡地离去。

相比其他动辄塞十几个人的车辆，走在最前面的一辆警车只坐了八个人，其中一个是司机，副驾驶位上是李菲，后厢六个人分别是瞿洋、宋小佳、尹昕、祁妙、卡恩和套着头套的章启明。

当然，这样的安排就是方便给章启明实施盗梦。同预料的一样，此时此刻的章启明又叫又闹歇斯底里，若非戴着手铐，后厢肯定又是一场恶战。

"小尹，想办法让他安静一下，吵得我头晕。"前厢的李菲揉着太阳穴。

"是。"假扮警员的尹昕应了一声，而后拿出早就准备好的喷剂对准章启明面部来了两下，很快那家伙便老实了。

瞿洋打开联梦机，宋小佳扯出传感导线，和尹昕一起分别将七根线头的另一端连接在除了司机之外七个人的手腕上。由于是二层以上梦境，六人分别服下了梦境稳定剂（适才给章启明喷的就是梦境稳定剂，所以不必重复使用）。

按下按钮之前，瞿洋问向一旁的卡恩："你这新研制出的五人以上梦境共享设备可靠吗？"

"当然可靠！"卡恩拍着胸脯道，"我都试验过多次了，保准没问题！"

瞿洋扫向李菲，后者示意可以开始。瞿洋深吸一口气，按下了联梦机中央的按钮。

黑暗，无边无际的黑暗，空洞，深邃，阴寒，而且死一般的沉寂。

瞿洋什么都看不到，也什么都听不见。他喊了尹昕和宋小佳的名字，居然连回音都没有。

他开始下意识地往前移动，但脚底仿佛踩着一团棉花，怎么都找不到重心。他踉踉跄跄转了一大圈，感觉又回到了原点。这时，远处刮来一股强烈的风暴，身体在风暴中无法自控地翻滚着，好像自己是个没有任何分量的纸人。

飘荡了许久许久风暴才算停止，而空气又开始变得极其黏稠，让人感觉掉进一个无底的泥潭里，堵得鼻孔和嘴巴无法呼吸。就在他将要窒息而亡的时候，黑暗尽头出现了一缕亮光。他努力挣扎着朝那缕亮光移动，直至亮光充斥整个眼眶。

终于，他看清楚了，那缕亮光来自警车的窗户。睁开眼睛，瞿洋发现，除了司机所有人都用同样诧异和疑惑的目光看着他。

瞿洋有一种不祥的预感，他颤抖着手探向章启明，慢慢揭掉后者头上的黑色布罩。他发现，章启明歪垂着脑袋，鼻孔和嘴角正溢出黑红色的血液。

“怎么回事？”李菲在前面看不清楚里头的状况，于是问向瞿洋。

瞿洋半晌没有回应。宋小佳上前试探了一下章启明的鼻息，呆呆地说：“他死了。”

92 失控

“你说什么？”李菲怀疑自己听错了。

宋小佳又重复了一遍：“章启明死了。”

李菲怔了片刻，大喊一声：“停车！”司机立马把车停下。李菲从车里跳出来，拉开后车门钻进去，蹲身触摸章启明的鼻息，又翻翻他的眼皮，而后一屁股蹲在地上。

“你别这样看着我。”见李菲把视线投向自己，祁妙慌忙辩解道，“我承认我拿椅子砸了他的头，可根本没用多少力气。再说了，刚才还在这儿咋咋呼呼的，就受那点伤哪能说死就死呢。”

“跟我也没关系啊。”宋小佳迎着李菲转移过来的目光，“我是用高跟鞋踹了他一脚，可踹在屁股上，别说一点皮外伤，就是踹掉半个屁股也不会说嗝屁就嗝屁吧。”

“我承认，这台新式联梦机还处于试验阶段，可功能再不济也不至于出人命啊！”卡恩摊着无辜的双手，“不相信你找法医验一验尸，肯定不是这儿出的问题！”

“这次的梦境稳定剂是卡恩统一调配的，无非我给章启明使用的是喷剂，其余人使用的是液体罢了。如果是这儿的问题，为什么我们没事偏偏死了章启明一个人，况且，他的体征很显然没有中毒迹象。”面对李菲审视的目光，尹昕也自证了清白。

李菲的视线最后落在瞿洋身上。瞿洋苦笑了一下：“这次行动，我是策划者和组织者，毫无疑问，我的嫌疑最大，我不想解释什么，黑就是黑白就是白，你若信我，我就是无辜的，你若不信，我也没有办法。”

李菲的视线重新回到章启明身上，但话却是说给瞿洋一帮人听的：“或许这个人真的作恶多端死有余辜，或许你们嫉恶如仇早对他恨之入骨，但作恶者自有法律的严惩，谁都没有权利对他动用私行。你们一个个宣称无辜，难道他是天打五雷轰的吗？”

“不是我不愿意相信你们，而是这个人就死在我眼皮子底下，是我亲眼所见！作为朋友，我就是想帮你们圆谎也得先要拷问自己的良心！作为警察，我唯一能做的就是奉劝你们不要意气用事，最好主动跟我回局里配合警方把事实弄清楚，相信法律会给你们和死者一个公道。”

“跟你回去？你在逼着我们往火坑里跳吗？”宋小佳近前一步，瞪大眼睛盯着李菲，“你知道章启明的死会引起什么后果吗？你知道章家的势力有多庞大吗？欲加之罪何患无辞，罗织个罪名对他们来说就像小孩子过家家一样简单！你如果够朋友，现在就放我们走！如果为了那顶小小的乌纱，就请直接把我们扣了吧！”

“宋小佳！”李菲也冲他嚷嚷，“正因为是朋友，我才想方设法维护你们，不让你们蒙蔽双眼跳进别人设置的陷阱，你们一定要相信我，要相信法律！”

尹昕冷笑一声：“不要你们你们的，这次行动，你也是策划者和参与者之一，要说章启明的死跟你没有半点关系，想必你自己也说不过去。既然大家都是一条船上的，又何必互相为难呢？”

“就是啊。”祁妙附和道，“你都自身难保了，还让我们怎么相信你？”

“李菲。”宋小佳改换一副劝告的口气，“若是其他人也就算了，我们不是那种敢做不敢当的缩头乌龟，可章家的行事作风你又不是不知道，他们唯一的宝贝儿子死了，即便是得急病死的我们也逃脱不了干系，你认为他们会轻易放过我们这些人吗？你相信在他们的操控下，法律会给我们一个公平的审判吗？”

“就算我们最终能侥幸不死，就算有一天法律能证明我们是清白的，可我们失去的那些由谁来偿还？这样的牺牲不值得。所以李菲，跟我们一起走吧，我们暂且离开这个是非之地，等有一天雨过天晴风平浪静了，我们再回来，到时候……”

“甭说了！”李菲伸手制止他，“你们现在走知道是什么行为吗？这叫畏罪潜逃。如果真的有人要害你们，那可是正中其下怀！再说，这么大的案子势必会全国通缉，中国虽大，哪里是你们的容身之地？难道你们打算过一辈子东躲西藏的生活吗？”

“好吧，你不走我们走！”宋小佳抓住瞿洋的手腕，做出欲走的架势。

“我不会做违反原则的事情，也不会看着你们一错再错。”李菲拔出手枪，瞄准宋小佳的脑袋，“你们要想走，除非先从我的尸体上踏过去！”

93 苦肉计

“你别逼我！”宋小佳红着眼睛。

“李菲，你听我说。”瞿洋拨开宋小佳，迎着黑洞洞的枪口走到李菲跟前，“这次行动的失败，不光使我们招惹了前所未有的麻烦，也连累了你跟胡翰林队长。照理说，我们应该无条件留下来配合警方的调查。可小佳说的也对，章家并非一般人，只手遮天、翻云覆雨是他们素来的手段。”

“若留下来不走，非但无助于事情的解决，反而在章家的盛怒和淫威之下，十有八九要铸成冤狱。我瞿洋素来不求人，但今天在这里，我想求你帮个忙——放我们暂时离开。我以我的人格保证，最多半年时间，我一定给你和胡队长一个圆满的交代。”

李菲仍旧端着手枪，只是枪管在微微颤抖。

“别理他，我们走！”宋小佳再次拽了瞿洋。

“你们走得了吗？”李菲怔怔地说了一句。瞿洋等人转头朝车外看去，见数十名警察聚集到第一辆警车附近，正纷纷举枪瞄准他们。

“怎么办？”宋小佳望向一旁的瞿洋。瞿洋望向李菲，后者的视线往下落了落，聚焦在自己的两手和枪支上。

瞿洋轻咬了下嘴唇，立即蹲身一个横扫。李菲“防备不及”，被撂翻在地。宋小佳立刻夺过手枪单膝压住李菲，整个动作一气呵成。

“全部退后！”宋小佳把李菲提起来，一只胳膊勒住她的脖子，一只胳膊用枪抵上她的脑门。警察们见李菲被捉，不敢轻举妄动，只得集体往防线外后退。

“下车！”宋小佳继续命令道。李菲不言不语从车上跳下，宋小佳跟着她一起下去，自始至终用枪抵着她的脑袋。

瞿洋等人陆续下车，站在宋小佳身后，警方在大约二十米外的地方与之对峙。

宋小佳用眼角的余光扫了下，发现道路两侧都是茂密的山林，其间草木森森雾气蔼蔼，而山林与大路仅相隔一道一米高的护栏。

“洋子，你带他们三个先走！”宋小佳低声对瞿洋说。

瞿洋会意，领着尹昕、卡恩和祁妙向路边撤退。警察们见状，不自觉地向前围了上来。

“退后！”宋小佳把枪口狠狠往下压了压，“再往前一步，你们就等着给她收尸吧！退后，听到没有！”警察们没有后退，但也没往前再走一步。

见瞿洋等人已经跨越护栏，进入丛林边缘，宋小佳才扭着李菲一步一步向后撤退。警察们亦步亦趋小心跟进，但走到护栏边就被迫停住了，因为宋小佳警示性地朝护栏上开了一枪。

很快，瞿洋等人退至丛林深处，在确定警察们看不到自己身影之后，宋小佳把李菲松开了。

“对不起宝贝儿，真是难为你了，让你陪我们演了这么一出惊险无比的戏。”宋小佳抚摸着对方被压出红印的脑门，心疼地说。

李菲拨开他的手：“别在这儿磨叽，赶快走人，小心我反悔了你们一个都甭想走！”

宋小佳厚着脸皮：“我们马上就要分开了，从此天各一方，以后还能不能再见都不知道呢，你就不能对我说句好听的话？”

李菲夺过手枪，逼着宋小佳：“你走不走？！”

宋小佳赶忙做出个投降的手势：“行行，我走，我走！”

宋小佳叹口气，刚转过头走出没几步就听到枪响了，他脑袋一懵，刹那间呼吸都停止了。但随后他发现自己好好的没有受伤，于是转过头，看到李菲捂着左臂躺倒在地上。

“李菲！”宋小佳狂奔而至，将李菲抱在怀里，“你个傻瓜，这又是何苦呢！”

李菲咬牙忍痛，鲜血从她的指缝里汩汩流出。

“都是我不好。”宋小佳难过地淌着眼泪，“我不走了，我要留下来陪着你。”

“你才是傻瓜！你打算让我这一枪白挨吗？”李菲将染血的手枪拍到宋小佳手里，“快走，你个傻子！”

宋小佳擦擦眼泪，还想再说什么，却被李菲狠狠踹了一脚。

“走！”李菲冲他低吼。宋小佳的脸扭曲着，朝瞿洋等人逃走的方向跑去。

听到枪声，警察们迅速端着枪冲进来。其中一高个儿警察扶起李菲，关切地询问：“菲姐，你没事吧？是不是那个鸡冠头打伤你的？”另一低个儿警察则四下看了看，问道：“他们人呢？”

李菲忍痛举起右手，指向与瞿洋他们逃跑路线相反的方向：“朝那边逃了。”

“追！”低个儿警察一扬手，除了高个儿警察其余人全跟着他追过去。

“菲姐，我送你到医院去。”说着，高个儿警察搀扶着李菲往大路走去。

94 舆论风暴

不到 24 小时，章启明聚众斗殴被抓然后在警车上横死的消息便铺天盖地席卷全城，网络、电视、报纸、广播都在报道这一震惊全国的凶杀案。作为殴斗另一方的事主兼凶案嫌疑人，瞿洋等人自然逃脱不了被通缉的命运，印有他们头像的通缉令贴满了大街小巷。毫无意外，DreamMurder 工作室被查封，盖有红章的封条震惊了一大帮前去求助的顾客。

由于章启明的具体死因警方尚未公布，人们都在议论纷纷，有的说，DreamMurder 工作室使用梦境稳定剂时下药下重了，不慎毒死了章启明；有的说，章启明跟 DreamMurder 工作室的老板有仇，被后者设计困死在了梦里；还有的说，瞿洋替天行道，使用法术勾走了恶霸章启明的魂。总之，一个普通的杀人案被传得神乎其神。但无论哪一种说法，都将比门上的封条更加能使 DreamMurder 工作室陷入万劫不复之地。

消息传到尤氏集团总部的时间，是在章启明死后的第二天清晨。当时尤总正在吃早餐，秘书像往常一样给他递去当日的报纸。而报纸上头版头条的位置，刊发的就是大富少章启明横死暴亡、嫌疑犯瞿洋袭警逃脱的新闻。

看完头版头条，尤总丢下吃了半截的早餐，上楼找到黑子，像上次一样把报纸拍在了他的桌案上。

“这就是你所谓的天蚕计划？”尤总怒气冲冲地向黑子吼道，“我要的是一个心悦诚服的盗梦团队，不是一帮全国通缉的丧家之犬！”

跟上次一样，黑子的脚翘在桌案上不羁地晃动着：“您要的是结果，不是过程，所以，您不必管我采取什么手段。”

尤总激动地捶着桌子：“章启明死了，章家就相当于断了根，章天泽会善罢甘休吗？凭他们的手段，要不了多久就会查到我们这里！到时候所有人全都得陪葬，包括我和你！”

黑子依旧不紧不慢地蠕动着嘴唇：“就算章家要报复，也会首先跟瞿氏过不去，况且，他们也查不到我们这儿，因为我早就安排好了替死鬼。”

“谁？”尤总两手撑着桌子。

“这就不劳您费心了。”黑子捏过报纸砰地展开，让从窗帘缝隙里射进的那道阳光照亮头版头条的位置，“您现在需要做的，就是开心工作安心睡觉，在章瞿相争之中坐收渔翁之利，而不是在我这儿毫无风度地大呼小叫。”

“我还是那句话。”尤总伸出一根手指勾下对方的报纸，“我要一支绝对忠诚无坚不摧的盗梦团队，弄成了，我至少分给你 15% 的股份。但前提他们是自愿的，而非被迫。”

“我也还是那句话。”黑子迎着对方迫切的目光，“要不了多久，一支完美的团队将忠诚为您服务，但前提是不要干涉我的计划。”

尤总与之对视良久，噌地松开报纸：“祝你成功。”

黑子瞧着对方返身而去的背影：“慢走不送。”

门砰地被关上了。黑子快速浏览了头版的新闻，而后把报纸摊开盖在脸上，深深吸了一口气。

不多时，门又开了，一个黑影缓慢地从外步入。

不必睁眼，只听脚步声黑子就知道来者是谁：“你不好好养伤，到这儿来做什么？”

“我想问问主人……”来者的声音不仅沉闷嘶哑，而且呜呜噜噜不清不楚，让人听起来十分费劲，“刺杀章启明，是不是您授意的？”

黑子一动不动地扬着脖子：“没错，是我安排英子去做的。”

“郭肖平遇刺，是否也跟主人有关？”来者继续问。

“没错。安装炸弹的门童是我假扮的，我扮成了瞿洋的样子，藏在暗处的射击者是英子。”黑子轻轻摘下脸上的报纸，玩味似的笑向来者那张布满鳞片的脸，“你还想知道什么？”

蜥蜴人不敢正视对方的目光，微微垂下眼睑：“郭肖平虽然人品不济，但再怎么说也是我们昔日的合作伙伴，主人何必赶尽杀绝呢？”

“放肆！”黑子立即收了脸上的笑容。

95 替死鬼

蜥蜴人慌忙解释道：“我的意思是，一切自有章家出面，主人没必要蹚这浑水。”

“你懂什么？”黑子收起翘在桌案上的脚，从椅子上慢悠悠地坐起来，“若非祁妙那丫头误事，我们的首步计划早就完成了。除掉郭肖平，是为了加快整体计划的进度，我不出手也早晚有人出手，就当让章家占个便宜。”

见对方沉默不言，黑子伸伸懒腰做出假寐的姿态：“没有其他事，就继续回去疗养吧。”

“主人……”蜥蜴人欲言又止。

黑子微微闭着眼睛：“你到底想要说什么？”

蜥蜴人抬起眼皮看了黑子一眼，沉着声音道：“能不能放祁妙一条生路？”

“我知道你对她的那点心思。”黑子依旧闭着眼睛，“可为了计划成功，就必须要有人做出牺牲，况且是她先背叛了我，什么下场都是她咎由自取。”

蜥蜴人上前一步：“主人打算怎么处置她？”

黑子慢慢睁开眼睛：“所有背叛我的人，只有一条路，那就是死。”

蜥蜴人又近前一步：“除非主人先杀了我！”

两个男人紧张地对峙着。

五秒钟后，黑子首先放弃：“就算我愿意放过她，警察也未必愿意，章家更未必愿意，因为所有人都知道她和瞿洋一起杀了章启明。”

蜥蜴人继续逼视：“您知道，他们是无辜的。”

“是啊。”黑子微敛着双目，“若要证明他们是无辜的，就得有人出来顶罪。”

蜥蜴人再近前一步：“那就由我来当这个替死鬼！”

黑子将其上下打量了一遍：“理由呢？”

蜥蜴人似乎早有准备：“警方问起，我就说瞿洋抢走了我的女朋友祁妙，我恨他，所以栽赃嫁祸。”

黑子站起身走到蜥蜴人跟前，盯着他看了一会儿，然后伸手在其肩膀上拍了拍：“果然是我的好兄弟，有胆魄，够义气！实话告诉你吧，稍过些时日，我就会安排人跟瞿洋他们接洽，以合作的名义把他们请到我在德国的分部，到时候，别说一个祁妙，所有人都会是我们的。”

蜥蜴人仍不放心：“章家那边怎么办？”

黑子冷笑道：“只要章家一倒，谁还会理会章启明的死因呢，随便让他生个什么急病就敷衍过去了。况且胡翰林和李菲都是计划的参与者，这样的结果，他们可是求之不得呢。”

蜥蜴人不再说话了。

黑子绕着蜥蜴人踱了一圈：“你伤势恢复得怎么样？”

蜥蜴人稍稍弓了下身：“愿随时为主人效力！”

黑子拍拍他的脊背：“嗯，我看是好得差不多了。”言毕，重新回到自己的座椅里，拉开抽屉，从里面取出一样东西，顺着桌面朝蜥蜴人推过去，“若想章家早一点败亡，就要麻烦你辛苦一趟，把这个交给瞿振业。”

蜥蜴人垂目望去，那是一串紫红色的腕珠，色泽沉稳，品相端庄，做工精致，即便一个完全不懂行的人，也能看出其低调奢华的气质来。

蜥蜴人用布满鳞片的右手拿起那串价值不菲的腕珠，阳光下，粗糙的手掌纹理和细腻的紫檀香珠形成鲜明的对比。

“这不像是英子的东西，主人从哪儿弄来的？”蜥蜴人好奇地问。

黑子摆摆手：“你不用管，把它交给瞿振业就行了，他若是问你来路，你就说从章天泽家偷来的。”

蜥蜴人将腕珠攥在手心：“好，我明白了。主人还有其他需要交代的吗？”

黑子盯着对方的眼睛：“我相信你的办事能力，去吧。”

蜥蜴人弓了下身，从房间里徐徐退出。

黑子满意地看着前者离开，然后把双脚翘回桌子上，继续闭目养神。

96 章家的反击

有关瞿洋杀人袭警然后逃跑的消息，瞿振业是在第二天下午才知道的。

第一个知道的是钟红艳，章启明死的当天中午就有警察到她家里搜查盘问，她把这事儿给压下来了，因为瞿振业到德国谈生意还没回来，她怕他遭到打击会影响工作。等瞿振业第二天早上回来之后又在倒时差，钟红艳没忍心告诉他。

直到第二天下午，瞿振业从梦里醒来，看到电视新闻问起来钟红艳，她才说了实话。瞿振业大发雷霆，先是严厉训斥了钟红艳和孙叔，然后火急火燎给瞿洋打手机，被告知电话暂时无法接通，打工作室的电话，也处于无人接听状态。

瞿振业搁下所有工作，通过各种关系打听案情细节、寻找瞿洋下落，六七个小时下来头发几乎白了一半。

此刻已是凌晨一点钟，瞿振业办公室里的灯依然亮着，他刚给胡翰林挂完电话。胡翰林告诉他，由于“工作失误”，他已经被提前退休了，虽然全力给李菲做了保护和争取，但后者还是遭到了降职和记过处分。

而章启明的死因已经找到，经过几轮筛查，法医最后从章启明后脑处的发丛里发现了一个极小的针眼，随后从里面拔出一根极细的毒针。由于位置隐蔽加之对方用毒的水平非常高明，毒的品类也非常罕见，一开始根本没有检测出来。

这个发现增加了案情的不确定性，也就是说，存在栽赃嫁祸的可能性比之前更大了些。但章家认定就是瞿洋一伙儿所为，而且叫嚣“宁可错抓一千不可放过一个”。在章家的压力下，从市委到公安系统的高层都将面临人换血，新上任的这批都跟章家有着千丝万缕的联系，毫无疑问，这些人上台后都将不遗余力地通过黑白两道合力缉捕瞿洋他们。

坐在桌边，瞿振业没有心思工作，泡了一杯茶，眼睛却死死盯着桌上的手机。他多么希望手机能突然响起来，不管是瞿洋自己也好，孙叔也好，警方也好，哪怕是章家打来的电话，只要有瞿洋的下落他都能够接受。

对他来说，只要有一丝豁免或减少儿子罪责的可能，他都要全力以赴，哪怕为此倾家荡产也在所不惜。他知道被全国通缉意味着什么，也能想象到那种东躲西藏风餐露宿的生活该是如何的艰苦，更令他害怕的是，万一孩子逃亡途中有个三长两短，他怎么对得起过世的妻子！

虽然父子俩脾性不合多有龃龉，可瞿洋毕竟是他唯一的儿子，他对儿子的爱和期望一点不比别人少，尤其几年前妻子过世之后，这种感情更加强烈和深刻，如果没了儿子，他拼死拼活大半辈子挣来的一切也就没有了意义。

电话始终没有响。临近两点的时候，集团公司的电动门响了一下，但处于六楼的瞿振业根本没有察觉。

孙叔开着车自外驶入，把车停到楼下的车库里。见六楼董事长办公室的灯还亮着，他叹了口气，就近循步梯往楼上走。上到四楼的时候，他的脚步稍稍停了一下，职业的敏感使他觉察到身后可能有人尾随。

于是在六楼的楼梯转角，孙叔闪身藏在了一大株植物的后面。不多时，一只满身鳞片半人半蜥的怪物出现了，他蹑手蹑脚绕过植物，眼神箭一般射向不远处那间亮着的窗户。孙叔猛地在背后出现，趁对方听到风声转头之前一把锁向他的脖颈。

蜥蜴人被袭，仓皇展开反击。孙叔沉着应战，一招一式直攻要害，而蜥蜴人则不敢恋战只求早点脱身，再加上伤未痊愈，所以虽然场面上一开始各有进退，十几个回合之后，蜥蜴人便渐渐招架不住。

打斗声惊动了楼下值班的保安，很快，十几个人迅速赶来助战。见蜥蜴人被团团围困，孙叔停了手站在一旁观战。就在保安们陆续落败无力招架之际，孙叔乘蜥蜴人不备凌空飞起一脚，正好点中其后腰。蜥蜴人往前一扑趴倒在地，随即，十几只棍棒重重压在他的脊背上。

97 欲盖弥彰

“你是谁？到这儿来做什么？”孙叔厉声喝道。

“我要见瞿振业！”蜥蜴人使劲昂着头。

“我们瞿总是你想见就见的？你以为你是谁？”“瞧你这副怪模怪样的，一看就不是什么好人！”“说不定又是来窃取我们公司机密的。”“给我往死里打！”保安们七嘴八舌地吆喝着。

“你们在吵什么？”瞿振业披了件外衣从房间走出来。

“瞿总，有个人说想见您。”孙叔朝着趴在地上的蜥蜴人扬了扬下巴。

瞿振业上前几步，借助楼道的灯光看了蜥蜴人几眼，右手往上一抬：“让他起来吧。”

“瞿总……”孙叔有点不放心。

瞿振业冷笑一声：“放心吧，他要是想杀人，你们就不会好端端站在这里了。”

孙叔使个眼色，保安们立即将棍棒收了回去。蜥蜴人慢悠悠从地上爬起来，鼓鼓的黄眼泡看着瞿振业。

“你找我做什么？”瞿振业沉着脸问。

“奉我家主人之命给你送样东西。”说着，蜥蜴人张开右手，将那串紫檀腕珠呈到瞿振业跟前。

瞿振业先是扫了一眼，后伸手接过认真摩挲，最后转身走进房间。过了大约五六分钟，瞿振业才从屋里出来，脸上的表情十分复杂：“这东西从哪儿来的？”

蜥蜴人按照黑子所嘱：“从章天泽那里偷来的。”

“章天泽？”瞿振业似乎吃了一惊，而后又问，“你家主人叫什么名字？”

蜥蜴人挺着胸脯：“他只让我把东西交给你，其他的恕我不能回答。”

“说！”孙叔握拳大吼一声。

蜥蜴人毫不畏惧地闭着眼睛。

瞿振业摆摆手：“算了，让他走吧。”

“瞿总。”孙叔颇为不甘地问，“我们就这样放了他？”

瞿振业再度摆了摆手，捻着那串腕珠回屋里去了。

“嗯！”孙叔做了个放人的手势，保安们只得照办。蜥蜴人舒展了一下筋骨，大摇大摆地离开了。

遣散手下，孙叔跟着走进瞿振业的办公室，只见后者正坐在桌前的台灯下端详那串腕珠。

看到孙叔进来，瞿振业挑起那串腕珠问道：“你认得它吗？”

孙叔上前几步仔细看了看，有点拿不准的语气：“好像……好像是夫人的东西。”

瞿振业未置可否，只是深情地凝视着那串腕珠：“这串珠子是我跟东梅结婚那年在拉萨买的，当时买了一模一样的两串，每串上面有54颗老料小叶紫檀珠，一颗西藏至纯虎牙老天珠。其中每颗小珠子上刻有喜怒哀乐四面佛，两颗大珠子上分别由我们自己镌刻了一朵梅花和一只雄鹰，寓意着梅开三九、大展宏图。

“我把那串雕有雄鹰的珠子给了东梅，另一串刻有梅花的则一直戴在我身上。后来的某一天，我不小心把手上那串珠子遗失了，紧接着便有人将那串珠子，连同些合成的我跟别的女人的在一起的艳照寄给了东梅。东梅虽然对照片产生过怀疑，但她不能不信那串珠子。因此，我们发生了激烈的争吵，从那之后，东梅的病就越来越重了。

“终于，在我56岁生日那天，她从家里的窗户跳了出去，当时她手上还带着那串大展宏图的腕珠。这说明，最后一刻东梅心里还是爱我的。再后来，我给她整理遗物的时候，发现首饰盒里少了那串珠子，起初以为是洋洋怀念他母亲特地珍藏起来，所以也就没有过问，没想到这串珠子竟到了章天泽手里！”

“会不会……”孙叔迟疑着，“只是两串珠子凑巧一模一样？”

“不可能。”瞿振业断然否定，“两串珠子都是限量版的，我们买的时候就只剩下那一对儿。就算有人买了一模一样的珠子，可雕刻的内容和笔迹也能这么凑巧吗？”

孙叔照旧不能理解：“可章天泽要这串珠子干吗？”

“哼，必然是怕我们从中发现什么，但他来这一手恰恰是欲盖弥彰。”说到这儿，瞿振业抬起右臂重重捶了一下桌案，“章天泽这个无耻之徒，先是算计我的妻子，后偷窃我的机密，现如今又逼走我的儿子！我瞿振业和他不共戴天！”

孙叔谨慎道：“瞿章两家生意上存在竞争，但私底下并无恩怨，如果真的是章家偷走了那串珠子，他们谋害夫人的目的呢？我倒觉得，刚才来送珠子的倒是别有用心。瞿总千万不可中了他们的反间计，导致鹬蚌相争渔翁得利。”

瞿振业大声申斥道：“你懂什么？瞿章两家早已势同水火！我瞿振业不是任人挑拨的莽夫，但也绝不是被人随意欺压的孬种！”

瞿振业素来温婉谦和，很少发这么大的火，所以孙叔惊出了一身冷汗，他下意识地往后退了两步：“那……您打算怎么办？”

瞿振业长长叹了口气：“当务之急，是先找到瞿洋。国内真的没法待下去，就先把他转移到国外，暂且避一避风头再说。国内这边我来活动活动，等一切安置好了再让他回来。哦，对了，你那边有什么发现？”

孙叔搓了搓手：“目前还没有消息，几个人的电话都打不通。”

瞿振业仰躺在转椅里，摘下眼镜冲孙叔摆了摆手：“我知道了，你去吧。”

孙叔还想再说些什么，见瞿振业缓缓闭上眼睛，只好躬身退出。

98 山坳

离通宁市区百余公里外的一处山坳里，此刻正燃着一堆橘黄色的篝火。

篝火旁并排躺着三个人，从左到右依次是瞿洋、宋小佳、卡恩，尹昕和祁妙则躺在相对远离篝火的位置（两人怕火）。五个人静静躺着都不说话，其实谁都没睡着。

从前一天早上到现在，他们一天多都没怎么吃东西了，只是拼命地跑，直到两个小时前，卡恩才用枪打回一只山鸡，大家就着山泉总算勉强垫巴了肚子。

怕被山民认出，他们不敢找农户借宿（山里面也有电视信号），怕遭封口围堵，他们不敢住山里的洞窑，若非实在衣衫单薄难耐寒气，再加上有恶狼出没野猪横行，他们连篝火也不敢点——光亮可是夜晚最容易被发现的目标。

瞿洋仰望着一闪一闪的星空，弯弯的月儿似乎伸手可触。在记忆里，他只有很小的时候在姥姥家的平房顶上看到过如此恢宏壮丽的天幕。姥姥经常对母亲说"命途多舛、世事无常"，他总是不明白这句话，现在他算是真切体会到了。

一阵山风吹来，林丛和灌木簌簌作响，同时引来几声鸦鸣。瞿洋警觉地坐起身，四下看了看，然后动手把火压小一些。就在他打算重新躺回由树枝和干草所做的铺上时，无意间撇到斜前方有一双绿色的眼睛。

虽然只在电视和动物园里见过，但通过竖尖的耳朵、粗壮的四肢、锋利的牙齿和长拖的尾巴，不难看出，那个精光四射、垂涎欲滴的家伙正是一只饿极了的狼。它就站在离祁妙头部不足两米的位置，两眼森森地盯着与之对视的瞿洋。

提醒祁妙和尹昕已经来不及了，弄不好还会打草惊蛇。于是，瞿洋强使自己镇定下来，左手悄悄摸向宋小佳枕边那把手枪。宋小佳跟瞿洋一样也是醒着的，见瞿洋摸枪便意识到了有危险，于是，循着瞿洋的目光一看，随即大叫了一声："我去！"

叫声果然惊动了那只饿狼，后者弓起前腿摆出准备攻击的架势。瞿洋端枪即射，子弹打中饿狼的右颊。饿狼吃痛，嘶吼一声原地兜了个圈子，而后张着血盆大口，直接越过祁妙和尹昕，冲瞿洋和宋小佳跳了过来。

瞿洋又射了一枪，没打中，饿狼两只前腿搭在瞿洋肩上，张嘴啃咬他的喉咙。宋小佳从火堆里捞起一根冒着烟的木棒朝饿狼脊背戳去，瞬间，皮肉滋滋有声，空气里弥漫着一阵剧烈的焦臭。

饿狼发出哀嚎，但仍死死抠着瞿洋的肩膀。瞿洋丢下手枪，两手卡住饿狼脖子，屈起右腿用膝盖猛攻其胸腹。僵持中，饿狼抓破了瞿洋的衣服，牙齿好几次只差几厘米就够到瞿洋的喉咙。

瞿洋瞅准机会，突然一个横扫，和饿狼一同翻倒在地上。从惊惶中反应过来的尹昕和祁妙，抄起垫在身下的树枝照着饿狼又戳又打。饿狼嘶吼着扭动身体，带动瞿洋一同在地上翻滚。卡恩捡起落在一边的手枪瞄来瞄去，却根本无从下手。

翻滚中，饿狼撞上山边的一块石头，石头松动，瞿洋和饿狼一起滚到几十米深的陡坡底下。宋小佳暗叫一声"糟糕"，尹昕大脑一片空白，卡恩喊了声"洋子"，祁妙则直接哭了。

四人慌里慌张奔下去，发现瞿洋骑在饿狼身上正猛力挥舞着拳头，后者有出气没进气地瘫着四肢，已经口吐鲜血奄奄一息了。

宋小佳和尹昕上前扶起筋疲力尽的瞿洋，祁妙则用手机照明仔细查看其身上的伤势，见除了几处擦刮伤外，并没有被饿狼咬中的痕迹。众人刚暗自庆幸，吐出一口气，却发现不远处的山林边密密麻麻全是绿色的眼睛。

99 狼群

“我去！”宋小佳低叫一声，“这下可要死翘翘了！”

“God save me（天啊）！”卡恩也忍不住哀叹，“想我卡恩一生善恶分明、童叟无欺，最终却要死无葬身之地，悲剧呀！”

尹昕则显得异常沉静，她悄悄对瞿洋说：“不要慌张，相比独狼，狼群还要好对付一些。”

瞿洋眼前一亮：“你有办法？”

尹昕低声回道：“先用火和电光形成威慑，看能否吓退它们。”

说完，尹昕立即吩咐卡恩把枪交给瞿洋，让他和宋小佳从附近找来枯枝败叶沿五人身侧摆成一道长长的弧线，接着用打火机从两端和中间点燃。与此同时，她和祁妙打开手机的摄像头，调出闪光灯，冲不断逼近的狼群唰唰拍照，霎时亮光闪烁如同雷电。整个过程中，瞿洋则一直端着枪保持高度戒备。

受火焰和闪光灯的照射，狼群渐渐停了下来，与二三十米外的五个人形成对峙。然而，和动物比耐性，人类注定要吃亏的，毕竟这里是它们的地盘。此外，山里没有手机信号，地形又极其复杂，打电话向亲朋救援也是行不通的。

附近的干柴有限，又不能冒险到远处寻找，烈焰仅保持了十几分钟火苗便渐渐弱了下去。而尹昕和祁妙的手机电池即将用完，系统在不断发出警报。瞿洋有些着急了：“看样子这帮家伙一时半会儿还走不了，我们下一步怎么办？”

尹昕依旧沉着冷静：“跟人类的团队一样，狼群也是个有组织有纪律的群体，它们的行动全靠头狼发号施令，只要把头狼杀死，其余的就会不攻自退。所以‘擒贼先擒王’，针对狼群同样适用。”

正说着，狼群又开始往前移动了。瞿洋瞄准最前面那只狼开了一枪，正中脑门，后者扑腾了几下便不动了。其余的狼似乎被震慑住了，立即原地停下，有几只还掉转身体做出逃跑的架势。

但狼群也只是片刻的慌乱，很快又组成了新的阵型——它们不再扎堆行动，而是排成倒八字形从两侧迂回包抄过来。

瞿洋手心都冒汗了："怎么回事？头狼分明已经打死了，可它们好像没受到任何影响。"

"你打错了。"尹昕指正道，"头狼不是走在最前头的那只狼，而是狼群的头领，你看，就最后面站在石头上的那只。"

瞿洋顺着尹昕手指的方向看去，果然，狼群最后的一块石头上站着一只棕红色、体型比一般同类大的狼，它像个指挥官一样昂首挺胸，口中不断发出低吼，似在发号施令。

瞿洋再次瞄准，啪的一声枪响，子弹带着火光破膛而出，那只棕红色的大狼应声倒地。果然，那只大狼一死，其余狼便乱了阵脚，有的原地打转，有的转头就跑，但还剩下一半左右，那些狼虽然不再进攻，却也没有要马上离开的意思。

这时，狼群中一只黑色的大狼如同继任者一样站在了刚才那块石头上，它冲着剩余的同伴呜呜低叫了几声，其余的狼有的陆续离开，有的则继续向瞿洋他们展开围攻。

"快，打死它！"尹昕指着那只黑狼对瞿洋说。瞿洋瞄准开了一枪，子弹击中黑狼左腿，再开枪却没子弹了。

无奈之下，尹昕只能破釜沉舟，使出最后一招。她脱下一件外套放在火上点燃，然后缠绕在棍棒上，挥舞着朝狼群抛了过去。瞿洋也学着尹昕的样子，脱下外套做成火把朝狼群丢去，卡恩、宋小佳、祁妙一一照做。

终于，在遍地开花的火光面前，黑狼嘶吼一声算是鸣锣收金。众狼止步，继而掉转身体随着黑狼朝丛林深处去了。

100 死胡同

瞿洋等人长长松了口气。

适才几声枪响，在山里造成很大的震动，加之火光弥漫，必然被有心者盯上，所以瞿洋他们即便疲惫困倦，也不敢原地停留。见狼群走远，他们弄灭地上的火炭，朝相反的方向迅速撤离。

虽然已是四月初的天气，但山间夜里的温度还是很低。三个男生发扬风格，将剩余的外衣能脱的全脱下来给尹昕和祁妙御寒，自己则通过奔跑等方式增加热量。

翌日清晨，他们来到了九河台。顾名思义，九河台即九条河流的发源地，是当地著名的风景游览区。两年前，瞿洋曾到九河台游玩过一次，知道有班车通往附近的天化市，而天化处于中缅边境，按照他们的计划，可以先从九河台坐车到天化，然后由天化坐车到中缅边境，再然后到缅甸躲避一阵子。

章家势力再庞大也只能在中国逞逞威风，一到国外他们就鞭长莫及了。对瞿洋来说，他的最终目的是从缅甸辗转到德国，因为德国有瞿氏的分公司，当年留学也有很多同学朋友在那里，所以在德国生活下去应该不成问题。至于出国的经费，他会在到了缅甸之后联系孙叔让他想办法筹措。

所幸他们身上带有足够的钱，抵达九河台之后，一帮着装怪异、食不果腹的家伙先是找家饭庄大吃一顿，然后又带了大量的食物饮品到班车起始站买票到天化。

如同瞿洋预料，章家的爪牙已经伸往四面八方。一路上，先后有两拨警察要求停车，拿着通缉令上去逐一核对，幸好瞿洋等人都化过妆，最终给巧妙地掩饰了过去。

到天化的时候已经临近中午。因为未带身份证无法到车站买票，瞿洋一行只能在街口等汽车经过时再拦路上车。等待中，瞿洋发现不远处有三个带着墨镜的青年男子，两个不时朝这边张望，其中一个还在悄悄跟谁打着电话。发现瞿洋在看他们，三人立刻装出一副各行其是的样子。

“不好，我们被盯上了。”瞿洋提醒仍伸长脖子等车的宋小佳。

宋小佳顿时紧张起来：“谁？在哪儿？”

瞿洋示意他别乱看：“还能有谁，肯定是章家的人，有两个在昆山会所还交过手。”

“那我们怎么办？”宋小佳焦急地问。

这时，恰巧一辆出租车开过来，司机问瞿洋走不走。瞿洋冲其余四名同伴一挥手：“走，上车再说。”

当发现对方有五个人的时候，司机叫唤开了：“不行不行，五个人坐不下！”已经坐在副驾驶位的瞿洋将两张大钞往他手里一拍，司机便不吭声了。

打开后车门，宋小佳和卡恩先上去，尹昕和祁妙随后，幸好四个人身材都比较纤瘦，大家侧一侧身子互相挤一挤也勉强塞得下。

见瞿洋等人上车，那三名男子也立即叫来一辆出租车在后面不远不近跟着。

“开快点！”瞿洋指着后视镜里那辆绿色出租车，“甩掉后面的‘尾巴’！”

司机又要叫唤，瞿洋又一张大钞拍到了他的面前。司机狂踩油门，出租车飞一般风驰电掣地跑开了。后面的车怕丢失目标紧追不舍，两辆车你追我赶，惹得其他车辆和行人闪躲不及惊叫连连。

见拼速度效果不佳，在瞿洋的指引下，出租车抛开大道专走七绕八拐的小巷，这下更是惹得豕突狼奔鸡飞狗跳，但效果却出奇的好，不出十分钟，便把“尾巴”给甩掉了。

瞿洋等人下了车，顺着小巷一直往前跑，走到头儿才发现竟是条死胡同！胡同尽头是一道两米多高的水泥围墙。无奈之下，只得原路退回去，退至一个丁字路口，正巧与“尾巴”撞个正着。不过这时对方已经不是三个人，而是七个，想必把附近几个当班的也召唤过来了。

这注定是一场不公平的决斗，不光对方人头多出两个，更重要的是人家有刀有枪，而自己这边却是赤手空拳。

七名汉子舞刀弄枪步步逼近，从他们杀气腾腾的架势来看，俨然已经得了章家的令：一旦发现，无需活捉直接灭口！

对瞿洋来说，倘若此刻只有他们三个男生，结局或许还有七成胜算，可要再加上两名柔弱的女生，希望就显得非常渺茫了。但作为一起出生入死的兄弟姐妹，艰难时刻怎能顾此失彼？不抛弃不放弃只能是他唯一的选择！

瞿洋简单思忖了一下，让宋小佳帮助尹昕和祁妙从胡同尽头的围墙翻过去，自己和卡恩两人应对扑杀过来的七名大汉。

宋小佳不敢迟疑，忙在墙根处蹲下身，让祁妙扶墙站在自己肩上，然后立起来先把她顶上墙头，然后用同样的办法把尹昕也送了上去。回头看时，见一男子正持刀朝自己砍过来，宋小佳本能地用装有联梦机的手提箱挡了一下。男子再砍，却被瞿洋揪住，一下甩出老远。

“走！”瞿洋夺了一把砍刀，劈伤一名准备冲他开枪的男子，然后冲卡恩喊。后者咬咬嘴唇，一个箭步登上墙头，而后用夺来的手枪解决掉两个试图从背后偷袭瞿洋的家伙。瞿洋甩开另外两人的纠缠，腾空抓住卡恩伸出的手，脚尖轻点墙面一跃而过。

101 小程

除了三个喋血当场的，剩余的四人气急败坏地追到水泥墙的另一侧。另一侧是个规模不大的居民区，他们挨家挨户寻找没有发现，于是追往别处去了。

其实瞿洋一行就藏在居民区的某户人家，救他们的是多次请工作室帮忙圆梦的小程。

当时，小程背着书包从外面回家，刚巧看到男扮女装的宋小佳翻墙过来。他先是愣了一下，后渐渐认出宋小佳。有关瞿洋等人设计杀死章启明、DreamMurder 工作室被封的事小程从电视和报纸上看到过，现见他们如此落魄也就很快明白了前因后果，于是赶忙把他们引到自己家里。

小程父亲在海关工作，母亲是个高中教师，两人对章家的嚣张跋扈有所耳闻，都认为瞿洋杀死章启明是替民除害，对于儿子的举动，他们不仅没反对，反而在章家眼线前来盘查的时候协同儿子一起撒谎，确保了瞿洋等人的安全。

章家的眼线离开之后，程母打开浴室的热水器让瞿洋等人洗了个澡，接着找出干净的衣服给他们换上，然后又收拾出两间屋子给其暂住，简单安顿过后，又做了一大桌饭菜热情招待他们。

席间，程父问起了有关案子的情况。瞿洋叹口气，说一言难尽，总之，人不是我们杀的，是有人设了圈套。程父表示相信瞿洋他们的为人，接着又问下一步的打算。瞿洋实话实说：先越境到缅甸待一阵子，然后想办法辗转到德国。

程父听了直摇头，说眼下四处都是章家的眼线，边境地区更是黑白两道层层把关，根本逃不出去。程母说那怎么办，长期待在这儿也不是办法，以章家不达目的势不罢休的做事风格，迟早会把人给抓走的。

程父想了想，说他会先给瞿洋等人办理假的身份证和护照，然后再通过关系办理前往德国的签证，等一切弄妥了就安排他们乘机到国外去。程母说，这能行吗？程父稍露难色，但还是点点头：我尽力。

瞿洋等人感激不尽，表示要尽快同家人取得联系，一来向父母报个平安，二来让家人准备好出国所需的费用。程父说万万不可，章家和警方早就对他们的家人实施了行迹跟踪和电话监听，就盼着逃亡者赶快上钩呢。

宋小佳着急了，说那怎么成，五个人出国可不是一笔小数目啊。

程母安慰道：那你们就先欠着，我相信你们吉人天相，等事情过了偿还不迟。

午饭后，瞿洋坐在客厅跟程父聊天，其间看到程母端着砂锅去厨房煎药，经询问，这才得知小程还有一位病重的奶奶。

谈到卧床不起的老母亲，程父叹了口气。他告诉瞿洋，他原本有两个儿子，长子比小程大六岁，人聪明伶俐，就是不爱读书，十五岁开始就四处闯荡。七年前，长子跟两个朋友合伙到青岛做买卖，但生意一直不太顺利。一天夜里，三人打烊后在店里斗地主，斗到一半，长子说到外面买盒烟，结果一去迟迟不归。

两个朋友等得着急，就给他打电话，那边提示已经关机。起初以为对方在搞恶作剧，直到第二天傍晚仍不见人，两个朋友这才开始发慌，他们赶紧到辖区派出所报了警，然后又在网络上发布了寻人启事。家人得到消息的时候，孩子已经失踪了整整三天。程家发动身边的亲戚朋友，联合警方一起进行了大范围的搜寻，最终一无所获。

老母亲平日最疼大孙子，一日不见就急得抓心挠肝。一开始这事是瞒着老人的，可时间一久就瞒不住了。听说大孙子失踪，老人一急之下卧床不起。如今七年过去，长子仍然杳无音讯，老母亲的身体也每况愈下，如今已到了不治的地步。之所以还提着最后一口气不愿离开，就是幻想着有奇迹发生，临终前能再见她大孙子一面。

瞿洋听了颇为感慨。经程父允许，他去看望了病重的老人。小卧室里的光线十分幽暗，乍一进去仿佛从晌午步入了黄昏。程父解释说，老人的眼睛不大好，再加上病成这样，此刻是既畏光又怕冷。果然，已经四月的天气，病床上的老人还盖着一床厚厚的棉被。

尽管做好了心理准备，但在看到老人那张面孔的时候，瞿洋的心脏还是猛烈抽搐了一下。他怀疑，对方正在悉心呵护的，并非一位仍然残有生命气息的危重病者，而是一具早已血脉枯竭骨架嶙峋的干尸，以至于老人睁开眼睛的时候，瞿洋抽搐的心脏突然停止了跳动。

102 圆梦

从那双浑浊的眼睛里，瞿洋看到了精神和肉体双重痛苦交织下的极度痛苦，但与此同时，它又充斥着某种固执和强烈的欲念。大概发现眼前这位年轻人不是自己朝思暮想的孙子，老人很快又闭上了眼睛，枯槁的脸上写满了失望。

瞿洋决定帮老人圆了最终的梦想。他把程父拉到一边，告诉他自己的计划和设想。程父听了极为感动，作为儿子，他当然希望老母亲能尽快摆脱眼下的煎熬，然后无所挂牵地离开。程父说，如果圆梦成功，他愿意拿出一大笔钱作为感谢。

瞿洋婉言谢绝了，他这么做完全出于人道而非钱财。圆梦不是一个人的事，而是需要一个团队来完成，所以瞿洋把自己的意见和想法告诉了尹昕、宋小佳、卡恩和祁妙，众人均表示赞同。

为了圆梦顺利，瞿洋先咨询了老人的一些其他信息，然后又让程父带他们来到长子房间，认真查看了他的照片和影像资料（掌握目标对象的外貌特征和行为习惯）；除此之外，还特意浏览了他压在抽屉底的那本创业日记（掌握目标对象的生活经历和价值观）。

接着，盗梦团队根据瞿洋拟定的计划进行了角色分工。准备就绪后，瞿洋让程父用周公散在老人鼻前轻轻喷了一下，待老人睡稳之后，他们五人提着联梦机进入小卧室，掀开被子将其中一条导线连在老人手腕上，其余四条分别连上瞿洋、宋小佳、卡恩和祁妙的手腕，尹昕则根据之前的分工做起了守梦人。

见瞿洋等人服下周公散渐渐进入睡眠状态，尹昕果断按下联梦机中央的红色按钮。

小区深处的大榕树下，老人像往常一样歪坐在藤椅里，百无聊赖地看着一群孩子们跑来跑去。午后的阳光穿过摇曳的树枝，洒下一地斑驳缭乱的碎银，明亮的反光时而模糊着她并不清晰的视线。

远处走来四个年轻人，最前面的是一个警察。三个年轻人在离老人十几米外的地方停住，警察兀自走上前来，和颜悦色地问道：“奶奶，您知道程志怀家在哪儿吗？”老人缓缓抬起眼皮：面前这个警察年约二十五六，身材挺拔面目俊秀，似在哪里见过却又说不上来。

见老人有些发呆，警察又问了一遍：“您是这个小区的业主吧？程志怀家在哪儿您知道吗？”

老人这才回过神来，她蠕动着有些僵硬的嘴唇：“你是谁，找志怀做什么？”

“我姓瞿，是这片辖区的户籍警察。找程先生的不是我，是那位同志。”说着，警察侧过身体，朝十几米外的花坛边指了指。

顺着他手指的地方望去，老人看到了那里站着的三个年轻人。他们也都二十五六的样子，其中，站在左侧的是个金头发高鼻子的外国佬，一身黑色皮衣戴着超大墨镜，气场强大，神秘莫测；站在右侧的是个皮肤白皙乌发如瀑的女孩子，一身白色的连衣裙，两手搭在髀间，显得端庄淑雅、文静可人。

中间那位则梳着一顶大背头，西服笔挺皮鞋锃亮，身材虽然不算很高，但举手投足间带着股凌厉的霸气，一看就知道是三人中的核心人物，而警察指的那个人正是他。

老人朝那边张望的时候，三人也朝这边看了过来。角度一转，老人看到了大背头的正脸，感觉有几分熟悉。对方似乎也从老人身上看出什么，故而朝这边慢慢靠近。看着看着，老人的眼睛忽然明亮起来，终于，她缓缓直起了身子，并在大背头双膝跪地之前嘶哑着喊出了他的名字：“大……大伟！”

“奶奶！是您吗奶奶？”大背头捉住老人的手失声痛哭，“您怎么变成这个样子了奶奶？”

“大伟，真的是你吗？奶奶这不是在做梦吧？”老人整个身子俯下来，颤抖着双手贴上孙子满是泪水的脸颊。

孙子用肩膀撑起奶奶的胳膊：“奶奶，这不是梦，是大伟真的回来了。”

“老天爷啊！”再次确认对方的身份后，老人仰天呼号，“七年了，你总算让我孙子回家了！”

孙子把头埋在奶奶怀中，哭得脊背一拱一拱的。

老人挥起右拳捶击孙子的肩膀：“你说你咋能这么狠心，抛下奶奶七年时间，让奶奶天天等啊盼啊，眼都快要熬瞎了！”

孙子的脸上涕泪横流：“孙儿不孝，让您老人家受苦了。从今往后，我会天天陪着您，一步也不离开。”

见祖孙二人哭得伤心，姓瞿的警察赶忙上前劝道：“一家团聚是好事，该高兴才对，快点起来吧。”

穿白色连衣裙的女孩不知什么时候已走了过来，也劝慰道：“大伟，快把奶奶扶起来吧，地上凉。”

孙子渐渐止住哭泣，将老人扶回藤椅里，然后改跪为蹲，拉过身旁的女孩：“奶奶，我跟您介绍一下，这是我的女朋友，是个日本姑娘，家住北海道，您叫她杏子就好了。”

“奶奶好。”女孩向老人鞠了个躬，用并不熟练的中文打招呼，“我叫杉原杏美，请多多关照。”

103 有惊无险

老人望着女孩，眼睛里闪着光，嘴里一个劲儿地说好。孙子又指着身边的洋小伙介绍道：“他叫泰朗，德国人，是我在日本认识的一位朋友，同时也是我的业务助理和私人保镖。”洋小伙酷酷地弯了下嘴角，算是回应。

警察啧啧着向老人竖起大拇指：“瞧您家大伟多有出息！出国几年带回个漂亮女朋友不说，还有老外做私人保镖呢！”

此时此刻，老人的情绪已渐渐平复，她开始就自己关切的问题询问道：“你不是在青岛做生意吗，怎么跑到日本去了？”

“唉，说来惭愧。”提起这事，孙子有些不好意思地挠着头，“都怪我上学时没有好好读书，走到这会儿才知道没有文化的可怕。去青岛之前，我已经多次创业，投了不少钱，结果都打了水漂。本想借青岛那块风水宝地打个翻身仗，没想到还是败了个一塌糊涂。”

“七年前那天晚上我出去买烟，遇到了之前认识的一个蛇头。得知我的近况，他劝我跟他到日本去，说当晚就能出发，至于偷渡所需的费用，他说可以先欠着，等到日本赚了钱再慢慢还他。我觉得这是一个很好的、能改变命运的机会，所以就跟他走了。”

老人用心疼加责备的语气问道：“可这么长时间，怎么不跟家里联系？你爸你妈到处找你，都快急疯了！要不是提着一口气多熬些时日盼着能再见到你，我早就随你爷爷去了！”

“我也想啊奶奶。”孙子委屈地说，“可那天出门时根本没带手机，再加上走得急我谁都没有讲。况且蛇头对我们有要求，偷渡期间所有人不得使用通讯工具。到了日本之后，那里人生地不熟的，语言也不通，好不容易安顿下来，挣了钱却还要先还蛇头的债，头几年日子过得非常苦。我怕家人担心同伴笑话，所以咬咬牙狠狠心，决定混得有点出息了直接衣锦还乡。”

“真是个傻孩子。”老人疼惜地在孙子肩头拍了一把，又问，“两年前咱从五龙口搬到这儿，距离这么远，你是怎么找过来的？”

“多亏了这位姓瞿的同志。”孙子转头望向身后的警察，“家乡的变化实在太大了，若不是人家费工夫帮忙查询，我还真的找不回来呢！”

“唉。”提起搬家，老人叹了口气，“自打你失踪以后，我就天天做恶梦，要么梦见你被抓进黑窑厂做苦工，吃不饱穿不暖还经常挨打受气，要么梦见你被骗到荒郊野地，给人用迷药迷了把内脏挖去卖钱。后来碰到一算命的，人家说出这样的事是因为咱家风水不好，所以我就劝着你爸把原来的房子卖掉，换了这所新房子。”

正说着，程父、程母以及小程从路边走了过来。

“志怀、秋芬啊，”老人忙朝他们招呼道，“快看看谁回来了！”

三人不约而同看向蹲在老人身边那位时髦阔气的年轻人，程母第一个认出他的身份，嘴巴和眼睛顿时撑圆了：“大伟？！”小程则怔怔地站在原地，直到父亲把大伟拉起然后揽在怀中号啕痛哭，才疑惑着上前喊了一声哥。

全家抱在一起又是一场大哭，姓瞿的警察和杏子好一番劝说才算渐渐止住。接着，大伟向父母介绍了自己的随从和日本女友，在介绍到杏子的时候，小程大声喊了声嫂子，杏子的脸刹那间一片绯红。

得知大伟一行还未吃午饭，程母急忙把他们往家里领。见一家终于团圆，姓瞿的警察本想告辞，岂料老人死活不放，非要拉着他一起回家，无奈只好应允。

程母和程父一起下厨，各自施展手艺做了一大桌的饭菜。席间，老人不断询问起这七年来的生活经历，对于这些，瞿洋等人虽早早做好了预案，但仍然有很多始料不及的问题，好在伪装成大伟的宋小佳应变自如，再加上伪装成警官的瞿洋、伪装成保镖的卡恩、伪装成女友的祁妙在旁帮衬，最终有惊无险一一通关了。

大家边吃边聊，一顿饭直吃到天色擦黑。程父喝得有些微醺，被小程扶进屋子睡觉，程母则到厨房去收拾碗筷。为避免逗留时间过长导致对方起疑，瞿洋找了个理由先起身告辞，剩下宋小佳、卡恩和祁妙还在陪老人闲聊。

令人意想不到的是，老人兴致大得很，直聊到晚上七八点钟仍意犹未尽。好不容易到了服药时间，程父、程母却接替老人玩起了车轮战。这个时候，宋小佳、卡恩和祁妙三人已经穷尽脑汁，再搞下去迟早要穿帮的。

终于，老人服完药说要去睡觉，宋小佳等人听了长长吐出一口气。不料，老人偏偏又点了宋小佳，让他还像以前那样睡在自己脚头，因为她还要继续听长孙在东瀛之地的传奇经历。如果说之前三张嘴还能勉强应付过去，那么一张嘴实在难保不会有什么差池。所以，瞿洋、卡恩和祁妙都为宋小佳捏了一把汗。

唉！宋小佳在心里直叹气，他抱怨瞿洋不该把梦境的时间设置过长。可瞿洋也无辜啊，他把梦境的时间设置得足够长，是为了让情节更加丰满和真实，他也没想到老人的执念会如此深。

圆梦任务能否顺利完成，最后的重任压在了宋小佳身上。幸好宋小佳不负众望，愣是靠着三寸不烂之舌把老人哄进了美梦之中，伴随着老人轻微的鼾声和联梦结束的音乐，四周的景象模糊了。

104 天幕流星

由于心愿已了，老人很快陷入重度昏迷，但枯槁的脸上皱纹舒展，嘴角挂起了幸福的微笑。为表感谢，当日晚上，程父程母又做了一大桌丰盛的饭菜款待瞿洋等人。

晚饭后，宋小佳一边给手机充电一边回看他跟李菲的微信聊天记录，卡恩则对着室内的一张世界地图仔细琢磨着。另一个房间里，祁妙服下卡恩配置的周公散早早睡觉，尹昕无聊，遂登到单元楼顶去透气，结果发现瞿洋也在那儿。

“在看什么？”见对方坐在女儿墙上仰望天空，尹昕走过去问道。

“星星。”瞿洋依旧抬着下巴，“很久没有见到这么美的夜空了。”

“是啊。”尹昕挨着瞿洋坐下，“通宁的夜空总是灰蒙蒙的，远没有这般清澈纯净。”

瞿洋的目光追逐着一颗游动的流星：“对于司空见惯的东西，尤其一些自然界的事物，人们总会不自觉地忽略它们的存在，可如果停下来用心观察，就会发现，它们其实也相当可爱有趣。”

随着对方移动的目光，尹昕也捕捉到了那颗流星：“就像地上的人一样，每一颗星星都有着不同的性格和脾气，在同一片天幕上以不同的方式运转出不同的生命轨迹。”

闻听此言，瞿洋的语气里不禁带了些感叹的意味：“我妈在世的时候常说，‘天上一颗星，地上一个人，看懂了天上的星星，也就参透了人生的奥秘。’当初我不以为然，现在却越来越觉得这话有道理。”

尹昕也叹：“只可惜，我们看到的都是它们的过去，或许，此刻正在上演的却是另一个版本的故事。”

瞿洋沉吟片刻，含糊地应了一句：“也许吧。”

正说着，那颗流星忽然加快速度，同时发出的光芒越来越亮，几秒钟后，光亮减淡并最终消失在天际。不多时，楼下传来小程以及他父母悲伤的哭声。

“奶奶走了。”尹昕的视线从天空划落到瞿洋脸上，后者依然保持着原来的姿势，在月光下如同一尊完美的雕塑。

“她终于从执念里解脱了。”瞿洋的嘴唇抖了抖，眼睛里有东西流出来。

尹昕心头一颤，忙伸手替他擦拭：“所以，你应该为她感到高兴才对。”

“你误会了。”瞿洋按住尹昕的手，目光从天际移到尹昕脸上，“我只是想起了我的妈妈。她走之前也在等着一个人，可惜没有老人家这么好的福气。”

“你还在怨恨你的爸爸吗？”尹昕凝望瞿洋，强力克制着内心的澎湃，“郭肖平已经讲得很清楚，你妈妈的死跟他没有关系。”

瞿洋苦笑一声：“有什么恨不恨的，现在又发生了这样的事，他或许正在后悔有我这个儿子呢。”

尹昕慢慢把手抽回来：“不要这样想，骨肉亲情血浓于水，他现在一定为你担心得寝食难安。”

瞿洋沉默了一会儿，回道：“我们不谈这个好吗？”

尹昕点点头：“那我们聊聊别的，有个问题一直想问你。”

瞿洋："你说。"

"是有关梦雪的事情。"见对方并没有表现出反感的意思，尹昕才进一步把话讲下去，"记得你说过，梦雪因实验梦境稳定剂失败而成为植物人，我想知道她现在在哪儿，平日由谁来照顾她？"

"我在郊外买了一处清净的小院，聘了位有经验的保姆日夜看守。"瞿洋似乎有点不解，"你问这个做什么？"

尹昕微微摇头："没事，我就是觉得，这么好的一个女孩子，又为你付出这么多，应该有个好的归宿。"

瞿洋叹道："是啊，我之前已经对不起她了，剩下的日子，绝不能再次辜负。"

"你……"尹昕顿了片刻，"你真的打算事情了结之后，永远陪她入梦吗？"

瞿洋点了点头："我答应过要给她长情的陪伴，可我中途失约了，眼下也只有通过这种方式，才能把欠她的加倍弥补回来。"

尹昕柳眉轻皱："真要这样，到时候谁来照顾你们？"

"你放心，我会安排好的。"瞿洋在对方手背上拍了一下，准备从女儿墙上跳下来。

尹昕却突然拽住他的手："那我……可不可以提一个要求？"

瞿洋停住动作："什么？"

"我想留在你身边照顾你们。"尹昕说。

由于光线昏暗，瞿洋看不清对方目光中所蕴藏的深意，但能清晰感受到那股炽烈的灼热，他动动嘴唇却不知该如何回答。

一阵风从远处吹来，扯散了尹昕的长发，同时将她的声音吹得有些飘渺："我知道我不属于你，也不敢奢望能替代她在你心里的位置，可我更不想辜负今生的缘分和遇见，所以，就让我守护在你们身边吧，算是了却彼此的那一份爱。"

尽管如此，尹昕的表白还是被瞿洋彻彻底底接收到了，他的大脑神经跟嘴唇一起发颤："尹昕……"

“我是认真的……”尹昕强调。

瞿洋缓缓张开双臂把尹昕揽在怀里，轻轻在她耳边说：“不用解释，我懂。”

105 回忆杀

同一片星空下。

黑子枕着双手仰躺在粗糙冷硬的水泥地上，他的身下是尤氏集团所在的商业大厦，近一百五十米的大厦底端此刻正灯火璀璨车水马龙。

跟往常一样，黑子穿着一身宽大的黑袍，黑袍左右张开着，从顶上看就像一只巨大的蝙蝠，“蝙蝠”的右侧羽翼上偎着一个身穿白裙的女孩，其体态和姿势就像一只傲娇的孔雀，两者搭配出一幅怪异却不失唯美的图案。

跟往常不同的是，黑子此刻没有戴斗篷，整张脸暴露在空气里。月光虽然皎洁，但大部分面孔淹没在女儿墙的阴影里，所以我们依旧无法获知他的真实面目。身侧的女孩状况相对好一些，却也只是露出鼻子以下的部分，可见其秀丽的下巴和闪烁着暗红色光泽的嘴唇。

一阵疾风拂过，红唇缓缓开启，喉间发出英子的声音：“风凉了，我们下去吧。”

黑子巍然不动：“今夜天好，我想再多待一会儿。”

英子稍稍侧转身体：“那我陪你。”

黑子腾出右手，将对方往自己身边揽了揽，让她枕在自己的左臂上：“你会一辈子这样陪我看星星吗？”

英子不假思索：“当然，直到哪天你厌倦了，不想看了为止。”

“那不可能。”黑子认真地说，“它们是我的伙伴，我永远都不会厌弃它们。”

“伙伴？”英子轻声一笑，“那我算是你的什么？”

本以为对方会一番甜言蜜语，却不想等了良久对方都没有回答。

“你怎么了？”英子伸出一只手摸向对方脸颊。

黑子抓住那只手捻在掌心：“没什么，想起过去一些事情。”

“什么事？”英子问道。

“我的学生时代。”黑子深吸一口气，又缓缓吐出来，到了最后一丝的时候突然在嘴边化作无声的苦笑，“你可能永远无法想象，那时的我多么的笨拙和懦弱、低微和卑贱。我家境不好，性格孤僻，学习成绩又是班里最差的，用现在的网络流行语描述，就是各方面‘衰到没朋友’。”

“即便在同样卑微的家庭中，我也是最容易被忽略的一个。什么好吃好喝的从来轮不到我，过年也从来没有买过新衣服，就连校服都是穿我表哥剩下来的。我被禁止看电视、玩游戏机，兜里从来没有一分零花钱。就像现在，别人家孩子被父母揽在怀里睡觉的时候，我却因写不好作业被赶到外面，仰躺在门外的小石板上看星星。只有它们不会轻鄙我，愿意跟我做朋友。”

英子沉吟道：“很少听你讲自己的过去。”

黑子感叹：“那是因为往事不堪回首。”

“可在我眼里，你却是一个各方面都很优秀的完美男人。”英子把玩着对方的手指，“能告诉我丑小鸭怎么变成白天鹅的吗？”

“还不是因为他？”黑子冷哼一声，“曾经他是我最大的屈辱制造者，也是我永久无法逾越的榜样和标杆，我人生将近一半的时间，都活在由他的荣耀和桂冠所投射的阴影里。是他造就了现在的我，使我相信终有一天，我也可以把高不可攀的巨人踩在脚下，让命运的主子自愿成为我忠顺的奴仆。”

黑子用力握拳，致使英子的手感到有些酸痛：“你弄疼我了。”

黑子松手，口中幽幽抛出一句：“不会是心疼吧？”

英子反过来把玩对方的手：“怎么可能，以前的我已经死了，现在咱俩是一条船上的人。对于他，我的心里只有绝望和愤怒。”

“哦！”黑子一副恍然的口气，“差点忘了，你现在是我的英子。”

英子傲娇地在他手上掐了一下，结果那里却是空的。

“你的手指是怎么断的？”英子扳起那只手，对着天空仔细看着。月光下，残缺的部位露出丑陋而狰狞的疤痕。

黑子沉默良久，才缓缓开口讲道：“外面的人只知道我是个盗梦高手的雇佣者，其实，我也曾亲手打造过一支属于自己的团队。当时我们一共五个人，大家来自天南海北，虽然出身不同性格迥异，但彼此志趣相投，亲如兄弟姐妹。五个人中，其中一个是我最能过命的兄弟，一个最终成为我床榻上的女人。

“我们受雇于各地的名流大亨，帮助他们窃取目标对象的隐私或者机密。由于成绩斐然价格公道，我们的业务越做越大收入也越来越多，渐渐地，我拥有了曾经做梦都不敢想的一切。几年之后，我们的业务拓展到了国外，开始专门为一些跨国集团服务，精力也主要集中在商业领域。

“两年前，我们在一次任务中出了意外，结果遭到目标对象的追杀。那家公司总部在德国，分部与瞿氏有着很紧密的业务联系。他们内外勾结对我们展开疯狂围剿，突围中，我失去了最要好的兄弟和最亲密的爱人。剩余三人，除了我隐姓埋名仍操旧业外，其余两人均金盆洗手远走他乡，昔日辉煌无比的盗梦团队就这样覆灭了。”

“我明白了。”英子插口说，“你的手就是在那次突围中受伤的。”

出乎意料的是，黑子摇了摇头，继而发出一声冷笑：“就凭他们，想伤我还没那么容易，这两根指头是我自己砍掉的。”

“自己砍的？”英子大惊失色。

黑子将仅留的三指弯成勾状：“我要让兄弟和爱人的死时刻鞭策自己，永远不能忘记复仇！”

英子终于恍然：“因为失去兄弟和爱人所造成的痛，所以你才不愿再次组建团队，而是做起了雇佣者？”

黑子点点头："是的。"

"你一定会成功的。"英子道。

黑子纠正道："是我们一定会成功的。"

106 夜行

转眼五日过去。

也就在小程奶奶办完丧事的那一天晚上，程父找到了瞿洋。

他十分抱歉地告诉瞿洋，假身份证和护照已经办好，但签证最终没有下来。章家利用黑白两道的关系，对他们的封锁已经严酷到了令人发指的程度。不单合法出国的途径被堵死，甚至常规的偷渡都不可行，因为所有蛇头都被章家收买了。

瞿洋听了心都凉了，问还有其他办法吗。

程父早有准备地说：有，但得委屈你们一下。

四更时分，瞿洋等人开始行动了。他们按照程父的要求，尽量轻装简行，除了手机、钱包、假身份证、假护照、联梦机和盗梦相关的药物外，其他统统舍弃。出门前，瞿洋一行都精心化了妆，然后在程父带领下上了门外的一辆面包车。

为避免招致不必要的盘查，面包车没有走大路，而是沿着市郊的一条小道向南行进。小道偏僻而荒芜，因年久失修非常坎坷。大概为了赶时间，面包车跑得飞快，颠得坐在车尾的祁妙和宋小佳晚上吃的饭都快震出来了。

还好，一路算是比较顺利，没有遭遇预想中的盘查。颠了两个多小时，面包车终于停下。程父下车，拉开后厢的车门。瞿洋等人一一下车，借助车灯的光线，他们发现前方是一片深山密林，小道从山脚边蜿蜒而过，看上去更加坎坷难行。

程父警惕地四下望了望，然后轻轻拍了两下巴掌。这时，不远处的林子边亮起了黄黄的灯光，仔细一瞧，原来那里停着一辆厢式货车。

很快，司机从前厢跳下，朝这边使劲招了招手。

瞿洋等人在程父带领下走过去，一一跟司机握手。司机姓刘，年约五十出头，黝黑的肤色衬得一头乱发更加花白。由于年纪比程父大，后者称他刘哥，瞿洋等人则以刘叔相称。简单的寒暄后，程父把刘叔拉到一边，递给他一个厚厚的纸包，又如此这般地交代一番。

刘叔接过，打开外层的牛皮纸，露出鲜红如火的一摞钞票。数完之后他把钱塞进随身的挎包里，接着瞄了瞿洋等人一眼，像是在确认几个人的身份，最后，客套地拍拍程父的肩膀，回了一番“我办事你放心”之类的话。

简单交易完毕，刘叔转身喊了声“阿强”。这时，从车头跳下一个又高又壮的年轻汉子，相比刘叔的“慈眉善目”，其样貌称得上“凶神恶煞”：两道剑眉乌油油连在一起，一双三角眼中戾气丛生，鹰钩鼻四方口，锃亮的光头上划着一道丑陋的伤疤，胸前的衣服敞开着，露出描龙画凤的文身。

阿强提溜着几个沉甸甸的大塑料袋走过来，一边斜着眼睛打量瞿洋等人，一边将鼓鼓囊囊的塑料袋分发到他们手中。瞿洋打开看了一下，塑料袋里全是方便食品和饮料。他正根据食品数量推算大致的行程日期，阿强又把手伸了过来，这次是一沓空塑料袋。

东西分发完毕，阿强和刘叔到一旁抽烟，留下程父为瞿洋等人做最后的交托。

“刚才那位刘哥是我一初中同学的表兄，阿强是他侄子，两人长期靠在边境走私货物为生。时间久了，也就跟几个国家边境检查站的人拉上点关系，因此顺便做一些偷渡客的生意。”程父用下巴朝那边点了点，“刘哥比较好说话，你们有什么要求只管跟他提，左右我都打点好了。那个阿强性格有些古怪，所以你们尽量离他远点，别招惹他。”

“另外，关于你们的身份，我只说是我家的远房亲戚，闲来无事想到德国打工。假身份证和护照上的名字每个人一定要记好，万一有人问起来千万不能出错。虽说咱们交了钱签了协议，刘哥也算自己人，但人心隔肚皮，谁也不能保证人家不会见利忘义，拿了你们去找章家邀功，毕竟章家给出的悬赏金额可是你们这趟行程的几十倍啊！”

“车头那么小，我们几个坐哪里？”卡恩摊着手，“总不能让我们藏到后厢那些货物里边吧？”

程父难堪地叹了口气，冲瞿洋点点头：“这是陆上偷渡的唯一方式，别无他法。”

“我去！”宋小佳甩了一下手中的食品袋。

瞿洋对此倒是早有预料，他所关心的是另外一个方面：“路线怎么走，行程大致需要多久？”

“先到缅甸，后经过印度、阿富汗、乌兹别克斯坦、哈萨克斯坦、俄罗斯、乌克兰，最终通过波兰进入德国。”程父简单算了算，“快的话大概需要三个多星期吧……”

祁妙大惊：“在货车里边闷快一个月？那还不给活活憋死？再说，这么点东西够吃几天啊？”

107 最后的交托

“每天会不定时让大家出来透气，食物路上也会有补给。”未等大家稍稍松上一口气，程父的话便发生了转折，“不过，为免招来麻烦，走的都是些偏僻小道甚至没有路的荒山野岭，一时缺乏补给也是有的，所以能省着点最好还是省着点……”

祁妙还要插嘴，瞿洋拽住了她——路是人家找的，钱也是人家出的，作为蒙恩受惠的一方，有何资格抱怨人家呢？

尹昕抖了抖手里的空塑料袋，问向程父：“每人发这么多袋子做什么用的？”

程父还未及解答，刘叔便开始催着上路了。

程父知道，干他们这行的对时间控制那是相当严苛，所以只好就此话别：“有什么不懂的只管问刘哥，他会关照你们的。我就先送到这儿了，祝你们一切顺利。到了那边别忘了给我电话。”说罢，伸出右手拍了拍瞿洋的肩膀，意指多多保重。

瞿洋目视对方，言辞坚定：“大恩不言谢，我们一定会再回来的。”

程父走后，刘叔开始招呼瞿洋等人和阿强一起把车后厢的货物分批搬下来。搬到一半的时候，从车厢内部溢出一股刺鼻的骚臭，越往里气味越大，尹昕和祁妙不禁捂住鼻子。

最后一批货物搬下来的同时，里端发出一阵响亮的喧哗，紧接着有人影往外爬。阿强二话不说，拿着手电上前就朝那些人身上踩，那些人似乎对他非常惧怕，一边惨叫着一边把身体缩回去。

借助阿强摇晃不止的手电，瞿洋发现车厢里端半蹲半躺窝了十几个人，一个个衣衫不整蓬头垢面。在他们不远的地方丢着一大堆鼓鼓囊囊的塑料袋，骚臭味就是从那里边发出来的。

“你们几个，去把那些塑料袋清出来。”阿强冲瞿洋等人吆喝道。

“为什么是我们？”祁妙扇着鼻子抱怨，“你们就不会自己清理？”

阿强虎目圆瞪：“让你去你就去，哪儿那么多废话？！”

“哎呦！”宋小佳挺身而出，“我们好歹也算是你们的客户，该给的钱一个子儿不少，凭什么对我们这么横？”

“Precisely（就是）！”卡恩附和道，“你们不能见钱眼开、过河拆桥！”

“凭什么？就凭这个！”可能头一次遇到这么刺儿的人蛇，阿强挥拳就要教训，结果，落下的拳头被瞿洋稳稳抓在手里。

“有话好好说，何必动手。”瞿洋用力一推，阿强噔噔退了两步，差点从车厢里掉出来。

阿强欲反扑，被刘叔从车下叫住：“阿强，你去看着货，这边我来处理。”阿强狠狠地吐了口唾沫，跳下车甩甩袖子离开。

“年轻人不更事，你们别和他计较。”刘叔转而对瞿洋等人说道，“这里山高林密坡陡沟深，不是放风透气的地方，所以，垃圾的清理还要麻烦你们一下。环境好了待着你们也舒坦，是吧？”

刘叔既这么说，瞿洋也就不好再计较，于是朝身后一挥手：“干活儿。”

祁妙、宋小佳等人虽还有点不忿，可无奈人在屋檐下，只得跟随瞿洋走进臭气熏天的里厢，将那一袋袋的粪尿提出来，集中抛到不远处的树林里。

清理完毕，瞿洋等人带好行李依次上了车。阿强手持电棍，像驱赶牲畜一般将十几个人蛇从地上轰起，强迫他们腾出一个角落。接着，瞿洋一行在那片大约四五平米的空位蜷缩下来。

阿强：“所有人听着，大约半小时后我们到达中缅边境，到时候很可能有人开厢检查。随后的二十来天，我们将穿越多个国家的边境，相应的盘查也会越来越多越来越严格。为了不被抓住导致前功尽弃，所有人都要听从指挥，谁若是敢违反规定破坏纪律，别怪我阿强翻脸不认人！”

吆喝完毕，刘叔和阿强将货物一一搬回车上，随着货物的不断累积，外面的光线一点点被遮蔽掉。最后，车厢尾部的铁门咣当一声关紧，整个世界陷入黑暗。

108 感染

漫长而痛苦的旅程开始了。

漆黑的车厢见不到一丝光线，拥挤的空间无法舒展四肢。每个人都以十分别扭的姿势窝在那里，一开始尚能勉强坚持，时间一久就会肩背酸痛、四肢发麻。

黑暗和拥挤还是次要的，更大的挑战来自于饥饿和疾病。不到两天时间，塑料袋里的食品就吃光了，因为一时缺乏补给，所有人只能忍饥挨饿。与吃饭相对应的便是排泄问题，按照规定，每个人的排泄物都要装在各自领取的空塑料袋里，然后待放风的时候集中清理出去。

瞿洋一行上车之前，后厢还有一小片空间专门用来存放那些废弃物，待他们上来后，那一小片空间也就没了。于是，盛有排泄物的塑料袋很容易在车辆的颠簸和人们的拥挤中被弄破，一时间车厢内粪尿横流污秽不堪。

由于空间是密闭的，细菌和病毒得以大肆传播。很多人生了病，身上有伤的瞿洋也很快发起了高烧。对于刘叔来说，这一趟生意可谓极不顺利：先是遭到各国边境检查站接二连三的盘查，后是遇到山体滑坡被迫改道，结果陌生的路上缺乏补给点，导致他们自己也断粮断炊。

受之影响，原答应每日一次的放风（一般选在晚上，在地势平缓、视野开阔的无人地带）连续三日都没有兑现，在吃饭都是问题的情况下，医药用品更是奢望，所以有病的人只能干挺着，包括瞿洋。

到了第五天的时候，祁妙终于忍不住了，她先是高喊着让刘叔停车，见没有效果，就改用拳头拼命捶打车厢。就在她嗓子喊破、拳头出血累到筋疲力尽之际，尾箱的门终于打开了，货物一件件被搬下，刘叔和阿强出现在她的面前。

这是一百多个小时以来第一次见到天光。祁妙发疯般冲出去，揪住阿强的前襟一个劲儿地怒吼。起初，人们以为祁妙是在为自己争取一次放风的机会，直到后来，人们才从那嘶哑残破的嗓音里获知，她其实是在为已经陷入昏迷的瞿洋争取抗感染的药物。

毫无意外，这个要求没有得到许可。不过，仁慈的刘叔给大家重新分发了食物和空塑料袋，并同意放风十分钟。而祁妙未能享受这个待遇，由于违反纪律，她不单被取消放风资格，还以清理车内秽物作为处罚。

出乎众人预料，一向刚烈倔强的祁妙顺从地领罚了。只是，她丢废弃物回来的时候浑身湿漉漉的，两手弯曲指尖滴着鲜血。阿强问她怎么回事，她说不小心掉进了河里。另一个没有参加放风的是尹昕，她独自一人窝在车厢里，怀中抱着昏迷的瞿洋，祁妙收拾那些塑料袋的时候，她正拿着丝巾清理瞿洋伤口的污秽。

祁妙打着哆嗦攀进后厢，摇摇摆摆走到瞿洋旁边，一把将尹昕推开，然后蹲下身把瞿洋紧紧揽在怀里。尹昕没有阻止，更没有生气，她知道，祁妙这么做是在用自己冰冷的身躯为瞿洋降低体温。更令她惊讶的是，祁妙接着从衣兜里取出一把干净的草叶，放到嘴里嚼烂，然后借助车外的天光，一点点敷在瞿洋伤口上。

一周后，瞿洋的高烧退了，只是仍旧反复低烧昏迷不醒。这中间，祁妙每次都借放风时间徒手挖取一些草药，然后拿回来嚼烂给瞿洋敷上，有时候，她还会在尹昕帮助下把草药的汁液混进饮料喂瞿洋喝下去。

不知道过了多久，瞿洋终于从昏迷中醒来。睁开眼睛，他看到自己躺在尹昕怀里，后者正把脑袋垂在他肩窝里打盹。其余人都还没睡醒，互相拥挤着靠在一起。后厢的货物已经全部卸下，刘叔和阿强正在跟一渔民模样的外国人低声谈着什么。瞿洋揉着眼睛，他一时无法分辨天际边的一抹橘红究竟是朝霞还是夕阳。

见瞿洋醒来，刘叔从渔民身旁走向尾厢，剩下阿强继续跟对方交谈。

“小伙子，你总算是醒了。”刘叔站在车门处，从烟盒里抽取一支烟填进嘴里，拿打火机点燃，剩下的烟全部抛进里厢，“来，抽一支提提神。”

瞿洋没有拾那盒烟，而是警惕地盯着刘叔：“这是哪儿？”

“波兰边境。”刘叔悠然地抽了一口，鼻孔里喷出浓浓的雾气，“过了前面的奥得河，对岸就是德国了。”

瞿洋转目望去，果然见不远处有条大河，墨蓝色的水面在阳光下波光粼粼，河对岸白雾皑皑，隐约可见成片耸立的高楼。

阿强和渔民大概谈妥了，前者向后者付了一笔钱。接着，阿强也走过来，开始用他那独特的大嗓门朝车厢里吆喝：“嘿，嘿，都别睡了！快点收拾行李下车！然后集体上船，过了河就到目的地了！”

听闻马上就要到德国，众人欢呼雀跃，以同样的方式庆祝这二十多天的煎熬终于到了尽头。在阿强的敦促下，大家争先恐后下车然后上了渔船。接着由渔民划桨，载着众人驶向胜利的彼岸。

109 胜利彼岸

过河不远便是法兰克福，瞿洋一行暂且在卡恩家安顿下来，那个地方叫作海玛特住宅区。住下当天，瞿洋就被送到附近的医院接受治疗。

第二日，接到消息的孙叔赶到德国。孙叔受瞿振业委托先到医院跟瞿洋碰了面，随后又马不停蹄赶往柏林，在离瞿氏集团分部不远的渔夫岛租了所别墅，接着，瞿洋一行五人被转到新址居住，理所当然的，伤病未愈的他被安排进了条件更好的圣约瑟夫医院。

第四日，瞿振业和钟红艳也赶到了柏林。之所以晚来一步，一方面因为公司事务暂时抽不开身，另一方面是要避开章家无处不在的眼线。尽管孙叔在医院和别墅的安保上做了很多工作，瞿振业和钟红艳还是表现得相当低调，他们轻车简行、衣着朴素且戴着大号墨镜，即便是熟悉的人，也难一眼辨识其身份。

瞿振业和钟红艳先就近到别墅看望了尹昕、宋小佳等人，告诉他们家人一切都好，让他们放心，然后就他们对瞿洋的照料和帮助表达了感谢。简单聊了半个钟头，二人在孙叔带领下到了对面的圣约瑟夫医院。

见到瞿洋的时候，后者正躺在床上熟睡，房间里的护士则在换吊瓶。瞿振业走到床边，发现儿子身形瘦削、皮肤粗糙，裸露的胳膊和小腿伤痕累累，跟平日养尊处优的模样判若两人，心里忍不住一阵抽痛。他没有急着叫醒瞿洋，而是拉过护士询问儿子的身体情况。

那名护士是孙叔特意安排过来照顾瞿洋的，是个在德留学的中国姑娘。护士告诉瞿振业，瞿洋伤势本来很重，且在早期治疗上有些耽误，经过严重感染的他能活命都属万幸，好在他年纪轻身体基础好，如果积极配合治疗，顶多再过五六日即可出院。

这时，祁妙上完洗手间回到病房，见有人探访不由朝来者看去。结果与瞿振业四目相撞的一刹那，她吓得差点闪身躲开。

祁妙变性之前常到瞿洋家玩，瞿振业对她印象还算不错，只是她此刻并不希望对方知道自己做了变性手术，而且以另外一重身份待在瞿洋身边。

“我……我去洗点水果。”祁妙慌忙移开视线，端起小桌边的盘子就往外走。

护士喊道：“嘿，那些水果已经洗过了！”

祁妙装作没听见，匆匆离开房间。

瞿振业目送祁妙离开，然后问向一旁的护士：“刚才那位是……”

护士耸耸肩：“我不认识她，也不知道她叫什么名字，只知道这两天一直是她在帮我照顾病人。如果没猜错的话，应该是他女朋友吧。”

“女朋友？”瞿振业望向钟红艳，钟红艳望向孙叔，三人面面相觑。

这时，瞿洋醒过来了，睁开眼睛看到瞿振业，惊喜之余喊了一声爸。瞿振业满足地“嗯”了一声，同样一个称谓，他分明听出了跟往日不太一样的蕴意。瞿洋又喊了声孙叔，后者向他点头致意。瞿洋的视线在钟红艳脸上停滞了几秒钟，最后开口喊了声：“钟阿姨。”

钟红艳先是含着眼泪点点头，后咧开嘴笑了。虽然瞿洋仍旧不肯称呼她妈妈，但至少那双眼睛里已经不再含有深深的敌意。

护士忙活完手上的活儿，很知趣地离开了。瞿振业和钟红艳在病床边就座，孙叔则紧靠窗户站着，不时警惕地扫向外面。

“公司那么多事，你们怎么全都过来了？”瞿洋挺挺身子，看情形想要从床上起来。

瞿振业轻轻把他按住："有你裴叔和陆伯照看着，公司那边出不了问题。"

"公司的事再大，也不能跟你比啊。"钟红艳插口道，"得知你们安全抵达德国，我跟你爸可高兴坏了，这两天做梦都笑出声呢。"

说到这个，瞿洋不免有些忧心："卡恩太过心急了些，这么快就挂电话给你们，万一警方和章家的人监听怎么办？说不定这会儿消息已经走漏出去了。"

瞿振业冷哼一声："这里不是中国，可任由他们章家胡来，只要你们在我身边，谁都休想动你们一根汗毛！"说着，将儿子未插输液管的左手抓在手心，用力攥紧了。

瞿洋认真强调："章启明真的不是我们杀的……"

瞿振业使劲点头："爸爸相信你，爸爸发誓，从今往后绝对不会让你再受一丁点委屈！"

言毕，瞿振业转头叮嘱孙叔："老孙哪，你找一找他们的院长，就说我要最好的大夫、最好的设备、最好的护理，花多少钱没关系，只要能让我儿子在最短的时间内恢复如初。"

孙叔应道："瞿总放心，无论医药还是设备，我们用的都是全柏林最好的，只是从安全的角度考虑，我没有用这所医院的护士，而是安排的自己人。"

瞿振业还想说什么，被瞿洋给打断了："不用这么折腾，其实，卡恩家附近那所医院条件就挺不错的，我们在那儿住得也挺好。"

"那怎么成，终究是别人家，时间久了难免招人嫌弃。再说，一个镇子上的医院能好到哪里去，虽说花点小钱可身体却要受大罪。"说着，钟红艳也开始吩咐孙叔，"别墅那边也不能太凑合了，里面的旧家具要全部换成新的，挪走杂七杂八的雕塑壁挂，放一些养眼的花架植物。另外，再找几个擅长中国菜的厨子，洋洋吃不惯西餐。"

孙叔听完了才回话："都安排过了，夫人。"

见瞿洋绷着脸，瞿振业低头轻声问道：“你还在生爸爸的气吗？”

“没有。”瞿洋摇摇头，“我妈妈的死，我已经弄清楚了。”

瞿振业拧起眉毛：“你妈妈？”

瞿洋的左手反抓在父亲手背上：“我妈妈之所以旧病复发，是因为郭肖平给她做了反向植入，这种手段只会令病情加重并不会置人于死地，真正的凶手是一个名叫英子的女人，是她伪造了那些照片、拨打了匿名电话。”

瞿振业嘴唇哆嗦着：“英子是谁？她为什么要害你妈妈？”

这时，外面传来由远及近的脚步声。

110 重逢

脚步声来自于走廊尽头的尹昕，她和祁妙、宋小佳以及卡恩四人商量好要轮流照顾瞿洋，祁妙是第一个，她吃过午饭来替换祁妙。很不巧，她刚出走廊拐角便看到祁妙端着一只水果盘站在病房门前，身体前倾耳朵紧紧贴在门上，似在偷听里面的声音。

见尹昕走过来，祁妙赶忙站起身，装出一副若无其事的样子。

“不是约好两点吗，咋这么早就过来了？”祁妙下意识地问道。

“闲着也是闲着，所以过来看看。”尹昕朝病房挑挑下巴，“他怎么样？”

“还好吧，睡了两个多钟头，这会儿刚醒过来。”祁妙想了想，又说，“瞿洋的爸爸妈妈来了，在里头呢。”

尹昕“哦”了一声，犹豫着要不要进门。祁妙是不打算再进去，她把水果盘交给尹昕：“我有点事先走了，待会儿替我跟瞿洋说一声。”

尹昕接过水果盘，转头回望祁妙时，后者已快步走到长廊尽头。

出了医院，祁妙长长吐出一口气。经过一家服装店时，她在橱窗的玻璃前停下，对着镜子仔细查看一番，确认脸上的人皮面具没有出现任何问题，而且身后无人跟踪，忐忑不安的心才算稳定下来。

从圣约瑟夫医院到渔夫岛别墅之间抄近路需要穿过一条隧道，隧道不长所以没有装灯。午后的阳光热情而炽烈，使得所有物体的受光面异常晃眼，阴影处也就显得愈加黑暗。当祁妙完全被隧道的阴影吞没的时候，她突然停下了脚步，因为她发觉头顶传来阵阵异响。

她抬头看去，拱形的水泥壁上什么都没有。再一转头，她咣地怔住了：在隧道阴影的最深处，一只巨大的蜥蜴直直矗立着，灰黄色的眼珠直勾勾地盯着她。

“你……你还活着？”祁妙说不清是惊还是喜。

蜥蜴人张开双臂，将目瞪口呆的祁妙揽在怀里：“我说过，我会好好保护你，答应过的事怎能轻易改变。”

是的，就是这个半人半兽的怪物，曾多次奋不顾身拯救自己于危难，他别无他求，就像他所说的那样，只为了好好保护她。因此，祁妙心头一热，不由自主地朝他拥了过去。

“是我不好，这么长时间没来看你，还让你受了这么大的委屈。”蜥蜴人紧紧揽着祁妙。

“你怎么到这儿来了？”头脑冷静后，祁妙渐渐意识到处境的危险，她将对方稍稍推开一些距离，“是不是黑子也知道我们到了德国？”

蜥蜴人的回答间接验证了她的猜测：“你知道，所有这一切都是他策划的，而且，把你们逼到德国只是他整个计划的一部分。”

祁妙言辞迫切：“他的整个计划是什么？”

蜥蜴人摇了摇头：“我也不知道，主人从来没有告诉过我。我只知道，我此生的使命只有两个，一个是跟着主人时刻听从他的安排，另一个就是保护你，不让你受到任何伤害。”

对于蜥蜴人的好意，祁妙非但没有表达感谢，反而开始纠正对方的偏执：“瞿洋他们是好人，黑子在指使你做坏事你知道吗？难道你就一点是非观念都没有？之前的我不怪你，因为你跟我一样都是被人利用，但以后不要再替他办事了，听我的，现在回头还来得及。”

蜥蜴人再度摇头：“我的命是主人给的，我必须听从他的安排。在我眼里只有忠诚，没有对错。”

祁妙可没耐心再做进一步的说服，她一把将对方推开：“行了，我不跟你说了，我还有事。”

蜥蜴人伸出右手，用锋利的指尖勾住祁妙的后领：“你上哪儿？”

祁妙使劲挣脱：“我要告诉瞿洋，让他想办法赶紧离开这儿。”

这回，蜥蜴人拽住了她的一只胳膊：“你放心，主人不但不会告诉章家，反而会帮助你们。”

“帮助？”祁妙冷笑着转过身来，“你以为我是三岁小孩那么容易哄骗？他要真有好心，就该早点去公安局自首，然后还我们几个清白！”

蜥蜴人攥住她另外一只手：“我不远万里追到这里，你对我就只能这个态度吗？”

祁妙也没好气：“你想让我什么态度？”

蜥蜴人喉结耸动了几下，两手用力将祁妙往前一扯，突出的嘴巴顺势吻了上去。祁妙起初死命挣扎，但随着呼吸紧迫四肢酸软，渐渐失去了抵抗的力量。

数十米外，在光线最强的隧道尽头，尹昕躲在石檐后目睹了整个经过。只是由于距离远，她并未听到双方的谈话，仅仅通过表象判断，祁妙与那个半人半兽的家伙有着非同一般的关系。

之前的种种猜测在这一刻得到验证，尹昕百分百确定，祁妙就是敌人安插在队伍里的那个内奸。尽管早已有所判定，但事实呈现在眼前的时候，她还是显得有些惊恐，缓缓后退中，脚跟似乎撞着什么东西，回头间眼前猛的一黑，身子一软扑倒在地上。

111 地下室

尹昕醒来的时候，发现自己两手被缚斜躺在一张破旧的小竹床上，头顶吊着一盏布满灰尘的黄色灯泡。借助惨淡晦暗的光线，她发现这是一个十余平方大小、除了一扇铁门几乎全封闭的空间，里面阴冷潮湿，目光所及之处皆是胡乱丢弃的各种杂物。就在她挣扎着从床上起身的同时，几只老鼠吱吱叫着从墙角逃离。

根据空间结构、室内环境以及上面隐约的响动判断，此处是一个废弃已久的地下室。而空无一人监管和锈迹斑斑的铁门则又昭示着，外面势必挂了把沉重的大锁。衣服是完整的，身体没有任何损伤，甚至背包也原封不动地搁在身边。这说明对方出手不为财色，那么他光天化日之下打昏自己，又给弄到这里究竟是何用意呢?

尹昕一边猜想，一边背靠竹床，将绳索压在床棱上用力摩擦。几分钟后，绳子断了。尹昕蹑手蹑脚下床，刚要穿上鞋子，忽然听到外面传来链锁晃动的声音，紧接着铁门被打开了。

“哎哟，醒过来了？”一穿黑色对襟褂子的壮汉提着钥匙皮笑肉不笑地走近，“被捆绑的滋……额……滋味不好受吧？”

此人尹昕认得，他就是章天泽身边的两人保镖之一阿忠，于是心里一阵发寒：倒不是惧怕这位凶神恶煞般的壮汉，而是章家居然这么快就追到德国，他们怎么知道的消息?

但尹昕并未把内心的忧惧表现出来，她背手而立，假装绳索仍被束缚着：“阿忠先生，你把我弄到这儿是什么意思？”

“眼力不错啊，居然认……额……认得我。”阿忠梗梗脖子，“是我们家老爷子想邀……额……邀你一叙，我不过奉命行事而已。”

“邀请？”尹昕冷哼一声，“先是把我打晕，后捆绑在暗无天日的地牢，这就是你们章家的待客之道？”

阿忠干笑道：“事发突然，我这也是情……额……情非得已，得罪之处还望尹……额……尹昕小姐见谅。”

“你怎么知道我们到了德国？”尹昕前行两步，靠近一废弃桌台，右手悄悄抓过桌台上的一截两寸长的竹篾。

“孙悟空本事再大，也逃不出如来佛的手……额……手掌心。没有这点本事，我们章家还怎么在通……额……通宁混下去？”说罢，阿忠做了个请的动作，“我们家老爷子已等候多……额……多时了，尹昕小姐还是赶快请吧。”

尹昕紧握着那截竹篾：“那就有劳阿忠先生了。”

阿忠冷笑一声，转过身在前面带路。尹昕跟在后面走了几步，趁阿忠不备，拔出竹篾照准对方后颈奋力刺去。

不料，阿忠背后长了眼睛似的，就在竹篾只差一两公分戳中皮肉的时候，他突然反手精准地锁住尹昕的手腕，猛一用力，竹篾便掉在地上。

阿忠头都没回：“我们老爷子对你……额……客气那是风度，我可没这么好的脾气，所以你最好识相点，别逼我动……额……动粗。”

尹昕使劲抽回手，揉着发麻的手腕，只得暂时打消行刺和逃走的念头。

走出地下室，只见一幢临湖的中式宅院，处处皆青砖碧瓦、雕梁画栋。穿越藤蔓缠绕的长廊，进入一间向阳的厢房，见一老者正在打太极，背向门廊，招式不急不缓、动作行云流水。

阿忠上前汇报：“老爷子，人我给您带……额……带来了。”

老者继续打着太极，眼睛顺着手势来去巡回：“尹昕小姐，请坐吧。”

尹昕深吸一口气，在靠窗的椅子上坐下。椅子旁放了只一平米大小的铁笼子，笼子里养着一只猫、一只狗和一只耗子，三只动物你追我逐闹得铁笼子咣咣直响。

“知道我为什么请你来吗？”老者转过身来，但视线仍旧不在尹昕身上。

尹昕却就此看清了老者的面目。这位老爷子便是赫赫有名的章家掌门人章天泽，作为商界的风云人物，章天泽经常在媒体上露面，所以尹昕不难认出他来。只不过，刚刚经历丧子之痛的他，此刻看上去比往日苍老憔悴了许多。

作为“杀害”章启明的“主要元凶”之一，包括阿忠在内的章家必定恨不得食其肉寝其皮，这才是他们的正常反应，可如今落到章家手里，却遭遇这般不软不硬、不痛不痒的暧昧态度，倒叫她一时摸不着头脑。

“该不是来看这出狗拿耗子的游戏吧？”尹昕扫了一眼身边的铁笼，平静地说。

章天泽听罢哈哈大笑，随即合掌收功：“尹昕小姐果然最能知人心思，这的确是章某邀你前来的目的之一。”

“哦？”尹昕吃了一惊，但表面上未露出诧异之色。

112 打赌

章天泽走近铁笼，蹲下身来轻轻拍打了一下铁笼的边缘，笼子里立刻安静下来。

“处理完小儿的丧事，最近寂寥得很，总在思考，猫、狗和老鼠关在一起结果会是什么？于是叫人弄来这三种动物装进铁笼子做个实验，看看究竟会发生什么。”言毕，章天泽转头看着尹昕，似在等待她的答案。

尹昕抽了一下嘴角：“想不到章先生还有如此雅兴。”

章天泽正色道：“这可不是什么小儿科的实验，越是看起来简单的问题就越可能蕴藏玄机。”

“那您发现了什么？”

“暂时还没有，三只动物互相追逐玩闹，看起来相安无事。”

“那是因为还没有遭遇生存危机，章先生若是饿上它们三天，其结果便会立马呈现。”

“所以，我想找人来打一个赌。”

“这有什么可赌的，处于食物链最底端的老鼠最终会被吃掉。”

“章某却以为，老鼠才是最大的赢家。”见尹昕一副不以为然的样子，章天泽站起身笑了笑，“你对人类的心理知之不少，却未必摸透动物的想法。三日过后必有答案，我们拭目以待。”

章天泽何许人也，他怎么可能会在这样一个问题上纠缠不清，所以，打赌不过是他软禁自己的借口罢了。所谓猫、狗、鼠，无非是在暗喻眼下互为掣肘的三方力量，至于哪三方，她暂时还不太清楚，于是只能顾左右而言他：“章先生刚才说，邀我来看这出戏只是目的之一，那么另一个目的呢？”

“另外一个便与我那死于非命的小儿有关了。”提到儿子，章天泽收起笑容，换上一副哀伤之色，“你还没有为人父母，更无法体会丧子之伤。我身为章氏总裁表面上风光无限，背地里却要承受白发人送黑发人的痛苦。自打启明死后，我天天梦到他七窍出血的惨象，以致整夜无法安眠。”

“我去看过不少大夫，他们都说这是心病，心病还需心药医。所以，我才不远万里追到德国，目的就是把你请来，帮我了却这块心病。由于你我皆知的原因，请原谅我以非正常的方式把你请来，又迫不得已地藏在阴暗潮湿的地下室。”

“我能理解你这么做是为了避人眼线，但章启明的确不是我们杀死的。”尹昕说。

章天泽点点头：“当然，事情不会像表面上那么简单。在国内对你们穷追不舍，是事发后我们的本能反应，毕竟你们有着最大的嫌疑且又袭警逃脱。而如今，我们明明知道你们在德国却又按兵不动，正是冷静之后产生了反思，否则的话就不会找你来为我治病了。”

尹昕听了不免冷笑：“以您的身份和地位，在通宁找一位大师级的心理咨询师并非难事，如此舍近求远，该是另有所图吧？”

章天泽“哦”了一声：“依尹昕小姐之见呢？”

尹昕从容不迫地道：“章先生是个商人，商人最看重的是成本和利益，就好比这笼子里的三种动物，最终谁输谁赢其实得靠豢养者的左右。我不明白我们究竟在其中扮演了什么角色，最后会招致什么样的命运，但我清楚一个团队靠的是通体合作。既是如此，我软禁在这儿不能发挥作用，岂不白白浪费您的一番心思？”

“这个就不用你多虑了，我自有安排。”对于这样的结果，章天泽似乎早有预料，他抬手拍了一下巴掌，“进来吧，尹昕小姐。”

话音落定，从门外走进另一个“尹昕”，无论形象还是装束都跟原版的尹昕一模一样。

章天泽在太师椅里坐下来，端起茶杯抿了一口：“现在，你可以安心待在这儿了吧？”

“章先生可真是用心良苦啊。”尹昕感叹了一声，从椅子上缓缓站起，而后走到另一个尹昕跟前，“我倒要看看，是什么样的人胆敢伪装成我的模样，又这么自信可以骗过瞿洋的眼睛。”

面对本尊的挑衅，另一个“尹昕”非但没有表现出该有的怯懦，反而微微仰起脸庞，唇间透出丝丝冷笑。

尹昕抬起右手，将拇指和食指伸向对方耳后，缓慢而果断地撕下覆盖在脸上的人皮面具。

当面具下的那张脸完全呈现在眼前的时候，尹昕愣了一下，语气里带着些许惊异：“是你？”

113 黑子的邀约

瞿洋提前两天出了院。

他提着行李刚走进别墅的大门，手机铃声就响了。

来电显示为当地的陌生号码，接通后，里面传来一个男子的声音："早上好，我的老朋友，来到德国有一周时间了吧？首先恭喜你康复出院。"

对方讲的是中文，但声音用变声器处理过，所以很难辨识其真实的年龄与性别。

"你是谁？"瞿洋问道。

对方依旧打着哑谜："怎么一出国门，就把我这个老朋友给忘了？在梦里我们可没少打交道呢。"

"你是黑子？"瞿洋慢慢拧起眉毛。听到"黑子"二字，客厅里正在看电视的宋小佳、卡恩和祁妙全都拥了过来。

对方没有否认："今天下午四点，约克街格林大厦1904室，我在这儿等你，我们是时候好好谈谈了。如果你们还想回到中国，而且为自己洗刷清白的话，就请不要失约。"说完，电话挂断了。

"是黑子吗？"卡恩上前接过行李，"他怎么说？"

瞿洋慢慢放下电话："他约我下午四点在格林大厦见面。"

"我去！他居然真的知道我们就在德国！难道这家伙长着千里眼顺风耳？"宋小佳不可思议地叫唤起来，"那洋子你打算怎么办？"

"千万不要去，那就是个陷阱！"祁妙拽住瞿洋的胳膊，"我不是跟你说了嘛，把你们逼到德国只是他整个计划的一部分，现在叫你过去，肯定还有别的阴谋！"

"可是，我们已经别无选择了。"瞿洋十分无奈地说。

"瞿洋说得对，我们现在已经没有资本跟人周旋。""尹昕"从外面进来，她对瞿洋的意见采取了支持的态度，"之前，对方在暗处我们在明处，事事于我不利。现在对方主动跳了出来，这对我们来说可谓天赐良机。与其躲着不见，不如迎面而上跟其斗智斗勇，这样说不定还有机会。”

卡恩把“尹昕”手中的行李也接过来，连同瞿洋那包一起放在沙发上：“话虽如此，毕竟龙潭虎穴，还需小心点才是。”

瞿洋点点头：“为以防万一，你们守在家里，我一个人去就好。”

“尹昕”抓住瞿洋的手：“我跟你一起去。”

瞿洋转头看向“尹昕”，后者目光坚定。

约克街离渔夫岛不算远，瞿洋和“尹昕”乘坐瞿氏在德国分部的保时捷，只花了不到 30 分钟便到了格林大厦楼下。

乘电梯上至 19 楼，来到 1904 房门前，瞿洋抬手敲了敲门，里面无人回应。“尹昕”将门推开一条缝，只见房间里装饰优雅、陈设考究，一满头银丝的男人站在巨大的落地窗前，隔着玻璃正望向对面的基督教堂。

“欢迎你们的到来，我的老朋友。”男人慢悠悠转过身来，举起手里的红酒杯子遥遥晃了一下。

“尤老板？”望着那张欧亚混血特征的脸，瞿洋显得相当疑惑，“怎么会是你？”

尤总做了个耸肩的动作，意指不是我该是谁？

瞿洋环视四周：“黑子呢？是他打电话约我们过来的。”

“是他委托我跟你们谈判的。”说着，尤总单手整了下自己黑色的西服，“怎么，觉得我不够资格？”

“尹昕”插口问道：“黑子跟你什么关系？”

“朋友。”尤总举起酒杯浅浅抿上一口，“也是伙伴。”

“尹昕”继续追问：“他现在在哪儿？”

“别着急，该见面的时候他自然会与你们相见，现在不见说明时机还不到。”尤总在离窗子最近的单人沙发坐下来，“坐吧两位朋友，我们好好谈谈。”

瞿洋与“尹昕”对视一眼，依次在尤总对面的两个单人沙发里坐下来。

“他约我们过来，想要谈什么？”瞿洋开门见山地问。

尤总放下杯子，将茶几边的一摞文件递给瞿洋：“这有两份合同，你们看一下就都明白了。”

瞿洋接过文件，眼睛继续盯着尤总，似在悉心判断对方的用意，“尹昕”则凑过脑袋，直接开始浏览合同上的文字。

见瞿洋不看合同，尤总笑了笑，拿起红酒瓶给对面两只空杯斟上：“你们在国内所做的一切，以及眼下的处境我都知道了。简单说，你们有两种选择：一、DreamMurder 工作室所有成员加入尤氏集团，协助我们以盗梦的方式消灭一切竞争对手。作为交换，黑子会把杀死田进一、苏枚等四人的真凶交出来，并提供你们并非杀害章启明凶手的证据。”

瞿洋摇头：“这绝不可能。”

尤总不紧不慢继续说道：“二、你们可以不必加入尤氏集团，但需要按合同约定，针对章氏集团实施商业盗秘。作为交换，黑子仅就章家一案帮你们洗脱清白、恢复名誉。”

瞿洋沉默片刻：“如果两个都不选呢？”

尤总慢慢放下红酒瓶子：“那你们只能继续浪迹天涯，过着东躲西藏、朝不保夕的日子。”

114 二选一

见瞿洋犹豫，尤总脑袋稍稍前倾：“我可以给你们两天的思考时间。”

“不必了，我们选择第二款方案。”“尹昕”斩钉截铁的声音在耳边响起。

尤总仿佛有些遗憾：“进退得失，你们可要考虑好了。”

“尹昕”说：“我们已经考虑清楚了。”

“尹昕……”瞿洋似乎觉得有些不妥。“尹昕”的右手悄悄通过茶几下面，在瞿洋左手手背上轻轻拍了拍，暗示他回头再解释。

“好吧。”瞿洋终于点头，“我们就选第二款方案。”

尤总倒是沉郁了一下，见瞿洋不再改变意见，便拿出两支笔放在桌案上：“OK，那我们就签合同。”

“尹昕”把合同递给瞿洋，后者仔细阅读并签字，完了递给尤总。

尤总接过，掂起笔过了好几秒钟才签字。

“虽然你们没有正式加入尤氏，但签完合同也算是一家人了，为我们下一步的合作成功，干杯！”尤总率先举起酒杯。

瞿洋也拿起酒杯，但没有跟尤总碰，而是直接仰脖喝下。

“我还有事，先告辞了。”说完，瞿洋拽着“尹昕”起身离开。

尤总坐在原位，望着逐渐远去的背影轻声笑了一下，而后端起酒杯一饮而尽。

“这下，你该满意了吧？”黑子从一道欧式屏风后走出。

“满意个屁！”尤总把酒杯“啪”地按在茶几上，“我要的是一支绝对忠诚、无坚不摧且能够长期驱使的团队，不是放响炮就走人的一锤子买卖！”

“不要太计较字面上的区别了。”黑子在尤总对面的沙发上坐下来，一手抓起红酒瓶，在一只空杯子里沥沥啦啦地倒着，“你想想，你最大的敌人是谁？不就是章家吗？除掉章家不就等于扫平一切竞争对手了吗？”

尤总的脸色终于没那么难看了：“你的意思是，这第二款跟第一款从实质上没什么区别？”

“不单如此，它还让你在交易筹码上占了个大便宜。”黑子得意地喝着红酒。

尤总听了冷哼一声：“占便宜的是你，不是我，我可不是什么杀人凶手。”

黑子也不计较，只管把杯中红酒喝尽，然后拿起瓶子接着往杯子里倒。

“事成之后，你真打算把凶手交出来？”尤总身子往前探了探。

黑子狡黠一笑：“当然，我这个人素来言而有信，只不过……”

尤总顺着他的话往下说：“只不过，那是个替死鬼。”

黑子一愣，随后与尤总相视而笑。

尤总也倒上一杯酒与对方碰了一下：“你既然约了人家，为什么到了跟前却又不愿露面？”

黑子高高翘起二郎腿：“正如你所说，现在时机未到。”

尤总盯着他不断晃动的脚尖：“听说，章家已经知道瞿洋等人到了德国，并且抓走了他们团队中的一个人？”

黑子颔首：“没错，是我让英子故意散布出去的消息。”

尤总不解：“章家心狠手辣耳目众多，若是知道他们的下落必定施以毒手，你就不怕好不容易到手的鸭子让人给吃了？”

黑子摇头：“他们已经改变策略，不再对瞿洋等人一味穷追猛打，而是有条件地加以利用。”

尤总不安：“他们会不会怀疑凶手另有其人？”

“很难说。”黑子的脚尖停止晃动，“章天泽这只老狐狸狡猾多端，也许，他们想要利用瞿洋等人下一盘更大的棋。”

尤总问：“什么棋？”

黑子道：“我只是随便说说，也许章天泽并没有我们想象的那么聪明。再者，有英子在那边做内应，料他也掀不起什么大浪。”

尤总稍稍舒了口气：“英子的身份还能隐藏多久？”

“只要真假杨娜的事不暴露，她就是安全的，至少眼下没有任何问题。”黑子信誓旦旦地说，“章天泽仍然对她十分信任，还让她假扮尹昕企图从瞿洋团队的行动中浑水摸鱼呢。”

“尹昕？”尤总之前见过瞿洋等人的照片，于是瞪大眼睛，“你是说，刚才的那个女人就是英子假扮的？我可一点都没看出来啊。”

黑子得意一笑：“英子最擅长的有两个，一是催眠，第二就是伪装。”

“妙，妙啊。”赞叹之后，尤总又不无担忧地说，“不过，越有本事的人越要小心钳制，千万不可让她变成一把杀人伤己的双刃剑啊。”

黑子的脚尖又晃起来：“放心吧，我自有分寸。”

115 戴罪立功

“我去！你们怎么能随随便便就答应他们呢？”拿着合同，宋小佳叫唤起来，“那不等于和一帮窃贼同流合污了吗？”

瞿洋一屁股坐在客厅的沙发里：“我也不想啊，可除此之外我们还有别的选择吗？”

“只要能帮我们洗脱清白恢复名誉，这点付出不算什么。”“尹昕”倒了一杯水，轻轻吹着表面冒着的热气，“何况章家恶贯满盈横行霸道多年，可谓人人得而诛之，铲除这样的商界毒瘤也算是种义举，即便没有该合同，我们迟早也要承担起这份责任。”

宋小佳硬着脖子杠上了：“可谁能保证灭了章家之后，作为超级霸主的尤氏不会反过来对付瞿氏呢？合同里可没有约定不许针对第三方啊！”

“尹昕”反击道：“合同也没有约定我们不可以对尤氏动手啊，只要他们敢那么做，我们就让他们落个鸡飞蛋打一无所有！”

宋小佳将手中的合同抛给瞿洋：“不管怎么说，盗取商业机密本身就是一种违法行为，这么做等于刚出一个陷阱又入另一个圈套，看似聪明实际笨得很！”

“如果警方给你们这次行动授权呢？”门外忽然传来一个熟悉的女声。

众人转头看去，见瞿振业领着一男一女从外面进来。男的50多岁，穿一身灰色西服，头顶戴着礼帽，女的20来岁，穿一身黑色皮衣戴着超大墨镜。

看到那女的，宋小佳直接跳了起来：“李菲？你怎么来了？我不是在做梦吧？”

李菲故意冷着脸：“我来拘捕你们这些杀人犯兼偷渡客！”

“我去！真的跨国拘捕啊？”宋小佳抱住李菲，在其脸上旁若无人地亲了一下。

“胡队，您怎么也来了？”瞿洋放下合同，起身相迎。

男子摘下礼帽，笑呵呵地对瞿洋说：“我已经不是刑警队大队长了，这趟过来纯粹是看望老朋友。得知你们安然无恙，我也很开心啊。”

“一路辛苦，快请坐吧。”瞿洋忙招呼对方入座，然后又吩咐祁妙去沏茶。

瞿振业、胡翰林和李菲在客厅的茶几边依次就座，之后瞿洋和“尹昕”也坐下来，由于坐席有限，卡恩与宋小佳就倚在沙发边。

不多时，祁妙端着茶壶过来。瞿振业接过茶壶亲自给胡翰林面前的杯子斟上：“瞿洋他们能够逢凶化吉，还要多亏老弟的信任与帮助，若不是你和李菲，这群孩子只怕早就在章家的捕杀中死于非命了。”

胡翰林听罢赶紧摆手：“别别别，那都是李菲临危决断的功劳，我可是一点忙都没帮上。说到信任，我更是心中有愧，若非我只给出三天期限，这帮孩子也不会冒险招惹章启明。不过我也相信，很快就会迎来水落石出的一天。”

“是啊，我也相信有那么一天。”瞿振业附和道。完了，他又给李菲斟茶：“李警官，瞿某代这帮孩子谢谢你了。”

李菲赶忙端起杯子："瞿老板客气，我不过略尽本分而已。"

客套之后，瞿洋开始向李菲发问："你刚才说警方授权我们行动，这是市局的意思还是你个人的主意？"

李菲笑道："当然是领导的意思，我可没这么大权力。之所以做出这样的决定，主要有两个原因，一是我们得到消息——章家即将启动的这个新项目存在不少问题，而且资金来源也是非法的，所以警方需要提前截取这方面的材料。"

"二是，针对章启明的案子调查有了新的进展，就连章家也不得不承认，其中存在种种疑点。虽然新上任的霍局长还算是个刚正不阿的硬骨头，但公安系统多是章家的人，他一时很难力排众议做出决定，只能暂时对我私下授权。"

说到这儿，李菲把目光转向一旁的胡翰林："之所以形势能发生这么积极的改变，都要靠胡队在背后做的种种努力，若不是他私下里进行多方调查取证，又利用多年的人脉在章家的势力夹缝中艰难斡旋，我这次来可就真的是要实施跨国拘捕了。"

这回胡翰林没有客套，他伸出一根手指用力捣着自己心窝："虽然人不在岗位上了，可不把这案子弄个清楚明白，我这心不甘啊！"

瞿振业紧紧握住胡翰林的手："能在是非分明之前果断施以支持，这得是多大的信任哪！老弟，你对孩子们的大恩大德我都不知该说什么好，请允许我以茶代酒敬你一杯！"说罢，提起茶壶倒上一杯茶，躬身去敬胡翰林，后者嘴里说着"客气"，同时放低杯沿以表谦让。

敬完茶之后，瞿振业又转头嘱托瞿洋等人："孩子们，这可是胡队长和李警官给你们争取来的戴罪立功的机会，你们可要千万珍惜，决不能辜负人家呀！"

瞿洋点点头："我们已经跟黑子签了合作协议，我们帮他们拿到章家新项目的研发材料，他们以杀害章启明的凶手作为交换，眼下，我们正在等待入梦时机。"

正说着，瞿洋的手机响了，他抓起手机按下接听键。

"是谁？""尹昕"低声问道。

瞿洋用唇语回答："黑子。"

十几秒钟后，瞿洋说了个"好"，然后挂掉电话。

"尹昕"、宋小佳、卡恩和祁妙一起拥过去："怎么说？"

瞿洋的视线则停留在胡翰林和李菲身上："明天下午三点半，尤氏集团的负责人约章天泽在沙米策尔湖温泉度假村打高尔夫，黑子的意思是，要我们在这次碰面会上实施盗梦。"

116 高尔夫

尼克·佛度球场是沙米策尔湖温泉度假村四大高尔夫球场之一，拥有"德国最好的高尔夫球场"的美誉。

球场距离柏林市中心大约1小时的车程，章天泽赶到的时候，尤总已经在热身了。今日的尤大老板一身运动装，戴着棒球帽，看上去精神抖擞、容光焕发。他一边做着热身动作，一边朝刚下轿车的章天泽打招呼。

相对尤总的休闲自在，章天泽却像是刚从生意场上下来，一身西装革履显得匆匆忙忙，脸上还挂着疲惫之色。见尤总打招呼，他远远回了个笑意，然后吩咐同行的阿忠、阿诚在离轿车不远的球场边等他。

"真是抱歉，分公司有点事情耽搁了，让尤总久等。"章天泽喘着粗气跑到跟前。

"没有没有，我也是刚到。"尤总以逸待劳，"尤某闲人一个，别误了你的正事才对。"

章天泽笑着自嘲："哪什么正事，天天的文山会海，无非看看报告、听听发言罢了。"

尤总做完最后一个热身动作，上前两步拍拍章天泽的肩膀："咱们哥儿俩年纪也都不小了，奋斗了大半辈子，该颐养天年了，一些工作完全可以交给晚辈们去干嘛。就比如在德国的分部，你让分公司总经理去搞不就成了？自己亲力亲为多累呀。”

“我何尝不是这样想的。”章天泽叹气道，“公司的事情，本来小儿启明还可以帮衬一下，可没想到……总之，兄弟没有你这样的福分哪。”

尤总小心翼翼地问：“贵公子的事现在是个什么情况？凶手抓到了没？”

见章天泽苦着脸，尤总慌忙岔开话题：“哦哦，不高兴的事不提也罢，既然有了下午的安排，咱就开开心心彻底放松一下。”

说完，尤总转身冲不远处一把太阳伞下的金发女子喊了声：“安妮！”金发女子正在跟身旁的光头黑人聊天，听到老板叫喊，立即携着打高尔夫的工具跑了过来。

“来来来，难得在德国会面，咱哥儿俩好好玩玩。”尤总把高尔夫球杆递给章天泽一把，后者接过道了声谢谢。

两人的高尔夫大约进行了半个钟头，忽然听得远处传来喧哗声。循声望去，见阿忠和阿诚跟四五个年轻人厮打成一团。尤总停下挥杆的动作，喊了声：“克雷斯、安妮，过去看看！”金发女子和光头黑人听令，立刻起身朝喧闹处奔去。

“真不好意思，早知道有人扫兴，我就该提前包场。”尤总歉意地朝章天泽笑笑。

章天泽大气地摆摆手：“蕞尔小事，由他们自己处理吧，咱接着玩。”

“好，好！”尤总挥杆击球。

接下来的时间里，章天泽依然表现得十分专注，尤总却似乎有些走心，眼睛不时瞥向喧闹之处。

远处，喧闹仍在继续，并且有升级成武斗的迹象。

与阿忠和阿诚对峙的五个年轻人里，一个是亚洲面孔，其余四个皆是金发碧眼的当地人。因为交涉的两个对象是中国人，所以由亚洲青年出面。那青年二十五六的年纪，打扮得流里流气，手里握着跟他同样苗条的高尔夫球杆，嘴里的话却比其嗓门还粗："操你妈的球又没长眼睛，要怪就怪你们车停得不是地方！砸坏玻璃该你们倒霉！想要我们赔，门儿都没有！"

阿忠和阿诚是什么人，平日谁敢在他们面前刺儿过。但考虑到身在异乡，老板又是尤氏请来的，眼下不太好打打杀杀，所以尽量息事宁人。

"行了，钱不让你们赔。你们道个歉，然后可以走了。"阿诚说。

气不过的阿忠又补了一句："给你们一……额……一分钟时间，立马从这儿消……额……消失！"

"嘿，这又不是你家地盘，凭什么让我们走？你们怎么不走？"亚洲青年虎瞪着眼睛，"爷今儿不道歉也不走，看你能怎么着？"

阿忠欲冲上去，结果被阿诚拽住。就在此刻，一旁的克里斯和安妮开口了，两人叽里呱啦不知说了什么，对方四个当地青年立刻炸毛了，挥舞着高尔夫球杆打将过来。克里斯和安妮自然也不是好惹的，于是双方战作一团。

本来，阿忠和阿诚还想静观其变或者做做和事佬，不料，对方把他们和克里斯、安妮当作一伙儿的，竟捎带着把他们也打了。阿忠和阿诚算是看明白了，这一伙儿就是故意来挑事的，既然如此，那就怪不得他们手下无情。

在阿忠和阿诚看来，这就是几个不知天高地厚的小混混，顶多十招就能将其料理完毕。结果动了手才知道，这五人决不是一般的流氓痞子，而是经过专业训练的一顶一的高手。尤其那个亚洲青年，看似身量单薄，其实武力过人，他们两人联手百招竟也不能将其制服。

117 网络黑客

遭遇同样尴尬的是克雷斯和安妮，二人被三名青年死死缠住，另一人故意气他们似的，趁着空档竟拿高尔夫球杆把车玻璃全部给砸了，这还嫌不够，又跳上车将方向盘、仪表盘等踹了个一塌糊涂。

这边激斗正酣的时候，经过伪装的宋小佳、“尹昕”和祁妙正在离球场不远的一辆保时捷里远远观望着。没错，球场上的一切都是他们和瞿洋策划好的：五人在玩高尔夫时故意将球打中章天泽的车玻璃，由此引发矛盾纠纷，进而发展成武力争斗，其目的就是将阿忠、阿诚二人缠住。

五人中的那名亚洲青年出自瞿洋的伪装，剩下四名当地青年则是克雷斯和安妮找来的，当然，这出自尤总的授权——作为盗梦实施前的关键铺垫，尤总及他的两位保镖也是参与了的。不单如此，为避免引起章天泽的怀疑，克雷斯和安妮也从中客串了重要角色。

架也打了，车也砸了，计划开始进入第二步：破坏章氏德国分部的网络系统。这个主意是“尹昕”出的，也是她毛遂自荐充当破坏网络的黑客。

“尹昕”翻开准备好的笔记本电脑，连好无线网络，进入命令输入状态，随着键盘噼里啪啦响起，屏幕上很快闪起晦涩的文字符号。

“我去！”宋小佳忍不住啧啧赞叹，“这么复杂深奥的东西你居然都会，可真是深藏不露啊！”

“尹昕”也不讲话，只顾快速操作着电脑。跟宋小佳不同，祁妙的视线没有落在屏幕上，而是一直盯着“尹昕”的脸，就在她感到有什么不对的时候，“尹昕”突然停手，同时低声喊了句：“成功了！”

球场那边，九个人的殴斗仍在继续。见自己的豪车被砸，两位保镖也显得有些寡不敌众，章天泽终于沉不住气了，他向尤总投以“抱歉”的眼神，丢下球杆朝事发地走去。尤总装出一副不放心的姿态，在身后紧紧跟着。

章天泽刚迈开几步，身上的手机便响了，来电显示为德国分部的信息总监。他有一种不好的预感，果然电话接通后就怔在那里，过了十几秒钟才应了句：“知道了，我马上回去！”

“出什么事了吗？”尤总明知故问。

章天泽的脸色十分难看：“德国分部的网络系统被黑客侵入，OA、NC、ERP、官网、在线交易平台等全部瘫痪，信息中心正在请人紧急维修。”

“哎呀，那可不能耽误，一分一秒都是损失呢。”尤总的脚步比章天泽还快，“现在的黑客真是太可恶了，前阵子我们公司也遭到了无端的攻击，真是防不胜防哪。而且，这些人凭借技术手段来无影去无踪，叫人捶胸顿足又无可奈何！”

章天泽意味深长地笑了一声：“再狡猾的狐狸也终会露出尾巴，不管他是谁，我都要抓住他，让他付出十倍的代价！”

尤总听了，不知心虚还是紧张，脊梁上汗湿一片。

见章天泽朝自己的轿车方向走，尤总赶忙伸手拦住：“那边危险，而且你的车已经坏了，还是坐我的车回公司吧。”章天泽停住脚步思考片刻，点了点头，尤总赶紧前边带路。

球场入口不远的地方停着尤总的加长版林肯，年轻的司机早在车上待命。见两位老板急急忙忙奔过来，司机主动下车拉开车门。章天泽抬脚上车，尤总亲自关好车门后，又对司机如此这般交代了一番，司机连连点头。

不出五分钟，加长版林肯便驶出球场大门，跑在了笔直宽阔的林荫大道上。司机是个德国人，汉语讲得还算不错，时不时还能蹦出几个成语，但总用得很不恰当，他边开车边找话题跟章天泽聊天，章天泽没兴趣多讲话，寥寥应付几句后开始闭着眼睛装睡。

途中，一只讨厌的苍蝇落在了章天泽的眉尖上，他伸手拍了一下，没打中，于是开开窗子，试图将其赶到窗外，可赶了半天都没赶出去。这时，司机把手边的一瓶花露水递了过来，章天泽拿过照身上喷了两下。

不多时，章天泽感到一阵困倦袭来，随即眼皮沉得睁也睁不开，最后竟头一歪倚在靠背上睡了过去。司机渐渐放慢车速，同时拿起手机拨通一个号码："洋子，目标对象已经睡着，第三步计划成功了！"

言毕，司机通过后视镜看了章天泽一眼，嘴角露出得意的笑。当然，这名司机就是卡恩伪装的，按照计划，他负责用注有梦境稳定剂的花露水把章天泽送入梦乡，以便下一步盗梦团队展开工作。

瞿洋接到通知后虚晃一招佯装败退，剩下四人继续同阿忠、阿诚、克雷斯和安妮周旋。瞿洋撤出球场之外，拿手机与宋小佳、"尹昕"和祁妙联络上，然后四人一起驱车追赶加长版林肯。

十几分钟后，瞿洋等人赶了上来。卡恩停车拉开车门，瞿洋、"尹昕"和祁妙跳上加长版林肯，留下宋小佳继续开着那辆保时捷。

瞿洋打开随车携带的联梦机，按照之前的约定设置为两层梦境，时间 30 分钟。之后，他和"尹昕"、祁妙三人分别服下梦境稳定剂，连接好传感导线。卡恩作为司机兼守梦人，待瞿洋等人睡熟后按下联梦机的按钮。

118 入园

皓月当空，万籁俱寂，空气里弥漫着一股怪异的清香。

祁妙从一处假山后探出头，使劲吸了两下鼻子："这是什么味道？"

"花露水的味道。"前方不远的瞿洋轻声回答，"章天泽用力过猛，导致车厢里的气味太重了。"

祁妙"哦"了一声，刚打算站起来，便被瞿洋一手给按了下去。几秒钟后，祁妙慢慢抬起头，顺着瞿洋目视的方向看去，见不远处有一规模宏大的中式宅院，宅院门前，阿诚正在向一支全副武装的保安队训话，阿忠则背手而立站在一旁，虎瞪的双眼鬣狗般四下扫视着。

“那不是章天泽的两个保镖吗？他们在那儿干什么？”祁妙低声问道。

瞿洋没有直接回答对方的问题：“这是章天泽在柏林的一处住所，看样子，他这次到德国，把自己的‘御林军’也带过来了。”

有过几次经历之后，祁妙对盗梦已一知半解：“想要顺利完成任务，首先得在第一层梦里找到章天泽，并对他成功实施暗示和渲染，可对方防备这么森严，我们怎么进去？”

瞿洋从怀里掏出一把手枪，枪口放在嘴边吹了一下：“看情形，这次只能大开杀戒了。”

祁妙听了忍不住抱怨：“我要是会开车，就让宋小佳来了。都怪那个尹昕，明知道任务艰险肯定会打架还非要争，这倒好，俩女人帮不上忙，打架这活儿全靠你一个人了。”

说到尹昕，瞿洋四下看了看，依然没有她的影子。盗梦任务中，一同入梦的人不一定会出现在同一场合，这是正常现象。可眼下寻找队友显然不是时机，空等也不是办法，所以只能因地制宜相机行事。

此时此刻，阿诚训话完毕，保安队开始巡逻，宅院门口只剩下阿忠、阿诚以及两名值岗的保安。

瞿洋正要行动，忽听得背后传来一个声音：“等一下！”

回头看去，只见假山下站着一年轻女子，其上穿暗红色格子毛衫，下穿黑色条绒裤子，两只短粗的小辫耷在肩头，整个一豪门大户的用人打扮。

瞿洋迟疑了几秒钟，还是认出她来：“英子？”

对方立刻纠正道：“从现在起，你们叫我杨娜，我是章天泽聘来的贴身用人。”

祁妙还在疑惑，瞿洋却一下子就明白了：为了兵不血刃地完成任务，“尹昕”伪装成了杨娜的模样。只是“尹昕”之前并不曾提起，该方案也不在大家行动前所讨论的计划里，这使瞿洋感到很是意外。但他又不得不承认，这的确是一个事半功倍的好办法。

“愣什么，快跟我走。”说罢，“尹昕”转身走向不远处的一片树丛。

瞿洋和祁妙从假山上下来，随着“尹昕”的背影跟过去。在树林里，“尹昕”打开一个黑色的大包袱，借助斑驳的月光，可见里面放着两套假发、衣物、鞋子和人皮面具。

十几分钟后，瞿洋已经被伪装成一个头挽发簪、腮生白髯的道长，祁妙则变成了身穿长袍、手执浮尘的师太。两人在“尹昕”带领下走出树林，穿越马路，径直走向章家宅院的大门。

丝毫不出所料，在准备进门的时候，瞿洋和祁妙被保安拦住了。

“哟，是杨娜啊。”阿诚近前两步，上下打量着“尹昕”，“这么晚上哪儿去了啊？”

“我上哪儿需要向你汇报吗？”“尹昕”没好气地丢了一句，见对方用狐疑的视线扫向瞿洋和祁妙，她用下巴朝身后点了点，“这两位来自玉皇山清虚观，是老爷子从远方请来的客人。怎么着，你还要当面验明身份吗？”

阿诚嘿嘿一笑：“正因为是老爷子的客人，咱们更要尽心尽责啊。”

“就是，把证件拿……额……拿出来！”阿忠在一旁吼道。

“都是闲云野鹤的出家人，又不是常住观的，哪来的什么证件！”“尹昕”直接拽过身后的瞿洋和祁妙，“老爷子就在里面等着，误了事你们担得起吗？”

“哎，这……”阿忠心有不甘，却又无可奈何。

“算了。”一旁的阿诚拍拍阿忠，“既然是老爷子急着要见的客人，就让他们进去吧。反正有咱哥俩在，出不了大事。”

119 太极宗师

三人总算顺利进入。宅院规模宏大，房屋建筑风格类似，且道路曲曲绕绕如同进了迷宫。而“尹昕”似乎对环境非常熟悉，一路穿宅越院毫无障碍。

“你之前到过这儿吗？”瞿洋问。

“没有。”“尹昕”知道对方想说什么，“我通过谷歌地图做了功课，所以比你们对这里的环境更了解一些。”

这个答案虽有些牵强，却也还在情在理，所以瞿洋就没继续往下问。

“章天泽这个老王八蛋，在德国还搞这么大个行宫，真够奢侈的！”祁妙边走边嘟囔，“可这么多间屋子，我们应该到哪儿去找他呢？”

尹昕回道：“据我了解，他喜欢在晚上的时候与同好者谈经论道、切磋武艺。我们直接去后院的厢房，想必不会走空。”

穿过一条藤蔓缠绕的长廊，果然拱门后面有一间厢房。房间里亮着灯，窗子上映出两个黑色的人影，一个很明显是章天泽，另一个看上去则十分陌生。

“这老王八蛋果然在这里，而且房间里只有两个人，真是老天有意要助我们一臂之力！”祁妙兴奋了半截，突然又冷静下来，“不过这似乎也太顺利了些，总觉得少了点什么。”

“像章天泽这样的人物，即便没有经过专业的防盗梦训练，其潜意识防御也该极其严密才对，而我们一路走来似乎过于顺畅，尤其宅院里几乎没有任何安保设置，这不像是章天泽的风格，除非……”

“尹昕”转过头：“除非什么？”

祁妙替瞿洋做了回答：“除非跟章天泽在一起的这个人，是个以一顶百的厉害角色！”

瞿洋苦笑着点点头："看来，一场恶战是避免不了的了。"

"管他是谁，进去看看再说。"说着，"尹昕"就要往厢房里闯。

"让我来。"瞿洋拽住"尹昕"，把她和祁妙拨在身后，一马当先飞脚踹开了房门。

很快，章天泽的身影移到了门前。跟往日不同，此时此刻的章天泽穿着一身白色的短褂，腰间束着黑色的扎带，显得武者气息十足。他冲瞿洋和祁妙大声喝道："你们是什么人？到这儿来做什么？"

看到"尹昕"，章天泽似乎十分惊讶："是你带他们进来的？"

"尹昕"没有回答。瞿洋则微微拱了下手："久闻章先生文韬武略样样精通，特求杨娜小姐带我们前来切磋一下。"

"哈哈哈，这是来踢馆的吗？"随着声若洪钟的大笑，另一个黑影也移到了门前，"欲战章天泽先生，先过了我这关不迟！"

瞿洋循声望去，见眼前站一穿着灰袍、须眉皆白的老者，其身高约六尺，体格清朗，长辫垂腰，目光炯炯，一副不怒自威的王者气势。

"太极宗师杨露禅！"瞿洋难以置信地惊叫出声。

"阁下好眼力！"杨露禅捋了捋长及胸前的胡须，"请问阁下尊姓大名？"

此刻系在梦中，谈不上对大师及先辈的尊重，于是瞿洋朝对方脑门一指："打赢我再告诉你！"

"好，有骨气！"杨露禅眯起眼睛，同时拉开决斗的阵势，"既然是来挑战的，那就别怪老朽手下无情了。"

作为一代武学宗师，杨露禅的功夫常人自是难以企及，再加上现在又成为章天泽偶像级的潜意识投射，其身手必然高到了令人匪夷所思的程度。因此瞿洋根本没把握能赢对方，之所以向对方叫板，其目的主要是引开杨露禅，好让"尹昕"和祁妙对章天泽下手。

当然，"尹昕"和祁妙是没有功夫的，别说她们两个，就是五个八个也未必是章天泽的对手。但入梦之前，二人已经按计划做好了准备："尹昕"袖子里藏着一把刀，刀刃上涂有特制的周公散，只要能伤及章天泽，对方就会在最短时间内昏睡过去。祁妙怀里则藏着一瓶特制的喷剂，只消接近章天泽轻轻一喷，不出半分钟对方就会呼呼大睡。

因此，纵是章天泽本领高强，也难保百密一疏，只要瞅着个空档就很容易偷袭成功。

被激怒的杨露禅出招了。只见他单腿一个飞旋，身体腾空而起，继而一个快闪，钻进了章天泽的身体里——你没看错，杨露禅和章天泽合二为一了！

120 围攻

"尹昕"和祁妙当场呆住了，瞿洋也吃了一惊，但他很快就明白了产生这种现象的缘由：章天泽酷爱太极拳，并把一代宗师杨露禅视为偶像。他房间的墙壁上挂着杨露禅的肖像，书架上摆着有关杨露禅的书籍，他去过杨露禅的故乡并得到杨家后人的真传，这些从相框上的几组合影里就可以发现。

由于对太极拳以及杨露禅的深度痴迷，章天泽做梦都在跟对方切磋技艺、交流心得，甚至让对方成为守卫自己安全的保护神。如此一来，杨露禅便成为他幻想中的异体分身。

章天泽扭动了两下咯咯作响的脖子，双脚一顿，炮弹般飞了过来。瞿洋屈膝后仰，使身体弯成一个反C形，章天泽的躯体擦面而过，落在身后不远处的门框上。紧接着章天泽返身一个飞旋，两腿夹住瞿洋的脑袋使劲一扳，把对方压在了身下。

随着一声怪啸，章天泽挥起一只铁拳砸向瞿洋面门。瞿洋不慌不忙，顺手抄过旁边一只木椅。铁拳与椅子相撞，伴着噼里啪啦的爆裂声，木头渣子碎了一地。接过对方三招之后，瞿洋开始反击了，他两脚合力夹住章天泽脑袋使劲一拨，将对方从身上掀了下去，紧接着一个前空翻，稳稳骑在了对方身上。

就这样，两人你进我退来往翻飞斗了十几个回合不分胜负。由于是贴身肉搏且速度极快，一旁的“尹昕”和祁妙根本无从“插手”。

徒手战了近百回合，章天泽场面上虽占优势却迟迟不能将瞿洋制服，情急之下从墙上抽出一把宝剑，舞了几个剑花朝瞿洋刺去。瞿洋岿然不动，剑锋只差几公分抵达咽喉的时候，枪响了，子弹不偏不倚直射章天泽眉心。

章天泽大惊，赶忙回剑去挡，结果子弹穿透剑身射入右臂，顿时血流如注。瞿洋深知不能长久与对方抗衡，再斗下去必败无疑，因此也顾不得什么江湖道义，只管持枪射击。章天泽左闪右躲，一一避开，直至瞿洋射完最后一发子弹。

“哈哈哈……”章天泽持着断剑仰天大笑，“招数用完了臭道士，准备受死吧！”说着，挥舞断剑朝瞿洋刺将过来。瞿洋赤手迎敌，同时朝祁妙使眼色。祁妙瞅准机会，拿出喷雾工具照准章天泽就喷，不料章天泽背后长了眼睛似的，迅速击落喷雾工具，又旋起一脚，将祁妙踹飞撞在几米之外的墙上，后者当场吐血。

瞿洋稍一分神，便被章天泽抓住空档，一个饿狼扑食压在身下，两手死死卡住脖子。瞿洋挣脱不得，脸愈发显得青紫。他正慨叹盗梦行动就此失败之际，突觉章天泽身体猛地一沉，随即两眼开始瞪大，两手的力道越来越松，最后“扑通”倒伏在自己身上。抬头看去，见“尹昕”正举着一把匕首，刀尖上鲜血淋漓，而章天泽的后背上则留下一个寸把长的口子。

瞿洋长长吐出一口气，而后取来经过伪装的联梦机，扯出传感导线各自连好，接着每人服下适量周公散。由于祁妙受伤过于严重，第二层梦境便由她作为守梦人，瞿洋作为梦主，“尹昕”陪同入梦。

见瞿洋和“尹昕”沉沉睡去，祁妙按照瞿洋所托，小心翼翼摁下联梦机中央的按钮。

121 密码箱

在第一层梦境里，盗梦团队给章天泽施加了很大的压力，使其感到手上的新项目计划有风险。而第二层梦境会更加接近章天泽的潜意识中心，为了资料的安全，章天泽势必会将文件存往所信任银行的保险柜，因此只要伪装成银行的工作人员，在里面来个守株待兔，然后设法搞出保险柜里的机密文件就 OK 了！——这是盗梦团队所设想的整体计划。

因此，第二层主要采用了造梦，也就是以比特斯银行为中心所构造出的场景。比特斯银行是柏林一家著名的私人银行，因其全面贴心的客户服务、先进完善的保密系统颇受商业大佬的青睐。

入梦前，瞿洋曾针对章天泽做过详细的调查与分析，认定其极有可能会把资料存在比特斯银行，并针对盗梦过程中可能发生的种种状况做好了预案。

按照预案，瞿洋伪装成一楼大厅的 VIP 客户经理，当然，那位真正的亚裔客户经理早被前者捆绑在寓所的床下，嘴巴封上了胶带。“尹昕”则坐在距离银行不远的保时捷里，通过监控屏幕观察着银行内外的一举一动。监控屏幕连接的另一端，则是一楼交易大厅和三楼保险库安装的摄像头——这些都是瞿洋在造梦时提前设计好的。

“目标对象出现。”“尹昕”的声音通过衣领下的麦克风传到瞿洋耳中。

瞿洋最后一遍整理服装、胸牌、假发及人皮面具，经过多次盗梦，他的伪装术成熟多了，即便没有祁妙在身边，也能做到以假乱真的地步。

“目标对象进入大厅。”“尹昕”继续提醒。

瞿洋抬起眼皮，视线随即穿过贵宾室的玻璃门射向大厅。他看到，章天泽和阿忠、阿诚各提着一只小型的密码保险箱从门外进来了。

三只一模一样的密码箱？章天泽这只狡猾的老狐狸！瞿洋怎么也没想到对方会来这一手，怎么办？眼下有两种可能，第一种是：只有一个密码箱里的资料是真实的，其他两个密码箱里的都是假的。另外一种可能是：三个箱子的资料都是真的，但内容各占三分之一。

不单如此，三个人还极有可能分开进行业务办理，这样一来，一次偷窃成功的可能性更是大大降低了。他正在思考，章天泽已经走到贵宾室，阿忠和阿诚也已找到各自的客服人员开始办理业务。

五分钟后，章天泽走了，留下瞿洋愣怔在座位上——最担心的情况还是发生了：章天泽存储的那部分，就是十几页不着边际的发言稿和毫无作用的流水账。也就是说，真正的新项目资料存在另外两个密码箱里！

“尹昕”通过监控镜头也看到了大厅里发生的一幕。她跟瞿洋一样，在见到三只一模一样的手提箱时也想过强行夺取，但他们知道，这类密码箱一般都设有自毁装置，万一把对方逼急了，启动自毁系统就会使盗梦任务前功尽弃。

瞿洋抱着密码箱来到三楼的保险库。在“尹昕”的提示下，他并没有费太大周折便找到了另外两个密码箱。出门的时候，“尹昕”来接应了，两人抱着保险箱匆忙通过步梯逃离。

毫无意外，他们在经过大厅时遭到保安的阻拦。来不及发挥拳脚，瞿洋只能一枪致命。很快，银行的警铃响起来了，背后传来大批人马的脚步声。待瞿洋和“尹昕”钻到保时捷里、锁好车门准备发动的时候，保安已将车体围了个水泄不通。

坐在驾驶位上，瞿洋抛开杂念嘴里轻念着“坦克、坦克”，睁开眼的一瞬，保时捷已经变成了披着厚厚铠甲的坦克。随着巨大的轰鸣声，大地猛烈颤抖着，滚滚烟尘中保安们赶忙散到一边。

安全区的创建（轿车到坦克的突变），引起了街边市民的警觉，这些潜意识投射立刻像僵尸见了活物一般围攻上来，不少人爬到坦克上面，试图通过顶端的盖子往里钻。瞿洋念了句“阿弥陀佛菩萨见谅”，开动坦克压过阻挡在前的保安，拖着密密麻麻的人群向前挺进。

（本章节部分内容参考自素食主义的《盗梦笔记》）

122 杨娜再现

第一层梦境。祁妙一面守着瞿洋和“尹昕”，一面留心听屋外的动静。她发现，二人尤其瞿洋的身体在时不时地抖动，似乎睡得不太安稳，亦或在梦里跟人发生了打斗。她想把他唤醒，却又担心中断了盗梦任务。

另外，祁妙还发现“尹昕”的脸部有些异样，倒不是对方的伪装不够细致，而是直觉告诉她，人皮面具底下可能不是真正的尹昕。就在她伸手去揭那张面具的时候，外面传来了脚步声。

祁妙赶紧停住，目光警惕地盯着门外。脚步声越来越近，很快，一个家佣打扮的年轻女子跨进门来。看到来者的面孔，祁妙吓得差点坐在地上。她第一个反应是看身旁的“尹昕”，由后者伪装的杨娜仍然躺在地上。可眼前又出现的这个杨娜算是怎么回事呢？

望着对方，祁妙惊得说不出话来。杨娜一言不发走上前，弯下腰去扯章天泽身上的传感导线。祁妙这才回过神，急忙把对方推到一边。杨娜扑倒在地，顺势捡起章天泽旁边的那把匕首，继而返身朝祁妙刺去。

祁妙早有防备，抄过椅子的残肢挡了一下。结果用力过猛，杨娜的匕首没被打掉，祁妙的椅子腿却飞了出去。下一秒，祁妙被对方压在身下，闪亮的刀锋一点点朝咽喉逼近。祁妙两手锁住对方的握着匕首的手腕，两脚拼命踢腾。挣扎中，祁妙的脚踢到了联梦机，于是，瞿洋、“尹昕”以及章天泽的身体被传感导线牵拉得偏移了十几公分。

第二层梦境。坦克剧烈摇晃，瞿洋和“尹昕”因惯性撞上坦克内壁，怀中的保险箱随之咣当直响。

起初，瞿洋还以为是地震，见坦克外面四平八稳并无震颤，便意识到是第一层梦境出了问题。时不我待，眼下最迫切的是赶紧打开这该死的保险箱。由于柜体采用高强度低碳合金钢材料并用整体一次成型制造技术，所以采用刀撬、棍捅之类的方法都是行不通的，爆破又怕损坏里面的文件。

瞿洋停下坦克正在想其他办法，只听啪嗒一声，“尹昕”怀中那只保险箱的箱门打开了。

“怎么弄开的？”瞿洋不可思议地看着“尹昕”。

“尹昕”回答得极其简单：“密码。”

瞿洋皱着眉毛：“你怎么知道保险箱的密码？”

“尹昕”云淡风轻地说：“阿忠和阿诚输入的时候，我通过监控镜头看到的。”

输入密码只打开了保险箱的外层，里面还有一层需要指纹验证。这就难不住瞿洋了，只见他摸出手枪对准验证盘就是一发子弹，保险箱内层打开的同时里面的警报器也响了起来。

瞿洋和“尹昕”拿出文件快速浏览了一下，没错，这正是他们需要的新项目计划。当然，跟预想中一样，这个保险箱里只有一部分内容。于是，二人用同样的办法又打开另外一只保险箱，将文件的内容牢牢记在脑中。

这时，联梦机的定时音乐响了。

“我们成功了！”“尹昕”兴奋地说，但笑容很快凝固在脸上，因为整个坦克被蜂拥而上的人群死死裹住，几乎一丝光线都看不到了。

“多谢了，英子小姐。”瞿洋的嘴角露出诡秘的笑。“尹昕”一愣，在最后一点光亮消失之前，她看到了一只黑洞洞的枪口。

“你……”“尹昕”话未说完，就被枪声淹没了。之后，瞿洋又把枪口对准了自己的太阳穴……

与此同时，第一层梦境。

祁妙在挣扎中踢翻了附近的饮水机，致使自己、杨娜、瞿洋、“尹昕”以及章天泽都浸在水洼中。杨娜的刀锋一点点下压，渐渐在祁妙脖颈划出一道红线。祁妙顾不得许多，她在音乐声的催促中腾出一只手，拽住连接台灯的电线奋力一扯，然后把裸露的线头摁进身下的水洼。

嘭！一只巨大的蓝色火球从水洼中升起，所有人的身体在烟雾里开始抽搐、扭曲……

123 穿帮

章天泽醒来的时候，发现所乘坐的加长版林肯停在马路中央，司机正在车下用半生不熟的中文跟另一辆开保时捷的司机激烈争吵，看情形是两辆车发生了刮蹭。

“行了，别吵啦！车要没啥大毛病赶紧送我回公司去！”章天泽看看表，从车窗里探出脑袋朝司机喊。

“那怎么成？”司机大声嚷嚷道，“我得等交警过来鉴定事故呢，不然，车屁股被撞个坑我怎么跟老板交代？”

章天泽焦急地拍着车窗：“修车费我替你出！赶紧送我回去！”

司机迟疑了片刻，终于开门上车，开车前还不忘丢下一句话：“车牌号我记下来了，回头再找你算账！”

保时捷那边也不示弱：“算账就算账，谁叫你眼睛长屁股上了，看不到这条道最低限速 60 啊！”

“FUCK!”司机本来打算要起步了，听到对方的骂词，又把脑袋伸了出去，“我开得慢碍着谁了，有你超车从右边超的吗？简直是狗屁不通、臭味相投、恶人先告状、哑巴吃黄连！”

“够了，够了！”章天泽伸手拍拍他的肩膀，“快点走吧司机先生！”

司机这才发动汽车开始往前走。

“刚才我怎么睡着了？”章天泽揉揉发胀的脑袋，“还睡了半个多小时！”

司机回道：“可能是您最近太累了吧，车辆颠来颠去很容易睡着的。”

“大概是吧。”章天泽看看表，吩咐司机道，“再开快点。”

“OK！”司机狂踩油门，加长版林肯瞬时加速数倍。

望着对方绝尘而去的车辆，保时捷司机长长吐了口气：“我去，这个卡恩也太能扯了，再扯下去就要穿帮了！”

“那还不是为了把戏演得更逼真些。”回答他的是坐在车里的“尹昕”。几分钟前，她和瞿洋以及祁妙先于章天泽从梦中醒来，然后以最快的速度钻出加长版林肯，进入宋小佳开的保时捷，再然后，宋小佳按原定计划用保时捷顶撞了加长版林肯的右屁股——这一切安排都是为了给那 30 分钟的盗梦打好时间差。

“人生如戏，全靠演技，就好比英子小姐，演戏的功夫也是一流的。”坐在后厢的瞿洋意味深长地说。

“大家彼此彼此。”“尹昕”淡定地回道，“重要的是这次任务成功了，章天泽以及整个章氏家族将遭受巨额甚至致命的损失。”

“没错，这次任务之所以能顺利成功，可要多亏了英子小姐。不过……”瞿洋话锋一转，“可否告诉我们，你费尽心机伪装成尹昕，又如此卖力地帮助我们，目的是什么呢？”

“什么？”宋小佳刚反应过来，“这个尹昕是假冒的？那真的尹昕岂不是遇到危险了？”

“把脑袋扭回去。”瞿洋用拳头捅了一下宋小佳，“好好开你的车。”

“果然还是没能瞒住你们的眼睛。”英子苦笑一声，缓缓撕下脸上的人皮面具，露出杨娜的面孔，“尹昕小姐没有危险，放心吧。合适的时候，我自然会重新把她交还给你们。”

“你这里糊一层又一层的，不觉得捂得慌吗？”说着，祁妙把手伸到英子耳边。

英子立刻伸手挡住：“不急，等一切都了结的时候，我自然会现出庐山真面目。现在，请司机先生开车到约克街格林大厦，盗梦已经成功，接下来是我们履行约定的时候了。”

大约 20 分钟后，保时捷停在了格林大厦楼下。

“你们在下面等着，我去去就来。”瞿洋对宋小佳和祁妙说。

宋小佳立马回绝：“不行洋子！咱们是一个团队，大家的事情怎么能让你一个人去冒险！”

祁妙附和道：“就是，我俩要跟你一起去！”

瞿洋看看英子，后者表示没意见。

1904 房间。

跟上次一样，尤总背向门口站在玻璃窗前，右手端着一杯红酒，左手扶着室内的栏杆。

听到脚步声，他慢慢转过身来，将手中的酒杯高高举起：“欢迎归来，DreamMurder 工作室的英雄们！我很荣幸地通知大家，今天晚上，将在格陵兰大酒店举行一个盛大的庆功宴会。届时，我们德国分部所有的中高层都将到场，大家……”

“不用了。”瞿洋打断对方的慷慨陈词，“既然我们已经胜利完成任务，你们就该履行约定，把有助于我们洗脱清白的证据交出来。”

尤总晃着杯里的酒：“那是自然，我尤某素来遵守契约，该交换的东西绝不会赖着不给。不过，跟你们做这场交易的毕竟不是我，而是另有其人，召开庆功会也是他的提议，我只是把他的意思传达到罢了。”

“你是说黑子吧？”瞿洋拧着眉毛，“他在哪儿？我们是时候好好聊聊了。”

“你快把他叫出来。”祁妙在一旁嚷嚷道，“我们只跟当事人交涉，没空在这儿跟你瞎掰掰。”

124 真实身份

尤总前行几步，走到瞿洋跟前：“我说过，他是我的朋友，也是合作伙伴，虽然合同不是我直接跟你们签的，但他所做的一切皆为我所用。要想和他进行交换，就得先把章氏集团的新项目计划交给我。”

瞿洋用下巴挑了挑身边那位：“密码箱内的文件，我跟英子小姐都亲眼目睹，就由她转述给你吧。”

尤总的视线随即落到英子身上，见对方身份这么快就暴露，他笑得有些尴尬：“可以吗，英子小姐？”

英子微微扬了下眉毛：“我乐意效劳。”

“那太好了！”尤总将杯中酒一饮而尽，而后拍了两下巴掌。

这时，一穿黑色斗篷的男子从屏风后走出，大步来到瞿洋跟前。

“恭喜你任务成功，我的老朋友。”黑斗篷背着手，整张脸淹没在斗篷下的阴影里。

“你就是黑子？”瞿洋试图辨别对方的容貌，可由于逆光太强始终看得不是很清楚，只觉得轮廓有些熟悉。

“没错，是我。”对方似乎并不介意瞿洋审视的目光，“我们也算是神交已久的老朋友了，不是吗？”

“何止神交已久，现实中也是老朋友嘛。”尤总拍拍英子的胳膊，示意她跟着自己往门外走，“我们回避一下，你俩好好叙叙旧吧。”

“都到了这时候，就别再躲躲藏藏了，露出你的真面目吧！”说着，宋小佳便要上前去揭对方的黑斗篷。

黑子挥了一下手，宋小佳只感到一股千钧之力袭来，噔噔后退几步，幸被瞿洋扶住才没有摔倒。

“我去！”宋小佳站稳身体，随即摆出准备格斗的架势。

瞿洋伸臂把他拦住:“算了，你不是他的对手。”

黑子冷笑一声，亲自摘下自己的黑斗篷，随着布幔轻轻垂落，一张年轻俊朗、英气十足的面孔出现在室内柔煦温和的光线中。

“顾帅?!”瞿洋叫出这两个字时，整张脸的肌肉都跟着扭动起来。

“尤老板说得对，我们在现实中也是多年的老朋友了。”黑子笑得冷气森森。

祁妙惊了一大跳，赶忙上前仔细辨认，而后又吓得倒退回来。宋小佳则彻底蒙圈了:“我去，你们俩真认识啊?”

“为什么?为什么会是你?”瞿洋的指甲抠紧手心，以痛楚确认自己是否处于梦中。

祁妙已是怒火中烧，她指着对方的鼻子骂道:“你这乌龟王八蛋养的!我们跟你无冤无仇，你为什么要设计害我们?”

“那就得问他了。”黑子近前几步，直逼着瞿洋的眼睛，“谁让他那么富有，我那么贫穷，他那么尊贵，我那么卑微，他那么聪明，我那么笨拙，他那么刚强，我那么懦弱，他那么受人欢迎，我那么遭人排斥。除了容貌，他有的我统统都没有。老师和家长们总是说，顾帅啊顾帅，我们算是看透了，就你啊，这辈子给人家瞿洋提鞋都不配!

“不是我没廉耻，也不是我不争气，而是我无论怎么做都离他遥不可及。我尝试过搬家，换个学校，可不管走到哪儿，他都会如影随形地跟过来，就好像故意跟我过不去似的。上天对我们如此不公平，却又偏偏让我们在一起。他就像一块压在头顶的乌云，你躲都躲不开，逃都逃不掉，只能生活在他投射下的黑色阴影里。

“从幼儿园一直到高中毕业这十几年间，我天天背着沉重的负担在噩梦中惊醒，当我终于有一天催生了梦想的时候，便笃定要让一代天之骄子自愿成为我最忠实的奴仆，要让高不可攀的榜样也尝尝被人踩在脚下的滋味，让高大变得卑微，让尊贵变得落魄，让所有曾经嘲笑我的人狂抽自己嘴巴，所以为了天蚕计划的成功我不惜一切代价。”

“你真是个自私、变态的魔鬼!”宋小佳鄙夷地望着对方，“用自己的庸懦无能来责难别人，你还是人吗？还要脸吗？”

祁妙也指着对方的鼻子骂道：“你这个卑鄙无耻的杀人犯，栽赃嫁祸的臭流氓！”

125 红色优盘

“随便你们说什么吧。”黑子毫不在意地从瞿洋面前擦身而过，“作为最终收获胜利的一方，我是不介意这些讨伐之词的。”

“以祁妙的特殊病例为诱饵，把我们带入连环杀人案的陷阱，再通过‘元凶’章启明的死亡将走投无路的我们逼到德国，然后被迫签订交换协议展开对章天泽的盗梦，好在瞿氏元气大伤、章氏土崩瓦解的前提下令尤氏一家独大，而你自己从中不断获利，这就是你所谓的天蚕计划？”瞿洋问。

“确切地说，这只是天蚕计划的前两步。”黑子转头看着瞿洋，“还有最后一步，但它的成功同样需要你们的帮助……”

“休想！”祁妙怒气冲冲地打断对方，“我们不会再上你的当了！”

瞿洋用手势制止祁妙：“我们已经履行协议中的约定了，现在你需要遵从协议，把证明我们清白的东西交出来。”

黑子笑了笑，从怀里取出一个红色的优盘样的电子储存工具：“这里面存储着天蚕计划执行时所有当事人的对话录音，它完全可以证明章启明的死与你们没有直接关系。除此之外，还有一些你们非常感兴趣的东西，比如章启明在苏枚、田进一、方宇、张海等连环杀人案中的罪证记录，以及能将章氏家族置于死地的超级秘密。”

宋小佳去夺优盘：“我们只要协议中那部分就行了，其他的我们不稀罕。”

“所有音频都是混在一起的，没有剪辑，请原谅我现在还不能出手。”黑子攥住宋小佳伸过去的那只手，“我还是那句话，帮我实现计划的最后一步，我就可以毫无保留地把所有证据交给你们。”

祁妙嗤笑：“作为案子的幕后黑手，你有这么好心把你自己卖出去？”

黑子也笑：“中国的法律约束不了我，德国的牢狱我更是来去自如。以我今天的经济能力和社会关系，没有谁能够把我怎么样，更何况只要有钱，就有人甘愿来做替死鬼。”

宋小佳奋力把手抽回来：“你还是把音频剪辑一下吧，我们对所谓章家的秘密不感兴趣。”

黑子慢步踱到瞿洋跟前，他才是主要交涉对象：“所以说，你们还是不了解章家的做事风格。他们不单睚眦必报，更是以牙还牙，虽然你们不是杀死章启明的直接凶手，但谁也无法否认他的死跟你们没有一点关系。要想完全摆脱章家的报复，就必须把章家彻底置于死地。”

瞿洋上前两步，把嘴凑到黑子耳边：“天蚕计划的最后一步，对象不会就是尤总吧？”

“没错。”黑子面不改色地承认这个阴谋，“他答应拿到章氏新项目计划书之后给我 15% 的股份，但这还远远不够，我需要的是控股整个尤氏集团。”

瞿洋说：“所以，你想让我们通过盗梦窃取他的股票账号和密码？”

黑子微笑着点了点头：“聪明。”

瞿洋问：“就不怕我把这些告诉尤总吗？”

黑子反问道：“你觉得他愿意信我还是更愿意相信你们？”

瞿洋后退两步，还未张口，就被黑子用手势挡住了：“别急着否定，建议你抽时间考虑考虑。在这件事情上，我将保持足够的耐心。”

瞿洋皱眉：“如果我执意不答应呢？”

“那也没关系。我顾帅是个恩怨分明的人，你既然帮了我一把，我自然会在章启明这件案子上还你们清白。”黑子晃着手里的优盘，“但我相信，你对它还是感兴趣的，因为你是个识时务的聪明人。”

此刻，外面传来一阵脚步声，不多时，克雷斯和安妮分别守在了门口左右。

眼下之势，硬抢是不可能的了，只能采取迂回战术。

“好吧，给我五天时间。如果我答应了，五天内自然会来找你。如果不答应，还望你遵守承诺，把属于我们的东西交出来。”

黑子打了个OK的手势，继而把优盘揣回怀中。

126 智激

正如所预料的，章氏集团为新项目投入的研发资金打了水漂，进而引发巨大的债务和信用危机。于是，配方失窃，资金枯竭，高层混乱，员工涣散，昔日不可一世的章氏集团陷入空前的绝境。

瞿氏在重创中尚未复苏，章氏又在疾风暴雨中垮塌，三足鼎立的局面变成只有便宜占尽的尤氏一家独大。甚至外界纷纷传言，说尤氏将吞并瞿氏和章氏一统天下。

此时此刻的章天泽仰躺在一张半旧的藤椅里，看上去精神萎靡、疲惫不堪。他手边的小茶几上放着一摞最新的辞呈名单和财务报表，就在几分钟前，他刚打发走一帮前来讨债和解约的人。

“尹昕小姐，”章天泽仰望着高高的屋顶，“还记得几天前我们打的那个赌吗？”

正在沏茶的尹昕停下手来：“当然记得。章先生赌三天之后，这铁笼子里唯一的赢家会是老鼠。”

“呵呵。”章天泽苦笑一声，“如今，孰输孰赢啊？”

尹昕本能地看了一眼墙角的铁笼，此刻里面只剩下一只老鼠，狗和猫前一天晚上为了争食老鼠互相撕咬，结果两败俱伤继而伤重死去了。

“章先生赢了。”尹昕实事求是地说，“足见先生颇解动物之心。”

章天泽听了再度苦笑："可惜我仍旧不懂人心哪，所以在另一场赌博中败了个一塌糊涂。"

尹昕知道，对方所说的另一场赌博，是指被尤总请去打球进而被盗走新项目计划的事情，于是小心翼翼问道："章先生怀疑窃密之事是尤氏干的？"

"不用怀疑，事实已经再明显不过了！"章天泽在椅子的扶手上狠狠捶击了一下，"只可惜我暂时还没抓到任何证据！"

"看来，章先生赴约之前有所防备，但终究还是大意了。"尹昕放下茶具，故意话中有话地说，"除了尤老板，章先生怕是对眼下的杨娜小姐也有失察之嫌啊。"

章天泽的视线缓缓移到尹昕身上："杨娜，她怎么了？"

尹昕欲言又止："这事不说也罢，免得加重先生的心病。"

章天泽噌地从躺椅上坐起来，目光狠戾地道："我让你说！"

尹昕毫不怯懦地应道："真正的杨娜早已经死了，现在的杨娜是个假的，她的真名叫英子，是跟黑子一伙儿的。难道你从来没觉得有什么不对吗？而且，我有足够的理由相信，他们就是杀害你儿子章启明的真正凶手！"

"你说什么？"章天泽瞪大眼睛，两手随着身体一起哆嗦。

尹昕紧接着说："你让她伪装成我的样子打进盗梦团队实在是个大错，凭借对园区和你本人的熟悉，只怕这位英子小姐在帮助尤氏窃取新项目计划的行动中立了不小的功呢！"

"你说什么？"章天泽站起身，两手卡住尹昕的脖子，"你再说一遍……"

尹昕也不挣扎，嘴角挂着深不可测的笑意。章天泽掐了一会儿，两手开始发软，紧接着一口鲜血从口中喷出。

"不好了，老爷子晕过去了！"尹昕扶住章天泽，朝屋外大声喊道，"快来人哪，有人在吗？"

由于公司陷入空前的混乱，很多事情尤其安保方面需要阿忠和阿诚料理。所以，听到尹昕叫喊，赶过来的是在附近干粗活儿的两个用人。

其中一名用人背起章天泽往前院跑，另一名用人一边跟着跑一边拨打急救电话。尹昕装作护送跟着来到前院，她本想趁人不备从前门溜走，结果前门守卫森严，根本没有出逃的机会。无奈，她只好悄悄退向后院，打算从后门寻找出逃的空档。

不料走至半道，正好看到阿诚带着两名保安从后院赶过来，情急之下，她见不远处一个佛堂开着门，里面貌似无人，于是匆忙钻了进去。

佛堂不大，顶多十来平方米，靠南墙的一面立着一尊高大的金身菩萨，菩萨像前的香炉里插着三根未燃尽的香。很明显，这是个私人佛堂，如果没猜错的话应该是章天泽的。

因为面积太小，站在门口就能将整个佛堂一览无余，所以尹昕只能爬上供桌，躲在菩萨身后。脚步声由远及近，似乎朝佛堂这边走来。尹昕的心脏通通狂跳，她抓过供桌上的一只瓷瓶，做好被发现时拼死一搏的准备。

脚步声抵达佛堂门前，在那里停留了十几秒钟，终于还是离开了。尹昕长长吐了口气，悄悄从佛像背后钻出。由于佛像与墙体的空间过于狭小，她在挪动身体的过程中不慎撞了佛像，结果佛像向前倒了下去。

尹昕大惊失色，赶忙伸手扶住，摆正位置的时候发现佛像身子与底下的莲花座居然是分离的！透过佛像与底座错开的缝隙，可清晰看到空心的底座里放着一只半个枕头大小、体表呈银灰色的密码箱。

127 录像带里的内容

是谁把密码箱放到佛像底座里的呢？密码箱里又藏着什么机要的东西？尹昕一边这么想着，一边悄悄搬开佛像，将密码箱从底座里取了出来。

尹昕发现，在满是灰尘的底座里，箱体却非常干净，应该前不久还被动过。她抱起来晃晃，感觉沉甸甸的。根据当前的环境，尹昕确定这密码箱里存放的并非一般的钱财，而是其他比如一些见不得光的东西。

顺着该逻辑再进一步推断：如果这是章天泽的私人佛堂，那么存放者极有可能是章天泽本人，即便不是，至少存放的东西也与他有关。

所以尹昕决定将密码箱抱走。她先把佛像搬回原位，然后侧身去取密码箱，转头间，一冰冷坚硬的东西顶在了她的脑门上，抬头一瞧，见阿忠正拿着手枪对着她。

“把章家府邸当成你家大……额……大院儿了啊，想拿啥就拿啥？”阿忠劈手夺过密码箱，交到身侧一名保安手里，“给我带……额……带走！”

两名保安立刻扭了尹昕，推搡着她朝前院走。尹昕暗道：这下糟了，逃不了事小，弄不好性命亦将难保。

她正揣度着要不要夺把手枪自杀，免得死前受尽屈辱或者被用作要挟瞿洋的人质，这时，前院传来匆忙杂乱的脚步声，紧接着哗啦啦冲进来一帮警察，领头的正是李菲。

尹昕后来才知道，三天前，李菲曾按瞿洋的推断带人到章天泽在德国的庄园里搜查过一次，可惜尹昕藏在地下室没有被发现。结果，一无所获的李菲等人遭遇章天泽的申斥和威胁。而这一次，是英子主动透露的消息，在章家毫无防备（以为经过上次的威胁警察不敢再来）的情况下，李菲不仅顺利找到了尹昕，还有一个意外收获。

这个意外收获就是尹昕发现的那个密码箱。密码箱里的内容，则足以将章氏家族连根拔起！

那天，李菲将密码箱带回渔夫岛别墅的时候，瞿振业正在跟胡翰林下棋。得知密码箱的来历，胡翰林立即来了兴致。

除了警察这个职业，胡翰林还是个开锁高手，各种密码箱也不在话下。这点除李菲外，其他人并不知晓。只见他把左耳紧紧贴在密码箱上，右手来回旋转拨号盘，不出五分钟便把密码箱打开了。在场者见状，皆赞叹不已。

密码箱里面放着六盘录像带，其中一盘看上去已经有些陈旧，另一盘则是新的，剩余四盘居于两者中间。像这类传统的录像带，电脑和一般的视频播放器是读取不出来的，所以瞿振业决定买一台专业设备，就在他吩咐孙叔去做这件事的时候，卡恩把他们制止了。两个小时后，卡恩从朋友那里借来了一台旧式的播放机。

有了这台播放机，录像带里的内容便不再是秘密。李菲把最为陈旧的那盘放进去，按下播放键。结果，第一个镜头出现的时候，所有人都傻眼了。那昏暗暧昧的灯光、彼此交缠的肉体、恣意忘形的呻吟，以至于尹昕都在怀疑，她用生命窃取来的是不是一盘黄色录像带？

答案当然是否定的，因为片中的男主角不是任何一个知名或不知名的男优，而是章氏集团的掌门人章天泽！女主角不是他曾在媒体上多次露面的结发妻子，也不是任何一位有过曝光的绯闻女友，而是具有同样知名度、曾因电梯门事件在国际上闹得沸沸扬扬、来自日本的美女间谍西川幸子！

画面中的章天泽看上去要比现在年轻不少，顶多四十出头的样子。换而言之，这部录像带摄于大约二十年前，那时候的章氏集团还未成立，章天泽在市政府机要局副局长的位子上正干得风生水起。

“我去！”宋小佳忍不住窃笑，“想不到道貌岸然的章天泽居然也好这口儿。”

“真不要脸，做了这样恶心的事还自己录下来藏在佛堂里！”祁妙低声骂道，“也不怕玷污了菩萨遭天打雷劈！”

尹昕冷笑：“自古以来权力和美色便以一种特殊的方式互为依存，只不过这种交易被章天泽升华到另一个高度罢了。”

“这已经不仅仅是权色交易。”李菲纠正道，“西川幸子可是大名鼎鼎的日本间谍，章天泽的行为已经涉嫌出卖国家机密了。”

孙叔表示不解：“既然危害这么大，章天泽为什么不把录像带销毁，还要想方设法保存起来呢？”

胡翰林一针见血地指出："拍摄并珍藏自己的色情视频，个人爱好是一方面，另一方面，他是想握住对方把柄，必要时拿来作为要挟和绑架别人的工具。"

瞿振业进一步解释道："有了这些录像带，即便有一天东窗事发，损失的只是章天泽一人顶多章氏一家，对方则有可能损及国体，政府为了面子和形象，即便有意要办，最终也只能投鼠忌器、不了了之了。"

卡恩恍然："我说呢，章天泽怎么会傻到给自己屁股底下装一颗定时炸弹。"

头盒录像带持续了大约150分钟，与章天泽有染，或者以男女主角身份出镜的角色涉及银行经理、演艺明星、商界大腕、社会名媛、政府人士，甚至还有不少外国人，实在叫人大开眼界。

第二、三乃至最后一盘采取的是快放，其内容与头盘类似，都是见不得光的男女苟合和幕后交易，只是拍摄日期更近、画面质量更好、所涉人物更杂、行政级别更高，可谓触目惊心。

128 双面间谍

宋小佳忽然想起因劫走尹昕而被警方扣押的阿忠和阿诚，于是对李菲说："这次，阿忠和阿诚应该是有来无回了吧？单一个'非法拘禁他人'的罪名就够他们喝一壶的。如果谋杀和涉黑的证据坐实，即便不是死刑，也要在监狱里度过下半生了。"

李菲点点头："我倒要看看，章天泽一倒，谁还能从监狱里捞他们。"

卡恩接过话茬道："只要录像带一公布，章天泽就会身败名裂，到时候，不止章天泽和他的两个帮凶，整个章氏家族麻烦都大了，这就叫'一人失道、鸡犬升天、拖泥带水、斩草除根'！"

宋小佳大叫："我勒个去！"

孙叔边笑边道："所以说，尹昕的发现实在太重要了，若不是她，想要扳倒章家，不知得费多少工夫和代价呢！"

瞿振业也笑："可不是嘛，尹昕就是我们团队中的英雄！"

"要说英雄，有一个人的功劳并不在我之下，那就是章天泽。"见众人目瞪口呆，尹昕笑着解释说，"章天泽让阿忠把我劫走，然后让英子伪装成我的样子混入盗梦团队，其本意在于加强对我们的引导和控制，不料这个英子是个双面间谍，她居然依靠对章天泽在德庄园及其本人的熟悉，协助瞿洋盗梦成功，难道这不是大功一件吗？"

胡翰林听罢哈哈大笑："常言说得好啊，多行不义必自毙，这就是上天的报应！"

瞿振业拍拍胡翰林的胳膊："老弟啊，如今峰回路转柳暗花明，眼下之局值得我们提前庆贺一番啊。"

胡翰林摆摆手："不急不急，毕竟孩子们仍然罪名未脱、身在异乡，想要获取最终的胜利，还得靠优盘里的东西哪。"

"祁妙呢？"一直未发声的瞿洋猛地开了口，"有谁见到她去哪儿了？"

众人四顾，这才发现少了一人。面对瞿洋的疑问，大家都茫然无知。

"糟了！"瞿洋忽然意识到什么，拔腿冲出客厅朝祁妙住所奔去。

果然，在祁妙房间发现了她当天穿的衣物和日常所戴的人皮面具。瞿洋匆忙出门，正碰到宋小佳和李菲。

"洋子，发生了什么事？"宋小佳拦住瞿洋。

"我担心祁妙为优盘的事去找黑子了。"瞿洋焦急地说，"黑子此人阴险狡诈诡计多端，她去了会有危险的！"

"我们一起去！"宋小佳和李菲异口同声。

"人越多越不便行事，你们在这儿守着，小心章家反扑。"说完，瞿洋拨开宋小佳冲出别墅。

此时此刻，祁妙刚下了一辆出租车，正走向马路对面的格林大厦。她打开电梯门，按下 19 楼，待电梯门关闭之后，开始站在镜子前认真端详里面那个熟悉而又陌生的女人。镜中的女人一袭黑色风裙，手提黑色皮包，头顶黑色假发，脸戴人皮面具，除了气质是固有的，其他的似乎都跟自己没有半点关系。

电梯在 19 层稳稳停下，祁妙深吸一口气，抬脚走出门外。由于不清楚黑子具体在哪个房间，她本能地走到 1904 门前。门是虚掩的，透过中间的缝隙可见尤总正坐在桌边跟一高层模样的人谈话。

祁妙慢慢调转身体，想换个角度看看黑子有没有在里面，不料一双健壮有力的手从背后按在了她的肩膀上，同时伴之以一个女子的声音："What are you doing（你在干什么）？"

祁妙转头看去，见一金发女郎正用审视的目光盯着自己，此人祁妙认得，她就是尤总身边的两大保镖之一安妮。

祁妙早有准备地从随身的提包里取出个寸把高的小瓶，在对方眼前晃了晃："最新型口气清新剂，草莓味的，要不要试一下？"

安妮拽住她的胳膊，用并不熟练的中文低声呵斥道："马上离开！"

"试一下又不会怀孕，真是的。"祁妙嘟囔着移开步子。意料之中的，对方紧跟自己走了过来。祁妙在走开五米左右的距离之后，趁对方不备猛地转身按了一下小瓶的喷嘴。安妮发觉不对赶紧掩鼻，已经来不及了，几秒钟后便"扑通"倒在地上。

129 内讧

趁四下无人，祁妙把安妮拖进附近的女洗手间。大约十分钟后，由祁妙伪装成的安妮昂首挺胸从里面走了出来。祁妙沿着走廊继续探寻黑子的办公室，结果，在快到步梯口的一个房间门前听到了蜥蜴人的声音，于是她停下脚步，把耳朵轻轻贴在门上。

“今天已经第五天了，您确信瞿洋一定会来吗？”是蜥蜴人沉闷嘶哑的声音。

“他一定会来，除非不想要那些可以帮助他们洗脱罪名、重获自由的证据。”黑子的话听起来胸有成竹。

“如果……我是说如果瞿洋不答应继续合作，您会兑现承诺，把涉及章启明案的那部分材料交给他们吗？”蜥蜴人继续问。

黑子冷哼一声：“这我可得好好想想。我们是生意人，生意人讲的是金钱至上唯利是图，如果……”

“生意人也讲信誉和公平。”蜥蜴人突兀地打断对方，“主人别忘了合同已经签订，咱不能……”

“不能什么？”黑子的声音陡然提高了几分，“那个合同本就是一张废纸，我就算不履行协议里的条款，你觉得他们会去告我吗？”

蜥蜴人沉默。

黑子继续道：“为了实施天蚕计划，我们付出了多少心血和汗水，现在离最后的胜利只差一步，而主动权就掌握在我们手上，岂能念妇人之仁毁了大计！”

蜥蜴人继续沉默。

再次开口，黑子的语气已经平和下来：“我知道，你是在担心那个祁妙。我已经答应你不再追究她的无知和背叛，并且我说过，只要计划成功，不单她一个，所有人都是我们的。”

相比前者，蜥蜴人的语气则显得有些冷硬：“我也说过，我宁愿自己背负罪名，也要还祁妙清白和自由。”

听得出，黑子在努力克制自己的愤怒：“你的幼稚病又犯了。”

蜥蜴人说：“我是幼稚，但至少我懂得仁义和节操。”

黑子喝道：“你这是在指责我吗？

蜥蜴人似乎也在克制：“主人救了我的命，但这不是主人能够永远颐指气使的理由！”

黑子大吼道：“放肆！”

蜥蜴人不说话了。过了一会儿，门被打开，继而重重摔上。躲在步梯口的祁妙看到黑子从房间里走出来，快步朝电梯口去了。

祁妙等了两分钟，迟迟不见蜥蜴人出来，于是朝那间屋子走去。

门打开着，蜥蜴人垂头单手扶着桌案，看上去十分沮丧。

听到背后有动静，蜥蜴人转过头，平日警觉的眼神此刻显得有些发呆。

“黑子请你过去。”祁妙模仿安妮的声音对他说。

蜥蜴人眼前顿时一亮：“他想通了？”

祁妙碰触到对方视线的刹那，心脏荡起了一丝涟漪，但理智让她竭力保持了安妮的高冷：“我不知道，他只说在楼下等你。”

“谢了。”蜥蜴人从祁妙面前擦身而过，由于太过匆匆，以至于门都忘记带上。而这正合祁妙的意，她乘机将门反锁，开始翻箱倒柜寻找黑子那日掂在手里的红色优盘。

十分顺利地，她从办公桌第二层的抽屉里找到了想要的东西。但又十分不幸地，房间里所发生的一切被尤总和克雷斯通过隐藏的摄像头看了个正着。因此，祁妙拿到东西出门的时候，就被克雷斯紧紧盯上了。

为避免同黑子撞上，祁妙通过步梯下楼，然后在街边拦下一辆出租车，克雷斯则开上公司的轿车不远不近地跟着。

行至半路，祁妙发觉被人盯梢，于是嘱令出租车司机加快速度。司机是个华裔，听得懂中文，得令之后开始在大街小巷七绕八拐，克雷斯紧追不舍，暗跟一下子变成了明截。

130 祁妙之死

十几分钟后，出租车被小轿车撞翻在郊外的一片树林里。司机当场死亡，祁妙不顾胳膊受伤下车往林子深处跑。克雷斯驱车疯狂追赶，车轮几次差点轧到祁妙。最后，祁妙跑不动了，跌倒在一块石头旁边，提包丢了，右脚又因此受了伤，幸好优盘还紧紧攥在左手中。

克雷斯似乎并不想让祁妙死那么痛快，他还要多玩一阵。因此，他弃车狞笑着朝抱脚翻滚的祁妙走过去，然后张腿骑到她身上，一把扯下对方脸上的人皮面具。随之，一张大火烧过之后布满疤痕的脸在黄昏的余晖中清晰可见。

就在克雷斯发愣的当口，祁妙右手抓过身旁的石头照准他的脑袋狠狠砸了一下。本以为对方会被砸昏翻身下去，岂料那光头黑汉没事人似的晃了晃淌血的脑袋，而后两手死死卡住祁妙的脖子。

祁妙感觉喉咙都快要被掐断了，她喘不上气，眼前一阵阵发黑，但为了把优盘交到瞿洋手里，只能拼尽全力做着徒劳的挣扎。

就在她即将丧失意识之际，突然感到脖子一松，紧接着克雷斯被掀开了，定睛看时，瞿洋正跟对方混战在一起。

克雷斯虽然人高马大力气过人，但瞿洋更为轻捷灵巧一些，两人打斗起来，就像重锤在抡击一片飘飞的羽毛。瞿洋瞅准空档，狠力朝克雷斯胸口踹了一脚，后者撞在一株大树上又重重反弹在地，屁股撅了半晌没能爬起来。

瞿洋把祁妙扶起来，见她满身伤痕的样子，一时不忍责问其为何私自行动。祁妙倒是先说了句对不起，然后把染血的优盘交到瞿洋手中。瞿洋接过优盘，望着祁妙满是疤痕的脸心中不停地抽搐着，他刚要开口说点什么，祁妙猛地大叫一声“小心”，旋即挡在了前面。

随着一声刺耳的枪响，祁妙身子剧烈颤抖着，紧接着口中涌出鲜血。瞿洋循着枪声望去，见克雷斯正端着手枪，枪口的青烟还未散去。

就在克雷斯准备开第二枪的时候，一个黑影嗖地从背后扑了过去，将对方压趴在地。两人在地上翻滚打斗着。

蜥蜴人？瞿洋吃了一惊。

没错，关键时刻挺身而出的黑影正是蜥蜴人。他到格林大厦楼下见了黑子，后者否认曾让安妮捎话给他。蜥蜴人立刻意识到受了骗，并猜测出伪装成安妮的就是祁妙，后又见克雷斯跟踪一出租车，感到祁妙有危险，便一路追了过来。

虽然蜥蜴人成功阻止了克雷斯的二次袭击，但致命的一枪还是把祁妙送到了死亡边缘。祁妙躺在瞿洋怀中，伸出右手轻轻抚摸着瞿洋的脸颊。此时此刻，她很清楚自己已经走到了生命的尽头，所以虽然有很多话想跟瞿洋说，口中涌出的却全是鲜血。

“良子，什么都不用说，我都懂。”瞿洋的眼泪扑簌簌落到对方脸上，“不管怎样，你一定要坚持住。咱们分别这么多年才刚刚重逢，后面的日子还长着呢，你绝不可以丢下我自己走。你不是一向都很要强的吗？我们不是说好了做一辈子朋友的吗？我们还那么年轻，还有很多事情没做完，等我们回到通宁，我就……”

瞿洋的话戛然而止，因为祁妙摸在脸上的那只手蓦地垂了下去。

这边，蜥蜴人如同愤怒的豹子咆哮起来，锋利的爪尖将克雷斯身上的衣物连同皮肉一条条撕下来，瞬间后者成了赤裸裸的血人。就在他拼力拧断对方脖子的同时，对方的枪响了，子弹穿透了他的心脏。

蜥蜴人倒下了，眼睛望着祁妙的方向。在他逐渐发散的瞳孔中，瞿洋托起祁妙朝着太阳的方向奔跑，两道黑色的剪影在晚霞晕染的林子间飘摆着、扭曲着……

131 美人计

子夜时分，整个柏林处于沉睡状态，除了章家在德国的庄园以及分公司灯火通明，警笛大作。

就在几个小时前，章天泽在医院里暴病身亡，死前瞿振业通过手机微信送给他两个“好消息”，一个是章氏家族的新项目计划遭到窃取后，不止引发了财政和信用双重危机，混乱状态下，其原本的市场份额也正在被瞿氏和尤氏联手吞并。

二是含有绝密内容的录像带被尹昕发现，并通过尹昕交到警察手中，眼下中国和多国警方正通力合作，对章氏家族及其所有产业展开查抄。接到消息的章天泽立刻喊来工作人员询问是否属实，后者隐瞒不过只得全盘交代，于是章天泽吐出一大口鲜血之后气绝身亡。

此时此刻，尤总正站在格林大厦 1904 房间巨大的玻璃窗前，端着红酒杯饶有兴致地欣赏柏林迷人的夜色。

“如此美好的夜色，一个人欣赏不觉得孤单吗？”背后忽然传来一个女子的声音。

尤总转过头去，见是英子，略略显得有些吃惊：“哟，原来是英子小姐，这么晚了还没休息啊？”

“警察在章家闹出那么大的动静，想睡也睡不着啊。”说着，英子撩了一下乌黑如瀑的长发，这个动作使得只穿了一件轻薄睡衣的她更加妩媚妖娆。

尤总盯着对方若隐若现的胴体，不自觉地咽了口唾沫：“既然如此，英子小姐是否介意陪尤某喝一杯？”

英子将门关好，走到桌前拿起一只空杯倒上红酒：“那就让我们两个失眠又失意的人干一杯吧。”

尤总端起酒杯与之碰了下，一饮而尽：“英子小姐出师告捷，眼下不正春风得意吗，怎么就失意了？”

英子也端起酒杯仰脖喝尽，哼笑道："金钱名利皆是些浮华飘渺之物，有谁知女儿身心寂寞之苦呢。"

"黑子他也太不懂风情了。"尤总露出疼惜的神色，左手乘势揽上对方芳肩，"别人只知我事业有成，却不懂豪门联姻带来的情感之苦，如今我可是连个说知心话的人都没有啊。难怪英子小姐说我也是失意之人。"

英子长叹一声，继续给自己倒酒，完了又给对方倒上："阴错阳差，咱这都是命啊。"

"命由天定，事在人为嘛。"尤总将杯中之酒喝完，放下杯子，一把将英子托了起来。英子猝不及防，红酒洒了一身。

在情绪与酒精的双重刺激下，尤总的眼神变得迷离，他伸出舌头，从英子的胸口划到腹部，把尚未干涸的红酒吸了个干净，而后又去亲吻对方的嘴唇。整个过程中英子并未表现出明显的拒绝，这使得尤总更加兴奋狂热，他直接扯下英子的睡衣，把她按到附近的多人沙发上。不久，房间里便传出少儿不宜的声音……

事后，英子躺在沙发上沉沉睡去。尤总坐在旁边心满意足地看了一会儿，然后起身走到办公桌前打开电脑，登录自己的股票账户——这是他每日雷打不动的习惯，他最喜欢看着自己的财富一点点累积，尤其近几日那些数字增长之快到了惊人的程度。

尤总舒适地躺在转椅里，他根本没有留意到背后有一双眼睛，将他登录时输入的用户名和密码牢牢储存在居心叵测的脑海中。

几个小时前，也就是差不多在章天泽暴病身亡的时候，黑子和英子躺在格林大厦的天台上，展开了一番颇具深意的对话。

"柏林的夜幕真是绚丽，就像多彩的童话世界。"黑子两手枕在头下，眼睛直望着遥远的苍穹。

"我还是喜欢通宁的天空，简单，亲切，连呼吸都是顺畅的。"英子偎在黑子身边，视线停留在对方的鼻尖上，"知道吗，我真希望抛开这一切纷纷扰扰，回到通宁和相爱的人平平淡淡过一辈子。"

“你说的生活我也喜欢，可人在江湖身不由己，从实施天蚕计划的第一步开始，我们就已经无法回头。”黑子转过脑袋，“怎么，你后悔了？”

英子摇摇头：“不，我只是累了。”

黑子伸手揽过英子：“我们的计划还差最后一步，吞并了尤氏之后，瞿氏也早晚会成为我们的囊中之物。等哪天玩腻了厌倦了，就把产业交给别人打理，我们买上一块山林，去过牧马放羊的生活。”

英子叹气：“可惜瞿洋他们是指望不上了。”

黑子笑得分外神秘：“我不是还有你吗？”

英子盯着他的眼睛：“你想让我通过催眠，使尤总说出股票账号和密码？”

“不。”黑子摇摇头，“这件事必须神不知鬼不觉，不能给他机会展开反击。”

“那怎么办？”英子转着眼珠，“你不会想让我出卖肉体来诱惑他吧？”

黑子没有否认：“眼下似乎也只有这条路可以走了，他不正好一直在觊觎你嘛。”

见英子不说话，黑子的左手顺着对方的手臂滑到其右手上：“怎么，你不愿意？那就算了，我再想其他办法。”

英子扯了下嘴角：“我原本就不属于这个世界，是你给了我起死回生的机会，我的一切都是你的，有什么愿意不愿意的呢？”

黑子抓起她的手吻了一口：“感谢你的理解和配合。”

英子仍旧那句话：“一切为了天蚕计划的成功。”

132 真相背后

事情正如黑子所愿，英子利用盗来的账号和密码，将尤总所持的股份全部低价卖掉，使得对方从亿万富翁变得一贫如洗。

三天后，尤总从格林大厦的1904房间跳下自杀了。他死之前，集团公司董事局刚刚任命黑子为新的董事会主席。当然，这是黑子威逼利诱的成果，论辈分和资历，这个位子还远远轮不到他，虽然他已经成为拥有尤氏集团股份最多的股东。

相比尤总简单草率的追悼会，黑子的就职典礼举办得相当奢华隆重。然而，这次充满象征意义的就职典礼却成为他人生的最后绝唱，因为典礼举行到高潮的时候，现场突然发生了爆炸，在场7死21伤，死得最惨的就是黑子，法医花了一下午的时间都没有把他的尸首拼全。

黑子机关算尽的一生就这样在他梦想的巅峰落幕了，他的帮凶英子则不知所踪。

后来的一天，下着很大的雨。瞿洋正陪胡翰林下棋，突然接到陌生号码发来的一条短信，打开一看，上面写着："想要那只优盘吗？我在洪堡大学的篮球场等你。英子。"

"英子约我到洪堡大学的篮球场，我得去看看。"瞿洋立即起身。

"我跟你一起去。"李菲和尹昕同时说道。

"这次一定要小心，别再中了那帮混蛋的奸计！"宋小佳特别叮嘱。

卡恩附和道："就是，上次祁妙拿性命换回的优盘，里面居然是《猫和老鼠》的视频，简直骇人听闻嘛！"

瞿振业征求胡翰林的意见："老弟觉得呢？"

"赴约的话，最好还是瞿洋一个人。以瞿洋的身手，咱们大可不必担心。只是这个英子既是嫌疑凶犯，又是眼下不多的人证之一，所以绝对不能让她跑掉！李菲要带领足够的人手对洪堡大学进行重重包围，必要时来个敲山震虎、瓮中捉鳖！"说到这儿，胡翰林将手中的一枚棋子用力按下去。

"好。"瞿洋穿上外套就往客厅外走，钟红艳忙上前给他递过雨伞。

约莫20分钟后，瞿洋的保时捷停在了洪堡大学后门口。由于下着雨，再加上瞿洋看起来还像是个学生，所以保安没有拦截。

进入后门不远便是篮球场，篮球场上空荡荡的，只有一个身穿红裙的女子在雨幕中飘来摆去——她在跳舞，伴随着舞步响起的是瞿洋所熟悉的《芙蓉之恋》。

瞿洋手中的雨伞不停地抖动着，最终被风卷走，雨水瞬时模糊了他的眼睛。此时此刻，他心里在不停呼喊着一个名字，喉咙里却久久不能发出声音。慢慢地，他走到她跟前。那名女子继续旁若无人地舞动着，全身早就淋透了也毫不在意。

“梦雪，是你吗？”这句话声音不大，却几乎用尽了瞿洋的全身力气。

女子缓缓停了下来，笑容惨淡地看着他：“你终于来了。你瞧，为了等你我的衣服都湿透了。”

瞿洋的鼻尖淌着雨水，雨水顺着嘴唇流进嘴巴，致使讲出的话模糊不清：“我们不是在做梦吧？”

女子轻轻摇了摇头：“那是你的梦，不是我的梦，我的梦早已经醒了。”

“为什么？”瞿洋大声冲她叫道，“为什么要假扮英子做那么多伤天害理的事情？”

“那该问问你自己啊。”梦雪依旧云淡风轻，“为什么要骗我做你的试验品？”

瞿洋哑口了几秒钟，而后开始咆哮：“就因为这个你才设计害死我妈妈，才跟黑子联手拼命地报复我，对不对？”

“因为什么？你怎么不敢说出来呀？好吧，我来替你说。”梦雪拖着湿淋淋的长裙步步靠近，“5 年前，为了治疗你母亲的抑郁症，你开始以欺骗和引诱的手段在我身上做梦境稳定剂的试验，结果因药力过猛导致我昏迷不醒。若不是后来黑子出手相救并传授我催眠和筑梦术，只怕到现在我还躺在那冰冷孤寂的小床上，傻呆呆地做着你的睡美人呢。”

“我承认我是利用过你，可黑子救你，难道不是为了利用你吗？”

“我当然知道他是要利用我，否则他就不会在就职典礼上落个死无全尸的下场！”

“那天的炸弹是你放的？”

“没错，不管是谁，只要利用过我，就要为他的行为付出代价！”

“我母亲和杨娜呢？她们也利用过你吗？为什么害死那些无辜的人？”

“有选择就必须有牺牲，如果说是冤孽，那也都是你造成的！”

“好吧！”瞿洋闭上眼睛等待对方实施最后的报复，“既然做了这么多你还不解恨，那就动手吧，我保证让你如愿以偿！”

“我并不打算取你的性命，否则就不会等到今天。”梦雪缓缓扬起右手，在她的指尖捏着一只红色的优盘，“该吃的苦头已经吃尽，该受的劫难已经受完，是时候还你们自由了。”

瞿洋睁开迷蒙的眼睛，他看到有血丝混着雨水从优盘上滴下来，顺着手指看上去，发现对方的手腕不知何时有道长长的口子，而地上早就红了一大片。

“梦雪！”在对方仰面躺倒之前，瞿洋伸手揽住了她，“你个傻丫头，这又是何苦呢！”

梦雪望着瞿洋，嘴角露出一抹残破的微笑：“该做的都已经做完了，这个世界上再也没有我留恋的了。”

“梦雪……”瞿洋心如刀剜，他浸满雨水和泪液的眸子里，抱怨、愤恨、质疑全都没有了，只剩下深深的悔恨。

“太累了，让我睡会儿吧。”说完，梦雪慢慢合上了眼睛。

瞿洋俯下身子，半晌才响起他嘶哑的哭声。

远处，尹昕持着伞轻轻走过来，走到跟前为他们默默撑着。

一旁的录音机里仍在放着那首《芙蓉之恋》，本来婉转悠扬的曲子，此刻浸了雨水之后听起来却宫调全无、鼓角寸断。